软件质量保证与软件测试技术

马海云　张少刚　著

国防工业出版社

·北京·

内 容 简 介

软件质量保证与软件测试技术在过去的几十年中一直是软件开发的重要课题，基于数学知识的软件质量与软件测试方面的研究更是一个全新的研究领域。

本书收集了作者在这方面的多篇论文，也收集了这一领域知名专家的研究成果，并对这些成果进行再探索，形成了自己的见解，内容包括：绪论，主要包括软件危机、软件工程的基本概念，软件质量、软件测试技术的国内外研究现状及发展趋势；软件生命周期及软件开发过程的研究现状；软件质量保证方法分析；软件质量管理；软件测试的基本概念及测试技术探索，主要包括软件可靠性测试的基本概念及常用方法；蒙特卡罗方法和马尔可夫链；蒙特卡罗方法和马尔可夫链模型在软件可靠性测试中的应用；测试策略问题的讨论；网络安全技术的背景与探索。

本书结构合理，集中讲述了在软件质量保证与软件测试技术方面的探索成果，适合从事软件质量保证与软件测试的技术人员与有关院校师生学习参考。

图书在版编目(CIP)数据

软件质量保证与软件测试技术/马海云,张少刚著. —
北京:国防工业出版社,2011.6
ISBN 978-7-118-07507-6

Ⅰ.①软… Ⅱ.①马…②张… Ⅲ.①软件质量—
质量管理②软件—测试 Ⅳ.①TP311.5

中国版本图书馆 CIP 数据核字(2011)第 107737 号

※

国防工业出版社 出版发行

(北京市海淀区紫竹院南路23号 邮政编码100048)
腾飞印务有限公司印刷
新华书店经售

*

开本787×1092 1/16 印张19½ 字数446 千字
2011 年 6 月第 1 版第 1 次印刷 印数1—4000 册 定价 38.00 元

(本书如有印装错误,我社负责调换)

国防书店:(010)68428422　　　　发行邮购:(010)68414474
发行传真:(010)68411535　　　　发行业务:(010)68472764

前　言

随着计算机应用日益普及和深化,计算机软件的数量以惊人的速度急剧膨胀,软件在现代社会中的确是必不可少的,软件不能出错。软件测试在软件生存周期中占有重要地位,而且它直接影响着软件的质量,是保证软件可靠性的重要方法之一。目前,简化测试难度、提高测试准确性的软件测试方法和保证软件质量的研究已经成为新的发展方向。因此,软件质量与软件测试技术方面的知识市场需求很大。就目前软件工程发展的状况而言,软件质量保证与软件测试技术又是相对于其他研究方向而言较为薄弱的一个方面,目前该领域还处于百家争鸣的阶段,尚未形成一套较为成熟与完善的理论,尤其是单一学科封闭式研究多,真正意义上的多学科交叉与综合集成研究只有国外在进行。

本书既有软件质量领域的理论与实践,又有软件测试领域的理论与实践,从整个软件生命周期的角度,把软件质量保证与软件测试结合起来,实现软件质量的提升。第1章绪论,本章主要包括软件的基本概念及发展,软件危机、软件工程的基本概念,软件质量、软件测试技术的国内外研究现状及发展趋势。第2章 软件生命周期与软件过程的研究现状,本章介绍软件工程中两个重要概念:软件生命周期与软件过程。在早期的软件工程中,这两个概念常不加区分地使用,以后演变为既相互联系又有重要差异的不同概念,本章对它们及相关概念加以说明。第3章 软件质量保证方法分析。第4章 软件质量管理,本章对传统质量保证模型进行了总结分析并进行了改进,在软件生命过程、开发软件的估算、影响软件质量等概念的量化方法方面作了分解分析,对现存的几种软件质量度量标准进行了分析与比较。第5章 软件测试的基本概念及测试技术探索,本章介绍常用软件测试方法和当今软件测试的前沿理论及常用的测试工具。第6章 蒙特卡罗方法及马尔可夫链,本章介绍了蒙特卡罗方法及马尔可夫链的基本概念,对蒙特卡罗方法和马尔可夫链在统计分析方面的应用进行了研究。第7章 蒙特卡罗方法和马尔可夫链模型在软件可靠性测试中的应用,本章提出了基于马尔可夫链模型的软件可靠性测试结果评判准则,并把该准则应用于对软件测试结果的分析中;还提出了基于蒙特卡罗方法的软件可靠性测试模型,并结合评判准则把该测试模型应用于案例中;同时探索出几种测试用例的生成方法和几种软件系统可靠性的优化策略,并通过实例证明其有效性和实用性。第8章 测试策略问题的讨论,本章详细地探讨了测试策略的问题,考虑了达到主要测试目标最可能需要的步骤,以一种有序的和有效的方法来发现并纠正错误。第9章 网络安全技术的背景与探索,本章主要介绍与网络安全有关的网络安全概念、网络黑客与网络防御、数据加密、防火墙技术等,并在网络入侵检测方面作了些探索。

本书对于刚进入信息技术领域的软件质量保证人员和软件测试人员具有理论的指导意义和实践的借鉴意义。对于有一定工作经验的人士来说,本书知识面广,也是一本提升境界、扩展思路的宝典。

本书第1、6、7、8、9章以及书稿篇目设计和统稿由马海云老师完成;第2、3、4、5章由张少刚老师完成。

本书得到天水师范学院科研处,教务处资助。

由于作者水平有限,书中不足之处恳请同行、专家及读者批评指正。

作　者

2011 年 5 月

目 录

X

第1章 绪 论

随着计算机应用日益普及和深化,计算机软件的数量以惊人的速度急剧膨胀,而且现代软件的规模往往十分庞大,包含数百万行代码,耗资几十亿美元,花费几千人一年的劳动开发出来的软件产品,现在已经屡见不鲜了。例如,Windows 3.1 约有 250 万行代码,而现在被广泛使用的 Windows XP 的开发历时三年,代码约有 4000 万行,耗资 50 亿美元,仅产品促销就花费了 2.5 亿美元。计算机软件已经成为一种驱动力。它是进行商业决策的引擎;它是现代科学研究和工程问题解决的基础;它也是区分现代产品和服务的关键因素。它在各种类型的系统中应用,如交通、医药、通信、军事、产业化过程、娱乐、办公……难以穷举。软件在现代社会中的确是必不可少的。软件将成为从基础教育到基因工程的所有各领域新进展的驱动器。软件不能出错。为了降低软件开发的成本,提高软件的开发效率,20 世纪 60 年代末诞生了一门新的工程学科——软件工程学。

1.1 软件的发展

软件担任着双重角色。它是一种产品,同时又是开发和运行产品的载体。作为一种产品,它表达了由计算机硬件体现的计算潜能。软件是一个信息转换器——产生、管理、获取、修改、显示或转换信息,这些信息可以很简单,如一个单个的位(bit),或很复杂,如多媒体仿真信息。作为开发运行产品的载体,软件是计算机控制(操作系统)的基础、信息通信(网络)的基础,也是创建和控制其他程序(软件工具和环境)的基础。

早期阶段,了解了很多关于计算机系统的实现,但对于计算机系统工程几乎一无所知。但是那个时期开发的许多计算机系统,不少一直到今天还在使用,并继续发挥着巨大的作用。计算机系统发展的第二阶段跨越了从 20 世纪 60 年代中期到 70 年代末期的十余年。多道程序设计、多用户系统引入了人机交互的新概念。交互技术打开了计算机应用的新世界,以及硬件和软件配合的新层次。实时系统能够从多个源收集、分析和转换数据,从而使得进程的控制和输出的产生以毫秒而不是分钟来进行。在线存储的发展导致了第一代数据库管理系统的出现。

第二阶段还有一个特点就是软件产品的使用和"软件作坊"的出现。软件被开发,使得它们可以在很宽的范围中应用。主机和计算机上的程序能够有数百甚至上千的用户,开始开发各类软件包。表 1-1 为计算机发展的四个阶段。

表 1-1　计算机发展的四个阶段

早 期 阶 段	第 二 阶 段	第 三 阶 段	第 四 阶 段
● 面向批处理	● 多用户	● 分布式系统	● 强大的桌面系统
● 有限的分布	● 实时	● 嵌入"智能"	● 面向对象技术
● 自定义软件	● 数据库	● 低成本硬件	● 专家系统
● 软件产品	● 消费者的影响	● 人工神经网络	● 并行计算和网络计算机

　　随着计算机系统的增多,计算机软件库开始扩展。内部开发的项目产生了上万行的源程序,从外面购买的软件产品加上几千行新代码就可以了。这时,当发现错误时需要纠正所有这些程序(所有这些源代码);当用户需求发生变化时需要修改;当硬件环境更新时需要适应。这些活动统称为软件维护。在软件维护上所花费的精力开始以惊人的速度消耗资源,并且许多程序的个人化特性使得它们根本不能维护,出现了"软件危机"。

　　计算机系统发展的第三阶段始于 20 世纪 70 年代中期并跨越了整整十年。分布式系统——多台计算机,每一台都在同时执行某些功能,并与其他计算机通信——极大地提高了计算机系统的复杂性。广域网和局域网、高带宽数字通信以及对"即时"数据访问需求的增加都对软件开发者提出了更高的要求。然而,软件仍然继续应用于工业界和学术界,个人应用很少。第三阶段的主要特点是微处理器的出现和广泛应用。微处理器孕育了一系列的智能产品——从汽车到微波炉,从工业机器人到血液诊断设备——但哪一个也没有个人计算机那么重要,在不到十年时间里,计算机真正成为大众化的东西。

　　计算机系统发展的第四个阶段已经不再是着重于单台计算机和计算机程序,而是面向计算机和软件的综合影响。由复杂的操作系统控制的强大的桌面机,广域和局域网络,配合以先进的软件应用已成为标准。计算机体系结构迅速地从集中的主机环境转变为分布的用户/服务器(C/S)环境。世界范围的信息网提供了一个基本结构,必须考虑"信息高速公路"和"网际空间连通"的问题。事实上,因特网可以看做是能够被单个用户访问的"软件"。

　　软件产业在世界经济中不再是无足轻重的。由产业巨子如微软做的一个决定可能会带来成百上千亿美元的风险。随着第四阶段的进展,一些新技术开始涌现。面向对象技术在许多领域中迅速取代了传统软件开发方法。虽然关于"第五代"计算机的预言仍是一个未知数,但是软件开发的"第四代技术"确实改变了软件界开发计算机程序的方式。专家系统和人工智能软件终于从实验室里走了出来,进入了实际应用,解决了现实世界中的大量问题。结合模糊逻辑应用的人工神经网络软件揭示了模式识别和类似人的信息处理能力的可能性。虚拟现实和多媒体系统使得与最终用户的通信可以采用完全不同的方法。"遗传算法"则提供了可以驻留于大型并行生物计算机上的软件的潜在可能性。

　　20 世纪后半叶,硬件性能的极大提高,计算机体系结构的不断变化,内存和硬盘容量的快速增加,以及大量输入/输出设备的多种选择,均促进了更为成熟和更为复杂的基于计算机的软件系统的出现。如果一个系统是成功的,那么这种成熟性和复杂性能够产生出奇迹般的结果,但是它们也给建造这些复杂系统的人员带来很多的问题。在计算机系统的整个发展过程中一直存在着一系列软件相关的问题,而且这些问题还会继续恶化。

　　(1)硬件的发展一直超过软件,使得建造的软件难以发挥硬件的所有潜能。

（2）建造新程序的能力远远不能满足人们对新程序的需求，同时开发新程序的速度也不能满足商业和市场的要求。

（3）计算机的普遍使用已使得社会越来越依赖于可靠的软件。如果软件失败，会造成巨大的经济损失，甚至有可能给人类带来灾难。

（4）一直在不断努力建造具有高可靠性和高质量的计算机软件。

（5）拙劣的设计和资源的缺乏使得难以支持和增强已有软件。

为了解决这些问题，整个产业界开始采用软件工程实践。

在计算机发展的早期，计算机系统是采用面向硬件的管理方法来开发的。项目管理者着重于硬件，因为它是系统开发中最大的预算项。为了控制硬件成本，管理者建立了规范的控制和技术的标准：要求在真正开始建造系统之前，进行详尽的分析和设计，度量过程，以发现哪里还可以进一步改进，坚持质量控制和质量保证，设立规程，以管理变化。简言之，管理者应用的控制、方法和工具，可以称为硬件工程，但软件工程概念出现比较晚。

在早期，几乎没有规范化的软件开发方法。程序员往往从试验和错误中积累经验。现在，计算机系统开发成本的分配发生了变化，硬件/软件成本变化趋势如图 1-1 所示。

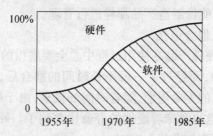

图 1-1　硬件/软件成本变化趋势

在近 20 年里，管理者和很多开发人员在不断地探索中，一直思考以下问题：

（1）为什么需要那么长时间才能结束开发？

（2）为什么成本如此之高？

（3）为什么不能在把软件交给用户之前就发现所有的错误？

（4）为什么在软件开发过程中难以度量其进展？

在回答以上问题的过程中，产生了软件工程学科。

1.2　软件的基本概念

计算机系统由软件和硬件两大部分构成。软件的定义是随着计算机技术的发展而逐步完善的。在 20 世纪 50 年代，人们认为软件就等于程序；60 年代人们认识到软件的开发文档在软件中的作用，提出软件等于程序加文档，但这里的文档仅是指软件开发过程中所涉及的分析、设计、实现、测试、维护等，不包括管理文档；到了 70 年代人们又给软件的定义中加入了数据。因此，软件是计算机系统中与硬件相互依存的一部分，它包括如下内容：

（1）在运行中能提供所希望的功能与性能的程序；

（2）使程序能够正确运行的数据及其结构；

（3）描述软件研制过程和方法所用的文档。

3

1.2.1 软件的特点

从广义来说,软件与硬件之间是有差别的,了解并理解这种差别对理解软件工程是非常重要的。

1)软件角色的双重性

软件作为一种产品具有双重性,一方面它是一个产品,利用它来表现计算机硬件的计算潜能,无论它是在主机中,还是驻留在设备(如手机)中,软件就是一个信息转换器,可以产生、管理、获取、修改、显示或传送信息。而另一方面它又是产品交付使用的载体,它可以控制计算机(如操作系统),可以实现计算机之间的通信,又可以创建其他程序与控制。

2)软件是被开发或设计的,而不是传统意义上的被制造

一般意义上的产品包括硬件产品总要经过分析、设计、制造、测试等过程,也就是说,要经过一个从无形的设想到一个有形的产品的过程。但软件仅仅是一个逻辑上的产品而不是有形的系统元件,软件是通过人的智力劳动设计开发出来的,而不是制造出来的。而且软件一旦被开发出来,就可以进行大量的复制,因此,其研制成本要远远大于生产成本。这也意味着软件的开发不能像制造产品那样进行管理。

3)软件不会"磨损",但会退化

一般情况下,有形的硬件产品在使用过程中总会要磨损的。在使用初期,往往磨损比较严重(这实际上是磨合),而经过了一段不长时间的磨合后,将进入相对的稳定期。由于任何硬件产品总有一定的生命周期,随着时间的流逝,由于硬件受到种种不同的损害,硬件的磨损才真正开始,这也意味着硬件的寿命快要到了。硬件的磨损与时间之间的关系可以用图1-2所示的"浴缸曲线"来表达。

但对于软件来说,由于软件并不是一种有形的产品,因此也就不存在"磨损"问题,理想情况下,软件的故障曲线如图1-3所示。在软件的运行初期,由于未知的错误会引起程序在其生命初期有较高的故障率,然而当修正了这些错误而且也没有引入新的错误后,软件将进入一种比较理想的平稳运行期。这说明软件是不会"磨损"的。但在实际情况中,软件尽管不会"磨损",可是会退化,如图1-3中的实际曲线那样。这是因为软件在其生命周期中会经历多次修改,每次修改都会引入新的错误,而对这些错误又要进行新的修改,使得软件的故障曲线呈现一种锯齿形,导致最后的故障率慢慢升高了,即:软件产生了退化,而这种退化缘于修改。

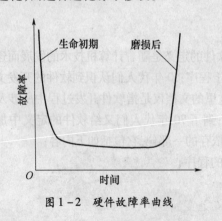

图1-2　硬件故障率曲线

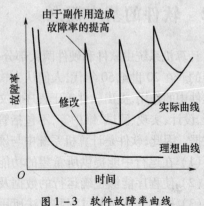

图1-3　软件故障率曲线

4

4）绝大多数软件都是定制的且是手工的

在硬件制造业，构件的复用是非常自然的。但由于软件本身的特殊性，构件复用才刚刚起步。理想情况下软件构件应该被设计成能够被复用于不同的程序，尽管今天的面向对象技术、构件技术已经使软件的复用逐渐成为流行，但这种复用还不能做到像硬件产品那样拿来即用，还需要进行必要的定制（构件之间的组合、接口的设计、功能的修改与扩充等），而且软件开发中构件的使用比例也是有限的。整个软件产品的设计基本上还是依赖于人们的智力与手工劳动。

5）开发过程的复杂与费用的昂贵

现代软件的体系结构越来越复杂，规模越来越庞大，所涉及的学科也越来越多，导致了软件的开发过程也异常复杂。靠一个人单枪匹马开发一套软件的时代已经一去不复返了，软件的开发需要一个分工明确、层次合理、组织严密的团队才能完成，显然软件的开发成本也会越来越昂贵。

1.2.2 软件的分类

软件的应用非常广泛，几乎渗透到各行各业。因此，要给出一个科学的、统一的、严格的计算机软件分类标准是不现实也是不可能的，但可以从不同的角度对软件进行适当的分类。常用的分类方法及意义见表1-2。

表1-2 软件的分类

分类序号	分类方法	对应类别	典型应用与特征
1	按功能分类	（1）系统软件	与计算机硬件的接口并为其他程序服务，如操作系统、驱动程序等
		（2）支撑软件	用于开发软件的工具性软件，如开发平台、数据库管理系统、种种工具软件等
		（3）应用软件	为解决某一领域而开发的软件，如商业软件、嵌入式软件、个人计算机软件、Web软件、人工智能等
2	按版权分类	（1）商业软件	版权受法律保护、经授权方可使用且必须购买的软件
		（2）共享软件	与商业软件类似，但可"先尝后买"，其获取途径主要是通过因特网
		（3）自由（免费）软件	无须支付许可证费用便可得到和使用的软件，发行渠道类似于共享软件
		（4）公有领域软件	没有版权，任何人均可以使用而且可以获得源代码的软件
3	按工作方式分类	（1）实时软件	用于及时处理实时发生的事件的软件，如控制、订票系统等
		（2）分时软件	多个联机用户同时使用计算机的软件
		（3）交互式软件	能够实现人机通信的软件
		（4）批处理软件	多个作业或多批数据一次运行，顺序处理的软件
4	按销售方式分类	（1）订制软件	受某个特定的用户委托，在合同的约束下而开发的软件
		（2）产品软件	由软件开发机构开发可以为众多用户服务的，并直接提供给市场的软件

随着工程化的发展,大量标准的设计构件产生了。标准螺丝和货架上的集成电路芯片仅仅是成千上万的标准构件中的两种,机械和电子工程师在设计新系统时会用到它们。这些可复用构件的使用使得工程师们能够集中精力于设计中真正有创造性的部分(如设计中那些新的成分)。在硬件中,构件复用是工程化的必然结果。而在软件中,它还仅仅是在小范围内取得一定应用。

1.2.3　软件构件

可复用性(Reusability)是高质量软件构件的一个重要特征,一个软件构件应该被设计和实现为能够在多个不同程序中复用。在 20 世纪 60 年代,建造了科学计算子程序库,它们能够在很多工程和科学应用中复用,这些子程序库可以以一种高效的方式复用,定义明确的算法,但其应用范围有限。今天,已经扩展了复用的概念,不仅是算法,还可以是数据结构。现代的可复用构件包含了数据以及应用这些数据的处理过程,使得软件工程师能够从已有可复用构件中创建新的应用。例如,现在交互界面都是通过可复用构件建造的,可以使用它们创建图形窗口、下拉式菜单和各种交互机制。建造用户界面所需的数据结构和处理细节均包含在一个可复用的界面建造构件库中。

软件构件使用某种程序设计语言实现,该语言具有一个有限的词汇表、一个明确定义的文法及语法和语义规则。在最底层,该语言直接反映了硬件的指令集;在中层,程序设计语言,如 Ada 95、C 或 Smalltalk 可用于创建程序的过程化描述;在最高层,该语言可使用图形化的图标或其他符号表示关于需求的解决方案。由此可执行代码就自动生成了。

机器级语言是 CPU 指令集的一个符号表示。当一个好的软件开发者在开发一个可维护、文档齐全的程序时,使用机器语言能够很高效地利用内存并优化该程序的执行速度。当程序设计得很差且没有文档时,机器语言就是一场恶梦。

中层语言使得软件开发者和程序可独立于机器。如果使用了很好的翻译器,一个中层语言的词汇表、文法、语法和语义都能够比机器语言高级得多。事实上,中层语言的编译器和解释器的输出就是机器语言。

虽然目前有成百上千种的程序设计语言,但只有不到 10 种中层的程序设计语言在工业界广泛使用。一些语言,如 COBOL 和 FORTRAN 从它们发明至今已经流行了 30 余年,更多的现代程序设计语言,如 Ada95、C、C + +、Eiffel、Java 和 Smalltalk 也各自有一大批热心的追随者。

机器代码、汇编语言(机器级语言)和中层程序设计语言通常被认为是计算机语言的前三代。因为这些语言中的任何一种,都需程序员既要关心信息结构的表示,又要考虑程序本身的控制。因此,这前三代语言称为过程语言。

第四代语言也称非过程语言,使得软件开发者更加独立于计算机硬件。使用非过程语言开发程序,不需要开发者详细说明过程化的细节,而仅仅"说明期望的结果,而不是说明要得到该结果所需要的行为"。支撑软件会把这种规约自动转换成机器可执行的程序。

1.2.4　软件应用的分类

在某种程度上讲难以对软件应用给出一个通用的分类。随着软件复杂性的增加,其间已没有明显的差别。下面给出一些软件应用领域，它们可能是一种潜在的应用分类。

（1）系统软件。系统软件是一组为其他程序服务的程序。一些系统软件（如编译器、编辑器和文件管理程序）处理复杂的但也是确定的信息结构。其他的系统应用（如操作系统、驱动程序和通信进程等）则处理大量的非确定的数据。不管哪种情况，系统软件均具有以下特点：与计算机硬件频繁交互；多用户支持；需要精细调度、资源共享及灵活的进程管理并发操作；复杂的数据结构；多外部接口。

（2）实时软件。管理、分析、控制现实世界中发生的事件的程序称为实时软件。实时软件的组成包括：一个数据收集部件，负责从外部环境获取和格式化信息；一个分析部件，负责将信息转换成应用时所需要的形式；一个控制/输出部件，负责响应外部环境；一个管理部件，负责协调其他各部件，使得系统能够保持一个可接受的实时响应时间（一般为 1ms～1min），应该注意到术语"实时"不同于"交互"或"分时"。一个实时系统必须在严格的时间范围内响应。而一个交互系统（或分时系统）的响应时间可以延迟，且不会带来灾难性的后果。

（3）商业软件。商业信息处理是最大的软件应用领域。具体的"系统"（如工资表、账目支付和接收、存货清单等）均可归为管理信息系统（MIS）软件，它们可以访问一个或多个包含商业信息的大型数据库。该领域的应用将已有的数据重新构造，变换成一种能够辅助商业操作和管理决策的形式。除了传统的数据处理应用之外，商业软件应用还包括交互式的和 C/S 式的计算（如 POS 事务处理）。

（4）工程和科学计算软件。工程和科学计算软件的特征是"数值分析"算法。此类应用涵盖面很广，从天文学到火山学，从汽车压力分析到航天飞机的轨道动力学，从分子生物学到自动化制造。不过，目前工程和科学计算软件已不仅限于传统的数值算法。计算机辅助设计、系统仿真和其他交互应用已经开始具有实时软件和系统软件的特征。

（5）嵌入式软件。智能产品在几乎每一个消费或工业市场上都是必不可少的，嵌入式软件驻留在只读内存中，用于控制这些智能产品。嵌入式软件能够执行很有限但专职的功能（如微波炉的按钮控制），或是提供比较强大的功能及控制能力（如汽车中的数字控制，包括燃料控制、仪表板显示、刹车系统等）。

（6）个人计算机（PC）软件。个人计算机软件市场是在过去十年中萌芽和发展起来的。字处理、电子表格、计算机图形、多媒体、娱乐、数据库管理、个人及商业金融应用、外部网络或数据库访问，这些仅仅是成百上千种这类应用中的几种。

（7）人工智能（AI）软件。AI 软件利用非数值算法去解决复杂的问题，这些问题不能通过计算或直接分析得到答案。一个活跃的 AI 领域是专家系统，也称为基于知识的系统。AI 软件的其他应用领域还包括模式识别（图像或声音）、定理证明和游戏。最近，AI软件的一个新分支，称为人工神经网络，得到了很大进展。神经网络仿真人脑的处理结构（生物神经系统的功能），这有可能导致一个全新类型的软件登场，它不仅能够识别复杂的模式，而且还能从过去的经验中自行学习进步。

1.2.5　软件技术的发展趋势

因特网无疑是 20 世纪末伟大的技术进展之一，为我们提供了一种全球范围的信息基础设施。这个不断延伸的网络基础设施，形成了一个资源丰富的计算平台，构成了人类社会的信息化、数字化基础，成为我们学习、生活和工作的必备环境。如何在未来因特网平台上进一步进行资源整合，形成巨型的、高效的、可信的和统一的虚拟环境，使所有资源能够高效、可信地为所有用户服务，成为软件技术的研究热点。

因特网平台具有如下基本特征：无统一控制的"真"分布性；节点的高度自治性；节点链接的开放性和动态性；人、设备和软件的多重异构性；实体行为的不可预测性；运行环境的潜在不安全性；使用方式的个性化和灵活性；网络连接环境的多样性等。因此，因特网平台和环境的出现，对软件形态、技术发展、理论研究提出新的问题，也提供了新的契机。

传统软件的开发基于封闭的静态平台，是自顶向下、逐步分解的过程，因此传统软件的开发，基本都是首先确定系统的范围（Scoping），然后实施分而治之的策略，整个开发过程处于有序控制之下。而未来软件系统的开发所基于的平台是一个有丰富基础软件资源但同时又是开放、动态和多变的框架，开发活动呈现为通过基础软件资源组合为基本系统，然后经历由"无序"到"有序"的往复循环过程，是动态目标渐趋稳态。未来软件基本模型由于所处平台的特性和开放应用的需求而变得比任何传统的计算模型都更为复杂，软件生命周期由于"无序"到"有序"的循环而呈现出不同于传统生命周期概念的"大生命周期概念"，程序正确性由于目标的多样化而表现为传统正确性描述的一个偏序集，软件体系结构侧重点从基于实体的结构分解转变为基于协同的实体聚合，软件生产过程和环境的变化导致基于因特网的面向用户的虚拟工厂的形成。

由于软件系统所基于的计算机硬件平台正经历从集中封闭的计算平台向开放的因特网平台的转变，软件系统作为计算机系统的核心，随着其运行环境的演变也经历了一系列的变革。目前，面向网络的计算环境正由 Client/Server 发展为 Client/Cluster，并正朝着 Client/Network 和 Client/Virtual Environment 的方向发展。那么，未来的基于因特网平台的软件系统又将会呈现出一个什么形态呢？

从技术的角度来看，以软件构件等技术支持的软件实体将以开放、自主的方式存在于因特网的各个节点之上，任何一个软件实体可在开放的环境下通过某种方式加以发布，并以各种协同方式与其他软件实体进行跨网络的互连、互通、协作和联盟，从而形成一种与当前的信息 Web 类似的 Software Web. Software Web 不再仅仅是信息的提供者，它还是各种服务（功能）的提供者。由于网络环境的开放与动态性，以及用户使用方式的个性化要求，从而决定了这样一种 Software Web，它应能感知外部网络环境的动态变化，并随着这种变化按照功能指标、性能指标和可信性指标等进行静态的调整和动态的演化，以使系统具有尽可能高的用户信赖度。将这种具有新形态的软件称为网构软件（Internetware）。

网构软件是在因特网开放、动态和多变环境下软件系统基本形态的一种抽象，它既是传统软件结构的自然延伸，又具有区别于在集中封闭环境下发展起来的传统软件形态的独有的基本特征：

（1）自主性。是指网构软件系统中的软件实体具有相对独立性、主动性和自适应性。自主性使其区别于传统软件系统中软件实体的依赖性和被动性。

（2）协同性。是指网构软件系统中软件实体之间可按多种静态连接和动态合作方式在开放的网络环境下加以互连、互通、协作和联盟。协同性使其区别于传统软件系统在封闭集中环境下单一静态的连接模式。

（3）反应性。是指网构软件具有感知外部运行和使用环境并对系统演化提供有用信息的能力。反应性使网构软件系统具备了适应因特网开放、动态和多变环境的感知能力。

（4）演化性。是指网构软件结构可以根据应用需求和网络环境变化而发生动态演化，主要表现在其实体元素数目的可变性、结构关系的可调节性和结构形态的动态可配置性上；演化性使网构软件系统具备了适应因特网开放、动态和多变环境的应变能力。

（5）多态性。是指网构软件系统的效果体现出相容的多目标性。它可以根据某些基本协同原则，在动态变化的网络环境下，满足多种相容的目标形态。多态性使网构软件系统在网络环境下具备了一定的柔性和满足个性化需求的能力。

综上所述，因特网及其应用的快速发展与普及，使计算机软件所面临的环境开始从静态封闭逐步走向开放、动态和多变。软件系统为了适应这样一种发展趋势，将会逐步呈现出柔性、多目标、连续反应式的网构软件系统的形态。面对这种新型的软件形态，传统的软件理论、方法、技术和平台面临了一系列挑战。从宏观上看，这种挑战为研究软件理论、方法和技术提供了难得的机遇，使我们有可能建立一套适合于因特网开放、动态和多变环境的新型软件理论、方法和技术体系。从微观的角度来看，因特网的发展将使系统软件和支撑平台的研究重点开始从操作系统等转向新型中间件平台，而网构软件的理论、方法和技术的突破必将导致在建立新型中间件平台创新技术方面的突破。

归结起来，网构软件理论、方法、技术和平台的主要突破点在于实现如下转变，即，从传统软件结构到网构软件结构的转变，从系统目标的确定性到多重不确定性的转变，从实体单元的被动性到主动自主性的转变，从协同方式的单一性到灵活多变性的转变，从系统演化的静态性到系统演化的动态性的转变，从基于实体的结构分解到基于协同的实体聚合的转变，从经验驱动的软件手工开发模式到知识驱动的软件自动生成模式的转变。建立这样一种新型的理论、方法、技术和平台体系具有两个方面的重要性：一方面，从计算机软件技术发展的角度，这种新型的理论、方法和技术将成为面向因特网计算环境的一套先进的软件工程方法学体系，为21世纪计算机软件的发展构造理论基础；另一方面，这种基于因特网计算环境上软件的核心理论、方法和技术，必将为我国在未来5年～10年建立面向因特网的软件产业打下坚实的基础，为我国软件产业的跨越式发展提供核心技术的支持。

当前的软件技术发展遵循软硬结合、应用与系统结合的发展规律。"软"是指软件，"硬"是指微电子，要发展面向应用，实现一体化；面向个人，体现个性化的系统和产品。软件技术的总体发展趋势可归结为软件平台网络化、方法对象化、系统构件化、产品家族化、开发工程化、过程规范化、生产规模化、竞争国际化。

1.3　软件工程

计算机软件工程是一种已经出现的哲学体系，虽然在合适的范型、自动化程度以及最有效的方法等方面还存在争论，但其基本原则现已在产业界得到普遍接受。本书在学习软件工程基本原则的基础上，在软件质量及软件测试方面进行了一些探索。

1.3.1　软件危机

随着微电子学技术的进步,计算机硬件性能/价格比平均每十年提高两个数量级,而且质量稳步提高;与此同时,计算机软件成本却在逐年上升且质量没有可靠的保证,软件开发的生产率也远远跟不上普及计算机应用的要求。可以说软件已经成为限制计算机系统发展的关键因素。在 20 世纪 60 年代—70 年代,西方计算机科学家把软件开发和维护过程中遇到的一系列严重问题统称为"软件危机",它有如下表现:

(1) 软件开发的生产率远远不能满足客观需要,使得人们不能充分利用现代计算机硬件所提供的巨大潜力。

(2) 开发的软件产品往往与用户的实际需要相差甚远,软件开发过程中不能很好地了解并理解用户的需求,也不能适应用户需求的变化。

(3) 软件产品质量与可维护性差,软件的质量管理没有贯穿到软件开发的全过程,直接导致所提交的软件存在很多难以改正的错误。软件的开发基本没有实现软件的可重用,软件也不能适应硬件环境的变化,也很难在原有软件中增加一些新的功能。再加之软件的文档资料通常既不完整也不合格,使得软件的维护变得非常困难。

(4) 软件开发的进度计划与成本的估计很不准确,实际成本可能会比估计成本高出一个数量级,而实际进度却比计划进度延迟几个月甚至几年。开发商为了赶进度与节约成本会采取一些权宜之计,这往往会使软件的质量大大降低。这些现象极大地损害了软件开发商的信誉。

由上述的现象可以看出,"软件危机"并不仅仅表现在不能开发出完成预定功能的软件,更麻烦的是还包含那些如何开发软件、如何维护大量已经存在的软件以及开发速度如何跟上目前对软件越来越多的需求等相关的问题。而造成这些现象的主要原因可以追溯到软件开发的早期阶段所产生的"软件神话",这些神话误导人们形成了一些错误概念和做法,严重地阻碍了计算机软件的开发,更严重的是,用错误方法开发出来的许多大型软件几乎根本无法维护,只好提前报废,造成大量人力、物力的浪费。最常见的软件神话如下:

(1) 只要拥有讲述如何开发软件的书籍,而且其中充满了标准与示例,就可以解决软件开发中的任何问题。

(2) 如果开发进度滞后,可以通过增加程序员来解决。

(3) 既然需求分析是非常复杂而且困难,那就先开始做软件,反正软件是"软"的,可以随时改变。

(3) 一个项目的成功应该体现在所提交的程序,只要程序运行正常,项目也就结束了。创建软件工程中所要求的大量文档只会延缓开发进度。

(4) 在程序真正运行之前是没有办法评估其质量的。

随着计算机技术与软件开发技术的发展,许多人已经意识到这些神话是错误的,为了克服"软件神话"所带来的"软件危机",人们进行了不断的探索。有人从制造机器和建筑楼房的过程中得到启示:无论是制造机器还是建造楼房都必须按照规划—设计—评审—施工(制造)—验收—交付的过程来进行,那么在软件开发中是否也可以像制造机器与建造楼房那样,有计划、有步骤、有规范地开展软件的开发工作呢? 答案是肯定的。于是,20

世纪 60 年代末用工程学的基本原理和方法来组织和管理软件开发的全过程的一门新兴的工程学科诞生了，这就是计算机软件工程学，通常简称为软件工程。

1.3.2 软件工程的定义及其研究内容

什么是软件工程呢？自从 1968 年第一次提出软件工程的概念以来，软件工程的定义也一直在不停地完善着。IEEE(IEE93)对软件工程的定义如下：

软件工程是将系统化的、严格约束的、可量化的方法应用于软件的开发、运行和维护，即将工程化应用于软件。

通俗地说，软件工程是指导软件开发和维护的一门工程学科。它采用工程的概念、原理、技术和方法，把经过时间检验而证明是正确的管理技术和当前能够得到的最好的技术方法结合起来，用于开发和维护软件。

软件工程是一门综合性的交叉学科，它涉及哲学、计算机科学、工程科学、管理科学、数学及应用领域知识。软件工程研究的内容主要集中在软件的开发技术与管理两大方面。开发技术包括软件的开发模型、开发过程、开发方法、工具与环境等；管理技术包括人员组织、项目计划、标准与配置、成本估算、质量评价等。

从另一方面来说，软件工程又是一种层次化的技术（图 1-4）。因为任何工程方法都必须以质量控制为基础，因此质量控制是整个软件工程的基础。保证软件开发质量的前提条件是对软件工程中的各个过程进行有效的管理，为此必须为软件过程规定一系列的关键过程域，以此作为软件项目管理控制的基础，通过人员组织管理、项目计划管理、质量管理等环节来保证软件开发按时按质量

图 1-4 软件工程的层次

完成。软件工程中的"方法"提供了实现软件过程的技术，它涉及一系列的任务：需求分析、开发模型、设计、编码、测试和支持等。利用"工具"可以对软件工程的过程与方法提供自动的或半自动的支持，在适当的软件工具辅助下，开发人员可以既快又好地做好软件开发工作，这些工具称为计算机辅助软件工程（CASE）工具。所以，一般将"过程"、"方法"和"工具"称为软件工程的三要素。这也是现代软件工程的研究内容。

软件工程与其他工程一样要有自己的目标、活动和原则，软件工程框架可以概括为图 1-5 所示的内容。

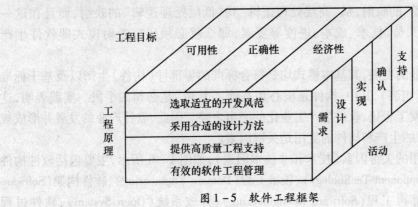

图 1-5 软件工程框架

11

软件工程的基本目标是生产具有正确性、可用性及开销合宜(合算性)的产品。正确性意指软件产品达到预期功能的程度;可用性意指软件基本结构、实现及文档达到用户可用的程度;开销合宜意指软件开发、运行的整个开销满足用户的需求。以上目标的实现不论在理论上还是在实践中均存在很多问题有待解决,制约了对过程、过程模型及工程方法的选取。

软件工程活动是"生产一个最终满足用户需求且达到工程目标的软件产品所需要的步骤",主要包括需求、设计、实现、确认以及支持等活动。需求活动是在一个抽象层上建立系统模型的活动,该活动的主要产品是需求规约,是软件开发人员和用户之间契约的基础,是设计的基本输入。设计活动定义实现需求规约所需的结构,该活动的主要产品包括软件体系结构、详细的处理算法等。实现活动是设计规约到代码转换的活动。验证/确认是一项评估活动,贯穿于整个开发过程,包括动态分析和静态分析。主要技术有模型评审、代码"走查"以及程序测试等。维护活动是软件发布之后所进行的修改,包括对发现错误的修正、对环境变化所进行的必要调整等。

围绕工程设计、工程支持以及工程管理,提出以下软件工程基本原则。

第1条原则:选取适宜的开发风范。以保证软件开发的可持续性,并使最终的软件产品满足用户的要求。

第2条原则:采用合适的设计方法。支持模块化、信息隐蔽、局部化、一致性、适应性、构造性、集成组装性等问题的解决和实现,以达到软件工程的目标。

第3条原则:提供高质量的工程支持。提供必要的工程支持,例如配置管理、质量保证等工具和环境,以保证按期交付高质量的软件产品。

第4条原则;有效的软件工程管理。仅当对软件过程实施有效管理时,才能实现有效的软件工程。

由以上软件工程的概念和框架可以看出,软件设计的主要目标就是要实现好的结构,使开发的软件具有良好的构造性和演化性。软件工程学科所研究的内容主要包括软件开发范型、软件设计方法、工程支持技术和过程管理技术。其中,软件开发范型涉及软件工程的"方向"问题,研究正确的求解软件的计算逻辑;软件设计方法涉及软件工程的"途径"问题,研究"高层概念模型和处理逻辑"到"低层概念模型和处理逻辑"的映射;工程支持技术和过程管理技术涉及工程过程质量和产品质量问题,研究管理学理论在软件工程中的应用。如上所述,软件开发就是实施了一个从"高层概念模型"到"低层概念模型"的映射,从"高层处理逻辑"到"低层处理逻辑"的映射,而且在这一映射中还涉及到人员、技术、成本、进度等要素,那么就必须研究映射模式即软件生产模式问题。

分析传统产业的发展,其基本模式均是符合标准的零部件(构件)生产以及基于标准构件的产品生产(组装),其中,构件是核心和基础,"复用"是必须的手段。实践表明,这种模式是软件开发工程化、软件生产工业化的必由之路。因此,软件产业的发展并形成规模经济,标准构件的生产和构件的复用是关键因素。

实现软件复用的关键因素(技术和非技术因素),如图1-6所示,主要包括软件构件技术(Software Component Technology)、领域工程(Domain Engineering)、软件构架(Software Architecture)、软件再工程(Software Reengineering)、开放系统(Open System)、软件过程

（Software Process）、CASE 技术等，以及各种非技术因素，且各种因素是相互联系、相互影响的。

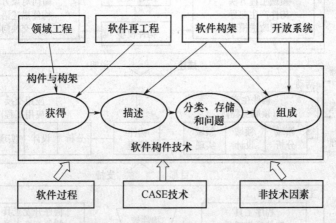

图 1-6　实现软件复用的关键因素

近年来人们认识到，要提高软件开发效率，提高软件产品质量，必须改变手工作坊式的开发方法，采取工程化的开发方法和工业化的生产技术。

青鸟工程"七五"期间，已提出了软件生产线的概念和思想，其中将软件的生产过程分成三类不同的生产车间，即应用构架生产车间、构件生产车间和基于构件、构架复用的应用集成组装车间。软件生产线的概念模式如图 1-7 所示。

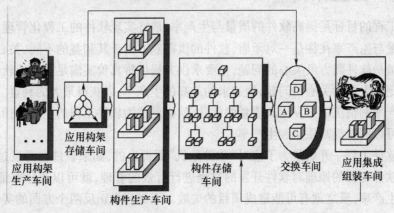

图 1-7　软件生产线概念模式图

由上述软件生产线概念模式图中可以看出，在软件生产线中，软件开发人员被划分为三类：构件生产者、构件库管理者和构件复用者。这三种角色所需完成的任务是不同的，构件复用者负责进行基于构件的软件开发，包括构件查询、构件理解、适应性修改、构件组装以及系统演化等。

图 1-8 给出了与图 1-7 相对应的软件生产线——生产过程模型。

从图 1-7 和图 1-8 中可以看出，软件生产线以软件构件/构架技术为核心，其中的主要活动体现在传统的领域工程和应用工程中，但赋予了它们新的内容，并且通过构件管理、再工程等环节将它们有机地衔接起来。另外，软件生产线中的每个活动皆有相应的方

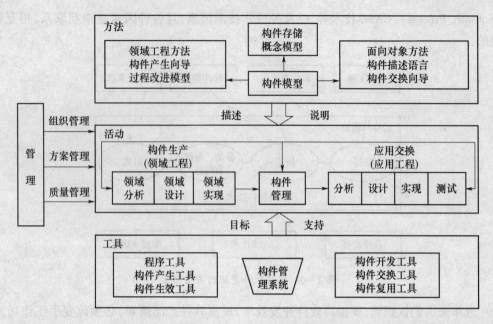

图 1-8 软件生产线——生产过程模型

法和工具与之对应,并结合项目管理、组织管理等管理问题,形成完整的软件生产流程。

1.3.3 软件工程的作用

　　软件工程的目标是提高软件的质量与生产率,最终实现软件的工程化管理、工业化生产。而质量与生产率往往是一对矛盾,软件的供需双方由于其利益的不同,关心的焦点也不同。质量是软件需方最关心的问题,他要求供方提供货真价实满足需求的软件产品;而生产率则是供方最为关心的问题,他追求的是高的生产率,以获得最大的利益。因此如何在提高生产率的情况下开发出高质量的软件,就必然成为软件工程的主要目标,好的软件工程方法可以同时提高质量和生产率。

　　由于软件工程一开始是为了应对"软件危机"而提出的,如果软件在开发过程中能较好地利用软件工程的原理对软件开发的过程进行有效的管理,就可以充分保证软件开发的质量和生产率,反之就有可能造成项目的失败。下面列举正反两个方面的实例:

　　【成功案例】美国联邦速递公司(FedEX)的管理信息系统。

　　美国联邦速递公司是一个具有数十亿美元资产,经营速递业务的大型企业。它拥有643 架飞机、43000 辆汽车、138000 名员工,每天运送超过 310 万个包裹,通达全世界近200 个国家和地区。该公司为适应管理的需要开发了覆盖整个公司的管理信息系统,从系统的架构、分析、开发直至运行、维护始终遵循需求至上的原则,将先进的软件工程的原理与方法贯穿整个开发过程,最终该项目取得了圆满的成功。通过管理信息系统,公司在任何时间都可以知道每件包裹在什么位置以及以后的运送路线,用户只要登录该公司的网站也可以得到同样的信息。后来,该系统又逐步扩展成为集成了从一个工厂的成品到送达用户之间的所有涉及分拣、运输、仓储、递送过程中每一步的状态数据。

　　【失败案例】英国伦敦的急救服务管理信息系统。

14

伦敦急救服务中心覆盖了 680 多万人口,每天接送 5000 个病人,接听 2500 个电话。为提高对急救电话的响应速度,更有效及时地处理紧急情况,该中心开发了相应的急救信息管理系统,试图通过该系统对急救信息进行实时管理,最终目标是平均每 14min 响应一个电话,1992 年 10 月新系统正式投入运行。由于新的系统既没有经过严格的调试也没有经过完全的测试尤其是满负荷下测试,另一方面全体职员更没有经过对新系统的使用培训,使得系统在运行过程中发生了一系列致命的问题:有些紧急电话要花 30min 才能打进去,由于救护车延迟了 3h,造成数十人死亡。伦敦急救服务中心的一位发言人说:"真是一场可怕的恶梦!"

以上正反两个方面的例子充分说明了软件工程在软件开发中的重要作用。

一般来说,软件企业的专业人员应该由以下几个层次构成:

(1) 高层管理人员。是软件企业的管理者,应具备软件专业的宏观知识、软件工程的管理知识、商业与资本的运作知识。他们是使用软件工程原理对企业进行管理的决策者。

(2) 项目经理与程序经理。是程序员的管理者,也是软件工程的拥有者与实践者。他们应具备系统分析与系统设计的能力、项目管理方面的知识。他们必须使用软件工程的理论与方法来对软件的开发过程实施管理。在整个团队中,这种人的技术水平、办事效率应该是最高的,而且有较高的人格魅力。

(3) 程序员。他们是软件开发团队中的基础人员,应占整个企业员工的大多数。应具备阅读相关文档的技能、出色的程序设计与程序测试能力。他们要使用软件工程的理论与方法来实现软件项目的功能、接口与界面。

(4) 营销人员。他们是软件企业的形象代表,必须通过他们才能将软件产品推销到使用单位。他们必须具备商业营销的知识、软件工程的基本知识,既要是某个行业领域的产品专家,又要成为该产品的实现顾问。

(5) 售后服务人员。他们代表企业直接与用户打交道,实施软件的安装、运行与维护。他们也需要用软件工程的方法来对软件进行实施维护。

在以上几类人员中,前三类人员必须掌握软件工程的原理,对后两类人员只需要了解软件工程的相关知识并将之应用于实践之中。所以只要是在软件行业里工作,就必须重视软件工程、学好软件工程、用好软件工程,不断地将自己的实践经验上升到软件工程的理论与方法,又不断地用软件工程的理论与方法指导自己的实践,使自己得到升华与发展,这就是软件工程的作用。

实际上软件工程的作用是多方面的:对一个软件项目团队来说,实施软件工程可以保证在规定的时间内,按照规定的成本来完成预期质量目标的软件;对软件企业来说,软件工程可以规范软件开发过程和软件的管理过程,不断地优化软件组织的个人素质和集体素质,从而逐渐提升软件企业的市场竞争力;对软件的整个发展进程来说,软件工程可以克服"软件危机",控制软件开发进度,节约开发成本,提高软件质量。

1.3.4　软件工程技术发展历程

30 多年来,软件工程的研究和实践取得了长足的进步,其中一些具有里程碑意义的进展包括:

(1) 20 世纪 60 年代末—70 年代中期,在一系列高级语言应用的基础上,出现了结构化程序设计技术,并开发了一些支持软件开发的工具。

(2) 20 世纪 70 年代中期—80 年代,计算机辅助软件工程(CASE)成为研究热点,并开发了一些对软件技术发展具有深远影响的软件工程环境。

(3) 20 世纪 80 年代中期—90 年代,出现了面向对象语言和方法,并成为主流的软件开发技术;开展软件过程及软件过程改善的研究;注重软件复用和软件构件技术的研究与实践。

软件是客观事物的一种反映,客观世界的不断变化促使软件技术的不断发展,这种事物发展规律促使软件工程的产生和发展。仅从解决软硬件的异构性和各种软件之间的异构性角度,就可窥见软件技术发展的一种途径。如,为屏蔽计算机硬件之间的异构性发展了操作系统,为屏蔽操作系统之间和编程语言之间的异构性出现了支撑软件和中间件,为屏蔽不同中间件之间的异构性发展了 Web Services 技术等。随着解决问题的不断深入,易用性和适应性要求的不断提升,以及软件技术的不断发展,还会出现更新、更复杂的异构问题,它的解决会促进软件技术的不断发展。从学科角度来看,要不断提炼所要解决问题的概念,建立相应的模型,并寻找处理方法,从而解决这些问题的概念模型和处理问题逻辑间的映射问题。

1.3.5 软件工程的基本原理

既然是工程,那就有许多相关的准则与基本原理,软件工程也不例外。自从 1968 年第一次提出软件工程的概念以来,全世界研究软件工程的专家学者们陆续提出了 100 多条关于软件工程的准则与基本原理,1983 年 B. Woehm 对这 100 多条准则进行了总结归纳,提出了软件工程的七条基本原理,他认为这七条原理是保证软件产品质量和开发效率最小且相当完备的集合。这七条基本原理如下:

1)用分阶段的生命周期计划严格管理

统计表明,在不成功的软件项目中有 1/2 左右是由于计划不周造成的,可见把建立完善的计划作为第一条基本原理是吸取了前人的教训而提出来的。在软件开发与维护的漫长的生命周期中,需要完成许多性质各异的工作。这条基本原理意味着,应该把软件生命周期划分成若干个阶段,并相应地制定出切实可行的计划,然后严格按照计划对软件的开发与维护工作进行管理。Boehm 认为,在软件的整个生命周期中应该制定并严格执行六类计划,它们是项目概要计划、里程碑计划、项目控制计划、产品控制计划、验证计划、运行维护计划。不同层次的管理人员都必须严格按照计划各尽其职地管理软件开发与维护工作,绝不能受用户或上级人员的影响而擅自背离预定计划。

2)坚持进行阶段评审

Boehm 当时就已经认识到,软件的质量保证工作不能等到编码阶段结束之后再进行。这样说至少有两个理由:第一,大部分错误是在编码之前造成的,例如,根据 Boehm 等人的统计,设计错误占软件错误的 63%,编码仅占 37%;第二,错误发现与改正得越晚,所需付出的代价也越高。因此,在每个阶段都进行严格的评审,以便尽早发现在软件开发过程中所犯的错误,这是一条必须遵循的重要原则。

3)实行严格的产品控制

在软件开发过程中不应随意改变需求,因为改变一项需求往往需要付出较高的代价,但是,在软件开发过程中改变需求又是难免的,由于外部环境的变化,相应地改变用户需求是一种客观需要,显然不能硬性禁止用户提出改变需求的要求,而只能依靠科学的产品控制技术来顺应这种要求。也就是说,当改变需求时,为了保持软件各个配置成分的一致性,必须实行严格的产品控制,其中主要是实行基准配置管理。基准配置又称基线配置,它们是经过阶段评审后的软件配置成分(各个阶段产生的文档或程序代码)。基准配置管理也称为变动控制。一切有关修改软件的建议,特别是涉及对基准配置的修改建议,都必须按照严格的规程进行评审,获得批准以后才能实施修改。绝对不能谁想修改软件(包括尚在开发过程中的软件),就随意进行修改。

4) 采用现代程序设计技术

从提出软件工程的概念开始,人们一直把主要精力用于研究各种新的程序设计技术。20 世纪 60 年代末提出的结构化程序设计技术,已经成为绝大多数人公认的先进的程序设计技术。以后又进一步发展出各种结构化分析(SA)与结构化设计(SD)技术。而面向对象技术的出现又使软件开发发生了翻天覆地的变化。实践表明,采用先进的技术既可提高软件开发的效率,又可提高软件维护的效率。

5) 结果应能清楚地审查

软件产品不同于一般的物理产品,它是看不见摸不着的逻辑产品。软件开发人员(或开发小组)的工作进展情况可见性差,难以准确度量,从而使得软件产品的开发过程比一般产品的开发过程更难于评价和管理。为了提高软件开发过程的可见性,更好地进行管理,应该根据软件开发项目的总目标及完成期限,规定开发组织的责任和产品标准,从而使得所得到的结果能够清楚地审查。

6) 开发小组的人员应该少而精

这条基本原理的含义是,软件开发小组的组成人员的素质应该好,而人数则不宜过多。开发小组人员的素质和数量是影响软件产品质量和开发效率的重要因素。素质高的人员的开发效率比素质低的人员的开发效率可能高几倍至几十倍,而且素质高的人员所开发的软件中的错误明显少于素质低的人员所开发的软件中的错误。此外,随着开发小组人员数目的增加,因为交流情况讨论问题而造成的通信开销也急剧增加。当开发小组人员数为 N 时,可能的通信路径有 $N(N-1)/2$ 条,可见随着人数 N 的增大,通信开销将急剧增加。因此,组成少而精的开发小组是软件工程的一条基本原理。

7) 承认不断改进软件工程实践的必要性

遵循上述六条基本原理,就能够按照当代软件工程基本原理实现软件的工程化生产,但是,仅有上述六条原理并不能保证软件开发与维护的过程能赶上时代前进的步伐,能跟上技术的不断进步。因此,Boehm 提出应把承认不断改进软件工程实践的必要性作为软件工程的第七条基本原理。按照这条原理,不仅要积极主动地采纳新的软件技术,而且要注意不断总结经验,例如,收集进度和资源耗费数据,收集出错类型和问题报告数据等。这些数据不仅可以用来评价新的软件技术的效果,而且可以用来指明必须着重开发的软件工具和应该优先研究的技术。

随着软件开发技术的不断发展,今天面向数据与面向对象的程序设计已经成为软件开发的主流,以上这七条基本原理尽管是在面向过程的程序设计时代提出的,但这些基本原理仍然是适用的。不过在现代的软件设计中有一种现象是必须要注意的,那就是"二八定律"(也称 Parato 定律)。对软件项目进度和工作量的估计,认为已经完成了 80%,但实际上只有 20%;对程序中的错误估计,80%的问题存在于 20%的程序之中;对模块功能的估计,20%的模块实现的 80%的软件功能;对人力资源的估计,20%的人解决了软件设计中 80%的问题;对资金投入的估计,企业信息系统中 80%的问题可以用 20%的资金来解决。

1.4 软件可靠性的研究现状及软件测试的发展方向

1.4.1 软件可靠性

软件以其良好的可修改性和灵活性极易用来突破机械连接的限制,代替物理硬件成为系统中各系统组件间、系统与环境间交互作用时的控制和协调器,给大型复杂逻辑系统的设计提供了强有力的实现手段,也极大地扩展了这些复杂逻辑系统的应用领域。因而,各种各样高度复杂的计算机系统日益渗透到航空航天、工业过程控制、核电站监控与安全保护、交通运输、金融、医疗卫生、电子商务等关键领域,并发挥着不可替代的作用[1-3]。运用于这些领域的系统一旦发生失效,将给人类生命、财产和环境造成重大甚至是灾难性的损失。所以,这些系统依具体情况分为安全关键系统(Safety - Critical System)、任务关键系统(Mission - Ctitical System)、生命关键系统(Life - Critical System)、高影响系统(High - Consequence System)、高确信系统(High - Surance System)等,统称为关键系统。在过去的几十年里,由于软件失效而导致这些关键系统失效,进而给人类生命财产和环境造成灾难性损失的事例层出不穷[4-9]。

(1) 20 世纪 60 年代中期,美国的首次金星探测计划,因为在 FORTRAN 语言程序的 DO 语句中漏掉一个逗号,惨遭失败。

(2) 1996 年,欧洲航天局首次发射阿丽亚娜 5 号火箭失败,其直接原因是火箭控制系统的软件故障,导致直接经济损失 5 亿美元,还使耗资 80 亿美元的开发计划延迟了 3 年。

(3) 1986 年 3 月—1987 年 1 月,由加拿大原子能有限公司生产的 Therac25 放射治疗机造成两人死亡、数人受伤。

(4) 1992 年,法国伦敦由于救护派遣系统全部崩溃,导致多名病人因为抢救不及时而失去生命。

(5) 1991 年,海湾战争期间,美国爱国者导弹由于软件计时系统累计误差造成拦截失败,造成人员无辜伤亡。

(6) 1990 年,美国电话系统中新投入使用的软件发生失效,导致主干线远程网大规模崩溃,给运营商造成了重大的经济损失。

(7) 1991 年,由于一系列局域电话网因软件错误而中断,造成了数以千计依靠电讯公司运营业务的公司遭受巨额的资金损失。

由以上重大事件可知,人类社会渴望高可靠型软件,研究如何确保软件的可靠性性质具有重大的现实意义。

1.4.2 软件可靠性的研究

可靠性的研究起始于 20 世纪 30 年代的机器维修问题和 40 年代的路灯更换问题,而德国的 V1 和 V2 火箭的设计也隐含着原始的可靠性思想。第二次世界大战开始后,军事装备可靠性的问题引发了人们对于可靠性研究的重视。从 50 年代开始可靠性研究取得了飞速的发展,到 60 年代中期,对于以寿命为中心的硬件可靠性研究已经非常的深入和成熟[10]。

软件可靠性的研究比硬件可靠性的研究要晚得多,它起始于 20 世纪 70 年代初。早期的软件可靠性研究以可靠性建模为主。开始人们总是试图用硬件可靠性的方法来解释软件可靠性行为,但发现结果总是事与愿违,这是由软件和硬件的不同特性所决定的。从 70 年代开始到 80 年代中期是软件可靠性建模技术的高速发展时期,这段时间产生了数以百计的软件可靠性模型。80 年代后期开始,软件可靠性研究逐渐从研究阶段走向工程阶段。

软件可靠性建模是基于 20 世纪 70 年代初期的专家 Jelinski、Moranda、Shooman 和 Coutinhol[14]等的工作展开的。其基本方法是对过去发生故障的数据建模,以达到预测将来可靠性的目的。这些模型有着相似的数学形式和假设:

(1)软件中的初始错误数为 $N(\geqslant 0)$;

(2)软件的故障率和软件中的剩余错误数成正比;

(3)错误被发现后立即被别除并不引入新的错误。

1972 年,B. Littlewood 和 J. L. verrall 发表了第一个贝叶斯模型。在这个模型中,假设故障间隔时间服从参数 λ_i 的指数分布,而且 λ_i 服从先验的 Γ 分布。根据这些假设,由标准的贝叶斯过程可以得到故障时间间隔的分布。另外,在硬件可靠性活动中,常用的瑞利(Rayleigh)分布和威布尔(Weibull)分布用于替代 Littlewood – Verral 模型中的贝叶斯分布,各自产生了 Schick – Wolverton 模型和 Wagoner 模型。

1975 年是软件可靠性建模工作里程碑式的一年。N. F. Schneidewind 发表了第一个非齐次泊松过程(NHPP)模型[18],他建议对不同的可靠性函数进行研究,并针对具体的开发项目选用最合适的可靠性函数,以预测软件的可靠度。在可靠性预测过程中,可以从实际的数据出发来校正时标。

(1)J. D Musa 发表了关于软件可靠性的执行时间模型,在这种模型中引入了一些新的参数。

(2)测试压缩因子,表示使用适当的测试事件能够比用户的输入数据有更高引发故障率。

(3)软件系统的初始 MTTF。

(4)与日历时间相对应的执行时间(CPU 时间),以及 CPU 时间与日历时间的相互转换。

P. B. Moranda 发表了几何泊松模型。在这种模型中,故障率随时间的增加以几何级数降低,而且下降的过程出现在每次故障的纠正期。在第 i 个时间段,程序内的错误数满足参数为 λ^{i-1},的泊松分布。

1976 年,M. L. Shooman 和 S. Natarajan 考虑剔除错误时引入新错误的模型,在这个模型中,使用了查错率、改错率以及引入新错率来处理改错时引入的错误。

1979 年,A. Goel 和 K. Okumoto 发表了关于连续时间的 NHPP 模型。这个模型对软件可靠性工作产生了深远的影响。后来在此基础上出现了很多 NHPP 模型的扩展形式,例如,1983 年由 Yamada、Ohha 和 Osaki 发表的具有 S 形可靠性增长曲线均值函数,以及 K. Okumoto 和 J. D. Musa 提出的对数泊松执行过程模型 IMusa831。

1989 年,Y. Tohma、K. Okumoto、S. Nagase 和 Y. Murata 提出的一个以超几何分布为基础的模型,用于计算软件中的剩余错误个数。而 Tsu – Feng Ho、Wah – Chun Chan 和 Chyan – Goei Chung 提出了一个模块结构模型,通过每个模块的可靠性来估计软件系统的可靠性。

邹丰忠等人提出了一个双随机过程软件可靠性模型,其中的一个随机过程是另一个随机过程的补充和修正。

以上的模型具有两个共同点。首先,几乎所有的模型都是基于概率假设,认为软件可靠性行为可以用概率的方式加以解释;其次,它继承了硬件性的基本概念,如故障强度(率)、平均故障时间、可靠度函数等,这就忽视了软件与硬件之间的本质差异。因此,这些模型只能适用或部分地适用于特定的场合。因此,对于软件可靠性模型的研究有必要走出参数估计这个常用的方法,以获得更好的结果。

Kim 等人应用恢复块结构的技术对软件可靠性等软件质量特征进行估计,而且根据错误对软件系统所产生的可观察到的后果进行分类,使得将测试数据应用于模型参数的估计成为可能。

T. Downs 和 K. W. Miller 等人提出了以软件的黑盒子模型作为基础的理论分析方法。这种方法对测试过程直接建模,试图解决:①在随机测试过程中当观察的故障次数为 0 时的软件的故障率;②测试剖面和运行剖面不一致时如何对估计的故障率进行调整;③结合其他信息来分析随机测试结果的问题。

N. Karaunanith、Y. Malaiya 和 D. whitley 利用前向神经网络的方法来预测软件可靠性。结果发现,相对于传统的软件可靠性估计方法,神经网络方法对预测显示出良好的一致性,所以神经网络方法对提高预测的精度具有积极的贡献。但是神经网络方法也存在着不足,比如说它预测的错误个数较传统的可靠性模型为少,而且需要大量的数据进行学习活动。

1.4.3 软件可靠性工程

如同前面所提到的,在软件可靠性研究领域中,20 世纪 70 年代是软件可靠性模型的时代,而在 80 年代,关于软件可靠性的理论研究似乎停止不前。事实上,这段时间的停滞为后来软件可靠性工程的快速发展积累了大量的工程经验和数据,使得软件可靠性工程在软件工程领域也逐渐取得相对独立的地位,成为一个生气勃勃的分支。

软件可靠性工程的主要目标是保证和提高软件可靠性。为了达到这一目标,必须了解软件出现故障的原因,也就是软件可靠性物理。由于满足可靠性需求的软件是开发出来的,因此,软件可靠性工程的核心问题是如何开发可靠的软件。在软件开发结束之后,如何检验软件是否满足了可靠性需求,也是软件可靠性工程一个重要的方面。

软件可靠性工程对基于软件产品的可靠性进行预测、建模、估计、度量和管理,它贯穿于从产品设想到发行,再到用户使用的整个过程。由于软件的可靠性随软件的使用方式和工作环境而变化,所以尽量精确地考察用户工作环境的特点是软件可靠性工程的一个重要部分。把这种使用环境用一个剖面(Profile)来描述,它表示各种应用功能在不同的环境之下使用的概率。在软件开发生命周期的初始阶段考察各种功能,确定用户需要在不同环境下完成的任务,通过早期的软件可靠性工程来确定一个功能剖面,在清楚系统完成这些任务所需的操作后,将功能剖面转换为运行剖面。采用"运行剖面驱动"(Operational Profile Driven),也就是我们后面所提到的运行测试的方法,提高了测试效率,加速在测试中可靠性的提高。

1.4.4 软件测试技术的发展方向

目前,软件测试存在四个发展方向:

(1) 验证技术。验证的目的在于证明在软件生命期各个阶段,以及阶段间的逻辑协调性和正确性。验证技术目前仅适用于特殊用途的小程序。

(2) 静态测试。正逐步地从代码的静态测试往高层开发产品的静态测试发展。

(3) 测试用例的选择。什么样的测试用例是好的测试用例? 可以从四个特性描述测试用例的质量,即有效性、仿效性、经济性和修改性。

(4) 测试技术的自动化。这是一个最新的发展方向。自动测试也是一门技术,但与测试技术存在很大的区别。

1.5 软件开发工具简介

构成软件工程三要素之一的工具是对其他两个要素——过程与方法提供自动的或半自动的支持。软件开发工具既包括传统的工具,如操作系统、开发平台、数据库管理系统等;又包括支持需求分析、设计、编码、测试、配置、维护等各种开发工具与管理工具。这里主要讨论后者,即支持软件工程的工具,这些工具通常是为软件工程直接服务的,所以人们也将其称为计算机辅助软件工程——CASE 工具。

1.5.1 CASE 工具的作用与分类

1. 开发工具的作用与功能

在软件开发过程中有使用到许多开发工具,这些开发工具的作用与功能主要体现在以下几个方面:

(1) 认识与描述系统需求。无论采用何种开发模型,软件开发的第一个阶段总是需求分析,需求分析在软件开发中的地位日益重要。与具体的编程相比,准确的需求分析是非常困难的,需求原因是:①分析人员对所涉及的领域业务不熟悉;②用户对计算机的软件开发又近乎于不懂,他们对自己的系统需求可能只能有个大概的目标。需求分析工具正是为了解决这样的矛盾而推出的。

(2) 保存与管理开发过程中的信息。软件开发不是一蹴而就的,它需要一个很长的周期。在软件开发的各个阶段都要产生与使用很多的信息。例如,在需求分析阶段会收集大量的用户对系统的需求信息,系统分析人员又会将这些信息转化为系统的需求规格说明。这些信息一方面要用于以后的系统设计,即使到了软件开发的测试阶段还需要利用这些信息对软件进行评价。再如,软件的维护信息、版本更新信息等都是必须在整个软件生存周期中经常使用而需要妥善保管的。显然如果利用专门的工具软件来实现对这些信息的自动保存、更新肯定会产生事半功倍的效果。

（3）代码的生成。任何软件的功能都是通过代码的运行来实现的,所以,代码的编写在软件开发中占着举足轻重的作用。随着软件开发技术的迅速发展,出现了许多代码自动生成工具。现代的面向对象程序设计平台基本都或多或少地提供了这样的工具,程序员基本只需要编写很少的或根本不需要编写代码即可完成程序的编制。另外也有许多的软件开发工具可以自动将软件开发中设计阶段的信息自动转化为某一种规定语言的程序代码。

（4）文档的编制与生成。软件开发过程中有大量的文档产生,仅按国家标准的要求就有13种不同的文档。许多软件开发者喜欢编程,但却不善于管理与组织文档,因为文档的开发不仅费时费力,而且很难保持一致,据统计,文档开发需要花费占总开发工作量20%～30%的时间。文档工具可以在文档的开发效率、文档的一致性方面提供支持与帮助。

（5）软件项目的管理。软件项目的管理涉及多个方面,如进度管理、计划管理、费用管理、质量管理、配置管理等。在项目管理方面有很多成功的经验、方法,也开发了许多相关的软件工具,如项目计划工具、项目管理工具、质量保证工具、软件配置工具等。对软件项目而言,最为特殊的是质量保证工具与软件配置工具。因为软件作为一种特殊的产品,其质量比较难于确定,不仅需要根据设计任务书提出测试方案,而且还要提供相应的测试环境与测试数据。所以,人们自然希望能有相应的软件测试工具在这方面给予帮助。另外,当软件的规模比较大的时候,版本的更新、各模块之间及模块与模块说明之间的一致性都会带来一系列复杂的管理问题,因此,软件的配置管理工具、版本控制工具也将会发挥重要的作用。

2. CASE 工具的分类

有的 CASE 工具非常简单,只是一个单独的完成某一个特定的软件工程活动(如分析建模);有的非常复杂,它可能是一套完整的环境,包括各种工具、数据库、人员、硬件、网络、操作系统、标准及其他无数的部件,如 ROSE 集成开发环境。CASE 工具通常按以下两种方法分类。

1）按应用的阶段划分

CASE 工具按应用的阶段可分为设计工具、分析工具、计划工具三类。

（1）设计工具。是在软件的设计与编码实现阶段为人们提供帮助的工具,它是最具体的,如各种代码生成器、现代的各种程序开发平台以及测试工具等,它们是能够直接帮助人们编码、调试软件的工具。在实践中,设计工具是出现最早、使用最多、数量最大的软件工具。

（2）分析工具。主要是用来帮助开发人员进行需求分析、建立系统模型的工具软件。这些工具不是直接帮助开发人员直接编写程序,而是帮助人们认识与表述信息需求与信息流程,明确软件的功能与要求。当然现在也有许多建模工具不仅能帮助人们建立系统模型,而且能将这些模型直接转换成为程序代码。

（3）计划工具。是从更宏观的角度去看待软件开发，它不仅从项目管理的角度帮助人们管理实施项目，而且还考虑了项目的循环、版本更新，能够实现跨生命周期的信息管理与共享以及软件的复用。

2）按功能划分

CASE 工具按功能来划分有很多种，归纳起来有以下几种：

（1）项目管理工具。主要作用对软件项目进行全面的管理。比较典型的是 Microsoft 公司的 Project、Visio 或者 Rational 公司的 RUP（Rational Unified Process）。当然在因特网上也有一些免费的或几乎免费的工具，如任务管理软件 UTrack 1.0 和 ItemAction 2.2、计划管理软件 PlanBee 等。

（2）软件配置管理工具（SCM）。配置管理强调的就是对开发过程的管理，配置管理工具是对管理思想和工作流程的具体体现。一般而言，SCM 应该具备版本控制、历史记录、权限控制、基线、发布管理、过程控制、变更请求管理、构造和发布系统等。比较典型的软件配置管理工具有 CC（Rational ClearCase）、CVS（Concurrent Versions System，版本协作系统）、VSS（Visual Source Safe，版本管理器）、JBCM（北大青鸟配置管理系统）等。其中 CVS 和 VSS 是完全免费的。

（3）软件质量保证工具。这一类的工具主要是为了保证软件的质量而提供的，包括软件测试工具、测试管理工具、静态与动态分析工具等。典型的产品有 Rational 公司的著名套装软件 SQA 和 Pure Atria 公司极具特色的 Purify 及中科院软件研究所的软件测试管理系统等。

（4）分析与设计工具。分析与设计工具的主要任务是建模，包括数据、功能与行为的表示以及数据设计、体系结构设计、过程设计和界面设计，并能对模型进行一致性和合法性的检查。典型的工具有 Rational ROSE、PowerDesigner 和北大青鸟的 JBOO 等。

（5）用户界面开发工具。用户界面开发工具实际上是用来开发菜单、按钮、窗口、图标等程序构件的一个工具箱，这些工具箱在目前广泛使用的面向对象程序设计的开发平台上都是具备的。还有一类专用的界面原型实现工具可以帮助人们在屏幕上快速地创建出符合当前软件界面标准的用户界面。

（6）C/S 工具。C/S 程序是当前应用比较广泛的一种软件体系结构，它是基于网络环境下的应用程序。现在已经有许多用于开发 C/S 程序的软件工具（如 CORBA 服务实现工具、COM/CORBA 桥、CORBA 开发工具），还有专门用于进行用户服务器程序的测试工具，它可以测试图形用户界面与用户服务器之间的网络通信情况。

（7）Web 开发工具。与 Web 工程相关的软件由一系列 Web 应用程序开发工具支持，包括辅助文本、图形、表格、脚本程序、小应用程序等的生成工具。

1.5.2　几种常用的 CASE 工具简介

1. IBM Rational 系列产品

Rational 公司是专门从事 CASE 工具研制与开发的软件公司，2003 年被 IBM 公司收购。该公司所研发的 Rational 系列软件是完整的 CASE 集成工具，贯穿从需求分析到软件维护的整个软件生命周期。其最大的特点是基于模型驱动，使用可视化方法来创建 UML 模型，并能将 UML 模型直接转化为程序代码。IBM Rational 系列产品主要由以下几部分构成：

（1）需求、分析与设计工具。核心产品是 IBM Rational Rose，它集需求管理、用例开发、设计建模、基于模型的开发等功能于一身。旨在帮助开发人员了解问题领域、捕获和管理变化的需求、建立与用户交互的模型、确定数据库架构和项目生命周期。设计人员通过它能够使用统一建模语言（UML）来进行基于模型驱动的开发，建立与平台无关的软件架构、企业需求、可重复使用的资产和管理级通信模型。而且该软件还提供了将所设计的模型转变成为可全面执行的程序代码的强大功能，彻底改变了传统的分析设计工具与程序实现之间的脱节问题，从而大大提高了工作效率。

（2）测试工具。包括为开发人员提供的测试工具 IBM Rational PurifyPlus 和自动化测试工具 IBM Rational Robot。Rational Robot 可以对使用各种集成开发环境（IDE）和语言建立的软件应用程序，创建、修改并执行自动化的功能测试、分布式功能测试、回归测试和集成测试。测试人员可以计划、组织、执行、管理和报告所有测试活动，包括手动测试报告。这种测试和管理的双重功能是自动化测试的理想开始。支持多种开发环境（包括.NET）和多种开发语言。一套完整的运行时分析工具，旨在提升应用的可靠性和性能。Rational PurifyPlus 是一套完整的运行时分析工具，旨在提高应用程序的可靠性和性能。PurifyPlus 将内存错误和泄漏检测、应用程序性能描述、代码覆盖分析等功能组合在一个单一、完整的工具包中。这些功能帮助开发人员在其软件发布伊始就能确保软件具有最佳的可靠性和性能。

（3）软件配置工具。IBM Rational ClearCase，包括版本控制、软件资产管理、缺陷和变更跟踪。利用 ClearCases 可以帮助更好地管理软件开发过程中的变更和资源，控制开发过程中发展演化的一切内容，包括需求、设计模型、源代码、变更请求以及测试脚本等。ClearCase 可从小型团队扩展到企业级团队，它提供了版本控制、工作空间管理、构建管理和流程配置等核心功能。ClearCase 将很多与软件开发有关的、必要的、然而容易出错的任务自动化，从而使开发人员可以集中精力关注于质量和构建有弹性的软件。此外，ClearCase 现在支持从 PC 到大型机等各种开发环境，并且在大型机上支持 Linux。

2. 北大青鸟

北大青鸟系列 CASE 工具北京北大青鸟软件有限公司开发研制的，在国内有较高的知名度，北京大学软件工程国家工程研究中心就设在该公司。其主要产品如下：

（1）面向对象软件开发工具集（JBOO/2.0）。该软件支持 UML 的主要部件，对面向对象的分析、设计和编程阶段提供建模与设计支持。JBOO 系统以对象层、特征层和关系层的三层分析模型构成类图，以主题图、USE CASE 图和交互图作为辅助描述；提供了类和模型库管理功能，直接支持复用；提供了灵活的文档定制功能，可以基于分析、设计结果，生成符合用户要求的文档。JBOO 工具可以支持软件构件的可视化设计，以及构件规约自动生成等。

（2）构件库管理系统（JBCLMS）。现代软件企业的核心资产是软件构件，对其进行有效管理和方便的检索是软件复用的核心问题之一。青鸟构件库管理系统 JBCLMS 面向企业的构件管理需求，提供构件提交、构件检索、构件管理、构件库定制、反馈处理、人员管理和构件库统计等功能。JBCLMS 基于 Internet，可以通过 WWW 方式访问、提交、提取和管理构件，为软件复用与资产管理提供了基础设施。

24

（3）项目管理与质量保证体系。该体系包括配置管理系统（JBCM）、过程定义与控制系统（JBPM）、变化管理系统（JBCCM）等。JBCM 系统可用于管理软件开发过程中的各种产品与信息，帮助管理软件开发中出现的各种变化和演化方向，跟踪软件开发的过程，有助于确保软件开发和维护工作的有序化和可管理性。JBCM 系统主要包括基于构件的版本与配置管理、并行开发与协作支持、人员权限控制与管理、审计统计等功能。

（4）软件测试系统（Safepro）。Safepro 是一系列的软件测试工具集，主要包括了面向 C、C++、Java 等不同语言的软件测试、理解工具。借助 Safepro 系统，开发人员可以更快捷有效地理解程序的结构，及早地发现程序中的暗藏的错误，提高程序的质量。SafePro 提供了一个多窗口菜单驱动的用户工作环境。在这个操作方便的工作环境中，用户可以方便地编译和运行程序，分析和检查程序结构及测试结果，以及打印测试报告等。

3. 版本管理器（VSS）

版本管理是软件配置管理中的核心工作，如何有效对软件开发中版本变化进行管理将直接影响到整个项目能否顺利完成。由 Microsoft 公司开发的 Visual SourceSafe 6.0 使用非常广泛而且很容易获得。

VSS 是一种源代码控制系统，它提供了完善的版本和配置管理功能，以及安全保护和跟踪检查功能。VSS 通过将有关项目文档（包括文本文件、图像文件、二进制文件、声音文件、视屏文件）存入数据库进行项目研发管理工作。用户可以根据需要随时快速有效地共享文件。文件一旦被添加进 VSS，它的每次改动都会被记录下来，用户可以恢复文件的早期版本，项目组的其他成员也可以看到有关文档的最新版本，并对它们进行修改，VSS 也同样会将新的改动记录下来。VSS 可以与 Microsoft 的 Visual Studio 系列开发环境以及 Microsoft Office 应用程序集成在一起，提供了方便易用、面向项目的版本控制功能。VSS 的主要功能有：

（1）文件检入与检出。用于保持文档内容的一致性，避免由于多人修改同一文档而造成内容的不一致。

（2）版本控制。VSS 可以保存每一个文件的多种版本，同时自动对文件的版本进行更新与管理。

（3）文件的拆分与共享。利用 VSS 可以很方便地实现一个文件同时被多个项目的共享，也可以随时断开共享。

（4）权限管理。VSS 定义了四级用户访问权限，以适应不同的操作。

第2章 软件生命周期与软件过程的研究现状

本章介绍软件工程中两个重要概念:软件生命周期与软件过程,在早期的软件工程中,这两个概念常不加区分地使用,以后演变为既相互联系又有重要差异的不同概念。本章将对他们及相关概念加以说明。

2.1 软件生命周期

2.1.1 软件生命周期的概念

生命周期(Software Life Cycle)法也称为结构化开发方法,是传统的软件工程方法,产生于20世纪70年代中期,是90年代前主要使用的系统开发方法。它将系统开发比喻成生物的一个生命周期,从开始、生长到结束有不同的阶段,每个阶段都有相应的任务,完成本阶段的任务后才能进入下一阶段。生命周期法的出现源于结构化程序设计理论,人们将模块化思想引入系统开发中,将一个系统理解为分层次的模块化程序结构。传统的生命周期法也叫线性顺序模型,它是最早、也是应用最广泛的软件工程范例。在使用线性顺序模型过程中有时会遇到如下一些问题:

(1)实际的项目很少按照该模型给出的顺序进行。虽然线性模型能够容许迭代,但却是间接的。结果,在项目组的开发过程中变化可能引起混乱。

(2)用户常常难以清楚地给出所有需求,而线性顺序模型却要求如此,它还不能接受在许多项目的开始阶段自然存在的不确定性。

(3)用户必须有耐心。程序的运行版本一直要等到项目开发晚期才能得到。大的错误如果直到检查运行程序时才被发现,后果可能是灾难性的。

(4)开发者常常被不必要地耽搁。在对实际项目的一个有趣的分析中,Bradac发现传统生命周期的线性特征会导致"阻塞状态",其中某些项目组成员不得不等待组内其他成员先完成其依赖的任务。事实上,花在等待上的时间可能会超过花在开发工作上的时间,阻塞状态经常发生在线性顺序过程的开始和结束。

这些问题都是真实存在的。但不管怎样,传统的生命周期范型在软件工程中仍占有肯定的和重要的位置。它提供了一个模板,使得分析、设计、编码、测试和维护的方法可以在该模板的指导下展开。虽然它确实有不少缺陷,传统的生命周期模型仍然是软件工程中应用最广泛的过程模型。本书在软件测试过程中仍然是以传统线性顺序模型为主线展开的。

软件生命周期:一个软件项目从问题提出开始,直到软件产品最终退役(废弃不用)为止。整个软件生命周期划分为多个相对独立的较小阶段(图2-1),给每个阶段赋予确定而有限的任务,从而降低了整个软件工程的难度,提高了软件开发生产率。

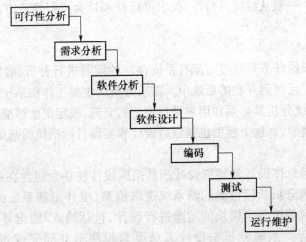

图 2-1 典型的软件生存周期

软件生命周期首先要解决可行性分析与立项两大问题;根据项目的可行性分析和项目规划,进入需求分析阶段。需求分析决定"做什么,不做什么",建立项目的逻辑模型。结构化分析方法得到的是项目的数据字典、数据流图和状态图。面向对象的分析方法则应导出系统的用例图、类图等静态模型。最后建立系统需求规格说明书;根据项目需求规格说明书进行概要设计及详细设计。如果使用传统的设计方法,则需要在概要设计中确定系统的模块及模块结构,初步设计各模块的接口。在详细设计中形成模块的程序流程图。如果使用面向对象的设计方法,则在概要设计中应形成系统的类图、用例顺序图等设计图。在详细设计中根据类的定义对类之间的关系以及各种设计图进行精化,最终形成文档:系统概要设计说明书、系统详细设计说明书、用户操作图。再经过分析、设计以后即可进行编码实现。这一阶段涉及程序设计语言的选择、编码标准与规范的制定、开发方法的确定及用户界面设计等方面的问题,最终产生源程序代码。经过策划、分析、设计与编码几个阶段后,必须要经过软件的测试,软件测试是保证软件质量和可靠性的必由之路。软件测试阶段需要的文档:软件测试计划、测试用例、测试分析报告。软件产品经过设计、编码实现及测试以后就要进入软件生存周期的最后一个阶段——发布(实施)与维护阶段,这既是软件价值的体现,也是软件生存周期中最为关键的一个阶段。本阶段需要形成的文档:用户手册、操作手册等。

2.1.2 生命周期法的工作流程

1. 问题分析

问题分析阶段的任务是分析需要解决什么问题。只有知道了问题是什么,才能够解决它。这个阶段是对企业内部和外部的环境分析,重点是对企业业务流程的分析,从整体上把握企业的战略。在正确分析问题的基础上,对企业的整体系统架构进行规划,然后依据企业的经营管理状况和发展战略来确定系统各组成部分的开发顺序,并规划相关内容开发的时间安排及资源的配置。

2. 可行性分析

可行性分析也称可行性研究,任务是分析建设新系统的制约条件,研究建设新系统的必要性和可能性。一般从经济可行性、技术可行性和社会可行性三方面来分析和研究开发系统的可行性。

3. 需求分析

需求分析阶段的任务是通过对原有系统存在的问题进行分析,确定企业的需求并把得到的明确的需求反映到开发的系统中。需求分析的主要工作由系统分析员来完成。在需求分析阶段,系统分析员必须和用户进行密切的交流,确定出能够准确完整地体现用户要求的系统逻辑模型,而这个模型也是以后设计和实现目标系统的基础。

4. 软件设计

系统设计包括总体设计和详细设计。数据库设计往往也包含在系统设计阶段。总体设计是依据需求分析阶段得到的新系统逻辑模型,设计出新系统的模块化结构。详细设计阶段则是对系统每个模块的功能进行设计,包括输入/输出界面、每个界面的数据元素和处理过程。系统分析与设计人员要与程序员共同完成每个模块的程序说明书。

5. 编码

对生命周期法来说,选择编程语言可以在实现阶段确定,也可以在实现前的任意阶段确定。系统设计阶段已经选定了编程语言,系统实现阶段要根据详细设计说明书,程序员写出相应的程序代码。

6. 测试

软件测试是按照一定的测试方法对产品进行功能和性能测试,一般需要根据需求编写测试用例,以保证开发的产品在功能上和性能上适合需求。

7. 运行维护

运行维护阶段主要包括培训、系统切换和后期维护三项任务。培训是要对系统的使用者和维护人员说明系统操作方法;新系统经过测试后,投入到实际的使用过程中需要进行系统切换过程,采用适当的策略由旧系统过渡到新系统;维护是由于需求的改变、系统效率的下降、一些错误等原因对系统进行不定期的修改,以保证系统正常运行。

2.2　软件开发过程模型

由于采用的软件开发方法、开发工具及开发过程的不同,有不同的软件开发模型,如瀑布模型、原型模型、快速应用开发模型、螺旋模型、增量模型、并发过程模型、基于构件的过程模型、形式化方法模型、第四代技术等。

2.2.1　瀑布模型

瀑布模型是最传统的开发模型,把软件开发过程分为三个时期:计划、开发和维护。现在有些软件的开发仍然还在使用这种模型。

瀑布模型也称线性顺序模型,其基本思想是:把软件生存周期划分为立项、需求分析、概要设计、详细设计、编程实现、测试、发布、运行与维护等阶段。将每个阶段当作瀑布中的一个个台阶,各个台阶自上而下排列、相互衔接、次序固定,把软件的开发过程比喻成瀑布中的流水在这些台阶上奔流而下,如图2-2所示。

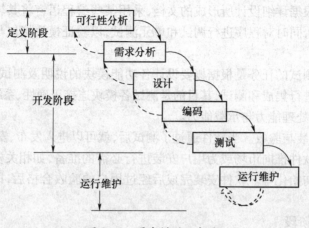

图 2-2　瀑布模型示意图

瀑布模型中的每一个阶段在完成后都要提交相应的文档资料,经过评审和复审,审查通过后方能进入下一阶段,逐步完成各个阶段的任务。在开发过程中,如果发现某阶段的上游存在缺陷,可以通过追溯予以消除或改进,但要付出很大的代价,尤其是当前期存在的缺陷到开发后期才发现时,其影响将是致命的。

1. 软件定义阶段

软件项目或产品一般有两个方面的来源:①订制软件;②非订制软件。订制软件是软件开发者与固定的用户签订软件开发合同,由软件公司负责该项目的开发;非订制软件则是由软件公司通过市场调研,认为某产品具有很大的市场潜力,而且公司本身在人力、设备、风险抵御、资金与时间等方面都具备开发该产品的能力,从而决定立项开发。

无论是哪一类软件都要经过其生存周期的第一阶段——软件的定义。软件的定义主要解决三个方面的问题:

(1) 问题的定义。对于订制软件,首先要根据用户所提出的书面材料(设计要求或招标文件),研究用户的基本要求是什么,需要解决什么样的问题;而对于非订制软件则要研究软件的基本应用场合与功能,用户群等。通过对问题的研究应该得到关于软件的问题性质、工程目标与基本规模等。

(2) 可行性分析。可行性分析是为前一阶段提出的问题寻求一种到数种在技术上可行且在经济上有较高效益的解决方案,最主要的是对系统进行成本/效益分析。如果是订制软件,要决定是否能参加投标或竞争;如果是非订制软件,则要决定是否进行开发。

(3) 立项或签订合同。如果对开发软件的问题已经清楚,而且进行了比较全面的可行性分析,就需要制定《立项建议书》进行立项或与用户签订正式的软件开发合同(如果竞争或投标成功)。

2. 软件开发阶段

开发阶段一般经过四个步骤:需求分析,设计,编码与测试,发布、安装与验收。

(1) 需求分析。分析用户对软件系统的全部需求,以确定软件必须具备哪些功能。

(2) 设计。设计包括概要设计与详细设计,概要设计确定程序的模块、结构及模块间的关系,而详细设计是针对单个模块的设计,以确定模块内的过程结构,形成若干个可编程的程序模块。

（3）编码。根据详细设计所形成的文档，采用某些编程语言将其转化为所要求的源程序，以实现功能，同时对程序进行调试和单元测试，以验证模块接口与详细设计文档的一致性。

（4）测试。测试的任务是根据概要设计各功能模块的说明及测试计划，将经过单元测试的模块逐步进行集成和测试，其目的是测试各模块连接正确性、系统的 I/O 是否达到设计要求、系统的处理能力与承载能力。

（5）发布、安装与验收。当软件通过了测试后，就可以进入发布、安装与验收阶段了。该阶段主要是对软件推向市场或为用户安装进行必需的准备，如相关资料的准备、培训、软件的用户化或初始化等。软件安装完成后经过用户的验收合格后，即可正式移交用户使用。

3. 软件支持阶段

软件支持阶段是软件生存周期中的最后一个阶段，也是最重要的阶段。它包括软件的使用、维护与退役三个阶段。

软件只有通过使用才能充分发挥社会效益与经济效益，而且使用的份数与时间越多，其社会与经济效益才越显著。在使用过程中用户与维护人员必须认真收集被发现的软件错误，定期撰写"软件问题报告"和"软件修改报告"。

由于软件是一种逻辑产品，在使用过程中必须要随着需求的变化、所发现的软件缺陷对软件进行必要的修改与维护。同时为了实现功能的扩充与完善，为了适应软件运行环境的变化，也需要对软件进行维护或升级。

软件的退役意味着软件生存周期的终止。从用户来说，要停止使用该软件；从开发方来说，也就不再对该软件产品进行任何的技术支持。

2.2.2　原型模型

在实际的软件开发中，用户可能只给出一般性的需求（或称目标），而不能给出详细的输入、处理、输出需求；开发者可能也不能很快确定算法的有效性、操作系统的适应性或人机交互的形式。此时就不能采用传统的瀑布模型来开发了，原型模型可能就是最好的选择了。

1. 基本思想

开发者根据用户所提出的一般性目标，与用户一起先进行初步的需求分析，然后进行快速设计，快速设计致力于软件中那些对用户可见部分的表示（如输入方式与输出表示等），这样导致了原型的产生。原型由用户评估并进一步细化待开发软件的需求，再对原型进行修改完善，然后交用户运行并评估，如此反复直到用户满意，显然这是个迭代的过程。开发过程如图 2-3 所示。

在该模型中，如何快速进行原型的开发是关键，快速开发原型的途径一般可以有三种：

（1）利用计算机模拟一个软件的人机界面与交互方式。

（2）开发一个能实现部分功能（如输入界面、输出格式等）的软件，这部分功能往往是重要的，但也可能是容易引起误解的。

（3）寻找一个或几个类似的正在运行的软件，利用这些软件向用户展示软件需求中

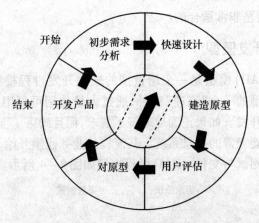

图 2-3 原型模型示意图

的部分或全部功能。

为了快速地开发原型,要尽量采用软件重用技术,以争取时间,尽快地向用户提供原型。

2. 特点

(1)该模型是基于原型驱动的。

(2)可以得到比较良好的需求定义,便于开发者与用户进行全面的沟通与交流。而且,原型系统也比较容易适应用户需求的变化。

(3)原型系统既是开发的原型,又可以作为培训的环境,这样有利于开发与培训的同步。

(4)原型系统的开发费用低、开发周期短、维护容易且对用户更友好。

尽管开发者和用户都喜欢使用原型模型,但原型模型也有其固有的缺点:

(1)在对原型的理解上用户与开发者有很大的差异,用户以为原型就是软件的最终版本,而开发者只将原型当作一个漂亮的软件外壳,在实际开发过程中要对原型进行不断修改完善,这就需要开发人员与用户相互沟通、相互理解。

(2)由于原型是开发者快速设计出来的,而开发者对所开发领域的陌生容易将次要部分当作主要的框架,做出不切题的原型。

(3)软件的整个开发都是围绕着原型来展开的,在一定程度上不利于开发人员的创新。

3. 应用范围

原型模型非常适合于目前非常流行的企业资源计划(ERP)系统,因为市场上推出了许多分行业的 ERP 解决方案,但这种解决方案的产品化程度很低,都必须在实施中做大量的用户化开发工作。这样,这种分行业的解决方案就可以作为分行业的原型,进行再开发。

一般情况下,应用原型模型的条件并不苛刻,只要对所开发的领域比较熟悉而且有快速的原型开发工具就可以使用原型模型。尤其是在项目招投标时,可以以原型模型作为软件的开发模型,制作投标书并给用户讲解,一旦中标,再以原型模型作为实施项目的指导方针对软件进行进一步的开发。在进行产品移植或升级时,或对已有产品原型进行用户化工程时,原型模型是非常适合的。

2.2.3 快速应用开发模型

快速应用开发(RAD)模型是一个增量型的软件开发过程模型,强调极短的开发周期。该模型是瀑布模型的一个"高速"变种,通过大量使用可复用构件,采用基于构件的建造方法赢得了快速开发。如果正确地理解了需求,而且约束了项目的范围,利用这种模型可以很快创建出功能完善的信息系统。其流程从业务建模开始,随后是数据建模、过程建模、应用程序生成、测试与交付。RAD 过程模型如图 2-4 所示。

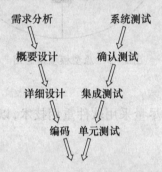

图 2-4 RAD 过程模型

RAD 模型各个活动期所要完成的任务如下:

(1)业务建模。确定驱动业务过程运作的信息、要生成的信息、如何生成、信息流的去向及其处理等,可以辅之以数据流图。

(2)数据建模。为支持业务过程的数据流查找数据对象集合、定义数据对象属性,并与其他数据对象的关系构成数据模型,可辅之以 E-R 图。

(3)过程建模。使数据对象在信息流中完成各业务功能,创建过程以描述数据对象的增加、修改、删除、查找,即细化数据流图中的处理框。

(4)应用程序生成。利用第四代语言(4GL)写出处理程序,重用已有构件或创建新的可重用构件,利用环境提供的工具自动生成以构造出整个应用系统。

(5)测试与交付。由于大量重用,一般只做总体测试,但新创建的构件还是要测试的。

与瀑布模型相比,RAD 模型不采用传统的第三代程序设计语言来创建软件,而是采用基于构件的开发方法复用已有的程序结构(如果可能),或使用可复用构件,或创建可复用的构件(如果需要)。在所有情况下,均使用自动化工具辅助软件创造。很显然,加在一个 RAD 模型项目上的时间约束需要"一个可伸缩的范围"。如果一个业务能够被模块化,使得其中每一个主要功能均可以在不到 3 个月的时间内完成,则其是 RAD 的一个候选者。每一个主要功能可由一个单独的 RAD 组来实现,最后集成起来形成一个整体。

RAD 模型通过大量使用可复用构件加快了开发速度,对信息系统的开发特别有效。但是与所有其他软件过程模型一样,RAD 方法有如下缺陷:

(1)并非所有应用都适合 RAD。RAD 模型对模块化要求比较高,如果有哪一个功能

32

不能被模块化,那么建造 RAD 所需要的构件就会有问题。如果高性能是一个指标且该指标必须通过调整接口使其适应系统构件才能赢得,RAD 方法也有可能不能奏效。

(2)开发人员和用户必须在很短的时间内完成一系列的需求分析,任何一方配合不当都会导致 RAD 项目失败。

(3)RAD 只能用于信息系统开发,不适合技术风险很高的情况。当一个新应用要采用很多新技术,或当新软件要求与已有的计算机程序的高互操作性时,这种情况就会发生。

2.2.4 螺旋模型

螺旋模型是一种演进式软件过程模型。它结合了原型的迭代性质和瀑布模型的系统性和可控性特点,具有快速开发越来越完善软件版本的潜力。

螺旋模型是一种风险驱动型过程模型生成器,对于软件集中的系统,它可以指导多个共同利益者的协同工作。它有两个显著的特点:①采用循环的方式逐步加深系统定义和实现的深度,同时降低风险;②确定一系列里程碑,确保共同利益者都支持可行的和令人满意的系统解决方案。

运用螺旋模型把软件开发为一系列演进版本。在早期的迭代中,软件可能是一个理论模型或原型。在后来的迭代中,会产生一系列逐渐完整的系统版本。

螺旋模型被分割成一系列由软件工程团队定义的框架活动。如图 2-5 所示,每个框架活动代表螺旋上的一个片段。随着演进过程开始,从圆心开始顺时针方向,软件团队执行螺旋上一圈表示的活动。在每次演进的时候,都要考虑风险。每个演进过程还要标记里程碑——沿着螺旋路径达到的工作产品和条件的结合体。

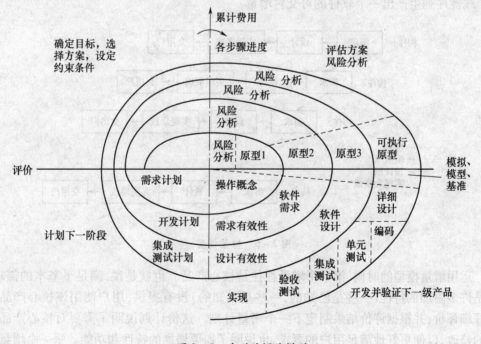

图 2-5 典型的螺旋模型

螺旋的第一圈一般开发出产品的规约,接下来开发产品的原型系统,并在每次迭代中逐步完善,开发不同的软件版本。螺旋的每圈都会跨过策划区域,此时,需调整项目计划,并根据交付后用户的反馈调整预算和进度。另外,项目经理还要调整完成软件开发需要迭代的次数。

其他过程模型当软件交付后就结束了。螺旋模型则不同,它应用在计算机软件的整个生命周期。因此,螺旋上的第一圈可能表示"概念开发项目",它起始于螺旋的中心,经过多个迭代,直到概念开发的结束。如果这个概念被开发成实际的产品;过程模型将继续沿着螺旋向外伸展,此时成为"新产品开发项目"。新产品可能沿着螺旋通过一系列的迭代不断演进。最后,可以用一圈螺旋表示"产品提高项目"。本质上,当螺旋模型以这种方式进行下去的时候,它将永远保持可操作性,直到软件产品的生命周期结束。过程经常会处于休止状态,但每当有变更时,过程总能够在合适的入口点启动(如产品提高)。

螺旋模型是开发大型系统和软件的理想方法。由于软件随着过程的推进而变化,在每一个演进层次上,开发者和用户都可以更好地理解和应对风险。螺旋模型把原型开发作为降低风险的机制,更重要的是,开发者可以在产品演进的任何阶段使用原型开发方法。它保留了经典生命周期中系统逐步细化的方法,但是把它纳入一种迭代框架之中,这种迭代方式与真实世界更加吻合。螺旋模型要求在项目的所有阶段始终考虑技术风险,如果适当地应用该方法,能够在风险变为问题之前化解风险。

2.2.5 增量模型

把软件看作一系列相互联系的增量,每次迭代完成一个增量。增量模型以迭代的方式运用瀑布模型。如图 2-6 所示,随着时间的推移,增量模型在每个阶段运用线性序列。每个线性序列生产出一个软件的可交付增量。

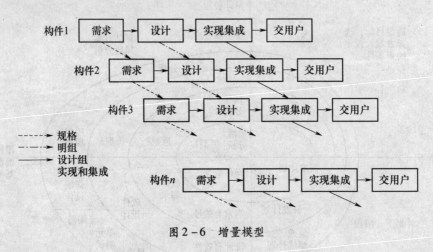

图 2-6 增量模型

运用增量模型的时候,第一个增量往往是核心产品。也就是说,满足了基本的需求,但是许多附加的特性(一些是已知的,一些是未知的)没有提供,用户使用该核心产品进行仔细评价,并根据评价结果制定下一个增量计划。这份计划说明了需要对核心产品进行的修改,以便更好地满足用户的要求,也说明了需要增加的特性和功能。每一个增量的交付都会重复这一过程,直到最终产品的产生。

增量过程模型像原型和其他演化方法一样,具有迭代的性质。但与原型开发不同的是,增量模型强调每一个增量均提交一个可操作产品。早期的增量可以看作是最终产品的片段版本,但是确实具备了用户服务能力,也为用户的评价提供一个平台。

2.2.6 并发过程模型

并发开发模型也称"并发工程",它关注于多个任务的并发执行,表示为一系列的主要技术活动、任务及其相关状态。并发过程模型由用户要求、管理决策、评审结果驱动,不是将软件工程活动限定为一个顺序的事件序列,而是定义一个活动网络,网络上的每一个活动均可与其他活动同时发生。这种模型可以提供一个项目当前状态的准确视图。

并发过程模型定义了一系列事件,对于每一个软件工程活动,它们触发一个状态到另一个状态的变迁。当它应用于 C/S 系统时,并发过程模型在两维上定义活动,即一个系统维和一个构件维。其并发性通过如下两种方式得到:

(1) 系统维和构件维活动同时发生,并可以使用面向状态的方法进行建模。

(2) 一个典型的 C/S 应用通过多个构件实现,其中每个构件均可以并发设计并实现。

并发开发模型试图根据传统生命周期的主要阶段来追踪项目的状态,项目管理者根本不可能了解项目的状态,因而需要使用比较简单的模型来追踪非常复杂的项目活动。并发开发模型使用状态图(表示一个加工状态)来表示与一个特定事件(如在开发后期需求的一个修改)相关的活动之间存在的并发关系,但它不能捕获到贯穿于一个项目中所有软件开发和管理活动的大量并发。

大多数软件开发过程模型均为时间驱动,越到模型的后端,就越到开发过程的后一阶段,而一个并发过程模型是由用户要求、管理决策和结果复审驱动的。并发开发模型在软件开发全过程活动的并行化,打破了传统软件开发的各阶段分割封闭的观念,强调开发人员团队协作,注重分析和设计等前段开发工作,从而避免了不必要的返工。其优点是可用于所有类型的软件开发,而对于 C/S 结构更加有效,可以随时查阅到开发的状态。

2.2.7 基于构件的开发模型

1. 基本思想

随着软件开发技术的不断发展,面向对象技术已经或正在成为一种广泛的、主流的软件开发技术。正是由于有了面向对象的开发技术,才使得基于构件的开发模型有了强有力的技术支持。面向对象技术强调类的应用,类是封装了数据及操作数据方法的对象。类可以在不同的应用中得以复用,而基于构件的开发模型的核心正是构件的复用。

这种开发模型属于演化式的开发或迭代式的开发,它从与用户的交流开始,以获得问题的定义,同时标识基本的类,然后对项目进行计划与风险分析,在进入开发阶段后,首先从候选类的标识开始,在已有的类库中查找相应的类是否存在,如果已经存在则提取出来进行复用。如果一个候选类不存在,就要利用面向对象的方法创建并存放到类库中并初步构造系统,再送用户进行评估,这样完成第一次迭代。如此反复迭代,螺旋向前,逐步完成项目的开发。

2. 特点

（1）采用了先进的面向对象技术。

（2）基于构件库的开发，这是软件复用的基础，开发速度快。

（3）融合螺旋模型特征。

（4）支持软件开发的迭代方法，是一种演化型的开发技术。

但采用这种开发模型很大程度上依赖于构件库的健壮性。而且它也是一个比较新的技术，没有非常成熟的方法，如果使用不当，忽视了对软构件集合的管理，那么其他的一些问题也就接踵而来。

3. 应用范围

由于具备了软件复用的先进思想，因此这种开发模型是软件开发的发展方向，其应用前景广阔。

2.2.8　形式化方法模型

形式化方法模型包含了一组活动，它们带来了计算机软件用数学说明描述的方法。形式化方法使得软件工程师能够通过采用一个严格的、数学的表示体系来说明、开发和验证基于计算机的系统。这种方法的一个变种，称为净室软件工程，目前已被一些软件开发组织采用。

当在开发中使用形式化方法时，它们提供了一种机制，能够消除使用其他软件工程范型难以克服的问题。二义性、不完整性和不一致性能更容易发现和纠正——不是通过专门的复审，而是通过数学分析。当在设计中使用形式化方法时，它们能作为程序验证的基础，从而使得软件工程师能够发现和纠正在其他情况下发现不了的错误。

形式化方法模型虽然不是主流的方法，但可以产生正确的软件。不过，它在商业环境中的可用性还需要考虑以下工作：

（1）形式化模型的开发目前还很费时和昂贵。

（2）因为很少有软件开发者具有使用形式化方法所需的背景知识，所以尚需多方面地进行培训。

（3）难以使用该模型作为与对其一无所知的用户进行通信的机制。

尽管存在这些顾虑，但形式化方法可能会赢得一批拥护者，例如那些必须建造安全的关键软件（如航空电子及医疗设备的开发者）的软件开发者，以及那些如果发生软件错误会遭受严重的经济损失的开发者。

2.2.9　第四代技术

术语"第四代技术"（4GT）包含了一系列的软件工具，它们都有一个共同点：能使软件工程师在较高级别上说明软件的某些特征。之后工具根据开发者的说明自动生成源代码。毫无疑问软件在越高的级别上被说明，就能越快地建造出程序。软件工程的4GT范型的应用关键在于说明软件的能力——它用一种特定的语言来完成或者以一种用户可以理解的问题描述方法来描述待解决问题的图形来表示。

目前，一个支持4GT范型的软件开发环境包含如下部分或所有工具：数据库查询的非过程语言，报告生成器，数据操纵，屏幕交互及定义，以及代码生成；高级图形功能；电子表格功能。最初,上述的许多工具仅能用于特定应用领域,但今天,4GT 环境已经扩展,能够满足大多数软件应用领域的需要。

像其他范型一样,4GT 也是从需求收集这一步开始。理想情况下,用户能够描述出需求,而这些需求能被直接转换成可操作原型。但这是不现实的,用户可能不能确定需要什么;在说明已知的事实时,可能出现二义性;可能不能够或是不愿意采用一个 4GT 工具可以理解的形式来说明信息。因此,其他范型中所描述的用户—开发者对话方式在 4GT 方法中仍是一个必要的组成部分。

对于较小的应用软件,使用一个非过程的第四代语言(4GL)有可能直接从需求收集过渡到实现。但对于较大的应用软件,就有必要制定一个系统的设计策略,即使是使用4GL。对于较大项目,如果没有很好地设计,即使使用 4GT 也会产生不用任何方法来开发软件所遇到的同样的问题(低的质量、差的可维护性、难以被用户接受)。

应用 4GL 的生成功能使得软件开发者能够以一种方式表示期望的输出,这种方式使得可以自动生成产生该输出的代码。很显然,相关信息的数据结构必须已经存在且能够被 4GL 访问。

要将一个 4GT 生成的功能变成最终产品,开发者还必须进行测试,写出有意义的文档,并完成其他软件工程范型中同样要求的所有集成活动。此外,采用 4GT 开发的软件还必须考虑维护是否能够迅速实现。

像其他所有软件工程范型一样,4GT 模型也有优点和缺点。支持者认为它极大地降低了软件的开发时间,并显著提高了建造软件的生产率。反对者则认为目前的 4GT 工具并不比程序设计语言更容易使用,这类工具生成的结果源代码是"低效的",并且使用4GT 开发的大型软件系统的可维护性是令人怀疑的。

两方的说法中都有某些对的地方,这里对 4GT 方法的目前状态进行一个总结:

(1) 在过去十余年中,4GT 的使用发展得很快,且目前已成为适用于多个不同的应用领域的方法。与计算机辅助软件工程(CASE)工具和代码生成器结合起来,4GT 为许多软件问题提供了可靠的解决方案。

(2) 从使用 4GT 的公司收集来的数据表明:在小型和中型的应用软件开发中,它使软件的生产所需的时间大大降低,且使小型应用软件的分析和设计所需的时间也降低了。

(3) 不过在大型软件项目中使用 4GT,需要同样的甚至更多的分析、设计和测试(软件工程活动)才能获得实际的时间节省,这主要是通过编码量的减少赢得的。

4GT 已经成为软件开发的一个重要方法。当与构件组装方法结合起来时,4GT 范型可能成为软件开发的主流方法。

2.3   UML 代表着软件建模的发展趋势

2.3.1   UML 的现状

软件开发技术和模型的表现手法层出不穷,但在目前的软件开发方法中,面向列象的方法占据着主导地位。面向对象方法的主导地位也决定着软件开发过程模型化技术的发展,面向对象的建模技术(OMT)方法也就成为主导的方法。根据对目前软件业的研究和估计,UML(Unined Modeling Language,统一建模语言)可以说代表今后5年~10年软件建模的发展方向。UML 将成为面向对象技术领域内占主导地位的标准建模语言。UML融入了软件工程领域的新思想、新力法和新技术,不仅可以支持面向对象的分析与设计,更重要的是能够有力地支持从需求分析开始的软件开发全过程。总的来说,UML 是一种定义良好、易于表示、功能强大且普遍实用的建模语言。

公认的面向对象建模语言出现于 20 世纪 70 年代中期。1989 年—1994 年,其数量从不到十种增加到了五十多种。20 世纪 90 年代中期,一批新方法出现了,其中最引人注目的是 Boochl993、OOSE 和 OMT - 2 等。但是在早期这些众多的建模语言中,存在一些致命的问题,阻止了其进一步的应用,概括起来有两点。

(1) 面对众多的建模语言,用户由于没有能力区别不同语言之间的差别,因此很难找到一种比较适合其应用特点的语言。

(2) 众多的建模语言各有千秋,存在一些差别,极大地妨碍了用户之间的交流。

上述原因在客观上促进了 UML 的诞生。UML 克服上述缺点,吸收了早期不同建模语言的优点,在总结面向对象技术应用实践的基础上,根据应用需求,求同存异而形成的。1994 年 10 月,Grady Booch 和 Jim Rumbaugh 首先将 Booch93 和 OMT - 2 统一起来,并于1995 年 10 月发布了第一个公开版本——UM 0.8(unitied Method),称为统一方法。1995年秋,00SE 的创始人 Ivar Jacobson 加入到这一工作中,经过 Booch、Rumbaugh 和 Jacobson三人的共同努力,于 1996 年 6 月和 10 月分别发布了两个新的版本,即 UML 0.9 和 UML0.91,并将 UM 重新命名为 UML。1996 年,一些机构将 UML 作为其商业策略已日趋明显。UML 的开发者得到了来自公众的正面反应,并倡议成立了 UML 成员协会,以完善、加强和促进 UML 的定义工作。当时的成员有 DEC、HP、I - Logix、Intellicorp、IBM、ICONComputer、MCI Systemhouse、Microsoft、Oracle、Rational、TI 以 及 Unisys。这 些 机 构 对UML1.0(1997 年 11 月 17 日)的定义和发布起了重要的促进作用。

标准建模语言的出现是面向对象技术和 UML 发展的重要成果。在美国,截止到1996 年 10 月,UML 获得了工业界、科学界和应用界的广泛支持,已有 700 多个公司表示支持采用 UML 作为建模语言。1996 年底,UML 已稳占面向对象技术市场的 85%,成为可视化建模语言事实上的工业标准。1997 年 11 月 17 日,OMG 采纳 UML1.1 作为基于面向对象技术的标准建模语言。UML 经历了 1.2、1.3、1.4 版,目前 UML2 0 版本已经制定。

2.3.2 UML 概述

UML 是一种用图形符号直观地表示软件系统的建模语言。这些图形符号非常适合用面向对象的方法进行表达。UML 适用于系统开发过程中从需求分析描述到系统测试的不同阶段。在需求分析阶段,可以用例图、类图、顺序图和协作图来描述需求分析结论,不考虑定义软件系统中技术细节的类;设计阶段主要是对系统实现的准备,因此要考虑软件技术细节,设计阶段应该有更详细的类图、包图、构件图等描述。UML 可用于软件系统建模和非软件系统的机构组织建模、工作流程建模等。从实践的角度出发,下面从 UML的功能、构成、常用的 UML 元素三个方面对 UML 进行说明。

1. UML 的功能

（1）对软件系统中的部件进行可视化的描述。

（2）统一的 OMG 标准，目前 UML 已成为面向对象领域内的标准建模语言。

（3）支持面向对象软件开发。

（4）不依赖于特定软件开发过程。

（5）图形符号简单清楚。

（6）迭代的开发过程：不严格区分各个工作阶段的任务，每个阶段是对上一个阶段工作的完善和细化。

2. 构成

UML 的构成包括事物、关系、视图、图和通用机制。

1）事物

（1）结构事物：类、接口、用例、组件和节点。

（2）行为事物：交互和状态机。

（3）分组事物：包。

（4）注释事物：注解。

2）关系

（1）依赖：A 类的方法使用了 B 类对象，则 A 类依赖 B 类。

（2）关联：两个类存在结构上的关系。

（3）泛化：一般元素与特殊元素之间的分类关系。

（4）实现：一个类实现了一个接口，一个协作实现了一个用例。

（5）聚集：类之间整体与部分的关系。

3）视图

UML 提供五种视图，从不同的角度描述系统的内容，不同的人员关注不同的方面。

（1）用例视图：着重描述系统的功能。主要使用者有用户、系统分析人员、设计人员和测试人员。

（2）设计视图：描述系统的逻辑功能和协作情况。主要使用者是系统设计人员。

（3）实现视图：描述系统组件和文件，以及如何组装和配置组成系统。主要使用者是编程人员。

（4）进程视图：描述形成系统并发与同步机制的线程和进程。主要使用者是系统集成人员。

（5）部署视图：描述系统的硬件拓扑结构。主要使用者有开发人员、测试人员和集成人员。

4）图

UML 的每种视图由不同的图来描述，UML 提供以下九种常用的图。

（1）用例图：描述系统的功能需求，从外部看系统，不涉及内部实现。

（2）类图：描述系统中类和类之间的关系，是对系统静态结构的描述。

（3）对象图：描述系统中对象和对象之间的关系。对象图是类图的实例化。

（4）顺序图：顺序图和协作图统称为交互图，二者的侧重点不同。顺序图表示一组对象之间的动态协作关系，反映对象之间发送消息的时间顺序。

（5）协作图：表示一组对象之间的动态协作关系，反映收/发消息的对象的组织结构。

（6）状态图：描述对象可能的状态和发生某些事件时对象状态的转换，强调对象行为的事件顺序。

（7）活动图：描述系统工作流中从一个活动到另一个活动的流程。

（8）构件图：描述系统组件以及它们之间的相互关系。

（9）配置图：描述系统中软、硬件的物理架构，表示系统运行时的处理节点以及节点中组件的配置。

5）通用机制

UML 规定了以下四种通用机制。

（1）规格说明：除了图形描述外，UML 还规定了对每一个 UML 图形的语法和语义的文字叙述。

（2）修饰：可以对图形所表示的元素加上各种修饰，说明其他方面的细节特征，如抽象方法名用斜体。

（3）通用划分：通用的划分有两种：一是元素/实例；二是接口/实现。

（4）扩展机制：允许 UML 的使用者根据需要自定义一些语言成分来完成软件建模，如版型、标记值、约束。

3. 常用的 UML 元素

常用的 UML 元素有用例、参与者、类、接口、节点、包等。UML 常用图形符号如图 2-7 所示。

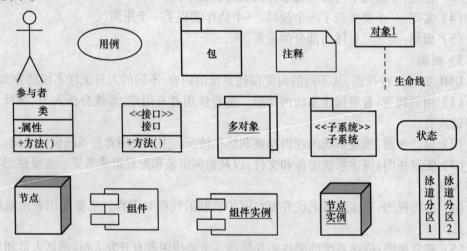

图 2-7　UML 常用图形符号

2.3.3　常用的 UML 图

1. 用例图

用例图中涉及几个基本概念，包括用例、参与者、用例之间的关系。

1）用例

UML 支持用例驱动，认为用例是分析、设计、测试的基础。什么是用例呢？用例的创始人 Ivar Jacobson 认为：用例是对于一组动作序列的描述，系统执行这些动作会对特定的

40

参与者产生可观测的、有价值的结果。可以这样理解:用例是为完成一个功能的完整操作序列,用动宾短语来表示。用例的图形符号见图1-7。仅仅用一个动宾短语还不能完整地描述用例的内容,UML里使用用例规约来描述用例功能的详细处理流程。用例规约是使用文档来描述用例的内容,一般包括每个用例的前置条件和后置条件、主事件流、可选事件流、异常事件流等。表2-1是用例规约的一个可选模板。

表2-1 用例规约的一个可选模板

用例名称	
用例 ID	
角色	
用例说明	
前置条件	
主事件流	
备选事件流	
异常事件流	
后置条件	

(1) 前置条件:系统允许用例启动之前,应确保已经实现的条件。

(2) 主事件流:完成用例描述的功能所发生的一系列活动。

(3) 备选事件流:主事件流之外的分支活动或扩展活动。有些用例可以没有。

(4) 异常事件流:主事件流之外的错误情况引发的活动。有些用例可以没有。

(5) 后置条件:完成用例后得到的结论。

需要注意的是,用例仅仅描述系统功能方面的需求,并且与功能的具体实现无关。把用例和生命周期法的处理功能做一个对比:二者都使用动宾短语描述系统功能,都不涉及性能和其他方面的描述;区别是处理功能是对系统的数据流和业务处理顺序进行分析而得到的,而用例是对系统功能进行分解得到的。

2) 参与者

参与者是发起(使用)用例功能的人或事物。参与者可以是用户、外部系统或组织结构。有时,时间也可以作为参与者,指一定时间激活系统中的某个事件。参与者的图形符号参见图2-7。

3) 用例之间的关系

用例之间的关系分为通信关系、包含关系和扩展关系。

(1) 通信关系:描述参与者与用例之间的关系,某个参与者激活一个用例或一个用例启动一个参与者。通信关系用符号——表示。

(2) 包含关系:描述用例之间的关系,表示一个用例使用另一个用例提供的功能。其中被包含的用例是基用例,包含关系的基用例可以是完整的,也可以不是完整的和独立的。包含关系用符号 ——<<include>>——> 表示。

(3) 扩展关系:描述用例之间的关系,表示允许一个用例扩展另一个用例提供的功能。扩展关系表示一般与特殊的关系,基用例是完整的,可独立的。扩展关系用符号 ◁——<<extends>>—— 表示。

用例图就是按照用户的观点来描述系统的功能,构成元素有用例、参与者和关系。下面用一个借书的例子来说明用例图的画法,如图 2-8 所示。

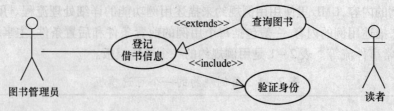

图 2-8　借书业务用例图

读者到图书馆借书,可以先检索需要的图书编号,然后到书架上相应的位置找到自己需要的书,交给图书管理员,办理借书(手续)。这段业务内容用用例图表示的步骤如下。

（1）找出系统参与者:读者、图书管理员。

（2）找到系统用例:查询图书、验证身份、登记借书信息。

（3）分析用例之间的关系:查询读者是登记借书信息的扩展用例,验证身份是登记借书信息的包含用例。

用例图的画法并不复杂,关键的问题就是正确识别用例图中的元素。注意:包含关系箭头指向基用例,扩展关系箭头指向使用基用例的用例。

用例图中的每个用例需要使用文档描述用例的具体内容,下面以登记借书信息为例,说明用例规约的写法。登记借书信息用例规约见表 2-2。

表 2-2　登记借书信息用例规约

用例名称	登记借书信息
用例 ID	P1
参与者	图书管理员
用例说明	登记读者借书的信息
前置条件	管理员身份被验证通过
主事件流	1.1 读者提交所借图书 循环 1.2~1.6,直到对应同一读者同一次提交的全部图书都处理结束 1.2 图书管理员查询读者信息 　　1.2.1 若已达限借数量,执行 A1 　　1.2.2 若尚可借书,执行 1.3 1.3 查询图书是否可借标志 　　1.3.1 若不可借,执行 A2 　　1.3.2 若可借,执行 1.4 1.4 将该书状态改为"借出",并登记借出日期和借阅人 1.5 修改该书的在架图书数量,以便读者查询图书时可知该书是否可借 1.6 修改读者已借书数量
备选事件流	读者需要时,图书管理员可以查询图书内容信息,以便读者取舍
异常事件流	A1:提示"已达限借数量,不能再借" A2:提示"只能馆内阅读,不能外借"
后置条件	借阅信息、在架图书数量、读者已借书数量被正确更新

2. 类图

这里的类和面向对象语言中的类是同义的。类的图形符号参见图 2-7,第一层书写类名,第二层书写属性,第三层书写类的操作(方法)。类图的画法涉及类之间的四种关系。

1) 关联

关联是类之间的连接,是模型元素之间的一种语义联系,它描述不同类的对象之间的结构关系,可以使用关联名来说明关联的作用。关联名应放在关联路径上。关联名通常是动词短语,应明确地反映该关系的目的。关联体现的往往是类的对象实例之间的关系。例如,"读者"与"图书"是"借阅"关系,"用户"与"订单"是"签订"关系。

关联有多重性,指的是类的多少个对象在特定时间内与另一个类的一个对象相关联,一般表示在关联路径上的两端。关联示意图如图 2-9 所示。

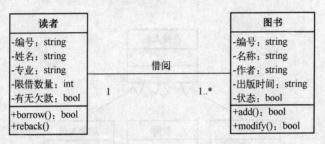

图 2-9 关联示意图

如果关联关系有属性和操作,那么这样的关联就称为关联类,在 UML 中用一个类符号表示。关联类示意图如图 2-10 所示。

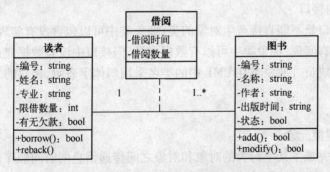

图 2-10 关联类示意图

2) 依赖

依赖表示一个类的修改引起另一个类修改的关系:设有两个类 A 和 B,如果修改 A,可能会导致 B 也需要进行相应的修改,则称 B 依赖 A。依赖关系在 UML 中用带箭头的虚线表示,箭头指向依赖对象。依赖关系包含以下三种情况:

(1) 一个类向另一类对象发送消息。

(2) 一个类对象是另一个类的数据成员。

(3) 一个类是另一个类的操作参数类型。

类之间的依赖示意图如图 2-11 所示。

43

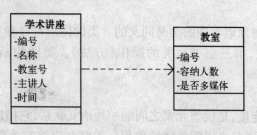

图 2-11 类之间的依赖示意图

3）泛化

泛化表示类之间一般与特殊的关系,在 UML 中用空心三角形的箭头表示。泛化的例子很多,如"在校人员"和"学生"、"教师"、"后勤人员"之间。类之间的泛化示意图如图 2-12 所示。

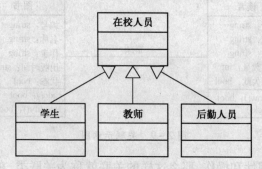

图 2-12 类之间的泛化示意图

4）抽象类与接口

抽象类和接口是不能直接产生对象的类;抽象类中可以包含没有实现的操作,而接口中的所有操作没有实现;抽象类中可以有数据成员,但接口中没有数据成员。Java 中的接口可以包含数据成员。抽象类在 UML 中的类名采用斜体字表示,接口的表示方法参见图 2-7。

3. 顺序图

1）顺序图建模元素

顺序图描述完成了某个行为的对象和对象之间传递消息的时间顺序。顺序图是一个二维图形。水平方向是对象维,排列的是对象。垂直方向是时间维,沿垂直向下方向按时间递增顺序排列出各对象发出的和接收的消息。

顺序图建模元素包括参与者、对象、生命线、控制焦点(也称激活棒)和消息。

（1）参与者:交互过程的发起者。

（2）对象:发起交互的对象。

（3）生命线:垂直方向的虚线,表示对象存在的时间。

（4）控制焦点:细长矩形框,表示操作经历的时间。

（5）消息:水平箭头线,表示对象之间的通信。消息分为调用消息、异步消息、返回消息等。顺序图中的消息如图 2-13 所示。

① 调用消息:消息的发送者把控制传递给消息的接收者,然后停止活动,等待消息接

44

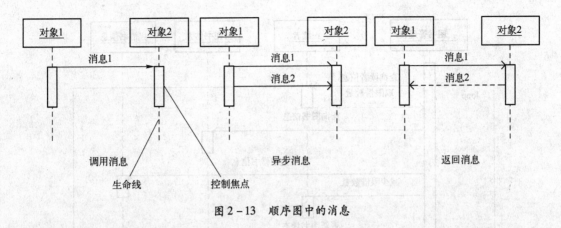

图 2-13 顺序图中的消息

收者放弃或返回控制。

② 异步消息:消息的发送者把信号传递给消息的接收者,然后继续自己的活动,不等待接收者返回消息或控制。异步消息的接收者和发送者并行工作。

③ 返回消息:表示调用返回。对于过程调用,如果有返回消息,则返回消息可以不用画出来;对于非过程调用,如果有返回消息,则必须明确表示出来。

④ 在顺序图中可以使用框图的方式说明要进行循环的操作。

⑤ 在顺序图中表示方法的递归,如图 2-14 所示。

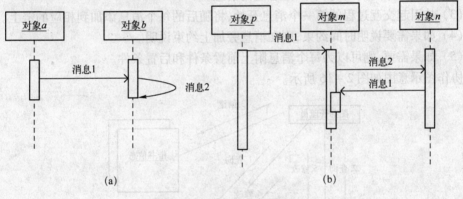

图 2-14 顺序图中的递归
(a) 直接递归;(b) 间接递归。

2) 顺序图的画法

顺序图主要是找到参与交互的对象和对象之间的通信过程。顺序图的参考步骤如下:

(1) 识别参与交互的对象。

(2) 确定每个对象的生命线,确定哪些对象在交互过程中被创建和撤销。

(3) 从引发交互过程的第一条消息开始,按照处理顺序依次画出随后的各个消息。

(4) 确认各个消息的操作时间。

(5) 如果需要,则添加约束说明、前置条件和后置条件。

借书业务顺序图如图 2-15 所示,其中 loop 表示循环。

4. 协作图

协作图用于描述系统的行为是如何由各个成分协作实现的。协作图中包括的建模元

45

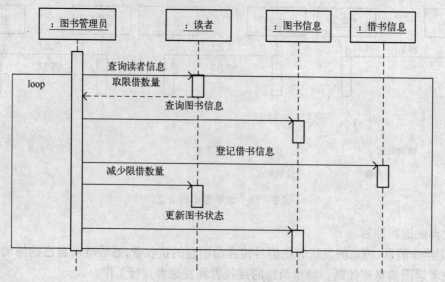

图 2-15 借书业务顺序图

素有参与者、多对象、主动对象、消息等。建立协作图的参考步骤如下：

（1）识别参与交互过程的对象，如果需要，则为每个对象设置初始特性。

（2）确定对象之间的链，以及沿着链的消息。

（3）从引起交互过程的第一个消息开始，将随后的每个消息添加到相应的链上。

（4）如果需要说明时间约束，则在消息旁加上约束说明。

（5）如果需要，则可以为每个消息附上前置条件和后置条件。

协作图示意图如图 2-16 所示。

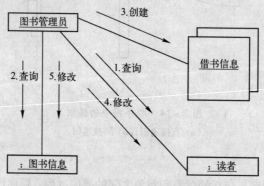

图 2-16 协作图示意图

5. 状态图

状态图描述一个对象所经历的状态序列和引起状态转换的事件。状态图侧重描述对象的动态行为，表示对象生存期内的行为和状态转换。状态图的建模元素有状态、事件、活动、转换。

（1）状态。包括状态名，进、退动作，内部转换等内容。一个状态中还可以嵌入其他的状态，称为复合状态。

（2）事件。在时间和空间上占有一定位置的有意义的事情的详细说明。一个事件应

46

该触发一个状态转换。

（3）活动。状态转换过程的行为。

（4）转换。由一种状态到另一种状态的过程。在 UML 中用有向箭头表示。转换的有向线上应标注状态转换的"事件[条件]/活动"。

（5）状态图的画法。每个状态图都要有个起点——初态，用实心圆表示，初态只能有一个。每个状态图都要有个终点——终态，用实心圆外加圆圈来表示。终态不能是复合状态。状态图表达对象的行为，因此正确地找到对象的行为和状态是关键，然后要分析状态转换的事件、条件和活动。借/还书业务状态图如图 2－17 所示。

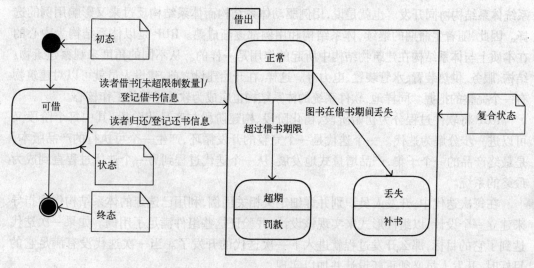

图 2－17　借/还书业务状态图示意图

2.4　统一过程

统一过程（Rational Unified Process，RUP）是一种软件工程过程，由 Rational 公司开发、维护。RUP 又是一套软件工程方法的框架，各个组织可根据自身的实际情况，以及项目规模对 RUP 进行裁剪和修改，以制定出合乎需要的软件工程过程。RUP 吸收了多种开发模型的优点，具有很好的可操作性和实用性。从它一推出市场，凭借 Booch、Ivar Jacobson 以及 Rumbaugh 在业界的领导地位，与 UML 的良好集成、多种 CASE 工具的支持、不断的升级与维护，迅速得到业界广泛的认同，越来越多的组织以它作为软件开发模型框架。

RUP 是用例驱动的，以体系结构为核心的迭代式增量开发模型。

开发软件系统的目的是要为该软件系统的用户服务。因此，要创建一个成功的软件系统，必须明白软件的用户需要什么。"用户"这个术语所指并不仅仅局限于人，还包括其他软件系统。一个用例就是系统中向用户提供一个有价值的结果的某项功能。用例捕捉的是功能性需求。所有用例结合起来就构成了"用例模型"，该模型描述系统的全部功能。这个模型取代了系统的传统的功能规范说明。一个功能规范说明可以描述成对这个问题的回答：需要该系统做什么？而用例驱动则可以通过在该问题中添加几个字来描述：需要该系统为每个用户做什么？它们迫使我们从用户的利益角度出发进行考虑，而不仅

47

仅是考虑系统应当具有哪些良好功能。用例并不仅仅是定义一个系统的需求的一个工具,它们还驱动系统的设计、实现和测试。基于用例模型,软件开发人员创建一系列的设计和实现模型来实现各种用例。开发人员审查每个后续模型,以确保它们符合用例模型。测试人员将测试软件系统的实现,以确保实现模型中的组件正确实现了用例。这样,用例不仅启动了开发过程,而且与开发过程结合在一起。"用例驱动"意指开发过程将遵循一个流程:它将按照一系列由用例驱动的工作流程来进行。首先是定义用例,然后是设计用例,最后,用例是测试人员构建测试用例的来源。

尽管确实是用例在驱动整个开发过程,但是我们并不能孤立地选择用例。它们必须与系统体系结构协同开发。也就是说,用例驱动体系结构而体系结构反过来又影响用例的选择。因此,随着生命期的继续,体系结构和用例都逐渐成熟。RUP 是以体系结构为中心的在本质上与体系结构在建筑物结构中所起的作用是一样的。从不同的角度来观察建筑物:结构、服务、供热装置、水管装置、电力等。这样,在开始建设之前,建设人员就可以对建筑物有一个完整的把握。同样地,软件系统的体系结构也应成为软件过程的工作核心。

RUP 将软件过程分为初始阶段、精化阶段、构建阶段与产品化阶段,其中每个阶段又可以进一步分解为迭代。一个迭代是一个完整的开发循环,产生一个可执行的产品版本,是最终产品的一个子集,产品增量式地发展,从一个迭代过程到另一个迭代过程直到成为最终的系统。

在每次迭代中,开发人员识别并详细定义相关用例,利用已选定的体系结构作为指导来建立一个设计,以组件形式来实现该设计,并验证这些组件满足了用例。如果一次迭代达到了它的目标,那么开发过程就进入下一次迭代的开发了。当一次迭代没有满足它的目标时,开发人员必须重新设计并加以实现。

RUP 可以用二维坐标来描述。横轴通过时间组织,是过程展开的生命周期特征,体现开发过程的动态结构,用来描述它的术语主要包括周期、阶段、迭代和里程碑;纵轴以内容来组织为自然的逻辑活动,体现开发过程的静态结构,用来描述它的术语主要包括活动、产物、工作者和工作流。RUP 的过程如图 2-18 所示。

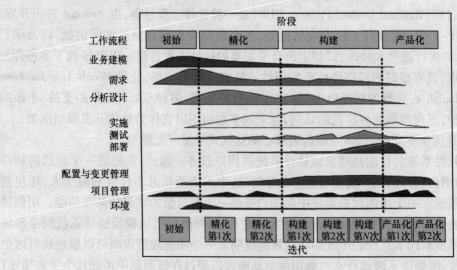

图 2-18　RUP 的过程图

2.4.1 软件生命周期中的各个阶段

RUP 中的软件生命周期在时间上被分解为四个顺序的阶段,分别是初始阶段、细化阶段、构建阶段和交付阶段。每个阶段结束于一个主要的里程碑;每个阶段本质上是两个里程碑之间的时间跨度。在每个阶段的结尾执行一次评估以确定这个阶段的目标是否已经满足。如果评估结果令人满意,可以允许项目进入下一个阶段。

1. 初始阶段

初始阶段的目标是为系统建立商业案例并确定项目的边界。为了达到该目的必须识别所有与系统交互的外部实体,并在较高层次上定义交互的特性。这包括识别出所有用例并描述几个重要的用例。本阶段具有非常重要的意义,在这个阶段中所关注的是整个项目进行中的业务和需求方面的主要风险。对于建立在原有系统基础上的开发项目来讲,初始阶段可能很短。

在初始阶段应该取得如下成果:

(1) 蓝图文档,即关于项目的核心需求、关键特性、主约束的总体蓝图。

(2) 初始的用例模型(占总体的 10% ~ 20%)。

(3) 初始的项目术语表。

(4) 初始的商业案例,包括商业环境、验收标准等。

(5) 初始的风险评估。

(6) 项目计划。

(7) 一个或多个原型。

2. 细化阶段

细化阶段的目标是分析问题领域,建立坚实的体系结构基础、制定项目计划、消除项目中最高风险的因素。为了达到该目的,必须在理解整个系统的基础上,对体系结构作出决策,包括其范围、主要功能和诸如性能等非功能需求。同时为项目建立支持环境,包括创建开发案例,创建模板、工作准则并准备工具。

细化阶段的成果包括:

(1) 用例模型(至少完成 80%),所有的用例和参与者都已被识别出,并完成大部分的用例描述。

(2) 补充非功能性要求以及与特定用例没有关联的需求。

(3) 软件体系结构的描述。

(4) 可执行的软件原型。

(5) 修订过的风险清单和商业案例。

(6) 整个项目的开发计划,该开发计划应体现迭代过程和每次迭代的评价标准。

(7) 更新的开发案例。

(8) 初步的用户手册。

3. 构建阶段

在构建阶段,组件件和应用程序的其余功能被开发并集成为产品,所有的功能都做彻底测试。从某种意义上说,构建阶段是一个制造过程,其重点放在管理资源及控制运作以优化成本、进度和质量。

49

构造阶段的成果是可以交付给最终用户的产品,它至少包括以下内容:

（1）集成于适当操作系统平台上的软件产品。

（2）用户手册。

（3）当前版本的描述。

4. 交付阶段

交付阶段的重点是确保软件对最终用户是可用的。交付阶段可以跨越几次迭代,包括为发布做准备的产品测试,基于用户反馈的少量的调整。在这一阶段,用户反馈应主要集中在产品调整、设置、安装和可用性问题,所有主要的结构问题应该已经在项目生命周期的早期阶段解决了。

2.4.2 RUP 的核心工作流

RUP 中有九个核心工作流（Core Workflows）,分为六个核心过程工作流和三个核心支持工作流。尽管六个核心过程工作流可能使人想起传统瀑布模型中的几个阶段,但应注意迭代过程中的阶段是完全不同的,这些工作流在整个生命周期中被一次又一次访问。九个核心工作流在项目中轮流被使用,在每一次迭代中以不同的重点和强度重复。

1. 商业建模

商业建模工作流描述了如何为新的目标组织开发一个构想,并基于这个构想在商业用例模型和商业对象模型中定义组织的过程、角色和责任。

2. 需求

需求工作流的目标是描述系统应该做什么,并使开发人员和用户就这一描述达成共识。为了达到该目标,要对需要的功能和约束进行提取、组织、文档化;最重要的是理解系统所解决问题的定义和范围。

3. 分析和设计

分析和设计工作流将需求转化成未来系统的设计,为系统开发一个健壮的结构并调整设计使其与实现环境相匹配,优化其性能。分析设计的结果是一个设计模型和一个可选的分析模型。设计模型是源代码的抽象,由设计类和一些描述组成。设计类被组织成具有良好接口的设计包和设计子系统,而描述则体现了类的对象如何协同工作实现用例的功能。

设计活动以体系结构设计为中心,体系结构由若干结构视图来表达,结构视图是整个设计的抽象和简化,该视图中省略了一些细节,使重要的特点体现得更加清晰。体系结构不仅仅是良好设计模型的承载媒介,而且在系统的开发中能提高被创建模型的质量。

4. 实现

实现工作流的目的包括以层次化的子系统形式定义代码的组织结构;以组件的形式（源文件、二进制文件、可执行文件）实现类和对象;将开发出的组件作为单元进行测试以及集成由单个开发者（或小组）所产生的结果,使其成为可执行的系统。

5. 测试

测试工作流要验证对象间的交互作用,验证软件中所有组件的正确集成,检验所有的需求已被正确的实现,识别并确认缺陷在软件部署之前被提出并处理。RUP 提出了迭代

50

的方法,意味着在整个项目中进行测试,从而尽可能早地发现缺陷,从根本上降低了修改缺陷的成本。测试类似于三维模型,分别从可靠性、功能性和系统性能来进行。

6. 部署

部署工作流的目的是成功地生成版本并将软件分发给最终用户。部署工作流描述了那些与确保软件产品对最终用户具有可用性相关的活动,包括软件打包、生成软件本身以外的产品、安装软件、为用户提供帮助。在有些情况下,还可能包括计划和进行 beta 测试版、移植现有的软件和数据以及正式验收。

7. 配置和变更管理

配置和变更管理工作流描绘如何在多个成员组成的项目中控制大量的产物。配置和提供准则管理演化系统中的多个变体,跟踪软件创建过程中的版本。工作流描述了如何管理并行开发、分布式开发、如何自动化创建工程。同时也阐述了对产品修改原因、时间、人员保持审计记录。

8. 项目管理

软件项目管理平衡各种可能产生冲突的目标,管理风险,克服各种约束并成功交付使用户满意的产品。其目标包括:为项目的管理提供框架,为计划、人员配备、执行和监控项目提供实用的准则,为管理风险提供框架等。

9. 环境

环境工作流的目的是向软件开发组织提供软件开发环境,包括过程和工具。环境工作流集中于配置项目过程中所需要的活动,同样也支持开发项目规范的活动,提供了逐步的指导手册并介绍了如何在组织中实现过程。

2.5 软件可行性研究

1. 问题定义

在进行可行性研究之前,系统分析人员首先必须了解所开发软件的问题定义:即确定软件开发项目必须完成的目标。其关键问题是"要解决什么问题?",问题定义的主要内容应该包括问题的背景、总体要求与目标、类型范围、功能规模、实现目标的方案、开发的条件、环境要求等。通过问题的定义形成系统定义报告,以供后续的可行性研究阶段使用。

在问题定义时,分析人员必须深入现场,仔细阅读用户所写的书面报告,与用户进行反复讨论,听取用户对系统的要求,以期明确用户提出这个问题的原因,问题的背景与用户的目标。然后据此提出关于问题的性质、工程的目标和规模的书面报告,并在用户与使用部门负责人参加的会议上认真讨论,澄清含糊不清的地方,改正理解不正确的地方,编写"系统目标与范围的说明"(表 2 - 3),最后形成一份双方都认可的文档——系统定义报告。

问题定义报告并没有统一的格式要求,但一般来说应包括以下内容:

(1) 项目名称;

(2) 使用方;

(3) 对问题的概括定义;

表 2-3 系统目标和范围说明书示例

系统目标和范围说明书

2011 年 3 月

1. 项目:教材销售系统。
2. 问题:人工发售教材手续繁琐,且易出错。
3. 项目目标:建立一个高效率、无差错的微机教材销售系统。
4. 项目范围:利用现有微型计算机,软件开发费用不超过 5000 元。
5. 初步想法:建议在系统中增加对缺书的统计与采购功能。
6. 可行性研究:建议进行大约 10 天的可行性研究,研究费用不超过 1000 元。

（4）项目的目标;

（5）项目的规模。

除此以外,还可以加上对项目的初步设想和对可行性研究的建议等其他相关内容。

2. 可行性研究的任务与步骤

可行性分析是在前面问题定义的基础上对项目进行充分的论证、分析,以决定该项目究竟能不能做? 这就是可行性研究的任务。显然可行性研究在整个软件生存周期中是最重要的一个阶段,因为它涉及的是一个项目做与不做的决策问题。

1）可行性研究的任务

可行性研究一般要涉及三个方面的问题:技术、经济、社会因素。

（1）技术可行性分析。至少要考虑以下几方面因素:

① 在给定的时间内能否实现需求说明中的功能。如果在项目开发过程中遇到难以克服的技术问题,麻烦就大了。轻则拖延进度,重则断送项目。

② 软件的质量如何? 有些应用对实时性要求很高,如果软件运行慢,即便功能具备也毫无实用价值。有些高风险的应用对软件的正确性与精确性要求极高,不允许软件出差错。

③ 软件的生产率如何? 如果生产率低下,会逐渐丧失竞争力。在统计软件总的开发时间时,不能漏掉用于维护的时间。软件维护是非常拖后腿的事,它能把前期拿到的利润慢慢地消耗光。如果软件的质量不好,将会导致维护的代价很高,企图通过偷工减料而提高生产率,是得不偿失的事。

技术可行性分析可以简单地表述为:做得了吗? 做得好吗? 做得快吗?

（2）经济可行性。分析开发该项目能否取得合理的经济效益,主要包括分析成本—收益和短期效益—长远利益这两个方面。要作出投资的估算和系统投入运行后可能获得的经济效益或可节约的费用估算。短期效益要考虑的成本如下:

① 办公室房租,办公用品,如桌、椅、书柜、照明电器、空调等。

② 计算机、打印机、网络等硬件设备。

③ 电话、传真等通信设备以及通信费用。

④ 资料费。

⑤ 软件开发人员与行政人员的工资,如办公消耗,如水电费、打印复印费等。

⑥ 购买系统软件的费用,如买操作系统、数据库、软件开发工具等。有些老板买盗版

的系统软件,却按市场价算成本。

⑦ 做市场调查、可行性分析、需求分析的交际费用。

⑧ 公司人员培训费用。

⑨ 产品宣传费用。如果用因特网作宣传,则要考虑建设 Web 站点的费用。

(3) 社会因素的考虑。社会因素主要考虑的是市场、政策与法律方面的问题。软件产品所面对的市场的性质,是成熟的、未成熟的或即将消亡的。政策考虑的是国家宏观的经济政策对软件开发及销售的影响。法律应该考虑软件的开发是否会侵犯他人、集体或国家的利益,是否会违反国家的法律并可能由此承担相应的法律责任等。

2) 可行性研究的步骤

可行性研究一般按以下步骤进行:

(1) 重新检查系统定义报告中相关的内容,进一步复查确认系统规模与目标,改正含糊或不正确的描述,明确对目标系统的限制与约束。

(2) 研究目前正在使用的系统,找出其基本功能和所需要的基本信息,绘制系统流程图。现有的系统是重要的信息来源,运行现有系统所需要的费用是进行经济可行性分析的重要指标。如果新的系统不能增加收入或减少费用,那么新系统从经济上来说就不能是可行的。

(3) 设想新系统的高层逻辑模型,通过对现有系统的分析归纳,可以从现有系统的逻辑模型来设想目标系统的逻辑模型,最后根据目标系统的逻辑模型建造新的物理系统。

(4) 导出各种实现方案并对方案进行评价。系统分析人员从系统逻辑模型出发,可以导出若干个较为高层的物理解决方案以供选择与比较。然后对这些方案进行相应的可行性分析,并得出相应的结论。

(5) 推荐可行性方案。在前面的可行性分析的基础上,如果分析人员认为值得继续进行该项目的开发,他就必须推荐一种最佳方案,并对该方案进行仔细的成本/效益核算,以此作为是否投资的依据。因为项目的决策者主要是根据经济上是否合算来决定一个项目是否值得投资的。

(6) 编写可行性研究报告。将以上的可行性研究过程及结果写成合乎规定的可行性研究报告作为该项目重要的基础文档。同时要对该可行性报告进行认真仔细的评审,最终得出项目投资与否的决策。

2.6 软件工程实践中的项目管理

2.6.1 项目管理概述

随着软件开发规模的日益庞大,软件项目开发已经变成团队合作的过程,强调的是企业团队的开发能力,而不是个人能力。软件项目管理是为了使软件项目能够按照预定的成本、进度、质量顺利完成,而对人员(People)、产品(Product)、过程(Process)和项目(Project)进行分析和管理的活动。因此,对有一定规模的软件项目来说,有必要将软件项目管理引入软件开发的过程。

1. 软件项目管理的主要对象

（1）人员：包括项目中分析、设计、编程、测试和维护人员等。

（2）产品：包括软件产品的各个方面，如需求、分析、设计、编程、测试等，尤其是（需求）分析结论，对后续工作产生重要的影响。

（3）过程：从项目开发到项目结尾的全过程，包括项目计划、项目的分析设计、项目的实施和项目结尾。

（4）项目：监控项目本身的各个环节，包括项目的范围和需求、项目资源分配、项目过程等。

2. 软件项目管理的内容

软件项目管理的内容主要包括人员的组织与管理、软件项目计划、软件风险管理、软件配置管理、软件质量保证等。

2.6.2　人员的组织与管理

软件项目开发往往是一个团队合作的过程，人员的选择、分配与管理往往对软件项目的效率和软件产品的质量有重要的影响。人员的组织与管理涉及软件开发过程中的所有工作人员，主要内容如下。

1. 确定合适的组织形式

这个过程要找出项目开发都需要哪些方面的人员，每个方面的人员都负责哪些工作，需要多少相应的开发人员。例如，微软公司开发团队组织模式为程序管理人员、产品管理人员、软件开发人员、软件测试人员、发布管理人员和用户体验人员。

对开发一个从分析到测试的完整项目来说，一般都需要分析设计人员组、软件编程人员组和软件测试人员组。从工作量上看，软件编程人员数量是最多的；除了专业的测试人员外，分析设计人员也可以承担部分测试工作。整个项目由一名项目经理负责总体的管理工作，把握整体进度，分配每个小组每个阶段的任务。对于每个小组的组织形式，可以采用每组有一名技术组长，负责解决本组涉及的所有技术问题，兼顾组内任务的分配和进度的管理。技术组长一般不参与具体的开发任务，属于管理和技术支持角色。如果编程工作量较大，还可以将软件编程人员组进一步划分成各个小组，并设置小组长，他在编程的同时负责简单的管理和统计工作。各组的开发人员数量一般由项目经理根据经验确定，在开发过程中可适当调整。

2. 选择合适的开发人员

为每个开发人员定位合适的角色，对于整个项目的效率有重要的作用。可以采用自我推荐和项目经理分配结合的方式确定开发人员的角色，不过，各组组长一般不考虑自我推荐，而由项目经理或部门领导根据以往的开发记录任命。让每个成员都能发挥自己的专长，分配适合的工作内容属于管理范畴，主要依据是以往的开发记录和每个成员的工作经历，兼顾每个成员性格、爱好。

3. 确定合适的沟通方式

现代软件开发过程是团队合作的过程，团队内部的沟通十分重要。开发的每一个小阶段都要通过沟通来了解工作状况和存在的问题。常用的沟通方式有谈话、电话、定期开会、电子邮件和书面报告等。

2.6.3　项目计划

可行性研究通过后就要制定项目计划,确定项目实施范围,规定每阶段提交的工作成果,评估项目风险,制定时间安排计划,估算需要多长时间、需要多少工作量、需要多少人员,以及可获得的软、硬件情况。

估算软件项目的工作量,可以使用代码行技术(LOC)和功能点技术(FP)。LOC一般是让一些有经验的编程人员,按照开发人员给出的需求范围,按照子功能分别估算出代码行数并进行累加后取平均值。FP是通过对软件特征和软件复杂度估算出软件规模。软件特征包括输入/输出、独立查询、外部接口和内部文件等。FP与具体的编程语言无关。

软件项目计划中还要有项目的一些约束条件,包括开发环境、测试环境、人力资源、外部依赖等影响项目进度、质量、成本的因素。

除了以上的内容外,项目计划中要指明项目共分几个阶段、每个阶段完成的标志、每个阶段的时间和每个阶段所要提交的文档。

常用的制订进度计划的工具主要有甘特图。甘特图直观简单,但不能明确地表示各项任务之间的依赖关系和关键路径。因此,在大型软件开发时,除使用甘特图外,还要分析项目实施的关键路径。

2.6.4　风险管理

软件开发存在着风险,软件项目的风险是不确定的,主要来自以下几个方面:

(1)用户需求的变化和用户需求的不确定。

(2)软件开发规模估计的不准确。

(3)开发人员的素质和开发人员的流动。

(4)行业规则的改变对软件的影响。

(5)选择新的开发技术对开发软件的作用。

(6)软件开发过程中使用的开发工具、测试工具等技术支持工具。

识别了软件风险,就要在开发全过程对软件风险进行系统的分析和监控,最大限度地降低风险对软件的影响。

一般地说,软件风险可以包括风险识别、风险预测和风险驾权(或风险管理)等三项活动。

1. 风险识别

可用不同的方法对风险进行分类。从宏观上来看,可将风险分为项目风险、技术风险和商业风险:

(1)项目风险识别潜在的预算、进度、个人(包括人员和组织)、资源、用户和需求方面的问题,以及它们对软件项目的影响,如项目复杂性、规模和结构等都可构成风险因素。

(2)技术风险识别潜在的设计、实现、接口、检验和维护方面的问题。此外,规格说明的多义性、技术上的不确定性、技术陈旧、最新技术(不成熟)也是风险因素。技术风险之所以出现是由于问题的解决比所预想的要复杂。

（3）主要的商业风险有以下五种：① 建立的软件虽然很优秀但不是真正所想要的（市场风险）；②建立的软件不适合整个软件产品战略；③销售部门不清楚如何推销这种软件；④由于课题改变或人员而失去上级管理部门的支持；⑤失去预算或人员的承诺（预算风险）。

为了正确识别风险，可以将可能发生的风险分为若干子类，每类建立一个"风险项目检查表"（人员结构和经验风险）来识别它们：

（1）可投入的人员是最优秀的吗？

（2）按技能对人员做了合理的组合了吗？

（3）投入的人员足够吗？

（4）整个项目开始进行期间人员如何投入？

（5）有多少人员不是全时投入这个项目的工作？

（6）人们对于手头上的工作是否有正确的目标？

（7）项目的成员接受过必要的培训吗？

（8）项目中的成员是否稳定和连续？

以下是常见的风险子类与需要检查的内容：

（1）产品规模风险——检查与软件总体规模相关的风险；

（2）商业影响风险——检查与管理或市场的约束相关的风险；

（3）与用户相关的风险——检查与用户素质及通信能力相关的风险；

（4）过程风险——检查与软件过程被定义和开发相关的风险；

（5）技术风险——检查与软件的复杂性及系统所包含技术成熟度相关的风险；

（6）开发环境风险——检查开发工具的可用性及质量相关的风险；

（7）人员结构和经验风险——检查与参与工作的人员的总体技术水平及项目经验相关的风险。

2. 风险预测

风险预测又称为风险估计，包括两方面的内容：风险发生的可能性；风险发生后所产生的后果。通常，项目计划人员与管理人员、技术人员一起，进行两项风险估计活动：

（1）建立一个尺度或标准来表示一个风险的可能性。尺度可以用布尔值、定性的或定量的方式定义。一种比较好的方法是使用定量的概率尺度，它具有下列值：极罕见的、罕见的、普通的、可能的、极可能的。

（2）估计风险对项目和产品的影响。风险发生的后果通常使用定性的描述：灾难性的、严重的、轻微的或可忽略的等。造成影响的因素有三种：风险的性质、风险的范围和风险的时间。

风险的性质指出在风险出现时可能出现的问题。例如，一个定义得很差的用户硬件的外部接口（技术风险）会妨碍早期的设计和测试，而且很可能在项目后期造成系统组装上的问题。

风险的范围则组合了风险的严重性（它严重到什么程度）与其总的分布（对项目的影响有多大，对用户的损害又有多大）。

风险的时间则考虑风险的影响什么时候开始，要影响多长时间。在多数情况下，项目管理人员可能希望"坏消息"出现得越早越好，但在有些情况下则拖得比较长。

56

对项目风险进行管理时,应综合考虑风险出现的概率和一旦发生风险可能产生的影响。对一个具有高影响但发生概率很低的风险不必花费很多的管理时间,而对于低影响但高概率的风险以及高影响且发生概率为中到高的风险,则应优先列入需要管理的风险之中,如图2-19所示。

Robert Charette 在他的《软件工程风险分析与管理》一书中,提出了一种主要依据风险描述、风险概率和风险影响三个因素对风险进行预测的方法,称为风险评价。他用一个三元组:

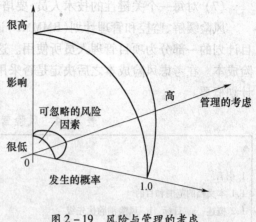

图 2-19 风险与管理的考虑

$$[r_i, l_i, x_i]$$

式中:r_i 是风险;l_i 是风险出现的可能性(概率);x_i 是风险的影响。

在做风险评价时,应当进一步检验在风险估计时所得到的估计的准确性,尝试对已暴露的风险进行优先排队,并着手考虑控制和(或)消除可能出现风险的方法。

在做风险评价时,按以下步骤执行:

(1)为项目定义风险参照水准;

(2)尝试找出在每个$[r_i, l_i, x_i]$和每个参照水准之间的关系;

(3)预测参照点组以定义一个终止区域,用一条曲线或一些易变动区域来界定;

(4)努力预测复合的风险组合将如何形成一个参照水准。

由成本超支和进度延期所构成的"项目终止曲线"。曲线右方为项目终止区域,在曲线上面的各点为临界区,曲线终止或继续进行都是可以的。

3. 风险驾驭和监控

风险驾驭是指利用某些技术,如原型化、软件自动化、软件心理学、可靠性工程学以至某些项目管理方法等设法避开或转移风险。与每一风险相关的三元组(风险描述,风险可能性,风险影响)是建立风险驾驭(风险消除)步骤的基础。

风险驾驭与管理主要靠管理者的经验来实现。假如人员的频繁流动是一项风险 r_i,基于过去的历史和管理经验,频繁流动可能性的估算值 l_i 为 0.70(70% 相当高),而影响 x_i 的估计值是:项目开发时间增加15%,总成本增加12%。给出了这些数据之后,建议可使用以下风险驾驭步骤:

(1)与现在在职的人员协商,确定人员流动的原因(如工作条件差、收入低、人才市场竞争等)。

(2)在项目开始前,把缓解这些原因(避开风险)的工作列入已拟定的驾驭计划中。

(3)当项目启动时,做好人员流动会出现的准备。采取一些办法以确保人员一旦离开时项目仍能继续(削弱风险)。

(4)建立项目组,以使大家都了解有关开发活动的信息。

(5)制定文档标准,并建立一种机制以保证文档能够及时产生。

(6)对所有工作组织细致的评审(以使更多的人能够按计划进度完成自己的工作)。

（7）对每一个关键性的技术人员,要培养后备人员。

风险缓解、监控和管理计划(RMMMP)记录了风险分析的全部工作,并且作为整个项目计划的一部分为项目管理人员所使用。这些驾驭风险的措施会增加项目成本,称为风险成本。在考虑风险成本之后决定是否采用上述策略。表2-4列出了风险驾驭与监控计划概要。

表2-4　风险驾驭与监控计划概要

1. 引言
1.1 本文档的范围和目的
1.2 概述　a. 目标　b. 风险消除优先级
1.3 组织　a. 管理　b. 职责　c. 作业描述
1.4 消除过程描述　a. 进度安排　b. 主要里程碑和评审　c. 预算
2. 风险分析
2.1 识别　a. 风险概述　b. 风险源　c. 风险分类
2.2 风险估计　a. 估算风险概率　b. 估算风险后果　c. 估算规则　d. 可能的估算错误源
2.3 评价　a. 评价所使用方法　b. 评价方法的假设和限制　c. 评价风险参照　d. 评价结果
3. 风险驾驭
3.1 劝告
3.2 风险消除的选项
3.3 风险消除的劝告
3.4 风险监控过程
4. 附录
4.1 风险位置的估算
4.2 风险排除计划

2.6.5　软件质量保证

1. 软件质量保证概念

质量保证是在软件开发过程中,为了保证产品满足指定标准而进行的各种活动。这种活动的作用,是减少产品在目标环境中实现其功能的怀疑和分险。

保证软件质量,首先要明确软件质量的定义,包含三点:

（1）与明确确定的功能和性能需求的一致性;

（2）与明确成文的开发标准的一致性;

（3）与所有专业开发的软件所期望的隐含的特性的一致性。

软件质量方面的内容将在后面章节详述。

质量保证的活动内容如图2-20所示。

2. 软件质量保证

软件质量保证(SQA)是用一系列有计划的、系统的方法制定的标准、步骤和方法,并能够向管理层保证制定的内容可以被所有项目采用。SQA是通过对软件产品和活动进

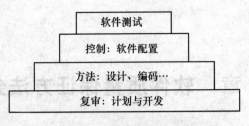

图 2 - 20　质量保证的活动内容

行评审和审计来验证软件是合乎标准的。SQA 人员在项目启动时就参与到开发团队中。
SQA 包含计划、审计和问题跟踪三个方面：

(1) 计划。制定项目的 SQA 计划，确定审计的重点，保证项目组正确地执行过程。

(2) 审计/证实。根据计划进行审计工作，确认是否按照要求执行了活动，是否按照
要求产生了产品，并发布审计结果报告。

(3) 问题跟踪。跟踪审计中发现的问题，直到解决。

第3章 软件质量保证方法分析

一些文献中对软件质量的定义有很多种。在这里对软件质量的定义作如下归纳总结：明确声明的功能和性能需求、明确文档化过程的开发标准以及专业人员开发的软件所应具有的所有隐含特征都得到满足。

对软件质量的定义长期以来一直存在争议性。在本书中，对上述定义可以修改或扩充，上述定义强调了以下三个重要方面：

（1）软件需求是进行"质量"度量的基础。与需求不符就是质量不高。

（2）指定的标准定义了一组指导软件开发的准则。如果不能遵照这些准则，就极有可能导致质量不高。

（3）通常有一组"隐含需求"是不被提及的（如对易维护性的需求）。如果软件符合了明确的需求却没有满足隐含需求，软件质量仍然值得怀疑。

为保证软件质量，对传统质量保证模型进行了总结与探索，可供读者提出宝贵意见。

3.1 开发环境的创建

要构建有效的开发环境，必须集中于三个 P 上：人员（People）、问题（Problem）和过程（Process）。其顺序不是不可改变的。任何平台搭建者如果没培养有创新力的团队，如果在项目开发早期没有支持有效的与用户的通信，如果没有产生一个有效的解决问题的过程。那这种软件开发的风险是很大的。

培养有创造力的、技术水平高的软件人员是关于软件开发成败非常重要的因素，即，"人因素"非常重要，以致于软件工程研究所专门开发了一个人员管理能力成熟度模型（PM－CMM），旨在"通过吸引、培养、鼓励和留住改善其软件开发能力所需的人才增强软件组织承担日益复杂的应用程序开发的能力，"人员管理成熟度模型为软件人员定义了以下的关键实践区域：招募，选择，业绩管理，培训，报酬，专业发展，组织和工作计划，以及团队精神/企业文化培养。在人员管理上达到较高成熟度的组织，更有可能实现有效的软件工程开发。

在进行开发计划之前，应该首先明确该开发软件的目的和范围：目的说明该项目的总体目标，而不考虑这些目标如何实现；范围说明给出与问题相关的主要数据、功能和行为，更为重要的是，它以量化的方式约束了这些特性。考虑可选的解决方案，定义技术和管理的约束。没有这些信息，就不可能进行合理的（准确的）成本估算；有效的风险评估；适当的任务划分；或是给出了意义明确的开发进度标志的项目管理计划。

一旦了解了项目的目的和范围，就要开始考虑可选的解决方案了。管理者和开发者可以选择一条"最好的"途径，并根据产品交付的期限、预算的限制、可用的人员、技术接口及各种其他因素，给出项目的约束。

软件过程提供了一个框架,在该框架下可以建立一个软件开发的综合计划。若干框架活动适用于所有软件项目,而不在乎其规模和复杂性。若干不同的任务集合——每一个集合都由任务、里程碑、交付物以及质量保证点组成——使得框架活动适应于不同软件项目的特征和项目组的需求。最后是保护性活动——如软件质量保证,软件配置管理,和测度——它们贯穿于整个过程模型之中。保护性活动独立于任何一个框架活动,且贯穿于整个过程之中。

1. 人员

1) 项目参与者与项目负责人

参与软件过程(及每一个软件项目)的人员可以分为以下五类:

(1) 高级管理者。负责确定商业问题,这些问题往往对项目产生很大影响。

(2) 项目(技术)管理者。必须计划、刺激、组织和控制软件开发人员。

(3) 开发人员。负责开发一个产品或应用软件所需的专门技术人员。

(4) 用户。负责说明待开发软件的需求的人员。

(5) 最终用户。一旦软件发布成为产品,最终用户是直接与软件进行交互的人。

每一个软件项目都有上述的人员参与。为了获得很高的效率,项目组的组织必须最大限度地发挥每个人的技术和能力。这是项目负责人的任务。

在一本优秀的关于领导能力的论著中,Jerry Weinberg 给出了一个答案,他提出领导能力的 MOI 模型:

(1) 刺激(Motivate):鼓励(通过"推或拉")技术人员发挥其最大能力的一种能力。

(2) 组织(Organization):融合已有的过程(或创造新的过程)的一种能力,使得最初的概念能够转换成最终的产品。

(3) 想法(Ideas)或创新(Innovation):鼓励人们去创造,并感到有创造性的一种能力,即使他们必须工作在为特定软件产品或应用软件建立的约束下。

Weinberg 提出:成功的项目负责人应采用一种解决问题的管理风格。即,软件项目经理应该集中于理解待解决的问题,管理新想法的交流,同时,让项目组的每一个人知道(通过言语,更重要的是通过行为)质量很重要,不能妥协。

关于一个有效的项目经理应该具有什么特点的另一个观点[EDG95]则强调了以下四种关键品质:

(1) 解决问题。一个有效的软件项目经理应该能够准确地诊断出技术的和管理的问题;系统地计划解决方案;适当地刺激其他开发人员实现解决方案;把从以前的项目中学到的经验应用到新的环境下;如果最初的解决方案没有结果,能够灵活地改变方向。

(2) 管理者的身份。一个好的项目经理必须掌管整个项目。他在必要时必须有信心进行控制,必须保证让优秀的技术人员能够按照他们的本性行事。

(3) 成就。为了提高项目组的生产率,项目经理必须奖励具有主动性和做出成绩的人,并通过自己的行为表明约束下的冒险不会受到惩罚。

(4) 影响和队伍建设。一个有效的项目经理必须能够"读懂"人;他必须能够理解语言的和非语言的信号,并对发出这些信号的人的要求做出反应。项目经理必须在高压力的环境下保持良好的控制能力。

2）合理分配人力资源

一旦一个小组具有凝聚力,成功的可能性就大大提高。

下面给出为一个项目分配人力资源的若干可选方案,该项目需要 n 个人工作 k 年:

（1）n 个人被分配来完成 m 个不同的功能任务,相对而言几乎没有合作的情况发生;协调是软件管理者的责任,而他可能同时还有六个其他项目要管。

（2）n 个人被分配来完成 m 个不同的功能任务（$m<n$）,建立非正式的"小组";指定一个专门的小组负责人;小组之间的协调由软件管理者负责。

（3）n 个人被分成 t 个小组;每一个小组完成一个或多个功能任务;每一个小组有一个特定的结构,该结构是为同一个项目的所有小组定义的;协调工作由小组和软件项目管理者共同控制。

虽然对于上述的每一种方法都可以找到其优点和缺点,但越来越多的证据表明正式的组织小组（第（3）种方法）是生产率最高的。

"最好的"小组结构取决于组织的管理风格、组里的人员数目及他们的技术水平和整个问题的难易程度。Mantei 提出了三种一般的小组组织方式:

（1）民主分权式（Democratic Decentralized,DD）。这种软件工程小组没有固定的负责人。"任务协调者是短期指定的,之后就由其他协调不同任务的人取代"。问题和解决方法的确定是由小组讨论决策的。小组成员间的通信是平行的。

（2）控制分权式（Controlled Decentralized,CD）。这种软件工程小组有一个固定的负责人,他协调特定的任务及负责子任务的二级负责人关系。问题解决仍是一个群体活动,但解决方案的实现是由小组负责人在子组之间进行划分的。子组和个人间的通信是平行的,但也会发生沿着控制层产生的上下级的通信。

（3）控制集权式（Controlled Centralized,CC）。顶层的问题解决和内部小组协调是由小组负责人管理的。负责人和小组成员之间的通信是上下级式的。

Mantei 还给出了计划软件工程小组的结构时应该考虑的七个项目因素:

（1）待解决问题的困难程度。

（2）要产生的程序的规模,以代码行或者功能点来衡量。

（3）小组成员需要待在一起的时间（小组生命期）。

（4）问题能够被模块化的程度。

（5）待建造系统所要求的质量和可靠性。

（6）交付日期的严格程度。

（7）项目所需要的社交性（通信）的程度。

3）协调和通信问题

有很多原因会使软件项目陷入困境。许多开发项目规模宏大,以致于使小组成员间的关系复杂性高、混乱、难以协调。不确定性是经常存在的,它会引起困扰项目组的一连串的改变。互操作性已成为许多系统的关键特性。新的软件必须与已有的软件通信,并遵从系统或产品所加诸的预定义约束。为了有效地处理它们,软件工程小组必须建立有效的方法,以协调参与工作的人员之间的关系。要完成这项任务,必须建立小组成员之间及多个小组之间的正式的和非正式的通信机制。正式的通信是通过"文字、会议及其他相对而言非交互的和非个人的通信渠道"来实现。非正式的通信则更加个人化。软件工程小组的成员在一个特别的基础上共享想法，出现问题时相互帮助，且每天互相交流。

Kraul 和 Streeter 调查了一系列的项目协调技术，并将其分为以下几类：

（1）正式的、非个人的方法。包括软件工程文档和交付物（如源程序）、技术备忘录、项目里程碑、进度和项目控制工具、修改请求及相关文档、错误跟踪报告和中心库数据。

（2）正式的、个人间的规程。集中表现于软件工程工作中产品的质量保证活动中，包括状态复审会议及设计和代码检查。

（3）非正式的、个人间的规程。包括信息传播、问题解决及"需求和开发人员配置"的小组会议。

（4）电子通信。包括电子邮件、电子公告栏、Web 站点以及基于视频的会议系统。

（5）个人间的网络。与项目组之外的人进行的非正式的讨论，这些人可能有足够的经验或见解，能够帮助项目组成员。

2. 问题

软件需求的详细分析可以提供必要的估算信息，但分析常常要花数周甚至数月的时间才能完成，并且随着项目的进展经常发生改变，需求可能是不固定的。软件项目管理的第一个活动是软件范围的确定，软件项目范围在管理层和技术层都必须是无二义性的和可理解的。

问题分解，有时称为划分，是一个软件需求分析（第 11 章）的核心活动。在确定软件范围的活动中并没有完全分解问题。分解一般用于两个主要领域：①必须交付的功能；②交付所用的过程。

面对复杂的问题，经常采用问题分解的策略。简单讲，就是将一个复杂的问题划分成若干较易处理的小问题。这是项目计划开始时所采用的策略。在估算开始之前，范围中所描述的软件功能必须被评估和精化，以提供更多的细节。因为成本和进度估算都是面向功能的，所以某种程度的分解是很有用的。

例如，建造一个新的字处理产品的项目。该产品的特殊功能包括：连续的语音输入和键盘输入；高级的"自动复制编辑"功能；页面布局功能；自动建立索引和目录；以及其他功能。项目管理者必须首先建立软件范围描述，规定这些功能（以及其他的通用功能，如编辑、文件管理、文档生成等）。例如，连续语音输入功能是否需要对用户进行专门的产品"培训"？复制编辑功能提供了哪些能力？页面布局功能要到什么程度？

随着范围描述的进展，自然产生了第一级划分。项目组研究市场部与潜在用户的交谈资料，并找出自动拷贝编辑应该具有下列功能：

（1）拼写检查。

（2）语句文法检查。

（3）大型文档的参考书目关联检查（如对一本参考书的引用是否能在参考书目列表中找到）。

（4）大型文档中章节的参考书目关联的验证。

其中每一项都是软件要实现的子功能。同时，如果分解可以使计划更简单，则每一项又可以进一步精化。

3. 过程

软件开发过程必须选择一个适合项目组要开发的软件的过程模型。在前面章节中，讨论了多种线性模型。项目管理者必须决定哪一个过程模型最适合待开发项目,然后基于公共过程框架活动集合,定义一个初步的计划。一旦建立了初步的计划,便可以开始进行过程分解,即必须建立一个完整的计划,以反映框架活动中所需要的工作任务。

项目计划开始于问题和过程的合并。软件项目组要开发的每一个功能都必须通过为软件组织定义的框架活动集合来完成。

软件项目组在选择最适合项目的软件工程范型以及选定的过程模型中所包含的软件工程任务时,应该有很大的灵活度。一个相对较小的项目如果与以前已开发过的项目相似,可以采用线性顺序模型。如果时间要求很紧,且问题能够被很好地划分,RAD 模型可能是正确的选择。如果时间太紧,不可能完成所有功能时,增量模型可能是最合适的。同样地,具有其他特性(如不确定的需求、突破性的技术、困难的用户、明显的复用潜力等)的项目将导致选择其他过程模型。一旦选定了过程模型,公共过程框架(Common Process Framework, CPF)应该适于它。本章较早讨论的 CPF——用户通信,计划,风险分析,工程,建造及发布,用户评估——能够适用于范型。它可以用于线性模型,还可用于迭代和增量模型、演化模型,甚至是并发或构件组装模型。CPF 是不变的,充当一个软件组织所执行的所有软件工作的基础。

3.2　软件生命过程的度量

在软件的整个生命过程中,如果能够回答以下问题:软件开发的生产率是怎样? 产生的软件的质量是怎样? 如何从过去的生产率及质量数据推断出现在的状况? 过去的信息如何帮助我们更加准确地计划和估算? 那么,就能够帮助评估软件的质量和开发软件存在的问题,且在项目进行中辅助决策,软件质量将会大大提高。

软件度量是指计算机软件中范围广泛的测度。测度是测试并建立起测试数据,将其用数字表达出来,它是数学化的过程,可以应用于软件过程中,目的是在一个连续的基础上不断改进软件。测度也可以用于整个软件项目中,辅助估算、质量控制、生产率评估及项目控制。根据投入的工作量和时间对软件开发"输出"的测度,对产生的工作产品的"适用性"的测度,达到计划及估算的目的。

测度在工程界中是常事,如测量动力消耗、重量、物理体积、温度、电压、信噪比……不胜枚举。但在软件工程界测度还远未普及。对于要测量什么及如何评估收集到的度量结果尚没有达成一致意见。

应该收集度量,以确定过程和产品的指标。过程指标使得软件工程组织能够洞悉一个已有过程的功效(如范型、软件工程任务、工作产品及里程碑)。它们使得管理者和开发者能够评估哪些部分可以运作,哪些部分不行。过程度量的收集贯穿整个项目之中,并历经很长的时间。它们的目的是提供能够导致长期的软件过程改善的指标。

项目指标使得软件项目管理者能够:①评估正在进行的项目的状态;②跟踪潜在的风险;③在问题造成不良影响之前发现问题;④调整工作流程或任务;⑤评估项目组控制软件工程工作产品的质量。

在某些情况下,项目组收集到的并被转换成项目度量的测量数据,也可以传送给负责软件过程改进的人们。因此,很多同样的度量既用于过程领域又用于项目领域。

64

3.2.1 软件开发过程的度量和开发过程改进方法

改进过程唯一合理的方法是测量过程的特定属性,基于这些属性开发一组有意义的度量,而后使用这组度量来提供引导改进战略的指标。影响软件质量的因素除了开发过程,还有人员的技能和激励,产品的复杂性,开发环境(如 CASE 工具)、商业条件(如交付期限,商业规则)及用户的特性(如通信的容易程度)。但过程的改进对提高软件质量是非常重要的。

从过程中获得的结果导出一组度量。这些结果包括:在软件发布之前发现的错误数的测量,交付给最终用户并由最终用户报告的缺陷的测量,交付的工作产品的测量,花费的工作量的测量,花费的时间的测量,与进度计划是否一致的测量,以及其他测量。还通过测量特定软件工程任务的特性来导出过程度量。Grady 认为不同类型的过程数据可以分为"私有的和公用的"。因为某个软件工程师可能对在其个人基础上收集的度量的使用比较敏感,这些数据对此人应该是私有的,并成为仅供此人参考的指标。列举若干私有的度量数据:

(1) 缺陷率(个人的);

(2) 缺陷率(模块的);

(3) 开发中发现的错误。

Humphrey 这样描述产生私有过程数据的个人软件过程(Personal Software Process,PSP)方法:PSP 是一个过程描述、测度和方法的结构化集合,能够帮助工程师改善其个人性能。它提供了表格、脚本和标准,以帮助工程师估算和计划其工作。它显示了如何定义过程及如何测量其质量和生产率。一个基本的 PSP 原则:每个人都是不同的,对于某个工程师有效的方法不一定适合另一个。这样,PSP 帮助工程师测量和跟踪他们自己的工作,使得他们能够找到最适合自己的方法。

Humphrey 认识到软件过程改进能够也应该开始于个人级。私有过程数据是个体软件工程师改进其工作的重要驱动力。

某些过程度量对软件项目组是私有的,但对所有小组成员是公用的。例如,主要软件功能(由多个开发人员完成)的缺陷报告、正式技术复审中发现的错误以及每个模块和功能的代码行或功能点。这些数据可由小组进行复查,以找出能够改善小组性能的指标。

公用度量一般吸取了原本是个人的或小组的私有信息。项目级的缺陷率(肯定不能归因于某个个人)、工作量、时间及相关的数据被收集和评估,以找出能够改善组织的过程性能的指标。

软件过程度量对于一个组织提高其总体的过程成熟度,能够提供很大的帮助。不过,就像其他所有度量一样,它们也可能被误用,产生比它们解决的问题更多的问题。Grady 提出了一组"软件度量规则",可用于管理者建立过程度量计划:

(1) 解释度量数据时使用通用的观念,并考虑组织的感受性。

(2) 对收集测量和度量的个人及小组提供定期的反馈。

(3) 不要使用度量去评价个人。

(4) 与开发者和小组一起设定清晰的目标及达到这些目标的度量。

(5) 不要用度量去威胁个人或小组。

指出某个问题的度量数据不应该被看成是"否定的"含义。这些数据仅仅是过程改进的指标。简单的指标获取被更加精确的方法所替代，该方法称为统计软件过程改进（Statistical Software Process Improvement，SSPI）。本质上，SSPI使用软件故障分析方法，来收集应用软件、系统或产品的开发及使用中所遇到的所有错误及缺陷的信息。故障分析采用如下方式：

（1）根据来源分类所有的错误和缺陷（如规格说明中的错误、逻辑错误、与标准不符的错误等）。

（2）记录修改每个错误和缺陷的成本。

（3）统计每一类错误和缺陷的数目，并按降序排列。

（4）计算每一类错误和缺陷的总成本。

（5）分析结果数据，找出造成组织最高成本的错误和缺陷类型。

（6）产生修正过程的计划，目的是消除（或降低其出现的频率）成本最高的错误和缺陷类型。

由上述六个步骤可以导出使得软件组织能够改进其过程以降低错误和缺陷率的指标。

3.2.2 项目度量

软件过程度量主要用于战略的目的。软件项目度量则是战术的。即项目管理者和软件项目组经过使用项目度量及从其中导出的指标，可以改进项目工作流程和技术活动。

大多数软件项目中项目度量的第一个应用是在评估时发生的（第5章）。从过去的项目中收集的度量可用来作为评估现在软件项目的工作量及时间的基础。随着项目的进展，所花费的工作量及时间的测量可以和预评估值（及项目进度）进行比较。项目管理者使用这些数据来监督和控制项目的进展。

随着技术工作的开始，其他项目度量也开始有意义了。生产率根据文档的页数、复审的时间、功能点及交付的源代码行数来测量。除此之外，对每一个软件工程任务中所发现的错误也会加以跟踪。软件在从规格说明到设计的演化中，需要收集技术度量（第18章），以评估设计质量，并提供若干指标，这些指标会影响代码生成及模块测试和集成测试所采用的方法。

项目度量的目的是双重的。首先，这些度量能够指导进行一些必要的调整以避免延迟，并减少潜在问题及风险，从而使得开发时间减到最少。其次，项目度量可在项目进行的基础上评估产品质量，并且可在必要时修改技术方法以改进质量。

随着质量的提高，错误会减到最小，而随着错误数的减少，项目中所需的修改工作量也会降低。这就导致整个项目成本的降低。

软件项目度量的另一个模型，建议每个项目都应该测量：

（1）输入。完成工作所需的资源（如人员，环境）的测量。

（2）输出。软件工程过程中产生的交付物或工作产品的测量。

（3）结果。表明交付物的效力的测量。

实际上，这个模型既可以用于过程也可以用于项目。在项目范畴中，该模型能够在每个框架活动发生时递归地使用。这样，一个活动的输出是下一个活动的输入。当工作产品从一个框架活动(或任务)流动到下一个时,结果度量能够用于提供关于这些产品有用性的指标。

3.3 软件测量

测量在现实世界中可分为两类:直接测量(如螺钉的长度)和间接测量(如生产的螺钉的"质量",由计算其次品率来测量)。软件测量也可以这样分类。

软件工程过程的直接测量,包括花费的成本和工作量。产品的直接测量,包括产生的代码行(Lines Of Code,LOC)、执行速度、内存大小及某段时间内报告的缺陷。产品的间接测量,包括功能、质量、复杂性、有效性、可靠性、可维护性及许多其他的"能力"。

软件度量领域划分为过程、项目和产品度量。已经注意到:对个人私有产品的度量常常被结合起来,以形成对软件项目组公用项目的度量。之后,项目度量又被联合起来产生对整个软件组织公用过程的度量。但是,一个组织如何将来自不同个人或项目的度量结合起来?看一个简单的例子。分开两个不同项目组的个人记录,并分类他们在软件工程过程中所发现的所有错误。之后,个人的测量被结合起来产生项目组的测量。在发布前,项目组 A 在软件工程过程中发现了 342 个错误,项目组 B 则发现了 184 个错误。所有其他情况都相同,哪个组在整个过程中能够更加有效地发现错误呢?因为我们不知道项目的规模或复杂性,所以不能回答这个问题。不过,如果度量采用规范化的手段,就有可能产生能够在更大的组织范围内进行比较的软件度量。

3.3.1 面向规模的度量

面向规模的软件度量是通过规范化质量或生产率的测量而得到的,这些测量基于所生产软件的"规模"。如果一个软件组织保持简单的记录,就会产生一个如图 3-1 所示的面向规模的度量表。该表列出了在过去几年中完成的每一个软件开发项目及其相关的的度量。参考项目 alpha 表项:24 个人的月工作量,成本为 168000 美元,产生了 12100 行代码。应该注意到表中记录的工作量和成本涵盖了所有软件工程活动(分析、设计、编码及测试),而不仅仅是编码。项目 alpha 的更进一步的信息包括:产生了 365 页的文档;在软件发布之前,发现了 134 个错误;软件发布给用户之后运行的第一年中遇到了 29 个缺陷;3 个人参加了项目 alpha 的软件开发工作。

项目	LOC(代码行)	工作量	成本/千美元	文档页数	错误	缺陷	人员
alpha	12100	24	163	365	134	29	3
beta	27200	62	440	1224	321	86	5
gamma	20200	43	314	1050	256	64	6
……							

图 3-1 面向规模的度量

为了产生可以与其他项目中同类度量相比较的度量,选择代码行作为规范化值。根据表中所包含的基本数据,能够为每个项目产生一组简单的面向规模的度量:

（1）每千行代码（KLOC）的错误数。

（2）每千行代码（KLOC）的缺陷数。

（3）每行代码（LOC）的成本。

（4）每千行代码（KLOC）的文档页数。

除此之外，还能够计算出其他有意义的度量：

（1）每人月错误数。

（2）每人月代码行（LOC）。

（3）每页文档的成本。

面向规模的度量并不被普遍认为是测量软件开发过程中的最好方法。大多数的争议都是围绕着使用代码行（LOC）作为关键的测量是否合适。LOC 测量的支持者称 LOC 是所有软件开发项目的"生成品"，并且很容易进行计算；许多现有的软件估算模型使用 LOC 或 KLOC 作为关键的输入，并且已经有大量的文献和数据涉及 LOC。另一方面，反对者们则认为 LOC 测量依赖于程序设计语言；它们对设计得很好、但较小的程序会产生不利的评判；它们不适用于非过程语言；而且它们在估算时需要一些可能难以得到的信息（如早在分析和设计完成之前，计划者就必须估算出要产生的 LOC）。

3.3.2 面向功能的度量

面向功能的软件度量使用软件所提供的功能的测量作为规范化值。因为"功能"不能直接测量，所以必须通过其他直接的测量来导出。面向功能度量是由 Albrecht 首先提出来的，他建议一种称为功能点的测量。功能点是由基于软件信息领域可计算的（直接的）测量及软件复杂性的评估导出的。

功能点确定了五个信息域特性，信息域值按下列方式定义：

（1）用户输入数。计算每个用户输入，它们向软件提供面向应用的数据。输入应该与查询区分开来，分别计算。

（2）用户输出数。计算每个用户输出，它们向用户提供面向应用的信息。这里，输出是指报表、屏幕、出错信息，等等。一个报表中的单个数据项不单独计算。

（3）用户查询数。一个查询被定义为一次联机输入，它导致软件以联机输出的方式产生实时的响应。每一个不同的查询都要计算。

（4）文件数。计算每个逻辑的主文件（如数据的一个逻辑组合，它可能是某个大型数据库的一部分或是一个独立的文件）。

（5）外部接口数。计算所有机器可读的接口（如磁带或磁盘上的数据文件），利用这些接口可以将信息从一个系统传送到另一个系统。

一旦已经收集到上述数据，就将每个计数与一个复杂度值（加权因子）关联上。采用功能点方法的组织建立一个标准以确定某个特定的条目是简单的、平均的还是复杂的。不过，复杂度的确定多少有些主观。

采用下面的方式计算功能点：

$$FP = \text{总计数值} \times [0.65 + 0.01 \times \Sigma F_i]$$

式中"总计数值"是所有条目的总和。

68

$F_i(i = 1 \sim 14)$ 是"复杂度调整值"$(0 \sim 5)$。等式中的常数和信息域值的加权因子是根据经验确定的。

(1) 系统需要可靠的备份和复原吗?

(2) 需要数据通信吗?

(3) 有分布处理功能吗?

(4) 系统是否在一个已有的、很实用的操作环境中运行?

(5) 系统需要联机数据项吗?

(6) 联机数据项是否需要在多屏幕或多操作之间切换以完成输入?

(7) 需要联机更新主文件吗?

(8) 输入、输出、文件或查询很复杂吗?

(9) 内部处理复杂吗?

(10) 代码需要被设计成是可复用的吗?

(11) 设计中需要包括转换及安装吗?

(12) 系统的设计支持不同组织的多次安装吗?

(13) 应用的设计方便用户修改和使用吗?

(14) 性能很关键吗?

一旦计算出功能点,则该以类似 LOC 的方法来使用它们,以规范软件生产率、质量及其他属性的测量:

(1) 每个 FP 的错误数。

(2) 每个 FP 的缺陷数。

(3) 每个 FP 的成本。

(4) 每个 FP 的文档页数。

(5) 每人月完成的 FP 数。

3.3.3 扩展的功能点度量

功能点度量最初主要是用于商业信息系统应用软件中。为了适应这类应用软件的需要,数据维(前面讨论的信息域值)强调了排除功能维及行为(控制)维。因此,功能点度量不适合用于很多工程及嵌入式系统(它们强调了功能及控制)。为了解决这种情况,又提出了许多对功能点度量的扩展。

其中一个功能点扩展称为特征点,是功能点度量的超集,能够用于系统及工程软件应用程序中。特征点度量适用于算法复杂性较高的应用程序。实时系统、过程控制软件及嵌入式软件都有较高的算法复杂性,因此适合用特征点度量。

为了计算特征点,还要进行信息域值的计算及加权。除此之外,特征点度量增加了一个新的软件特性,即算法。算法定义为"特定计算机程序中所包含的一个特定的计算问题"。转置矩阵、一个位解码串或中断处理都是算法的例子。

另一个为实时系统和工程产品的功能点扩展,是由 Boeing 提出的。Boeing 的方法是将软件的数据维与功能维及行为维集成起来考虑,以提供一个面向功能的测量,称为 3D 功能点度量,它适用于强调功能及控制能力的应用软件。这三个软件维的特性被"计算、定量及变换"成测量值,以提供软件的功能指标。

数据维的评估基本同前面描述的方法。通过计算获得内部的程序数据结构（如文件）和外部数据（输入、输出、查询及外部引用），并与复杂度测量（加权因子）结合起来，导出数据维的计算。

功能维的测量是考虑"把输入变换成输出数据所需要的内部操作数"。为计算 3D 功能点，一个"变换"被视为一系列由一组语义表示的约束的加工步骤。一般情况下，一个变换是由一个算法来完成的，在处理输入数据，并将其变换成输出数据的过程中，它导致输入数据的根本改变。仅从一个文件中获取数据并简单地将其放到内存中的加工步骤并不是一个变换，因为数据本身并没有发生根本的改变。

为每个变换赋复杂度值是加工步骤数及控制加工步骤的语义语句数的一个函数。表 3 - 1 给出了在功能维中分配复杂度值的指导原则。

表 3 - 1　确定 3D 功能点中一个变换的复杂点值

加工步骤 ＼ 语义语句	1 ~ 5	6 ~ 10	≥11
1 ~ 10	低	低	平均
11 ~ 20	低	平均	高
≥21	平均	高	高

控制维的测量是计算状态之间的变迁数。一个状态代表某种外部可见的行为模式，一个变迁是某个事件的结果，该事件引起软件或系统改变其行为模式（改变状态）。例如，蜂窝电话包含支持自动拨号功能的软件。要从 Resting（休眠）状态进入 Auto - dial（自动拨号）状态，用户需按下键盘上的 Auto（自动）键。这个事件将产生一个 LCD 显示，提示输入呼叫方的号码。输入号码并按下 Dial（拨号）键（另一个事件），蜂窝电话软件就产生一个到 Dialing（正拨号）状态的变迁。当计算 3D 功能点时，变迁并不被赋予复杂度值。

采用下面的方法计算 3D 功能点：

$$3D 功能点指数 = I + O + Q + F + E + T + R$$

式中：I、O、Q、F、E、T 及 R 分别代表输入、输出、查询、内部数据结构、外部文件、变换及变迁的复杂度加权值。每一个复杂度加权值采用下面的方法计算：

$$复杂度加权值 = N_{il}W_{il} + N_{ia}W_{ia} + N_{ih}W_{ih}$$

式中：N_{il}、N_{ia} 和 N_{ih} 表示元素 i（如输出）在每一个复杂度级别上（低、平均、高）发生的次数；W_{il}、W_{ia} 和 W_{ih} 则表示相应的权值。

注意：功能点、特征点及 3D 功能点都代表同一种事物——软件提供的"功能"或"效用"。事实上，如果仅考虑应用软件的数据维，这些度量都得到同一个结果。对于更为复杂的实时系统，特征点计算的结果一般比仅仅使用功能点计算得到的结果高出 20% ~ 35% 。

功能点（及其扩展），像 LOC 度量一样，也有很大争议。支持者们认为 FP 与程序设计语言无关，使得它既适用于传统的语言，也可用于非过程语言；它是基于项目开发初期就有可能得到的数据，因此 FP 作为一种估算方法更具吸引力。反对者们则声称该方法需要某种"人的技巧"，因为计算是基于主观的而非客观的数据，信息域（及其他维）的计算

70

可能难以收集事后信息,FP 没有直接的物理含义,它仅仅是一个数字而已。

3.4　调和不同的度量方法

代码行和功能点度量之间的关系依赖于实现软件所采用的程序设计语言及设计的质量。很多研究试图将 FP 和 LOC 联系起来考虑。Albrecht 和 Gaffney 说,应用(程序)所提供的功能数能够从所使用数据的主要组成部分的详细记录中估算出来,或是直接从记录中得到。更进一步地,功能的估算应该与要开发的 LOC 数及开发所需的工作量关联起来。

表3 - 2 给出了在不同的程序设计语言中建造一个功能点所需的平均代码行数的一个粗略估算:

表3 - 2　程序设计语言代码行粗算

程序设计语言	LOC/P(平均值)	程序设计语言	LOC/FP(平均值)
汇编语言	320	面向对象语言	30
C	128	第四代语言(4GLs)	20
Cobol	105	代码生成器	15
Fortran	105	电子表格	6
Fascal	90	图形语言(图标)	4
Ada	70		

查看表3 - 2 可知,Ada 的一个 LOC 所提供的"功能性"大约是 Fortran 的一个 LOC 的 1.4 倍(平均讲)。而 4GL 的一个 LOC 所提供的"功能性"大约是传统程序设计语言的一个 LOC 的 3 倍～5 倍。FP 与 LOC 之间关系更详细的数据可以参见文献[JON91],且这些数据可以用来从已有的程序中"逆向"确定 FP 度量,即从已经知道交付的 LOC 数来计算功能点数。

LOC 和 FP 度量常常用于导出生产率度量。这就引起关于这类数据使用的争论。是否应该将某个组的 LOC/人月(或 FP/人月)与另一个组的同类数据进行比较?管理者是否应该根据这些度量来评价个人的表现?这些问题的答案毫无疑问是一个"不"字。这个回答的理由在于很多因素都会影响生产率,将"苹果与橘子"进行比较(不能比较)很容易产生曲解。

Basili 和 Zelkowitz[BAS78]定义了五个影响软件生产率的重要因素:

(1)人因素。开发组织的规模和专业技能。

(2)问题因素。待解决问题的复杂性及设计约束或需求的改变次数。

(3)过程因素。使用的分析及设计技术,可用的语言及 CASEE 工具,以及复审技术。

(4)产品因素。基于计算机系统的可靠性及性能。

(5)资源因素。CASE 工具、硬件及软件资源的可用性。

对于一个给定项目,如果其中任何一个生产率因素高于平均值(有利的),则软件开发生产率将明显高于该因素低于平均值的情况。

3.5 软件质量度量

软件工程的最高目标就是产生高质量的系统、应用软件或产品。为了达到这个目标，必须掌握在成熟的软件过程背景下有效的方法及现代化工具的应用。除此之外，必须评估是否能够达到高质量的目标。

一个系统、应用软件或产品的质量依赖于问题需求的描述、解决方案的建模设计、可执行程序编码的产生，以及为发现错误而运行软件的测试。一个优秀的软件工程师使用度量来评估软件开发过程中产生的分析及设计模型、源代码和测试用例的质量。为了实现这种实时的质量评估，必须采用技术度量来客观地评估质量，而不能采用主观的方法进行评估。

在项目进展过程中，项目管理者也必须评估质量。个体软件工程师所收集的私有度量可用于项目级信息的提供。虽然可以收集到很多质量测量，在项目级最主要的还是错误和缺陷测量。从这些测量中导出的度量能够提供一个关于个人及小组的软件质量保证指标及控制活动效率的指标。

复审中每小时所发现的错误及测试中每小时所发现的错误，能够洞悉度量所指的那些活动的功效。错误数据也能够用于计算每个过程框架活动的缺陷排除效率（DRE），DRE 也能够用于评估在整个过程中质量保证活动的影响。

3.5.1 影响质量因素的概述

二十多年前，McCall 和 Cavano 定义了一组质量因素，这是走向用软件质量度量开发的第一步。这些因素从三个不同的视点来评估软件：①产品的操作（使用它）；②产品的修改（改变它）；③产品的转换（修改它使之能够用于另一个环境，即"移植"它）。下面给出了这些质量因素（称为"框架"）与软件工程过程其他一些方面之间的关系：

首先，框架为项目管理者提供了一个机制，以标识哪些质量因素最重要。除了软件功能的正确性和性能之外，这些质量因素也都是软件的属性，在生命周期中有重要意义。一些因素，诸如可维护性及可移植性，近年来已显示出对整个生命周期的成本有重要影响。

其次，框架提供了相对于已建立的质量目标而进行的定量评估，开发进展得如何的方法。

再者，框架在整个开发工作中，提供了更多的 QA（质量保证）人员之间的交互。

最后，质量保证人员能够利用低质量的指标帮助确定将来要增强的更好的标准。

即使计算的体系结构发生了根本的改变，McCall 和 Cavano 定义的一组质量因素在操作、修改和转换上表现出高质量的软件仍会继续给用户提供很好的服务。

3.5.2 测量质量

虽然有很多软件质量的测量方法，但对软件进行正确性、可维护性、完整性及可用性的测量为项目组提供了有用的技术指标。Gilb 给出了这些属性的定义及测量。

（1）正确性。一个程序必须能够正确操作，否则对于用户就没有价值了。正确性是软件完成所需的功能的程度。关于正确性最常用的测量是每千行(KLOC)的缺陷数,这里缺陷定义为验证出的与需求不符的地方。

(2)可维护性:软件维护所占的工作量比任何其他软件工程活动都大。可维护性是指遇到错误时程序能被修改的容易程度。环境发生变化时程序能够适应的容易程度,用户希望改变需求时程序能被增强的容易程度。可维护性无法直接测量;因此,必须采用间接测量。一个简单的面向时间的度量是平均修改时间(Mean-Time-To-Change, MT-TC),即分析改变的需求设计合适的修改方案实现修改测试,并将修改后的结果发布给用户所花的时间。一般情况下,可维护的程序与不可维护的程序相比,有较低的 MTTC(相对于同类修改而言)。

Hitachi 使用一种面向成本的可维护性度量,称为"损坏度"——在软件发布给其最终用户之后修改所遇到的缺陷的成本。如果用损坏度与整个项目成本(对于许多项目)的比作为时间的函数,管理者就能够据此来确定一个软件开发组织所产生的软件的总体可维护性是否有所改进。而后管理者便可以根据这个信息采取相应的行动。

(3)完整性。在黑客及病毒横行的现在,软件完整性已变得日益重要。这个属性测量系统在安全方面的抗攻击(包括偶然的和蓄意的)能力。攻击可能发生在软件的三个主要成分上:程序、数据及文档。

为了测量完整性,必须定义两个附加的属性:威胁和安全性。威胁是某个特定类型的攻击在给定时间内发生的可能性(能够根据经验估算或推断出来)。安全性是某个特定类型的攻击将被击退的可能性(也能够根据经验估算或推断出来)。一个系统的完整性可以定义为:

$$完整性 = \Sigma[1 - 威胁 \times (1 - 安全性)]$$

这是威胁及安全性针对每种类型的攻击求和。

(4)·可用性。在对软件产品的讨论中,"用户友好性"这个词已经是普遍存在的。如果一个程序不是"用户友好的",那么它注定是会失败的,即使它所完成的功能很有价值。可用性试图量化"用户友好性",并根据四个特性来测量:①学会一个系统所需的体力和/或智力的投入;②在系统的使用上达到中等效率所需的时间;③当系统由某个具有中等效率的人使用时,测量到的生产率的净增长(与被该系统替代的老系统相比);④用户对系统的态度的一个主观评估(有时可以通过调查表获得)。

上述的四个因素仅仅是被建议作为软件质量测量的众多因素中的一个样板。

3.5.3 缺陷排除效率

缺陷排除效率(DRE)在项目级和过程级都能提供有益的质量度量。本质上,DRE 是对质量保证及控制活动的过滤能力的一个测量,这些活动贯穿于整个过程框架活动。

当把一个项目作为一个整体来考虑时,DRE 按如下方式定义:

$$DRE = E/(E + D)$$

式中:E 为软件交付给最终用户之前所发现的错误数;D 为软件交付之后所发现的缺陷数。

最理想的 DRE 值是 1,即软件中没有发现缺陷。现实中,D 会大于 0,但随着 E 值的增加,DRE 的值仍能接近 1。事实上,随着 E 的增加,D 的最终值可能会降低(错误在变成缺陷之前已经被过滤了)。如果 DRE 作为一个度量,提供关于质量控制和保证活动的过滤能力的衡量指标,则 DRE 鼓励软件项目组采用先进技术,以便在交付之前发现尽可能多的错误。

DRE 也能够用来在项目中评估一个小组在错误传递到下一个框架活动或软件工程任务之前,发现这些错误的能力。例如,需求分析任务产生了一个分析模型,可以复审该模型以发现和改正错误。在对分析模型的复审中未被发现的错误会传递给设计任务(在这里它们有可能被发现,也有可能没被发现)。在这种情况下,DRE 定义为

$$DRE_i = E_i l(E_i + E_{i+1})$$

式中:E_i 为在软件工程活动 i 中所发现的错误数;E_{i+1} = 在软件工程活动 $i+1$ 中所发现的错误数,这些错误来源于软件工程活动 i 中未能发现的错误。

一个软件项目组(或单个软件工程师)的质量目标是使 DRE_i 接近 1。即错误应该在传递到下一个活动之前被过滤掉。

3.5.4 在软件过程中集成度量

大多数软件开发者仍然没有进行测量,而且他们中大多数根本没有开始测量的愿望。如果不进行测量,就没法确定是否在改进。如果没有改进,那就等于失败了。测量能够提供战略级、项目级及技术级上的利益。

通过请求和评估生产率及质量的测量,高级管理者能够建立有意义的目标来改进软件工程过程。如果开发软件的过程能够有所改进,就会对基层产生直接的影响。但要建立改进的目标,必须了解软件开发的当前状态。因此,用测量建立一个过程的基线,并基于此来评估改进的效用。

软件项目工作的日益繁重使得几乎没有时间去进行战略性的思考。软件项目管理者更关心现实的问题(当然这也同样重要):有意义的项目估算;高质量系统的产生;产品按时交付等。通过使用测量来建立项目基线,使得这些问题更加容易管理。我们已经知道基线是估算的基础,此外,质量度量的收集使得一个组织能够"调整"其软件工程过程,以排除引起对软件开发有重大影响的缺陷的"致命"原因)。

在项目级和技术级,软件度量能够提供立即可见的好处。软件设计完成后,大多数开发者都急于知道以下问题的答案:

(1) 哪些用户需求最有可能发生改变?

(2) 本系统中哪些模块最易于出错?

(3) 对于每一个模块需要设计多少测试?

(4) 当测试开始时,预计会有多少错误(特定类型的)?

如果度量已经被收集并用做一项技术指南,这些问题的答案就能够确定了。在后面的章节中我们还要讨论这是如何做到的。

理想情况下,建立基线所需的数据是以一种渐进的方式收集的。但很少能做到这样。因此,数据收集需要对以前的项目进行历史的调查,以重建所需的数据。一旦收集好了再测量(无疑这是最困难的第一步),就有可能进行度量计算。依据所收集的测量的广度,度量可以跨越 LOC 或 FP 度量及其他面向质量和项目的度量。最后,度量必须在估算、技术工作、项目控制及过程改善中加以评估和使用。度量评估主要是分析所得结果产生的

原因,并生成一组指导项目或过程的指标。

3.6 开发软件的估算

软件项目计划者在项目开始之前必须先估算三件事:需要多长时间、需要多少工作量以及需要多少人员。此外,计划者必须预测所需要的硬件及软件资源和包含的风险。范围说明能够帮助计划者使用一种或多种技术进行估算,这些技术主要分为两大类:分解和经验建模。分解技术需要划分出主要的软件功能,接着估算实现每一个功能所需的程序规模。经验技术使用根据经验导出的公式来预测工作量和时间,可以使用自动工具实现某一特定的经验模型。

精确的项目估算一般至少会用到上述三种技术中的两种。软件项目估算永远不会是一门精确的科学,但将良好的历史数据与系统化的技术结合起来能够提高估算的精确度。

3.6.1 软件开发范围

软件计划的目标是提供一个框架,使得管理者能够对资源、成本及进度进行合理的估算。软件计划的第一个活动是确定软件范围。软件范围描述了功能、性能、约束条件、接口及可靠性。在范围说明中给出的功能被评估,并在某些情况下被进一步精化,以便在估算开始之前提供更多的细节。因为成本及进度估算都是面向功能的,所以,某种程度上的分解常常是很有用的。性能方面要考虑包括加工及响应时间在内的要求。约束条件标识了外部硬件、可用内存或其他已有系统等对软件的限制。

在软件项目开始时,总是有某种程度的模糊不清。当要求、基本的目标及目的定义了,但定义软件范围所需的信息(这是估算的前提)却还没有被定义,应在用户和开发者之间建立通信的桥梁,并使通信过程顺利开始的最常用的技术是进行一个初步的会议或访谈。软件范围最不精确的方面是对可靠性的讨论,这一阶段很少使用软件可靠性测量。典型的硬件可靠性特性如平均失败间隔时间(Mean – Time – Between – Failure, MTBF)难以转换到软件领域使用,不过,软件的一般性质可能引发某些特殊的考虑来保证可靠性。虽然不能在范围说明中精确地量化软件可靠性,但可以利用项目的性质来辅助工作量及成本的估算,以保证可靠性。

3.6.2 软件开发所需的资源

软件计划的第二个任务是估算完成软件开发工作所需的资源。开发资源表示成一个金字塔。开发环境——硬件及软件工具——处于资源金字塔的底层,提供支持开发工作的基础。再高一层是可复用软件构件——软件建筑块,能够极大地降低开发成本,并提早交付时间。在金字塔的顶端是主要的资源——人员。每一类资源都由四个特征来说明:资源描述、可用性说明、需要该资源的时间及该资源被使用的持续时间。后两个特征可以看成是时间窗口。对于一个特定的窗口而言,资源的可用性必须在开发的最初期就建立起来。

1. 人力资源

计划者在开始评估范围及选择完成开发所需的技术。对于组织的职位(如管理者、高级软件工程师等)及专业技能(如电信、数据库、C/S)等都要加以描述。对于相对比较小的项目(6 人·月或更少),一个人就可以完成所有软件工程步骤,如果需要可以咨询专家。一个软件项目所需的人员数目在完成了开发工作量的估算之后就能够确定。

2. 可复用软件资源

可复用性是指软件建筑块的创建及复用。Bennatan 建议了在计划进行过程中应该考虑的四种软件资源分类是:

(1) 可直接使用的构件。已有的,能够从第三方厂商获得或已经在以前的项目中开发过的软件。这些构件已经经过验证及确认且可以直接用在当前的项目中。

(2) 具有完全经验的构件。已有的,为以前类似于当前要开发的项目建立的规约、设计、代码或测试数据。当前软件项目组的成员在这些构件所代表的应用领域中具有丰富的经验。因此,对于这类构件进行所需的修改其风险相对较小。

(3) 具有部分经验的构件。已有的,为以前与当前要开发的项目相关的项目建立的规约、设计、代码或测试数据,但需做实质上的修改。当前软件项目组的成员在这些构件所代表的应用领域中仅有有限的经验,因此,对于这类构件进行所需的修改会有相当程度的风险。

(4) 新构件。软件项目组为满足当前项目的特定需要而必须专门开发的软件构件。

当可复用构件作为一种资源时,以下的指导原则是软件计划者应该考虑的:

(1) 如果可直接使用的构件能够满足项目的需求,就采用它。获得和集成可直接使用的构件所花的成本一般情况下总是低于开发同样的软件所花的成本(当在项目中使用已有的软件构件时,总体成本可能会急剧降低。事实上,产业数据表明:成本、上市时间以及缺陷数均会降低)。此外,风险也相对较小。

(2) 如果具有完全经验的构件可以使用,一般情况下,修改和集成的风险是可以接受的。项目计划中应该反映出这些构件的使用。

(3) 如果具有部分经验的构件可以使用,则必须详细分析它们在当前项目中的使用。如果这些构件在与软件中其他成分适当集成之前需要做大量修改,就必须小心行事。修改具有部分经验的构件所需的成本有时可能会超过开发新构件的成本。

在软件过程的开发阶段能够尽早说明软件资源需求。这样才能进行可选方案的技术评估,并及时获得所需的可复用构件。

3. 环境资源

支持软件项目的环境,通常称为软件工程环境(Software Engineering Environment, SEE),集成了硬件及软件两大部分。硬件提供了一个支持工具(软件)平台,这些工具是产生通过良好的软件工程实践而得到的工作产品所必需的。因为大多数软件组织中均有多个小组需要使用 SEE,因此,项目计划者必须规定硬件及软件所需的时间窗口,并验证这些资源是否可用。

当要开发一个计算机系统(集成特定的硬件及软件)时,软件项目组可能需要用到由其他工程小组开发的硬件成分。例如,在某一类机械工具上使用的数控(Numerical Control,NC)软件可能需要某个特定的机械工具(如数控机床)来作为测试步骤确认的一部分;自动排版的软件项目可能在开发过程中的某个阶段需要用到照片排版机。软件项目计划者必须说明需要的每一个硬件成分。

3.6.3 开发软件项目的估算

软件成本估算误差会造成营利及亏损间的巨大差别。人员、技术、环境、策略的变化会影响软件的最终成本及开发所需的工作量。软件成本及工作量估算是不精确的。软件项目估算可以从技巧向一系列系统化的步骤的转变过程中,估算出可接受的风险。现介绍一种可靠地估算成本及工作量方法——分解技术。

在大多数情况下,如果将待解决的问题作为一个整体来考虑则太复杂了。因此,要分解问题,把问题重新划分成一组较小的(也更易管理的)问题。

在进行估算之前,项目计划者必须了解待建造软件的范围,并对其"规模"有相应的估算。

1. 软件规模估算

软件项目估算的准确性取决于若干因素:①计划者适当地估算待建造产品的规模的程度;②把规模估算转换成人的工作量、时间及成本的能力(一个来自以前项目的可靠软件度量的可用性函数);③项目计划反映软件项目组能力的程度;④产品需求的稳定性及支持软件工程工作的环境。

项目估算的好坏取决于要完成的工作的规模估算,因此,规模估算是项目计划者面临的第一个挑战。在项目计划中,规模是指软件项目可量化的结果。如果采用直接的方法,规模可以用 LOC 来测量。如果选择间接的方法,规模可以用 FP 来表示。

Putnam 和 Myers 建议了四种估算问题规模的方法:

(1)"模糊逻辑"法。这个方法使用了模糊逻辑基础的近似推理技术。要使用这个方法,计划者必须说明应用软件的类型,建立其定性的规模估算,之后在最初的范围内精化该估算。虽然可以利用个人的经验,但计划者也应该访问项目的历史数据库,使得估算能够与实际的经验加以比较。

(2)功能点法。对信息域特性进行估算。

(3)标准构件法。软件由若干不同的"标准构件"组成,这些构件对于一个特定的应用领域而言是通用的。例如,一个信息系统的标准构件是子系统、模块、屏幕、报表、交互程序、批程序、文件、LOC 以及对象级的指令。项目计划者估算每一个标准构件的出现次数,然后使用历史项目数据来确定每个标准构件交付时的大小。为了说明这点,以一个信息系统为例。计划者估算将产生 18 个报表,历史数据表明每一个报表需要 967 行 Cobol 代码。这使得计划者估算出报表构件需要 17000LOC。对于其他标准构件也可以进行类似的估算及计算,将它们合起来就得到最终的规模值(以统计方式调整)。

(4)修改法。该方法主要用于这种情况:一个项目中包含对已有软件的使用,但该软件必须做某种程度的修改才能作为该项目的一部分。计划者要估算必须完成的要修改的数目及类型(如复用、增加代码、修改代码、删除代码)。对于每一类修改使用"工作比率",即可估算出修改的规模。

(5)Putnam 和 Myers 建议。上述每种估算规模的方法所产生的结果可以在统计上进行结合,以产生一个三点或期望值估算。可以通过建立关于规模的乐观、可能及悲观值,并用公式将它们结合起来。

2. 基于问题的估算

前面简单介绍了 LOC 和 FP 的测量,从它们可以计算出生产率度量。LOC 和 FP 数据在软件项目估算中有两种作用:①作为一个估算变量,用于估算软件中每个成分的规模;②作为从以前的项目中收集来的,并与估算变量结合使用的基线度量,以建立成本及工作量估算。

LOC 和 FP 估算是两种不同的估算技术,但两者之间有共同之处。项目计划者从界定的软件范围说明开始,并根据该说明将软件分解为可以被单独估算的功能问题。然后,估算每一个功能的 LOC 或 FP(估算变量)。当然,计划者也可以选择其他元素进行规模估算,诸如类及对象、修改或受到影响的业务过程。

下一步将基线生产率度量(如,LOC/(人·月)或 FP/(人·月))用于变量估算中,从而导出每个功能的成本及工作量。将所有功能估算合并起来,即可产生整个项目的总体估算。

对于一个组织而言,其生产率度量常常是多样化的,这使得只使用一个单一的基线生产率度量来做决定非常令人怀疑。一般情况下,平均的 LOC/(人·月)或 FP/(人·月)应该按项目领域来计算,即,项目应该根据项目组的大小、应用领域、复杂性以及其他相关的参数进行分类,之后才计算各个子领域的生产率平均值。当估算一个新项目时,首先应将其对应到某个领域上,然后,才使用合适的生产率的领域平均值进行估算。

LOC 和 FP 估算技术在分解所要求的详细程度上及划分的目标上有所差别。当 LOC 被用作估算变量时,必须要进行分解,且常常需要分解到非常精细的程度。分解的程度越高,就越有可能建立合理的准确的 LOC 估算。

对于 FP 估算,分解则是不同的。它并不是集中于功能上,而是要估算每一个信息域特性(包括输入、输出、数据文件、查询和外部接口,及 14 个复杂度调整值。这些估算结果则用于导出 FP 值,该值可与过去的数据比较,并可用于产生项目估算。

不管使用哪种估算变量,基于历史数据或直觉,项目计划者都要从估算每个功能或信息域的范围值开始,计划者为每个功能或每个信息域值的计数值都估算出一个乐观的、可能的及悲观的规模值。当确定了一个范围值时,就暗示了不确定性的程度。

接着,计算三点或期望值。估算变量(规模)的期望值(Expected Value,EV),可以通过乐观值(S_{opt})、可能值(S_m)及悲观值(S_{pess})估算的加权平均值来计算:

$$EV = (S_{opt} + 4S_m + S_{pess})/6 \qquad (3.1)$$

其中给予"可能值"估算以最大的权重,并遵循 β 概率分布。

假设实际的规模值落在乐观值和悲观值区间之外的概率极小。采用标准的统计技术,就能够计算出估算的偏差。一旦确定了估算变量的期望值,就可以开始使用历史的 LOC 或 FP 生产率数据。但是,基于不确定的(估算的)数据的估算是不确定的,只是粗略的给出了估算的范围。

3. 基于过程的估算

估算一个项目最常用的技术是基于使用的过程进行估算,即,将过程分解为相对较小的活动或任务,再估算完成每个任务所需的工作量。

基于过程的估算是:首先从项目范围中得到的软件功能描述。对于每一个功能,都必须执行一系列的软件过程活动。然后计划者就可以估算完成每一个软件功能的软件过程活动所需的工作量，这些数据可以用矩阵表示。最后，将平均劳动力价格（成本/单位工作量）与估算出的工作量结合进行计算，得到其成本估算。对每一个任务而言，平均劳动力价格是不同的。高级职员一般从事项目早期的活动，且费用要高于低级职员，低级职员通常参与后期的设计任务、编码及测试。基于过程的估算是独立于 LOC 或 FP 估算而进行的，到目前为止已经有了两或三种成本及工作量的估算，它们之间可以进行比较和结合。如果两组估算基本一致，则有理由相信估算是可靠的。否则，如果这些技术得到的结果几乎没有相似性，则必须进行更进一步的研究。

3.7 估算模型

计算机软件的估算模型使用由经验导出的公式来预测工作量，一般的，一个估算模型应能根据当前项目情况加以调整。该模型是根据已完成项目的结果导出。由该模型预测的数据应该与实际的结果进行比较，并针对当前情况评估该模型的功效。如果两个数据之间有较大偏差，则模型的指数及系数必须使用当前项目的数据进行重新计算）。

3.7.1 估算模型的结构

一个典型的估算模型是通过对以前的软件项目中收集到的数据进行回归分析而导出的。这种模型的总体结构形式如下：

$$E = A + B \times (EV)^c \tag{3.2}$$

式中：A、B 和 C 是由经验导出的常数；E 是以人·月为单位的工作量；EV 则是估算变量（LOC 或 FP）。

除了等式所标明的关系之外，大多数估算模型均有某种形式的项目调整成分，使得 E 能够根据其他的项目特性（如问题的复杂性、开发人员的经验、开发环境等）加以调整。

在文献中提出了许多面向 LOC 的估算模型，现列举其中一部分：

$E = 5.2 \times (KLOC)^{0.91}$　　　　　（Walston - Felix 模型）

$E = 5.5 + 0.73 \times (KLOC)^{1.16}$　　　（Bailey - Basili 模型）

$E = 3.2 \times (KLOC)^{1.05}$　　　　　（Boehm 的简单模型）

$E = 5.288 \times (KLOC)^{1.047}$　　　　（Doty 模型，在 KLOC > 9 的情况下）

同样，也提出了许多面向 FP 的估算模型：

$E = -13.39 + 0.0545 FP$　　　　　（Albrecht 和 Gaffney 模型）

$E = 60.62 \times 7.728 \times 10^{-8} FP^3$　　　（Kemerer 模型）

$E = 585.7 + 5.12 FP$　　　　　　（Maston、Barnett 和 Mellichamp 模型）

从上述的模型中可以很快看出：每一个模型对于相同的 LOC 或 FP 值，会产生出不同的结果（部分原因是因为这些模型一般都是仅从若干应用领域中相对很少的项目中推导出来的）。其含义很清楚，估算模型必须根据当前项目的需要进行调整。

3.7.2　COCOMO 模型

经典著作"软件工程经济学"（Software Engineering Economics）中，Boehm 介绍了一种软件估算模型的层次体系，称为 COCOMO（Constructive Cost Model，构造性成本模型）。本节对 COCOMO 模型作简单介绍。要想了解更详细的信息，可以参考相关文献。Boehm 的模型层次不像期望的那么精确，引用本人的描述：估算的软件开发成本与实际的成本相差不到 20%，时间估算相差不到 70%，而且是在它自己的地盘上（即是它适用的项目类型）……这足以对软件工程经济分析及决策提供很大帮助了。Boehm 的模型层次形式如下：

模型 1　基本 COCOMO 模型。将软件开发工作量（及成本）作为程序规模的函数进行计算，程序规模以估算的代码行来表示。

模型 2　中级 COCOMO 模型。将软件开发工作量（及成本）作为程序规模及一组"成本驱动因子"的函数来进行计算，其中"成本驱动因子"包括对产品、硬件、人员及项目属性的主观评估。

模型 3　高级 COCOMO 模型。包含了中级模型的所有特性，并结合了成本驱动因子对软件工程过程中每一个步骤（分析、设计等）影响的评估。

COCOMO 模型是为三种类型的软件项目而定义的。引用 Boehm 的术语来说，它们的模型如下：

（1）组织模式。较小的、简单的软件项目，有良好应用经验的小型项目组，针对一组不是很严格的需求开展工作（如为一个热传输系统开发的热分析程序）。

（2）半分离模式。一个中等的软件项目（在规模和复杂性上），具有不同经验水平的项目组必须满足严格的及不严格的需求（如一个事务处理系统，对于终端硬件和数据库软件有确定需求）。

（3）嵌入模式。必须在一组严格的硬件、软件及操作约束下开发的软件项目（如飞机的航空控制系统）。

基本 COCOMO 模型具有以下形式：

$$E = a_b \text{KLOC}^{b_b}$$
$$D = C_b E^{d_b}$$

式中：E 是工作量（人·月）；D 是开发时间（月）；KLOC 是估算的项目代码行数（10^3 行）。

表 3-3 列出系数 a_b 和 c_b 及指数 b_b 和 d_b。

为了考虑一组"成本驱动因子属性"扩展了基本模型，它们可以分为四个主要类型：产品属性、硬性属性、人员属性及项目属性。这些类型共有 15 个属性，在 6 个级别上取值，从"很低"到"很高"（根据重要性或价值）。根据这个取值级别，可以从 Boehm 提供的表中来确定工作量乘数，且所有工作量乘数的乘积就是工作量调整因子（Effort Adjustment Factor，EAF）。EAF 的典型值是 0.9~1.4。

中级 COCOMO 模型具有以下形式：

$$E = a_i \text{KLOC}^{b_i} \times \text{EAF}$$

式中：E 是工作量（人·月）；KLOC 是估算的项目代码行数（10^3 行）。系数 a_i 及指数 b_i 由

表 3 - 4 给出。

<table>
<tr><td colspan="5">表 3 - 3　基本 COCOMO 模型</td></tr>
<tr><td>软件项目</td><td>a_b</td><td>b_b</td><td>c_b</td><td>d_b</td></tr>
<tr><td>组织模式</td><td>2.4</td><td>1.05</td><td>2.5</td><td>0.38</td></tr>
<tr><td>半分离模式</td><td>3.0</td><td>1.12</td><td>2.5</td><td>0.35</td></tr>
<tr><td>嵌入模式</td><td>3.6</td><td>1.20</td><td>2.5</td><td>0.32</td></tr>
</table>

<table>
<tr><td colspan="3">表 3 - 4　中级 COCOMO 模型</td></tr>
<tr><td>软件项目</td><td>a_i</td><td>b_i</td></tr>
<tr><td>组织模式</td><td>3.2</td><td>1.05</td></tr>
<tr><td>半分离模式</td><td>3.0</td><td>1.12</td></tr>
<tr><td>嵌入模式</td><td>2.8</td><td>1.20</td></tr>
</table>

COCOMO 模型的使用,在此不作叙述,作者可查阅相关文献。

3.7.3　软件方程式

软件方程式是一个多变量模型,它假设在软件开发项目的整个生命周期中的一个特定的工作量分布。该模型是从 4000 多个当代的软件项目中收集的生产率数据导出的。基于这些数据,估算模型具有以下形式:

$$E = [\text{LOC} \times B^{0.333}/P]3 \times (1/t^4) \tag{5.3}$$

式中:E 为工作量(人·月或人·年);t 为项目持续时间(月或年);B 为特殊技术因子,它随着"对集成、测试、质量保证、文档及管理技术的需求的增长"而缓慢增加,对于较小的程序(KLOC = 5 ~ 15),$B = 0.16$,对于超过 70KLOC 的较大程序,$B = 0.39$;P 为生产率参数。

生产率参数 P 反映了:

(1)总体的过程成熟度及管理水平;

(2)良好的软件工程实践被使用的程度;

(3)使用的程序设计语言的级别;

(4)软件环境的状态;

(5)软件项目组的技术及经验;

(6)应用的复杂性。

对于实时嵌入式软件的开发,典型值是 $P = 2000$;对于电信及系统软件,$P = 10000$;而对于商业系统应用,$P = 28000$。当前项目的生产率参数可以通过从以前的开发工作中收集到的历史数据中导出。

应该注意到,软件方程式有两个独立的参数:①规模的估算值(以 LOC 表示);②以月或年表示的项目持续时间。

为了简化估算过程,并将该模型表示成更为通用的形式,Putnam 和 Myers 又提出了一组方程式,它们均从软件方程式中导出。最小开发时间定义为

(1)对于 $t_{min} > 6$ 个月的情况,有

$$t_{min} = 8.14(\text{LOC/P})^{0.43}$$

(2)对于 $E \geqslant 20$ 的情况,有

$$E = 180Bt^3(人·月)$$

其中,t 是以年表示的。

对于 $P = 12000$(对科学计算软件的推荐值),把软件方程式得到的结果 E_1 与估算值

方法得到的结果 E_2 进行比较：

$$t_{min} = 8.14 \times (33200/12000)^{0.43} = 12.6 \text{ 月}$$

$$E_1 = 180 \times 0.28 \times (1.05)^3$$

$$E_2 = 58 \text{ 人 · 月}$$

可见，由软件方程式得到的结果与前节的估算值非常符合。

3.8 软件复审

软件复审是软件工程过程中的"过滤器"。对软件复审（FTR）是一种提高软件质量的有效方法。复审被用于软件开发过程中的多个不同的点上，作用是发现分析、设计和编码中所产生的错误。在本书中，将集中讨论正式的技术复审——有时称为"走查"（Walk-through）。

3.8.1 软件缺陷对成本的影响

软件中错误的相关定义：

定义 3.1 软件错误（Software Error） 指在软件生存期内不希望或不可接受的人为错误。软件错误是一种人为的行为，相对于软件本身是一种外部行为。

定义 3.2 软件缺陷（Software Defect） 指存在于软件（文档、数据、程序）之中的那些不希望或不可接受的偏差。其结果是软件在某一特定条件时出现运行故障。当软件指程序时，软件缺陷即程序污点（Bug）。

定义 3.3 软件故障（Software Fault） 指软件运行过程中出现的一种不希望或不可接受的内部状态。软件故障是一种动态行为。

定义 3.4 软件失败（Software Failure） 指软件运行时产生的一种不希望或不可接受的外部行为结果。

《IEEE 电气和电子标准术语字典》（IEEE Standard Dictionary of Electrical and Electronics Terms, IEEE Standard 100—1992）中对"缺陷"（Defect）一词的定义是"产品异常"。在硬件领域中，"失败"（Failure）一词的定义可以参见 IEEE Standard 610.12—1990：① 硬件设备或部件的缺陷，如线路短路或断路；②在计算机程序中的一个不正确的步骤、过程或者数据定义。

在软件过程范围中，术语"缺陷"和"失败"是同义词，它们都表示在软件交付给最终用户之后发现的质量问题。在前面的章节中，使用"错误"描述在软件交付之前由软件工程师发现的质量问题。

正式技术复审的主要目标是在此过程中发现错误，以便使缺陷在软件交付之前变成错误。正式技术复审的明显优点是较早发现错误，防止错误被传播到软件过程的后续阶段。

发现错误对成本的影响是很大的，表 3–5 中，在进行复审的情况下，开发和维护的总成本是 783 个成本单位；而在不进行复审的情况下，总成本是 2177 个成本单位。后者几乎是前者的 3 倍。由此可以看出，应该进行复审活动。

表 3 – 5 进行与不进行复审的开发成本比较

错误发现时机	数 量	成 本 单 位	总 计
进行复审			783
设计期间	22	1.5	33
测试之前	36	6.5	234
测试期间	15	15	315
发布之后	3	67	201
错误发现时机	数 量	成 本 单 位	总 计
不进行复审			2177
测试之前	22	6.5	143
测试期间	82	15	1230
发布之后	12	67	804

3.8.2 正式技术复审

正式技术复审(FTR)是一种由软件工程师进行的软件质量保证活动。FTR 的目标是:①在软件的任何一种表示形式中发现功能、逻辑或实现的错误;②证实经过复审的软件的确满足需求;③保证软件的表示符合预定义的标准;④得到以一种一致的方式开发的软件;⑤使项目更易于管理。由于 FTR 的进行使大量人员对软件系统中原本并不熟悉的部分更为了解,因此,FTR 还起到了提高项目连续性和培训后备人员的作用。

FTR 实际上是一类复审方式,包括"走查"(Walkthrough)、"审查"(Inspection)、"轮查"(Round – robin Review)以及其他软件小组的技术评估。每次 FTR 都以会议形式进行,只有经过适当的计划、控制和参与,FTR 才能获得成功。

1. 复审会议

不论选择何种 FTR 形式,每个复审会议都应该遵守下面的约束:

(1) 复审会议(通常)应该在 3 个 ~5 个人之间进行。

(2) 应该进行提前准备,但是每人占用工作时间应该少于 2h。

(3) 复审会议时间应该不超过 2h。

在上述约束之下,显然 FTR 应该关注的是整个软件中的某个特定(且较小)部分。例如,不要试图复审整个设计,而是对每个模块或者一小组模块进行走查。当 FTR 的关注范围较小时,发现错误的可能性更大。

FTR 的焦点是某个工作产品——软件的一部分(如一部分需求规约、一个模块的详细设计、一个模块的源代码清单)。开发这一产品的个人("生产者")通知项目管理者工作产品已经完成,需要进行复审。项目管理者与"复审主席"联系,主席负责评估工作产品是否准备就绪,创建副本,并将其分发给两到三个"复审者"以便事先准备。每个复审者应该花 1h ~2h 复审工作产品、做笔记或者用其他方法熟悉这一工作。与此同时,复审主席也对工作产品进行复审,并制定复审会议的日程表,通常安排在第二天开会。

复审会议由复审主席、所有复审者和生产者参加。其中一个复审者作为"记录员",负责记录在复审过程中发现的所有重要问题。FTR 将从介绍会议日程开始,并由生产者做简单的介绍。然后生产者将"遍历"工作产品、作出解释,而复审者将根据各自的准备提出问题。当发现问题或错误时,记录员逐个加以记录。

在复审结束时,所有 FTR 的与会者必须做出以下决定中的一个:①工作产品可以不经修改而被接受;②由于严重错误而否决工作产品(错误改正后必须再次进行复审);③暂时接受工作产品(发现必须改正的微小错误,但是不再需要进一步复审)。作出决定之后,所有 FTR 与会者需要"签名",以表示他们参加了此次 FTR 并且同意复审小组所做的决定。

2. 复审报告和记录保存

在 FTR 期间,一名复审者(记录员)主动记录所有提出的问题。在复审会议结束时,对这些问题进行小结,并生成一份"复审问题列表"。此外,还要完成一份简单的"复审总结报告"。复审总结报告将回答以下问题:

(1)复审什么?

(2)由谁复审?

(3)发现了什么,结论是什么?

复审总结报告通常是一页纸大小(可能还有附件),它是项目历史记录的一部分,有可能分发给项目管理者和其他感兴趣的参与方。

复审问题列表有两个作用:①标识产品中存在问题的区域;②用作"行动条目"检查表以指导生产者进行改正。通常在总结报告中将问题列表作为附件。

建立一个跟踪规程,以保证问题列表中的每一条目都得到适当的改正,这一点非常重要。只有做到这一点,才能保证提出的问题真正得到控制。一种方法是将跟踪的责任指派给复审主席。更为正式的方法是将这一责任分配给一个独立的 SQA 小组。

3. 复审指南

进行正式技术复审之前必须建立复审指南,分发给所有复审者,并得到大家的认可,然后才能依照它进行复审。不受控制的复审,通常比没有复审更加糟糕。

下面给出了正式技术复审指南的最小集合:

(1)复审产品,而不是复审生产者。FTR 涉及别人和自我。如果进行得恰当,FTR 可以使所有参与者体会到温暖的成就感。如果进行得不恰当,则可能陷入一种审问的气氛之中。应该温和的指出错误,会议的气氛应该是轻松的和建设性的;不要试图贬低或羞愧别人。复审主席应该引导复审会议,以保证会议始终处于恰当的气氛和态度之中,并在讨论失去控制时应立即休会。

(2)制定日程,并且遵守日程。各种类型的会议都具有一个主要缺点:放任自流。FTR 必须保证不要离题和按照计划进行。复审主席被赋予维持会议程序的责任,在有人转移话题时应该提醒他。

(3)限制争论和辩驳。在复审者提出问题时,未必所有人都认同该问题的严重性。不要花时间争论这一问题,这样的问题应该记录在案,留到会后进一步讨论。

(4)对各个问题都发表见解,但是不要试图解决所有记录的问题。复审不是一个问题解决会议。问题的解决通常由生产者自己或者在其他人的帮助下来完成。问题解决应该放到复审会议之后进行。

(5)作书面笔记。有时候让记录员在黑板上做笔记是个好注意,这样在记录员记录

84

信息时,其他的复审者可以推敲措辞,并确定问题的优先次序。

(6) 限制参与者人数,并坚持事先做准备。两个人的脑袋好过一个,但是 14 个脑袋未必就好过 4 个。将复审涉及的人员数量保持在最小的必需值上。但是所有的复审组成成员都必须事先做好准备。复审主席应该向复审者要求书面意见(以表明复审者的确对材料进行了复审)。

(7) 为每个可能要复审的工作产品建立一个检查表。检查表能够帮助复审主席组织 FTR 会议,并帮助每个复审者将注意力集中在重要问题上,应该为分析、设计、编码甚至测试文档都建立检查表。

(8) 为 FTR 分配资源和时间。为了让复审有效,应该将复审作为软件工程过程中的任务加以调度,而且要为由复审结果必然导致的修改活动分配时间。

(9) 对所有复审者进行有意义的培训。为了提高效率,所有复审参与者都应该接受某种正式培训。培训要强调的不仅有与过程相关的问题,而且应该涉及复审的心理学因素。Freedman 和 Weinberg[FRE90]为每 20 个人有效的参与复审而估算了一份一个月的学习曲线。

(10) 复审以前所作的复审。听取汇报对发现复审过程本身的问题十分有益。最早被复审的工作产品本身可能就会成为复审指南。

由于成功的复审涉及许多变数(如开发者数量、工作产品类型、时间和长度、特定的复审方法等),软件组织应该在实验中决定何种方法最为适用。

3.9 软件质量的量化

3.9.1 量化的步骤

质量的量化反映了一种在产业界不断增长的趋势。对于软件而言,包括以下步骤:

(1) 收集和分类软件缺陷信息。

(2) 尝试对每个缺陷的形成原因(如不符合规约、设计错误、违背标准、与用户通信不力等)进行追溯。

(3) 使用 Pareto 规则(80% 的缺陷的 20% 成因有可能可以追溯到),将这 20%(少数重要的)分离出来。

(4) 一旦标出少数重要的原因,就可以开始纠正引起缺陷的问题。

这一相对简单的概念代表的是为创建适合的软件工程过程的一个重要步骤,在该过程中将进行修改,以改进那些引入错误的过程要素。

为了说明这一过程,假定软件开发组织收集了为期一年的缺陷信息。有些错误是在软件开发过程中发现的,其他缺陷则是在软件交付给最终用户之后发现的。尽管发现了数以百计的不同类型的错误,但是所有错误都可以追溯到下述原因中:

(1) 说明不完整或说明错误(IES);

(2) 与用户通信中所产生的误解(MCC);

(3) 故意与说明偏离(IDS);

(4) 违反编程标准(VPS);

（5）数据表示有错（EDR）；

（6）模块接口不一致（IMI）；

（7）设计逻辑有错（EDL）；

（8）不完整或错误的测试（IET）；

（9）不准确或不完整的文档（IID）；

（10）将设计翻译成程序设计语言中的错误（PLT）；

（11）不清晰或不一致的人机界面（HCI）；

（12）杂项（MIS）。

3.9.2 SQA 计划

"SQA 计划"为建立软件质量保证提供了一张行路图。该计划由 SQA 小组和项目组共同制定,充当了每个软件项目中 SQA 活动的模板。

表 3 - 6 所列的是由 IEEE[IEE94]推荐的 SQA 计划大纲。开始部分描述目的和文档范围,并指出质量保证所覆盖的软件过程活动。所有在 SQA 计划中提到的文档都被列出来,且所有可应用的标准都专门注明。计划的"管理"部分描述 SQA 在组织结构中的位置,SQA 任务和活动及它们在整个软件过程中的位置,以及与产品质量有关的组织角色和责任。

表 3 - 6　ANSI/IEEE Std. 730—1984 和 983—1986 软件质量保证计划

I. 计划的目的	a. 软件需求复审
II. 参考文献	b. 设计复审
III. 管理	c. 软件验证和确认复审
1. 组织	d. 功能审计
2. 任务	e. 物理审计
3. 责任	f. 过程内部审计
IV. 文档	g. 管理复审
1. 目的	VII. 测试
2. 所需的软件工程文档	VIII. 问题报告和改正行动
3. 其他文档	IX. 工具、技术和方法学
V. 标准、实践和约定	X. 代码控制
1. 目的	XI. 媒体控制
2. 约定	XII. 供应商控制
VI. 复审和审计	XIII. 记录收集、维护和保留
1. 目的	XIV. 培训
2. 需求复审	XV. 风险管理

"文档"一节描述的是软件过程各个部分所产生的各种工作产品如下：

（1）项目文档(如项目计划)；

（2）模型(如 ERD 模型、类层次模型)；

（3）技术文档(如说明、测试计划)；

（4）用户文档(如帮助文件)。

另外在这一节中还定义了为获得高质量产品所能接受的工作产品的最小集合。

在"标准、实践和约定"中列出了所有在软件过程中采用的合适的标准和实践方法（例如，文档标准、编码标准和复审指南）。此外，还列出了作为软件工程工作的组成部分而收集的所有项目、过程及（在某些情况下）产品度量信息。

计划中的"复审和审计"一节标识了软件工程小组、SQA 小组和用户进行的审计和复审活动。它给出了各种复审和审计方法的总览。

"测试"一节中列出了软件测试计划和过程（见第 17 章）。它还定义了测试记录保存的需求。"问题报告和改正行动"中定义了错误及缺陷的报告、跟踪和解决规程，这些活动的组织责任也被标识出来。

"SQA 计划"的其他部分标识了支持 SQA 活动与任务的工具和方法；给出了控制变化的软件配置管理过程；定义了一种合同管理方法；建立了组装、保护、维护所有记录的方法；标识了为满足这一计划所需的培训；定义了标识、评估、监控和控制风险的方法。

3.9.3　SQA 计划的数据化

为了使用统计质量保证方法，需要建一张表 3－7 的表格。表中显示 IES、MCC 和 EDR 是造成所有错误中 53% 的"少数重要的"原因。但是需要注意，在只考虑严重错误时，应该将 IES、EDR、PLT 和 EDL 作为"少数重要的"原因，一旦确定了什么是重要的少数原因，软件开发组织就可以开始采取改正行动了。例如，为了改正 MCC 错误，软件开发者可能要采用方便的应用软件说明技术，以提高与用户的通信及说明的质量。为了改正 EDR，开发者可能要使用 CASE 工具进行数据建模，并进行更为严格的数据设计复审。随着少数重要原因的不断改正，新的候选错误原因也将被提到改进日程上来。

表 3－7　统计 SQA 的数据收集

错误	总　计		严　重		一　般		微　小	
	数量	百分比%	数量	百分比%	数量	百分比%	数量	百分比%
IES	205	22%	34	27%	68	18%	103	24%
MCC	156	17%	12	9%	68	18%	76	17%
IDS	48	5%	1	1%	24	6%	23	5%
VPS	25	3%	0	0%	15	4%	10	2%
EDR	130	14%	26	20%	68	18%	36	8%
IMI	58	6%	9	7%	18	5%	31	7%
EDL	45	5%	14	11%	12	3%	19	4%
IET	95	10%	12	9%	35	9%	48	11%
IID	36	4%	2	2%	20	5%	14	3%
PLT	60	6%	15	12%	19	5%	26	6%
HCI	28	3%	3	2%	17	4%	8	2%
MIS	56	6%	0	0%	15	4%	41	9%
总计	942	100%	128	100%	379	100%	4335	100%

当与缺陷信息集合结合使用时,软件开发者可以为软件工程过程中的每个步骤计算"错误指标"(Error Index)。在经过分析、设计、编码、测试和发布之后,将收集到以下数据:

E_i——在软件工程过程中的第 i 步中发现的错误总数;

S_i——严重错误数;

M_i——一般错误数;

T_i——微小错误数;

PS——第 i 步的产品规模(LOC、设计说明、文档页数);

W_s, W_m, W_t——严重、一般、微小错误的加权因子,其推荐取值为 $W_s = 10$、$W_m = 3$ 和 $W_t = 1$。随着过程的进展,每个阶段的加权因子取值逐渐变大。也就是说,尽早发现错误的组织得益较多。

在软件工程过程中的每一步中,分别计算各个阶段的阶段指标 PI_i:

$$PI_i = W_s(S_i/E_i) + W_m(M_i/E_i) + W_t(T_i/E_i)$$

错误指标 E_i 通过计算各个 PI_i 的加权效果得到,在软件工程过程中后面步骤中遇到的错误权值要高于在前面阶段遇到的错误权值,即

$$EI = \sum (i \times PI_i)/PS = (PI_1 + 2PI_2 + 3PI_3 + iPI_i)/PS$$

错误指标与表 3 - 7 中收集的信息相结合,可以得出软件质量的整体改进指标。

统计 SQA 的应用软件及 Pareto 规则可以用一句话概括:将时间集中用于真正重要的地方。有经验的业界人士都同意下面的观点:大多数真正麻烦的缺陷都可以追溯到数量相对有限的根本原因上。实际上大多数业界人士对软件缺陷的“真正”原因都有一种直觉,但是很少有人花时间收集数据以验证他们的感觉。通过统计 SQA 中的基本步骤,产生缺陷的少数重要原因就被分离出来,从而可以得到改正。

第4章 软件质量管理

软件现代质量管理内容包括质量保证与质量认证等两方面。本章对质量保证与质量认证做一次综合性的讨论。

4.1 软件质量保证

软件质量保证是为了保证软件产品和服务能够充分满足用户所要求的质量而进行的有计划、有组织的活动,软件的质量保证活动也和一般的质量保证活动一样,是确保软件产品从诞生到消亡为止的所有阶段的质量活动。即为了确定、达到和维护需要的软件质量而进行的所有有计划、有系统的管理活动。质量保证的目标是为管理层提供为获知产品质量信息所需的数据,从而获得产品质量是否符合预定目标的认识和信心。当然如果质量保证所提供的数据发现了问题,则管理层负责解决这一问题,并为解决质量问题分配所需的资源。

软件质量保证过程一般包含以下几项任务:

(1) 建立软件质量保证小组;

(2) 选择和确定软件质量保证活动,即选择质量保证小组所要进行的质量保证活动;

(3) 制定和维护质量保证计划;

(4) 执行质量保证计划,对相关人员进行培训,选择与整个软件工程环境相适应的质量保证工具;

(5) 不断完善质量保证过程活动中存在的不足,改进项目的质量保证过程。

4.1.1 软件质量属性

1. 质量的属性

在衡量软件的质量时,通常需要考虑以下属性:

(1) 正确性。是指系统满足规格说明和用户目标的程度,即在预定环境下能正确地完成预期功能的程度。

(2) 健壮性。是指在硬件发生故障、输入的数据无效或操作错误等意外环境下,系统能做出适当响应的程度。

(3) 效率。是指为了完成预定的功能,系统需要的计算资源的多少。用户都希望软件的运行速度高些(高性能),并且占用资源少些(高效率)。程序员可以通过优化算法、数据结构和代码组织来提高软件系统的性能与效率。优化的关键工作是找出限制性能与效率的"瓶颈"。

(4) 完整性(安全性)。是指对未经授权的人使用软件或数据的企图,系统能够控制(禁止)的程度。

（5）可用性。是指系统在完成预定应该完成的功能时令人满意的程度。

（6）易用性。是指用户感觉使用软件的难易程度。

（7）风险。是指按预定的成本和进度把系统开发出来，并且为用户所满意的概率。

（8）可理解性。是指理解和使用该系统的容易程度。

（9）可维护性。是指在运行现场诊断和改正发现的错误所需要的工作量的大小。

（10）灵活性（适应性）。是指修改或改进正在运行的系统需要的工作量的多少。

（11）可测试性。是指软件容易测试的程度。

（12）可移植性。是指把程序从一种硬件配置和（或）软件系统环境转移到另一种配置和环境时，需要的工作量多少。有一种定量度量的方法是：用原来程序设计和调试的成本除移植时需用的费用。

（13）可再用性。是指在其他应用中该程序可以被再次使用的程度（或范围）。

（14）互运行性。是指把该系统和另一个系统结合起来需要的工作量的多少。

2. 软件质量属性和产品活动的关系

软件的质量属性在上面已详细描述，现把软件质量属性、产品活动和产品修改三者之间的关系，如图4-1所示。

图4-1　软件质量属性、产品活动和产品修改三者之间的关系

4.1.2　软件质量保证体系与实施

软件的质量保证活动，是涉及项目开发方各个部门间的活动，也涉及项目的需求方。例如，如果在用户处发现了软件故障，产品服务部门就应听取用户的意见，再由检查部门调查该产品的检验结果，进而还要调查软件实现过程的状况，并根据情况检查设计是否有误，不当之处加以改进，防止再次发生问题。

为了顺利开展以上活动，事先明确项目双方以及项目开发方部门间的质量保证职责及任务十分重要，这就是质量保证体系。

1. 明确双方职责

项目开发方（及具体的项目开发组）有以下职责：

（1）设立组织机构。项目开发方内部专门设立质量保证部门,由部门负责人及经过培训的专门人员组成。具体的项目开发组应设立质量保证组,或委托项目开发方质量保证部门协助开展工作。

（2）制定质量方针和质量目标。确保项目组成员都能够理解质量方针并能坚持贯彻执行。

项目开发方内部制定一般性的质量方针及对软件产品的质量目标,作为各项目组的参照,各项目组可根据具体用户期望及需求作出具体质量目标及质量承诺。具体质量目标及承诺,特别是超出本部门目标的部分,应提交给质量保证部门,以便质量保证部门充分理解并协助实施。

（3）管理评审。质量保证部门负责人应定期对质量体系进行评审,主要是对内部质量审核结果进行评定,以保证质量体系持续有效。

项目需求方（用户）应负的职责：

（1）向项目开发方提出需求。

（2）回答项目开发方提出的某些相关问题。

（3）认可项目开发方的提案。

（4）与项目开发方签订协议并确保遵守签订的协议。

（5）规定验收准则和规程。

（6）向项目开发方提供必要的信息,提供有利的环境并解决项目中一些障碍。

双方还需要定期地交流,并联合评审软件是否满足已经商定的需求规格说明书。

2. 使用合理的质量评价指标体系

一个完善的质量体系还应包括组织合理的质量评价指标体系以及在开发过程中为提高质量指标必须采取的措施。质量评价指标体系如下：

1）功能性指标

功能性是软件最重要的质量特征之一,可以细化成完备性和正确性。目前对软件的功能性评价主要采用定性评价方法。

完备性是与软件功能完整、齐全有关的软件属性。如果软件实际完成的功能少于或不多于需求规格说明书所规定的明确或隐含的那些功能,则不能说该软件的功能是完备的。

正确性是与能否得到正确或相符的结果或效果有关的软件属性。软件的正确性在很大程度上与软件模块的工程模型（直接影响辅助计算的精度与辅助决策方案的优劣）和软件编制人员的编程水平有关。

对这两个子特征的评价依据主要是软件确认测试的结果,评价标准则是软件实际运行中所表现的功能与规定功能的符合程度。在软件的需求规格说明书中,明确规定了该软件应该完成的功能,如信息管理、提供辅助决策方案、辅助办公和资源更新等。那么即将进行验收测试的软件就应该具备这些明确或隐含的功能。

目前,对于软件的功能性测试主要针对每种功能设计若干典型测试用例,软件测试过程中运行测试用例,然后将得到的结果与已知标准答案进行比较。所以,测试用例集合的全面性、典型性和权威性是功能性评价的关键,这在第 6 章已经作了详细的阐述。

2）可靠性指标

根据相关的软件测试与评估要求,可靠性可以细化为成熟性、稳定性、易恢复性等。对于软件的可靠性评价主要采用定量评价方法。即选择合适的可靠性度量因子(可靠性参数),然后分析可靠性数据而得到参数具体值,最后进行评价。

(1)可用度。指软件运行后在任一随机时刻需要执行规定任务或完成规定功能时,软件处于可使用状态的概率。可用度是对应用软件可靠性的综合(综合各种运行环境以及完成各种任务和功能)度量。

(2)初期故障率。指软件在初期故障期(一般以软件交付给用户后的三个月内为初期故障期)内单位时间的故障数。一般以每100h的故障数为单位,可以用它来评价交付使用的软件质量并预测什么时候软件才基本稳定。初期故障率的大小取决于软件设计水平、检查项目数、软件规模、软件调试彻底与否等因素。

(3)偶然故障率。指软件在偶然故障期(一般以软件交付给用户后的四个月以后为偶然故障期)内单位时间的故障数。一般以每1000h的故障数为单位,它反映了软件处于稳定状态下的质量。

(4)平均失效前时间。指软件在失效前正常工作的平均统计时间。

(5)平均失效间隔时间。指软件在相继两次失效之间正常工作的平均统计时间。在实际使用时,平均失效间隔时间通常是指当 n 很大时,系统第 n 次失效与第 $n+1$ 次失效之间的平均统计时间。对于失效率为常数和系统恢复正常时间很短的情况下,平均失效间隔时间与平均失效前时间几乎是相等的。

(6)缺陷密度。指软件单位源代码中隐藏的缺陷数量。通常以每千行源代码(不包括注释行)为一个单位。一般情况下,可以根据同类软件系统的早期版本估计缺陷密度的具体值。如果没有早期版本信息,也可以按照通常的统计结果来估计。

(7)平均失效恢复时间。指软件失效后恢复正常工作所需的平均统计时间。

3）易用性指标

易用性可以细化为易理解性、易学习性和易操作性等。这三个特征主要是针对用户而言的。对软件的易用性评价主要采用定性评价方法。

(1)易理解性。是与用户认识软件的逻辑概念及其应用范围所做的努力有关的软件属性。该特征要求软件研制过程中形成的所有文档语言简练、前后一致、易于理解以及语句无歧义。

(2)易学习性。是与用户为学习软件应用(如运行控制、输入、输出)所做的努力有关的软件属性。该特征要求研制方提供的用户文档(主要是《计算机系统操作员手册》、《软件用户手册》和《软件程序员手册》)内容详细、结构清晰以及语言准确。

(3)易操作性。是与用户为操作和运行控制所做的努力有关的软件属性。该特征要求软件的人机界面友好、界面设计科学合理以及操作简单等。

4）效率特征指标

效率特征可以细化成时间特征和资源特征。对软件的效率特征评价采用定量方法。

(1)输出结果更新周期。是软件相邻两次输出结果的间隔时间。为了整个系统能够协调工作,软件的输出结果更新周期应该与系统的信息更新周期相同。

(2)处理时间。是软件完成某项功能(辅助计算或辅助决策)所用的处理时间(注意:不应包含人机交互的时间)。

（3）代码规模。是软件源程序的行数(不包括注释)，属于软件的静态属性。软件的代码规模过大不仅要占用过多的硬盘存储空间，而且显得程序不简洁、结构不清晰，容易存在缺陷。

因为这些参数属于软件的内部表现，所以需要用专门的测试工具和特殊的途径才可以获得。

3. 质量检查措施

人们经常采用的软件质量检查措施如下：

（1）事先把检查的主要内容制成一张表，使检查活动集中在主要问题上。

（2）只评审工作，不评审开发者。评审的气氛应该是融洽的。存在的错误应该被有礼貌地指出来，任何人的意见都不应被阻挠或小看。

（3）建立一个议事日程并遵循它。检查过程不能放任自由，必须排照既定的方向和日程进行。

（4）不要化太多的时间争论和辩驳。

（5）说清楚问题所在，但不要企图当场解决所有问题。

（6）对检查人员进行适当的培训。

4. 建立监控体系实施质量保证

所有软件开发人员都应当接受软件质量保证相关知识的培训，了解软件质量保证的目的、工作方式以及其他相关内容。只有所有的人都认识到软件质量保证活动的意义，这项工作才能很好地开展起来。

为了验证各具体项目中的质量保证活动是否符合计划要求，同时检查质量保证体系的有效性，以不断完善质量保证体系，需要在项目开发方内部建立全面的审核制度，配备专门的质量保证人员开展质量活动。质量保证人员应处理好与项目组内其他人员的关系，要在软件过程的各方面成为项目成员的严师，有错必纠，但不能事无俱细有错全报；同时也要成为他们的朋友，但不能包庇纵容。

软件质量保证的最大作用是发现问题，为管理人员增强问题的可视性，而不是解决问题。软件质量保证人员发现问题后，必须将问题提交到相关责任人那里，由相关责任人负责解决问题。软件质量保证人员只需跟踪问题直至问题解决。如果相关责任人未解决问题，则将问题提交给高层负责人，直到对该问题得到解决。如果要求软件质量保证人员负责解决质量问题，他就可能陷入其中，失去了软件质量保证人员最为宝贵的独立性与客观性。

4.2 软件能力成熟度模型(CMM)

软件能力成熟度(Capability Maturity Model for Software,CMM)是美国软件工程研究所(Software Engineering Institute,SEI)首先提出的，CMM 可以用于软件组织在软件开发流程上的能力成熟度内部评估或者第三方对本组织的评估，也可以用于软件组织的软件过程改进。

从名称来看，CMM 实际是一个"模型"。既然是模型，那一定有对应的实体，CMM 对应的实体就是软件组织。软件组织的规模可大可小,可以是一个软件公司,也可以是一个部门,但它们存在的目的是相同的,都是为了生产软件。概括而言,CMM 是一个用来描述软件组织的模型。那么,CMM 表现的是软件组织的什么特征呢?答案是能力成熟度,确切的说,是在软件流程上的能力成熟度。

CMM 将软件组织抽象成能力成熟度模型,是因为 CMM 认为,能力成熟度是软件组织解决"按时,按计划,高质量地开发软件"这一问题的关键因素,而 CMM 的目的就是要帮助软件组织在进度和预算范围之内生产出高质量的软件产品。

4.2.1 CMM 的产生

CMM 模型是基于多年产品质量研究成果所建立。美国的 Walter Shewart 于 20 世纪 30 年代发表了统计质量控制成果。在 Watts Humphrey 和 Ron Radice 等人的研究成果之上,卡耐基—梅隆大学软件工程研究所将这套质量控制方法改造为能力成熟度框架并标明不同成熟度等级。1990 年 SEI 公布了 CMM 0.0 版。1991 年 SEI 公布了包含第二级 KPA 方案的 CMM0.4 版及包含第三级方案的 CMM0.5 版。同年,又发布了包含第四级和第五级 KPA 方案的 0.7 版。CMM 1.0 版于 1991 年底发布,1993 年 SEI 公布 CMM1.1 版。目前通行的版本是 1.1 版,改进版 2.0 版原定于 1997 年完成,但由于 CMMI 的开发,CMM2.0 版被推迟,目前,软件 CMM 模型 2.0 版已经修订问世。CMM 是适用于软件开发组织中流程的质量管理,成为了事实上的软件过程改进的工业标准。

CMM 提供了一个软件过程改进的框架,这个框架与软件生命周期无关,也与所采用的开发方法无关。根据这个框架管理企业内部具体的软件过程,可以极大地提高按计划的时间和成本提交有质量保证的软件产品的能力。

在 CMM 的实践中,企业的软件过程能力被作为一项关键因素来考虑。CMM 认为保障软件质量的根本途径就是提升企业的软件生产能力,而企业的软件生产能力又取决于企业的软件过程能力,特别是在软件开发和生产中的成熟度。企业的软件过程能力越成熟,它的软件生产能力就越有保证。软件过程能力,是指企业从事软件开发和生产的过程本身透明化、规范化和运行强制化。企业在执行软件过程中可能会反映出原定过程的某些缺陷,可以根据反映的问题来改善这个过程。周而复始,这个过程逐渐完善、成熟。这样一来,项目的执行不再是一个黑箱,企业清楚地知道项目是按照规定的过程进行。软件开发及生产过程中成功或失败的经验教训也就能够成为今后可以借鉴和吸取的营养,从而大大加快了软件生产的成熟程度提高。

根据软件生产的历史与现状,CMM 框架可用五个不断进化的层次来表达:其中初始层是混沌的过程;可重复层是经过训练的软件过程;已定义层是标准一致的软件过程;可管理层是可预测的软件过程;优化层是能持续改善的软件过程。任何企业所实施的软件过程,都可能在某一方面比较成熟,在另一方面不够成熟,但总体上必然属于这五个层次中的某一个层次。在某个层次内部,也有成熟程度的区别。在一个较低层次的上沿,很可能与一个较高层次的下沿非常接近,此时由这个较低层次向该较高层次进化也就比较容易。反之,在一个较低层次的下沿向较高层次进化,就比较困难。在 CMM 框架的不同层次中,需要解决带有不同层次特征的软件过程问题。因此,一个软件开发企业首先需要了解自己处于哪一个层次,然后才能够对症下药地针对该层次的特殊要求解决相关问题,这样才能收到事半功倍的软件过程改善效果。任何软件开发企业在致力于软件过程改善时,只能由所处的层次向紧邻的上一层次进化,即软件过程的进化是渐进的,而不能是跳跃的。而且在由某一成熟层次向上一更成熟层次进化时,在原有层次中的那些已经具备的能力还应该得到保持与发扬。

4.2.2 CMM 内容简介

1. 软件组织的比较

一般情况下,软件组织大体可分为两类:不成熟软件组织与成熟软件组织。在不成熟的软件企业,软件过程一般由实践者及其管理者在项目进程中临时拼凑而成,因而推迟进度和超出预算已成为惯例,产品质量难以预测,有时为了满足进度要求,常在产品功能和质量上做出让步。

然而,一个成熟软件组织具有在全组织范围内管理软件、开发过程和维护过程的能力,规定的软件过程被正确无误地通知到所有员工,工作活动均按照已规划的过程进行,并通过可控的先导性试验和费用效益分析使这些过程得到改进,对已定义过程中的所有岗位及其职责都有清楚的描述,通过文档与培训使全组织有关人员对已定义的软件过程都有很好的理解,从而使其软件过程中的生产率和质量能随时间的推移得到改进。

表4-1给出了不成熟和成熟软件组织的比较,这种比较分析不仅是形成软件能力成熟模型的基础,也有利于理解该模型。

表4-1 不成熟软件组织与成熟软件组织的比较

比较项目	不成熟的软件组织	成熟的软件组织
软件过程	临时拼凑、不能贯彻	有统一标准,且切实可行,并不断改进;通过培训,全员理解,各司其职,纪律严明
管理方式	反应式(消防式)	主动式,监控产品质量和顾客满意程度
进度、经费估计	无实际根据,硬件限定时,常在质量上作让步	有历史数据和客观依据,比较准确
质量管理	问题判断无基础,难预料;进度滞后时,常减少或取消评审、测试等保证质量的活动	产品质量有保证,软件过程有纪律,有必要的支持性基础设施

2. CMM 的一些基本概念

（1）软件过程。人们用于开发和维护软件及其相关过程的一系列活动,包括软件工程活动和软件管理活动。

（2）软件过程能力。描述(开发组织或项目组)遵循其软件过程能够实现预期结果的程度,它既可对整个软件开发组织而言,也可对一个软件项目而言。

（3）软件过程性能。表示(开发组织或项目组)遵循其软件过程所得到的实际结果,软件过程性能描述的是已得到的实际结果,而软件过程能力则描述的是最可能的预期结果,它既可对整个软件开发组织而言,也可对一个特定项目而言。

（4）软件过程成熟度。指一个特定软件过程被明确和有效地定义、管理测量和控制的程度。

（5）软件能力成熟度等级。指软件开发组织在走向成熟的过程中几个具有明确定义的表示软件过程能力成熟度的平台。

（6）关键过程域。每个软件能力成熟度等级包含若干个对该成熟度等级至关重要的过程域，它们的实施对达到该成熟度等级的目标起到保证作用。这些过程域就称为该成熟度等级的关键过程域，反之，非关键过程域是指对达到相应软件成熟度等级的目标不起关键作用。

（7）关键实践。对关键过程域的实践起关键作用的方针、规程、措施、活动以及相关基础设施的建立。关键实践一般只描述"做什么"而不强制规定"如何做"。整个软件过程的改进是基于许多小的、渐进的步骤，而不是通过一次革命性的创新来实现的，这些小的渐进步骤就是通过一些关键实践来实现。

（8）软件能力成熟度模型。随着软件组织定义、实施、测量、控制和改进其软件过程，软件组织的能力也伴随着这些阶段逐步前进，完成对软件组织进化阶段的描述模型。

3. CMM 模型概要

软件开发的风险之所以大，是由于软件过程能力低，其中最关键的问题在于软件开发组织不能很好地管理其软件过程，从而使一些好的开发方法和技术起不到预期的作用。而且项目的成功需要通过整个项目组所有人员的共同努力，所以仅仅依靠特定开发人员而获得的成功不能为全组织的生产和质量的长期提高打下基础，必须在建立有效的软件工程实践和管理实践的基础上，坚持不懈地努力，才能不断改进软件过程，才能不断地取得成功。

CMM 提供了一个框架，将软件过程改进的进化步骤组织成五个成熟等级，为过程不断改进奠定了循序渐进的基础。成熟度等级是已得到确切定义的，也是在向成熟软件组织前进道路中的台阶。每一个成熟度等级为过程的连续改进提供一个台阶。每一等级包含一组过程目标，通过实施相应的一组关键过程域达到这一组过程目标，当目标满足时，能使软件过程的一个重要成分稳定。每达到成熟框架的一个等级，就建立起软件过程的一个相应成分，导致组织能力一定程度的提高。

表 4-2 给出了 CMM 模型概要，表中的五个等级各有其不同的行为特征。即一个组织为建立或改进软件过程所进行的活动，对每个项目所进行的活动和所产生的横跨各项目的过程能力。

表 4-2　CMM 模型概要

过程能力等级	特　点	关键过程域
1 初始级	软件过程是无序的，有时甚至是混乱的，对过程几乎没有定义，成功取决于个人努力。管理是反应式（消防式）	
2 可重复级	建立了基本的项目管理过程来跟踪费用、进度和功能特性。制定了必要的过程纪律，能重复早先类似的应用项目并取得成功	需求管理； 软件项目策划； 软件项目跟踪和监督软件转包合同管理； 软件质量保证； 软件配置管理

过程能力等级	特　点	关键过程域
3 已定义级	已将软件管理和工程文档化、标准化，并综合成该组织的标准软件过程。所有项目均使用经批准、剪裁的标准软件过程来开发和维护软件	组织过程定义； 组织过程焦点； 培训大纲； 集成软件管理； 软件产品工程； 组织协调； 同行专家评审
4 已定量管理级	收集对软件过程和产品质量的详细度量，对软件过程和产品都有定量的理解与控制	定量的过程管理； 软件质量管理
5 优化级	过程的量化反馈和先进的新思想、新技术，促进过程不断改进	缺陷预防； 技术变更管理； 过程变更管理

通过表4-2，我们知道每个成熟度等级（除1级）都包含若干个关键过程域，关键过程域总共18个，其所包含的过程分为三类，见表4-3，每个关键过程域包括一系列相关活动，只有全部完成这些活动，才能达到过程能力目标。为了达到这些相关目标，必须实施相应的关键实践。

表4-3　关键过程区域的过程分类

过程分类　等级	管　理 （软件项目策划等）	组　织 （高级管理者评审）	工　程 （需求分析、设计、测试等）
5 优化级		技术变更管理	
		定量变更管理	缺陷预防
4 已定量管理级	定量过程管理		软件质量管理
3 已定义级	集成软件管理； 组织协调	组织过程焦点； 组织过程定义； 培训大纲	软件产品工程； 同行专家评审
2 可重复级	需求管理； 软件项目策划； 软件项目跟踪和监督软件子合同管理； 软件质量保证； 软件配置管理		
1 初始级	无序过程		

下面对表4-2中五个过程能力等级分别做介绍。

1）初始级

初始级的软件过程是未加定义的随意过程，项目的执行是无序的甚至是混乱的，没有为软件开发、维护工作提供一个稳定的环境。当工作过程中遇到困难时,就可能会放弃原有过程中的计划。而且,初始级企业开发产品要想获得成功,完全要依靠一个有才能的管理者和他所领导的项目小组的能力。所以初始级的能力是个人的能力,而不是企业的能力。也许,有些企业制定了一些软件工程规范,但是这些规范未能覆盖基本的关键过程要求,规范的执行没有政策、资源等方面的保证时,仍然被视为初始级。

2)可重复级

根据多年的经验和教训,人们总结出软件开发的首要问题不是技术问题而是管理问题。因此,第2级的焦点集中在软件管理过程上。一个可管理的过程则是一个可重复的过程,一个可重复的过程则能逐渐进化和成熟。第2级的管理过程包括了需求管理、项目管理、质量管理、配置管理和子合同管理五个方面。其中项目管理分为计划过程和跟踪与监控过程两个过程。通过实施这些过程,从管理角度可以看到一个按计划执行的并且阶段可控的软件开发过程。在可重复级,基于以往管理类似项目的经验,计划和管理新项目,建立了管理软件项目的策略和执行这些策略的过程。通过在项目的基础上建立基本的过程管理规则来增强过程能力。

在第2级的企业里,软件过程能力可总结为规则化的。因为计划软件过程、跟踪软件过程的活动都是平稳的,而且过去的成功可以再次出现。由于遵循一个基于先前项目性能所制定的切实可行的计划,项目过程得到了项目管理系统的有效控制。表4-4列出可重复级的主要特征。

表4-4　可重复级的主要特征

类　型	内　　　容
过程特征	建立了软件项目管理的策略和实施这些策略的规程。
	软件开发和维护的过程相对稳定,已有的成功经验可以被复用。基于以往的成功经验对同类的新项目进行规划和管理。
	过程管理的策略主要是针对项目建立,而不是针对整个组织来建立。
	软件项目经理负责跟踪成本、进度和软件功能,确定其中出现的问题。问题出现时,有能力识别及纠正。其承诺是可实现的。
	为需求和相应的工作产品建立基线来标志进展、控制完整性。
	定义了软件项目的标准,能保证项目准确地执行它。
	通过与转包商合作建立有效的供求关系。
	项目的成功不仅依赖于个人的能力还得到了管理层的支持。
	重视管理和依靠管理。
	重视人员的培训工作。
	建立技术支持活动,并有了稳定的计划
工作组	系统测试组
	软件评估组
	软件质量保证组
	软件配置管理组
	合同管理组
	文档支持组
	培训组

类　型	内　　容
度量	每个项目建立资源计划,主要是关心成本、产品和进度,有相应的管理数据
改进方向	缺陷防范。不仅在发现了问题时能及时改进,而且应采取特定行动防止将来出现这类缺陷。 主动进行技术改革管理、标识、选择和评价新技术,使有效的新技术能在开发组织中施行。 进行过程变更管理。定义过程改进的目的,经常不断地进行过程改进

3）已定义级

在已定义级上,全组织的开发和维护软件的标准过程已文档化,包括软件工程和软件管理过程,而且这些过程被集成为一有机的整体。在 CMM 中的所有地方,均称此标准过程为组织的标准软件过程。等级 3 上所建立的过程,被用来帮助软件经理和技术人员,使其工作得更有效。项目通过裁剪组织的标准软件过程来建立他们自己定义的软件过程,说明项目独有的特征。

在第 3 级的企业里,软件过程能力可总结为标准的、一致的。因为不论是软件工程,还是管理行为都是平稳的、可重复的。在所建立的生产线内,成本、进度和功能都是受控制的,软件质量也是可跟踪的。这种过程能力是建立在整个组织范围内,对已定义的软件过程中的活动、角色和职责的共同理解上的。表 4 - 5 列出了已定义级的主要特征。

表 4 - 5　已定义级的主要特征

类　型	内　　容
过程特征	整个组织全面采用综合性的管理及工程过程来管理。软件工程和管理活动是稳定的和可重复的,具有连续性的。 整个组织的软件管理和软件工程的过程都已标准化、文档化,并综合成有机的整体,成为该组织的标准软件过程。 软件过程标准被应用到所有工程中,用于编制和维护软件。有的项目也可根据实际情况,对软件开发组织的标准软件过程进行剪裁。 在从事一项工程时,产品的生产过程、花费、计划以及功能都是可以完全控制的,从而软件质量也可以控制。软件过程起了预见及防范问题的作用,能使风险的影响最小化。 软件工程过程组(SPEG)负责软件过程活动。 在全组织范围内安排培训计划,有计划地按人员的角色进行培训。 在整个组织内部的所有人对于所定义的软件过程的活动、任务有深入理解,大大加强了过程能力。 在定性基础上建立新的评估技术
工作组	除具有前一级的工作组外还增加了以下工作组: 软件工程过程组; 软件工程活动组; 软件估计组
度量	在全过程中收集使用数据。 在全项目中系统性地共享数据
改进方向	开始着手软件过程的定量分析,以达到定量地控制软件项目过程的效果。 通过软件的质量管理达到软件的质量目标

4）已定量管理级

在整个组织有了一致的流程标准后，不同项目之间就有了可以比较的基准，进一步，定性的比较可以发展为定量的比较，从而使得人们（无论是内部的，还是外部的）可以更加科学、客观的预测软件项目的进度、预算和质量。从定性到定量是一次"飞跃"，定量并不能保证预测一定如何如何"准"，但通常，实际的结果总是落在某个可以接受的范围内，换而言之，定量的预测使得人们对项目的预期可以有一个"最坏打算"，或者说"预期的底线"。

在第4级的企业里，软件过程能力可总结为可预测的。因为过程是可评价的，而且执行过程的活动也是在可评价限度之内的。这一级别使得企业可以在定量限度范围内，预测过程和产品质量的发展趋势。因为过程是稳定的、可评价的，所以一有意外情况出现，就可以确定导致这些变化的"特定的原因"（Special Cause）。一旦过程跨越了已知的限度，就会采取适当的措施来矫正这种情况。可想而知，软件产品是高质量的。表4-6列出了已管理级的主要特征。

表4-6 已管理级的主要特征

类　型	内　　容
过程特征	制定了软件过程和产品质量的详细而具体的度量标准。软件过程和产品质量都可以被理解和控制。 可以预见软件过程和产品质量的一些趋势，一旦质量经度量后超出这些标准或是有所违反，可以采用一些方法去改正，以达到良好的目标。 开始定量地认识软件过程。软件组织的能力是可预见的，原因是软件过程是被明确的度量标准所度量和操作的。不言而喻，软件产品的质量就可以预见和得以控制。 组织的度量工程保证所有项目对生产率和质量进行度量。 具有良好定义及一致的度量标准来指导软件过程，并作为评价软件过程及产品的定量基础。 在开发组织内已建立软件过程数据库，保存收集到的数据，可用于各项目的软件过程。 软件过程变化较小，一般在可接受的范围内。 每个项目中存在强烈的群体工作意识，因为每人都了解个人的作用与组织的关系，因此能够产生这种群体意识。 不断地在定量基础上评估新技术
工作组	除具有前一级的工作组外还增加了以下工作组： 软件相关组； 定量过程管理活动
度量	在全组织内进行数据收集与确定。 度量标准化。 数据用于定量地理解软件过程及稳定软件过程
改进方向	缺陷防范。不仅在发现了问题时能及时改进，而且应采取特定行动防止将来出现这类缺陷。 主动进行技术改革管理、标识、选择和评价新技术，使有效的新技术能在开发组织中施行。 进行过程变更管理。定义过程改进的目的，经常不断地进行过程改进

5）优化级

在优化级，整个企业的工作重点是软件过程的不断改进。企业以防止错误的出现为目标,在过程实施之前就有办法发现过程的弱点和强项。利用软件过程有效的数据来对企业软件过程中引进的新技术和变化进行成本—收益分析,提出关于开发最优的软件工程实践的革新思想,并推广到全企业范围内。在第5级的企业中,软件项目组负责分析错误,判断错误发生的原因,并对软件过程进行评估,阻止已知的错误类型再次发生,从中吸取教训,并应用到其他的项目中去。

第5级的目标是达到一个持续改善的境界。持续改善是指可根据过程执行的反馈信息来改善下一步的执行过程,优化执行步骤。如果一个企业达到了这一级,那么表明该企业能够根据实际的项目性质、技术等因素,不断调整软件生产过程以求达到最佳。表4-7列出了优化级的主要特征。

表4-7 优化级的主要特征

类 型	内 容
过程特征	整个组织特别关注软件过程改进的持续性、预见及增强自身,防止缺陷及问题的发生,不断地提高他们的过程能力。 加强定量分析,通过来自过程的质量反馈和吸收新观念、新科技,使软件过程能不断地得到改进。 根据软件过程的效果,进行成本—收益分析,从成功的软件过程实践中吸取经验,加以总结。把最好的创新成绩迅速向全组织转移。对失败的案例,有软件过程小组进行分析以找出原因。 找出过程的不足并预先改进,把失败的教训告知全体组织以防止重复以前的错误。 在全组织内推广对软件过程的评价和对标准软件过程的改进,不断地改进软件过程。 要消除"公共"的无效率根源,防止浪费发生。尽管所有级别都存在这些问题,但这是第5级的焦点。 整个组织都存在自觉的强烈的团队意识。 每个人都致力于过程改进,要力求减少错误率。 追求新技术,利用新技术,实现软件开发中的方法和新技术的革新。 防止出现错误,不断提高产品的质量和生产率
工作组	除具有前一级的工作组外还增加了以下工作组: 软件相关组; 缺陷防范活动协调组; 技术改革管理活动组; 软件过程改进组
度量	利用数据来评估,选择过程改进
改进方向	保持持续不断软件过程改进

4. 关键过程域

除第1级外,每个等级都有关键过程域。

(1)第2级涉及建立软件项目管理控制的6个关键过程区域。

需求管理就是对分配需求进行管理。即要在用户和实现用户需求的软件项目之间达成共识;控制系统软件需求,为软件工程和管理建立基准线;保持软件计划、产品和活动与系统软件的一致性。

软件项目计划是指为软件工程的运作和软件项目活动的管理提供一个合理的基础和

可行的工作计划的过程。其目的是为执行软件工程和管理软件项目制订合理的计划。

软件项目跟踪与监控是对软件实际过程中的运作建立一种透明的机制,以便当软件项目的实际运作偏离计划时,能够采取有效的措施。

软件转包合同管理的目的是选择合格的软件转包者并对转包合同进行有效的管理。此项工作对大型的软件工程项目十分重要。

软件质量保证的目的对软件项目和软件产品质量进行监督和控制。向用户及社会提供高质量的软件产品,它和一般的质量保证活动一样,是确保软件产品从生产到消亡为止的所有阶段达到需要的软件质量而进行的所有有计划、有系统的管理活动。

软件配置管理是软件过程的关键要素,是开发和维护各个阶段管理软件演进过程的方法和规程。软件配置管理包括标识在给定时间点上软件的配置,系统地控制对配置的更改,并维护在整个软件生命周期中配置的完整性和可跟踪性。这里的配置是指软件或硬件所具有的功能特征和物理特征,这些特征可能是技术文档中所描述的或产品所实现的特征。

(2) 第3级(可定义级)有7个关键过程区域,主要涉及项目和组织的策略,使软件组织建立起对项目中的有效计划和管理过程的内部细节。

组织过程焦点是帮助软件组织建立在软件过程中组织应承担的责任。加强改进软件组织的软件过程能力。在软件过程中,组织过程焦点集中了各项目的活动和运作的要点,可以给组织过程定义提供一组有用的基础。这种基础可以在软件项目中得到发展,并在集成软件管理中定义。

组织过程定义是在软件过程中开发和维护的一系列操作,利用它们可以对软件项目进行过程改进,并且为软件组织提供一个持续的、长期的和收益的坚实基础。这些操作也建立了一种可以在培训等活动中起到良好指导作用的机制。

培训程序是提高软件开发者的经验和知识,以便使他们可以更加高效和高质量地完成自己的任务。

集成软件管理是把软件的开发和管理活动集中到持续的和确定的软件过程中来,它主要包括组织的标准软件过程和与之相关的操作,这些在组织过程定义中已有描述。当然,这种组织方式与该项目的商业环境和具体的技术需求有关。

软件产品工程是提供一个完整定义的软件过程,能够集中所有软件过程的不同活动以便产生出良好的、有效的软件产品。软件产品工程描述了项目中具体的技术活动,例如,需求分析、设计、编码和测试等。

组间协调是为了软件工作组能够与其他的工作组良好地分担工作而设计的一种途径。对于一个软件项目来说,一般要设置若干工程组:软件工程组、软件估计组、系统测试组、软件质量保证组、软件配置管理组、合同管理组、文档支持组等。这些工程小组只有通力协作、互相支持,才能使项目在各方面更好地满足用户的需要。组间协调关键过程域的目的就在于此。

同级评审是指处于同一级别其他软件人员对该软件项目产品系统地检测的一种手段,其目的是为了能够较早和有效地发现软件产品中存在的错误并改正它们。它是一种在软件产品工程中非常重要的和有效的工程方法。

(3) 第4级(可管理级)有两个关键过程区域,主要的任务是为软件过程和软件产品建立一种可以理解的定量的方式。

定量过程管理是在软件项目中定量控制软件过程表现,这种软件过程表现代表了实施软件过程后的实际结果。当过程稳定于可接受的范围内时,软件项目所涉及的软件过程、相对应的度量以及度量可接受的范围就被认可为一条基准,并用来定量地控制过程表现。

软件质量管理是建立对项目软件产品质量的定量了解和实现特定的质量目标。软件质量管理涉及确定软件产品的质量目标;制定实现这些目标的计划;监控及调整软件计划、软件工作产品、活动和质量目标,以满足用户和最终用户对高质量产品的需要和期望。

(4)第 5 级(优化级)有三个关键过程区域,主要涉及的内容是软件组织和项目中如何实现持续不断的过程改进问题。

缺陷防范是指在软件过程中能识别出产生缺陷的原因,并且以此采取防范措施,防止它们再次发生。为了能够识别缺陷,一方面要分析以前所遇到的问题和隐患,另一方面还要对各种可能出现缺陷的情况加以分析和跟踪,从中找出有可能出现和复发的缺陷类型,并对缺陷产生的根本原因进行确认,同时预测未来的活动中可能产生的错误。

技术改革管理是指识别新技术(如工具、方法和过程),并将其有序地引入到组织的各种软件过程中去。同时,对由此引起的各种标准变化(如组织的标准软件过程和项目定义软件过程)进行处理,使之适应工作的需要。

过程变更管理是本着改进质量、提高生产率和缩短软件产品开发周期的宗旨,不断改进组织中所用的软件过程的实践活动。过程变更管理活动包括定义过程改进目标、不断地改进和完善组织的标准软件过程和项目定义软件过程。制定培训和激励性的计划,以促使组织中的每个人参与过程改进活动。

5. 实施 CMM 的价值

CMM 描述了软件过程不断改进的科学途径,其每一级的关键过程域,是软件开发组织达到相应软件能力成熟度等级所必须解决的问题。软件组织可通过自我分析,找出尽快提高软件过程能力的策略,从而提高软件能力成熟度等级。利用 CMM 模型也可帮助用户识别合格的能完成软件工程项目的承制方,还可监控承制方现有软件过程的状态,进而提出承制方应改进之处。

有资料表明,达到不同级别的软件组织,由于质量管理水平不同,其开发的软件每千行源代码所含的缺陷数不同:设 1 级的每千行源代码所含缺陷数是 100% ,则 2 级是 46% ,3 级是 20% ,4 级是 8% ,5 级不足 3% 。不同级别的软件组织,对相同项目的开发周期不同:若 1 级的开发周期为 100 % ,则 2 级为 70% ,3 级为 50% ,4 级为 41% ,5 级为 36% 。不同级别的软件组织的生产率不同:若 1 级的生产率为 100% ,则 2 级为 202% ,3 级为 291% ,4 级为 356% ,5 级为 405%

可见,通过实施 CMM,可以提高软件组织的过程能力,缩短开发时间,减少开发费用,降低项目风险和提高产品质量。

4.2.3 CMM 的应用

1. CMM 的软件过程评估和软件能力评价

CMM 有两个基本用途:软件过程评估和软件能力评价。软件过程评估,目的是确定一个组织的当前软件过程的状态,找出组织所面临的急需解决的与软件过程有关问题,进而有步骤地实施软件过程改进,使组织的软件过程能力不断提高。因此,软件过程评估关注一个组织的软件过程有哪些需改进之处及其轻重缓急。评估组采用 CMM 来指导他们进行调查、分析和排出优先次序。组织可利用这些调查结果,参照 CMM 中的关键实践所提供的指导,规划本组织软件过程的改进策略。

软件能力评价,目的是识别合格的能完成软件工程项目的承制方,或者监控承制方现有软件工作中软件过程的状态,进而提出承制方应改进之处。软件能力评价关注识别一个特定项目在进度要求和预算限制内构造出高质量软件所面临的风险。在采购过程中可以对投标者进行软件能力评价。评价的结果,可用于确定承制方的风险,也可对现存的合同进行评价,以便监控承制方的过程实施,从而识别出承制方的软件过程中潜在的可改进之处。

由于软件过程评估和软件能力评价是两种有关的不同应用,因此所用的具体方法有明显差异,但是两者都以 CMM 模型及其衍生产品为基础,实施的基本步骤是一致的。通过图 4-2 给出过程评估和评价中的共同步骤。

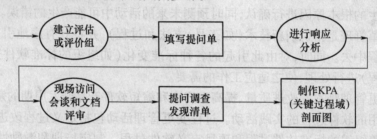

图 4-2   CMM 实施步骤

对于软件组织而言,评估只是软件流程改进的一个步骤,CMM 实际上可以用于软件流程改进的各个方面和各个阶段,例如,原来没有流程规范的组织可以借助 CMM 来建立自己的软件流程,或者,对于进行了流程改进的组织,CMM 可以帮助分析和确定流程改进的效果。

2. CMM 可重复级在特殊软件项目中的应用

1)项目生命周期模型描述

软件项目生命周期模型的选择对项目成功与否起到很大作用。合适的项目生命周期使项目能够按计划顺利完成,不合适的项目生命周期不同程度地阻碍项目的进展。与自主开发软件不同,该项目来源于国外公司,用户以任务包形式分配任务,每个任务包开始时间由用户决定。因为现有的软件项目生命周期模型均不能确切描述该项目的特性和过程,为此,公司 SEPG 创造性地为该项目提出了专门的模型。将项目分为三个阶段:策划、实施和总结。各阶段与五个 KPA 的关系如图 4-3 所示。

2)项目管理活动与 KPA 的覆盖关系

(1)项目策划阶段。项目策划阶段是项目的初始阶段,目的是为项目过程的管理做好必要的准备。该阶段对应 CMM 中需求管理的部分内容以及软件项目计划。该阶段的主要工作包括:进行项目级的需求(用户非技术要求)分析,进行项目总体估计,制定项目总体计划,指定项目经理,分配项目人员,见表 4-8。

质量保证和配置管理活动从项目策划阶段即开始,并作为支持过程贯穿整个项目生命周期。

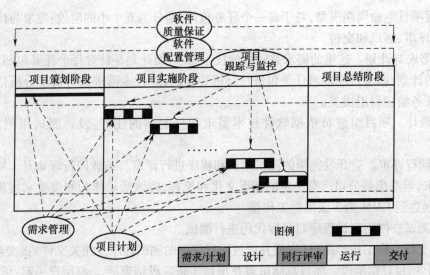

图4-3 软件验证项目生命周期模型与KPA的关系图

表4-8 项目策划阶段任务

主要输入	工作说明书(SOW)
参与人员	高层经理(必须参加); 项目经理、SQA 和 SCM 工程师、用户或用户代表(必须参加); 项目组主要成员(可选)
活动	高层经理对用户的 SOW 进行分析、评审,与用户充分沟通,达成一致意见; 分配项目经理和项目组成员,必要时进行相关技能培训; 利用历史数据和用户提供的数据,项目经理估计项目的规模、工作量; 项目经理、SQA 和 SCM 工程师分别制定项目计划、SQA 计划和 SCM 计划
主要输出	估计记录; 软件项目计划,包括项目开发计划、SQA 计划、SCM 计划

(2)项目实施阶段。项目组收到第一个任务包标志着项目实施阶段开始,项目组以任务包为单位,管理、控制项目的进度和质量。从图4-3 中可以看出,大部分的活动集中在项目实施阶段,综合覆盖了 CMM 第2 级所要求的5 个 KPA:需求管理、项目计划、项目跟踪与监控,以及软件质量保证和软件配置管理。项目实施阶段任务见表4-9。

表4-9 项目实施阶段任务

主要输入	任务包;软件(技术)需求
参与人员	项目经理、项目组成员、SQA 工程师、SCM 工程师; 高层经理(必要时参与)
活动	项目经理对任务包进行评估,合理分配任务给项目组成员; 项目组成员依据软件需求,编写测试程序,进行调试; 进行同行评审; 运行测试程序,交付工作产品
主要输出	工作产品,评审记录 SQA 报告,SCM 报告 项目跟踪与监控数据

根据项目生命周期模型,对于每一个任务包,又细分为五个小的阶段:需求与计划、设计、同行评审、测试和交付。

① 需求与计划。这里的需求是软件的技术需求,而计划是针对每个任务包制定的较为详细的计划,即项目经理对任务包进行分析和确认,对技术需求进行初步分析估计,合理分配任务给项目组成员。

② 设计。项目组成员依据软件技术需求和分配到的任务,设计测试用例和测试程序。

③ 同行评审。对开发完毕的测试用例和程序进行评审。虽然同行评审是 CMM 第 3 级的要求,但考虑到公司已有一定的评审文化和流程,将该活动作为制度要求实施,也为将来顺利达到 CMM 第 3 级减轻工作量。

④ 测试。使用测试程序对目标代码进行测试。

⑤ 交付。将工作产品(已完成并通过同行评审的测试程序及相关文件)提交给用户。

(3)项目总结阶段。项目总结阶段在项目实施阶段结束后,与用户一起,依据项目准备阶段所确定的内容和项目实施过程中实际提交的工作产品,最终确定完成的成果和工作量;同时总结项目实施过程的经验教训,为以后的项目提供参考,为过程改进确定方向。项目总结阶段任务见表4-10。

表4-10 项目总结阶段任务

主要输入	工作说明书(SOW); 项目实施阶段有关数据
参与人员	高层经理、项目经理、SQA 工程师、项目组主要成员
活动	整理项目成果; 确定工作量等数据统计并归档管理; 总结经验教训
主要输出	项目数据和总结

3)结束语

CMM 模型的可重复级描绘了软件项目管理过程的目标及关键实践,为提高软件项目管理水平起到指导作用,也有助于小型软件组织改进它们的过程。然而 CMM 模型并不是僵硬的。将 CMM 可重复级框架应用于特殊软件项目管理时,应针对具体的项目灵活运用,将过程裁剪到项目所需的程度。裁剪的准则应以实用为主,避免过于繁琐和形式化。这样,一方面保证项目的顺利进行,另一方面保证覆盖 CMM 第 2 级的要求。本书提出的基于 CMM 可重复级的 项目管理模型已经在多个类似软件项目中得到应用,并取得了良好的效果,改进了项目进度和预算的可预测性,提高了生产率和软件产品质量。

CMM 的其他应用,主要是组织内负责软件过程改进的机构,如软件工程过程组(SEPG),评价过程的重点放在复审文档化的审计记录上,这些记录能揭示组织实际执行的软件过程。

4.3 个体软件过程

目前,不同软件开发组织根据自身的规模及管理水平,通常在软件生产中采用不同的软件过程方法或多种过程方法并用,例如,"统一过程"、"小组软件过程"、"个体软件过程"等。

个体软件过程(PSP)能够指导软件工程师如何保证自己的工作质量,估计和规划自身的工作,度量和追踪个人的表现,管理自身的软件过程和产品质量。经过 PSP 学习和实践的正规训练,软件工程师们能够在他们参与的项目工作之中充分运用 PSP,借助于PSP 提供的一些度量和分析工具,了解自己的技能水平,控制和管理自己的工作方式,使自己日常工作的评估、计划和预测更加准确、更加有效,进而改进个人的工作表现,提高个人的工作质量和产量,积极而有效地参与高级管理人员和过程人员推动的组织范围的软件工程过程改进。

软件工程师应该计划要做的工作,然后按照这个计划来工作。这样就能够在规定的预算和时间内开发出高质量的产品。PSP 就是为使软件工程师更好地工作而设计的一个框架。它指出如何估计和计划工作,如何按照这些计划来跟踪自己的性能,以及如何提高程序的质量。

提高质量的方法需要花费一定的时间去学习和实践,但这对软件工程师是有益的。为了不断提高工作的质量,必须树立目标、对产品质量进行测量、了解工作的过程、改变并重用这个过程、测量和分析结果,最后要反复地对过程进行持续改进。

PSP 与具体的技术(程序设计语言、工具或者设计方法)相对独立,其原则能够应用到几乎任何的软件工程任务之中。为基于个体和小型群组软件过程的优化提供了具体而有效的途径。其研究与实践填补了 CMM 的空白。

PSP 从以下几个方面提出了提高个体软件过程成熟度的方法。

1. 时间管理

为了对时间进行有效的管理,必须对时间进行计划并按照计划来工作。为了制定切实可行的计划,首先要跟踪时间的使用情况。然后,把计划写成文档,并把他们与实际的情况进行比较。为了提高计划的准确性就要找出以前计划中的不足之处,并确定怎样才能使计划制定得更好。

计划和管理时间的第一步骤是要弄清楚现在是如何利用时间的。为了做到这一点,需要把活动分成几个主要的类。而后,用一种标准的方法把每项活动所花费的时间记录下来,为了方便记录和查阅数据,可以采用日程记事本。

为了更好地管理好时间,要分析自己使用时间的历史数据,制定时间安排表,并且按照这个安排对时间进行跟踪。要制定时间安排表,首先决定自己打算如何使用时间,然后作一个进度计划,它能够反映出自己的选择,并且能够显示出每天所用的时间,对于不同的星期可能需要不同的时间安排表。

时间安排的基本规则是要确定固定的和可变化的时间安排。把可变化的时间分成需要完成的任务和自行斟酌的任务。分析一下目前时间划分的种类。注意:总时间是固定的,如果想在一些活动上多用一些时间,就必须在另一些活动上少用一些时间。

最后,按照时间安排表跟踪实施的性能,要继续收集时间数据。根据经验复查时间安排表,再根据需要和经验修改安排,要逐步地做出改变。在改变时间安排表时,要保存以前的版本。

2. 产品计划

产品计划的第一步是要估计产品的规模。为了做出准确的估计,需要用到以前的规模数据。把以前的规模数据按照功能分类是有帮助的。这样,就可以估计出新程序中各类代码和会有多少行。随着所积累的数据越来越多,做出的估计就会越来越准确。作业编号日志为记录大量的历史数据和效率数据提供了一种简便的方法。

产品计划帮助总结和管理产品的生产时间数据,这些产品可以是编写的程序、书写的报告或文档。作业编号日志是跟踪生产这些产品所用时间的一种工具。作业编号日志中用到的时间数据来自于时间记录日志。

完成了作业编号日志后,它就提供了迄今为止完成每个项目需要的平均时间、最长时间和最短时间的数据,可以使用这些信息计划下周的工作或是设计以后几章所要求的更复杂的计划。

3. 契约

许多软件开发的进度和计划中存在的主要问题就是:管理人员把这些进度和计划看成是类似于合同的契约,而软件工程师则并不把它看成是个人与所在软件公司间的契约。

真正达成一致是个人契约最重要的特征。在同意契约之前对要做的工作进行分析。用一个进度安排计划支持契约,而且要以书面协议的形式确立契约。如果软件工程师不能达到契约中的要求,应及时告诉管理部门并努力把对项目进度的影响减小到最小的程度。

例如一家重要的汽车公司的一位工程师接到了一项紧急的软件开发任务。以前管理部门只是简单地给他一定的时间来完成任务,但是由于这位工程师和他的小组刚刚经过了 PSP 的培训,他要求用一定的时间去查看这些任务,第二天早晨,他带了一份计划返回公司。这位工程师估算了这些工作的规模,并用他的 PSP 数据确定这些工作可能要用的时间。他返回到经理那儿并向他解释这个计划,说明为什么他认为这个计划是可行的。经理同意了他做的计划,而工程师也按照他承诺的进度完成了这项工作。

如果已经确定无法完成某个契约,通常的策略是在原进度或接近原进度的基础上交付一个具有较少功能的版本,然后再对产品进行一次或多次添加功能。如果侥幸地希望情况会有所好转而推迟通知管理部门,通常会使事情更变得更糟,因此最好在发现问题后,尽快面对不愉快的现实以便及时调整计划。

4. 进度管理

检查点是项目计划和项目管理的一个重要部分;一个检查点表示某个项目的特定时间的完成情况;它必须是明确的,而且已建立完成的准则。工作每 5h ~ 10h 至少应该建立一个检查点,一个项目每周至少应该建立 1 个 ~ 2 个检查点。检查点可以帮助查看项目进展的情况,并且当项目的进展落后于计划时,它能帮助采取纠正行动。

尽可能在每周都找出几个检查点。例如,如果一项作业要用两周时间,至少要建立两个检查点,最好是 4 个或 5 个。对于 3h ~ 5h 的任务,设置超过一个的检查点就太多了。

在进行检查时,必须根据没有改动过的进度表来公布项目的进展状态。

5. 质量管理

软件质量是要满足用户的需求并且要能可靠而稳定地完成用户的工作。这就要求开发的软件完全没有或几乎没有缺陷。

软件缺陷是软件产品中不正确的东西。缺陷是由人为的错误引起的。因为在事后查找和修复缺陷的代价很大，所以最有效的方法是工程师能在开发过程中及时发现和修复引入的缺陷。

管理缺陷的第一步是了解它们。为此，程序员需要收集和分析这些数据，并决定怎样才能更好地预防、发现和修复这些缺陷。

编译器能表示出大部分语法缺陷，但是它不能识别程序员的意图是什么。大约9.4%的语法错误编译器无法查出。

测试可以用来验证程序几乎所有的功能，但它还有一些缺点，它只能满足缺陷排除过程的第一个步骤即找到缺陷征兆，且每个测试只验证了部分程序条件。事实上，除了最简单的程序，任何程序的完全测试都是不可能的。

第三种发现缺陷的方法，也是一种很常见的方法，就是发行仍含有缺陷的产品，然后等待用户发现和反馈缺陷信息。但事实证明，这是花费最大的策略。例如 IBM 每年花费大约 2.5 亿美元用于修复 1.3 万个缺陷，每个缺陷大约花费 2 千美元。

最后，最有效的发现和修复缺陷的方法是个人复查源程序清单。由于大部分软件缺陷源于疏忽或愚蠢的失误，所以在刚刚完成设计或编码时是最容易发现缺陷的。事实证明，这是最快而且是最有效的方法。

代码复查的效率是最初测试或单元测试效率的 3 倍 ~ 5 倍。例如，对于一般的工程师，单元测试 1h 可以找出 4 个 ~ 6 个缺陷，而代码复查每个小时可以找出 6 个 ~ 10 个缺陷。当看到某些地方好像不正确时，就可以看到可能的问题是什么，并能立即去验证代码。代码复查的主要缺点是：代码复查非常耗时，即使对有经验的人员，也只能发现程序中平均 75% ~ 80% 的缺陷。对每 100 行源程序进行详细的复查至少需要 30min 的时间。

开发过程每前进一步，发现和修复缺陷的平均代价要增长 10 倍。在代码复查时，平均 1min ~ 2min 就可发现和修复一些缺陷。而在初始测试中，修复一个缺陷的平均时间是 10min ~ 20min。例如，一个小型商业软件开发部门开发了一个有几个模块的程序。经过 PSP 训练的几个工程师在几周内完成了集成测试。然而，另一个组件是由一个未经 PSP 训练的小组开发的，集成测试花费了几个月，发现和修复 36 个缺陷的测试时间是 300h。又如，一个航天系统开发组在海军电子系统的系统测试阶段，发现和修复每个缺陷需要 40 个工程师平均花费 1h 时间。在数字设备公司，某系统发现和修复每个用户反馈缺陷最低需要 88 个工程师花费 1h 时间。

到了一定程度后，改进就变得非常困难了。这时，就必须研究缺陷，找到更好的发现和修复缺陷的方法。应该根据以前在编译与测试阶段发现的缺陷类型进行检查。在软件组织中，一种常用的方法是让几个工程师彼此复查程序。这叫做同行评审或同行检查。组织良好的同行检查一般会发现程序中 50% ~ 70% 的缺陷。通常工程师往往难于发现自己的设计错误。

综上所述，最好的方法是先做个人代码复查再进行编译，然后在任何测试前进行同行检查。之所以在编译前进行检查是因为无论在编译前还是在编译后，进行完整的代码复查的时间大约相同。先做复查将节省大量编译时间。若不做代码复查,工程师一般要花费12%～15%的时间进行编译。一旦使用代码复查方法后,编译时间可以缩短至3%或更少。且工程师一旦先编译了自己的程序后,代码复查一般都很难彻底地进行。

经验证明,当编译阶段程序中有大量的缺陷时,一般在测试阶段也有许多缺陷。除了几个经验特别少的工程师引入的缺陷数比其他人要多一些之外,其他工程师的缺陷率与他写程序的年数的关系并不大。除个别情况外,平均的缺陷引入率在100个/1000行代码左右或更多。即使是在工程师学过缺陷管理后,平均引入缺陷数也是50个/1000行代码左右。引入缺陷是人类的正常现象,所有的软件工程师都会引入缺陷。因此所有的工程师都应该了解自己引入缺陷的类型和数目。

通过把当前的项目数据和以前的数据相比较,就能大概知道正在开发的程序的质量情况。这样就能决定是否需要增加一些缺陷排除步骤。

检查表包括了一系列的应该精确遵守的步骤。使用根据自己的缺陷数据制定出来的检查表,就可以更有效地进行代码复查。检查表不但能帮助找到更多的缺陷,而且还能帮助更快地发现缺陷。在构造代码检查表时,要按照所使用的编程语言进行裁减,要根据缺陷数据进行设计,而且要随着技能和经验的提高,对原有的代码复查检查表做适当的调整。

在使用检查表时,按照步骤进行复查在完成每一个程序或过程的复查后再进行下一个程序或过程的复查;完成每项检查之后做出标记。发现缺陷时,记下缺陷号及其检查步骤,当全部完成检查时计算出累计和累计百分比项。在完成每个程序后,复查数据和检查表,并从中发现如何对现有的代码复查检查表进行改进。

定义个体软件过程的目的是为了确保个人的工作能够具有相当高的质量而且提前完成。一个项目的成败依赖于所有相关的个体,而这些个体可以通过改进他们的工作流程对整个项目提供最大的支持。

4.4　几种软件质量度量标准的分析与比较

针对软件开发过程和组织的质量度量和保证已经形成了一整套理论和体系,并产生了相应的国际标准和业界标准,如 ISO9000、CMMI、六西格玛(Six Sigma)、SPICE、IEEE/EIA 12207、MIL－STD－498 等。这些标准的使用对于提高软件产品的质量、降低软件开发成本、缩短软件开发周期是非常重要的,而且对于加强软件企业的规范化管理、提升软件企业的核心竞争力也是十分有意的。

1. ISO9000、CMMI 和六西格玛

1) ISO9000

ISO9000 系列标准是指国际标准化组织中质量管理和质量保证技术委员会制定的所有标准。自 1987 年发布以来,又陆续发布了十几个相关标准和指南,形成了质量管理和质量保证标准体系,得到了世界各国的广泛采用和实施。这些标准和指南可分为质量术语标准、质量保证标准、质量管理标准、质量管理和质量保证标准的选用和实施指南以及支持性技术标准。

其中,ISO9000 软件质量标准系列为 ISO9001、ISO9000－3、ISO9004－2、ISO9004－4、

ISO9002。ISO9001 是 ISO9000 系列标准中软件机构推行质量认证工作的一个基础标准，是在软件设计、开发、生产、安装和维护时质量保证的参考文件。它于 1994 年由国际标准化组织公布，我国已及时将其转换为国家推荐标准，编号为 GB/T 19001—1994；ISO9000 - 3 是对 ISO90001 进行改造后，将其应用到软件工业中对软件开发、供应和维护活动的指导文件；ISO9004 - 2 是指导软件维护和服务的质量系统标准，指导和支持软件产品的维护；ISO9004 - 4 是近年公布的很有用的附加标准，是用来改善软件质量的质量管理系统文件。

2）CMMI

由美国卡内基—梅隆大学 SEI 所推出的 CMM 的成功，导致了各种模型的衍生，如软件过程能力成熟度模型（Capability Maturity Model for SoftWare，SW - CMM），软件人员能力成熟度模型（People Capability Maturity Model，P - CMM），软件产品能力成熟度模型（Capability Maturity Model for Software Ability，SA - CMM），系统工程能力成熟度模型（Systems Engineering Capability Maturity Model，SE - CMM），集成产品开发能力成熟度模型（Integrated Product Development Capability Maturity Model，IPD - CMM）等。由于这些模型分别针对软件开发过程的不同领域、不同阶段、不同对象进行相应的评估和管理，各模型内容上的重叠部分和在模型构架与指导原则的差异使得在同一个集成过程中使用两个或两个以上的模型变得十分困难。为改变这种情况，在 CMM 基础上融合其他相关模型，从而产生了 CMMI。

现在业界使用的 CMMI 模型是 2002 年发布的 CMM1.1 版本系列，如 CMMI - SE/SW/IPPD/SS、CMMI - SE/SW/IPPD、CMMI - SE /SW、CMMI - SW 等。CMMI 在支持软件开发过程和产品的改进和提高的同时，尽量减少重复和冗余，消除分别单独使用各个模型所产生的不一致性和潜在的混乱性，为现存 CMM 模型以及各模型的产品与它们应用在不同领域的工作提供了一个保持一致性的构架，使不同的能力成熟度模型协调、高效地集成在一个新的模型中使用。

CMMI 模型中，最基本的概念是"过程域"。CMMI 项目首先在软件和系统工程之间实现了较高的集成性，产生了一个公共的过程域集合。随着研究的深入，过程域在不同学科之间的这种公共性越来越明显，因而 CMMI 也就渐渐形成了一些非常具有通用性的工程过程域。

3）六西格玛

六西格玛管理法是一种以数据为基础，追求几乎完美的质量管理方法。统计学用西格玛（希腊字母 σ 的中文译音）来表示标准偏差，即数据的分散程度。对连续可计量的质量特性，用"σ"度量质量特性总体上对目标值的偏离程度。六个西格玛可解释为每 10^6 个机会中有 3.4 个出错的机会，即合格率是 99.99966%。

六西格玛管理法是全面质量管理的继承和发展，其核心是将所有的工作作为一种流程，采用量化的方法分析流程中影响质量的因素，找出最关键的因素加以改进，从而达到更高的用户满意度，即采用其 DMAIC 模型对组织的关键流程进行改进。这个模型的五个阶段分别是 D（定义）、M（评估）、A（分析）、I（改进）、C（控制）。与其他许多改进方法一样，DMAIC 模型也是建立在 PDCA 循环的基础上的。而 DMAIC 又由下列四个要素构成：最高管理承诺、有关各方参与、培训方案和测量体系。因此，六西格玛管理法为组织的质量管理工作带来了一个新的、垂直方法体系。

现在,六西格玛以自己的质量活动基础,将概念和工具映射到软件系统开发的各个方面,如传统的瀑布模型、快速应用开发、原型法、遗留系统的支持等,改进了软件过程,从而提高了软件质量。

2. ISO9000、CMMI 和六西格玛的比较

随着软件质量管理和认证工作在中国 IT 业的开展,软件企业的管理者和工程师更加需要深入的理解 ISO9000 和 CMMI,从而引导企业建立标准化的生产过程和管理过程,进行软件过程和软件质量的度量等。

1) ISO9000 质量体系与 CMMI

ISO9000 质量体系与 CMMI,都共同着眼于质量和过程管理,两者都为了解决同样的问题,如图 4-4 所示。从一方面说他们是相互联系、相互补充的。两者都吸收了现代质量管理理论,都以"过程思维"为指导。ISO9001 中的质量要素都可以对应到 CMMI 中关键过程区域特征上,而 CMMI 在生产过程中的管理重点,又弥补了 ISO9001 在微观管理上的不足。但是它们的基础是有差异的:ISO9001 确定一个质量体系的最少需求,而 CMMI 模型更加注重持续过程改进。而且,ISO9001 只建立了一个可接受水平,而 CMMI 是一个具有五个水平的评估工具。所以,在建立企业标准时,可以综合考虑 ISO9000 和 CMMI 的质量管理要求,使两者都能更好的发挥各自的优势。

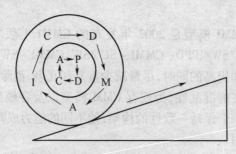

图 4-4 ISO9000 质量体系与 CMMI

2) ISO9000 标准和六西格玛

ISO9000 和六西格玛之间无论经营观念、管理体系还是管理决策,都不可替换,对于组织质量管理工作而言,所起的作用也是各有千秋。

首先,ISO9000 族标准为组织的质量管理工作提供了一个基础平台,而六西格玛管理法给组织的质量管理工作带来了一个新的、垂直的方法体系。其次,通过 ISO9000 认证只能证明该组织已经具备保证本组织生产或提供服务达到国际基本标准的能力,但能否长期保持,还需采用一些有效的质量管理方法,以确保组织质量得到持续改进。而六西格玛管理就是一种非常优秀的方法,可以说二者是互相补充的。

3) CMMI 和六西格玛

CMMI 和六西格玛有许多相似之处,但也有重要的差别。

首先,CMMI 是一个只应用于软件过程的特殊的质量活动,而六西格玛是在整个公司上实现并用来改进所有过程的。在降低偏差、量化性能、改进过程方面,CMMI 可以看作是六西格玛的一个子集。其次,由于六西格玛强烈的以用户为中心,更加强调协同工作和

基于事实做决策,所以可以更好地保证处理问题的正确性。在实践中,如果能实现 CMMI 与多种方法的结合,将会发挥出更强大的作用。

软件产业是一个新兴的朝阳产业。为了应对我国日益增大的软件需求和巨大的国际市场发展空间,国家特别出台一系列鼓励发展软件产业的政策,一大批软件企业应运而生。但是由于许多的软件企业缺乏系统的、规范的管理,只注重软件技术的开发、人才的引进、市场的拓展,而忽略了组织的管理与协调、过程的控制和管理、质量的控制和评测,从而导致软件开发周期长、成本高、质量差,缺乏市场竞争力,特别是一些中小软件企业和新成立的软件企业。所以引进、借鉴、学习国内外成功软件企业的经验,在软件企业倡导和推行 ISO 9000 或 CMMI,建立规范的质量保证体系,结合六西格玛管理的实施,推进和加强质量管理是非常必要的。这将有助于软件企业开发出高水平的软件产品,建立规范、科学的管理体系,使软件企业在日趋激烈的市场竞争中获得持续而稳定的发展。

第 5 章　软件测试的基本概念及测试技术探索

5.1　软件测试概念

　　软件是一种智力的逻辑产品。在软件的开发过程中,不可避免地会产生缺陷和错误,为了保证软件的质量与可靠性,在软件交付运行或发布前尽量消除这些缺陷或错误是必须的,更是必要的。软件测试是软件工程领域必不可少的过程,在软件生存周期中占有非常重要的位置。软件测试的目的正是为了尽量多地去发现软件中所存在的各种缺陷与错误,并通过一定的手段将这些错误排除。据统计,软件开发总成本中,用在测试上的开销要占 30% ~50% ,特殊情况下,对可靠性要求很高的软件,其测试费用高达所有其他软件工程阶段费用总和的 3 倍~5 倍。软件测试是软件质量保证的关键元素,代表了规约、设计和编码的最终检查。

5.1.1　软件缺陷典型案例分析

　　软件存在错误与缺陷是难免的,关键是如何发现它并消除它。软件的错误如果不消除,轻则会影响程序的运行结果与功能,重则会带来灾难性的后果。以下两个实例就是证明。

　　1. 英特尔奔腾 CPU 浮点除法错误

　　在计算机的"计算器"程序中输入如下算式:

　　(4195835/3145727) * 3145727 - 4195835

　　如果计算的答案为 0,说明计算机没问题,但如果是其他的答案,则表示这台计算机的 CPU 是老式奔腾 CPU。因为在一开始推出的奔腾处理器芯片上存在有重大的浮点运算错误缺陷,这个缺陷是1994 年12 月由美国的 Lynchburg 大学的 Nicely 博士在做除法实验时发现的。尽管这种情况只有在进行精度要求很高的数学、科学和工程计算中才会出现,但当 Nicely 博士将他所发现的问题放到了 Internet 上后,仍然还是引发了一场风暴。麻烦的是因特尔公司针对这个缺陷所采取的方法是:一开始百般掩饰,然后在舆论的压力下才答应更换,但要求用户必须证明确以受到该缺陷的影响。此时舆论大哗,最后因特尔公司才不得不为自己处理缺陷的行为道歉,并花费了 4 亿多美元来支付更换芯片的费用。为了吸取这次处理缺陷不当的教训,英特尔公司现在已经在 Web 站点上报告已经发现的问题,并能认真察看用户在英特网新闻组所发表的意见。

　　2. 美国航天局火星极地登陆

　　1999 年12 月3 日,美国航天局的火星基地登陆飞船在试图登陆火星表面时突然失踪。经过仔细的分析后,航天局认为发生故障的原因是登陆时出现的误动作,而产生误动作的原因可能就是一个重要的数据位被意外更改了。

　　理想的情况应该是这样:当飞船降落到火星表面时,先打开降落伞,然后着陆装置撑

114

开。当飞船离地面 1800m 时,它将丢弃降落伞,点燃登陆推进器并缓缓降落到地面。但美国航天局为了省钱,没有安装用于确定何时关闭推进器的贵重雷达,而是在飞船的脚上安装了一个廉价的触点开关,并在计算机上设置了一个数据位来控制推进器的关闭,也就是说只有当飞船的脚着地了,才能触动该开关并关闭推进器。

登陆飞船在上天前经过了多个小组的测试。其中有一个小组专门负责测试飞船脚的落地过程;另一个小组专门负责此后的着陆过程。前一个小组显然不需要去注意这个数据位是否正确,而后一个小组总是在开始测试之前重置计算机、清除数据位。两个小组的测试结果都非常理想,但遗憾的是两个小组就是从未进行过联合测试。因为在后来的联合测试中发现,当飞船的脚迅速撑开准备着陆时,机械振动在大多数情况下都会触动触点开关设置错误的数据而关闭推进器,其结果当然是悲惨异常。

由于软件的缺陷且在测试中又没有发现而造成不良后果的实例比比皆是,所以说软件测试是软件生存周期中的一个非常重要的阶段。正常情况下,软件测试的工作量要占到总开发工作量的40% ~50%。以 IE4.0 为例,代码开发时间为 6 个月,而稳定程序花去了 8 个月的时间。

5.1.2 软件测试的基本概念

1. 软件测试

通俗地讲,软件测试就是在软件投入运行或发布前,对软件需求分析、设计规格说明和编码进行最终复审的活动。1983 年,IEEE 提出的软件工程术语中给软件测试下的定义是:"使用人工或自动的手段来运行或测定某个软件系统的过程,其目的在于检验它是否满足规定的需求或弄清预期结果与实际结果之间的差别"。这个定义明确指出:软件测试的目的是为了检验软件系统是否满足需求,动态查找程序代码中的各类错误和问题的过程。

从用户的角度来看,普遍希望通过软件测试暴露软件中隐藏的错误和缺陷,所以软件测试应该是"为了发现错误而执行程序的过程"。或者说,软件测试应该根据软件开发各阶段的规格说明和程序的内部结构而精心设计一批测试用例(输入数据及其预期的输出结果),并利用这些测试用例去运行程序,以发现程序错误或缺陷。

2. 软件缺陷及其原因

软件缺陷通常也称为 Bug,说明软件中存在着这样那样的问题。那么什么样的问题才能称为 Bug 呢? 下列五种情况可以称为 Bug:

(1) 软件未达到产品说明书标明的功能;

(2) 软件出现了产品说明书指明不会出现的错误;

(3) 软件的功能超出了产品说明书指明的范围;

(4) 软件未达到产品说明书应该指出而未指出的目标;

(5) 软件测试员认为软件难于理解、不易使用、运行速度慢,或者最终用户认为不好。

通常人们有一种错误的理解,认为软件缺陷都是由于编程引起的。事实上软件中存在的大多数缺陷并非源自编程错误,在软件开发的各个阶段都有可能出现错误。统计表明,在需求分析阶段出现的错误占整个软件错误的27%;设计阶段出现的错误占16%;编码阶段出现的程序或数据错误占14%;由于文档或其他原因出现错误占4%。

3. 测试过程

软件的测试过程可用图 5-1 来说明。

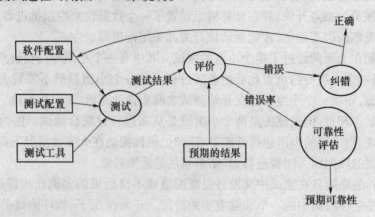

图 5-1　测试过程示意图

测试过程需要三类输入：

（1）软件配置信息。包括软件需求说明、软件设计说明、源程序代码等。

（2）测试配置。包括测试计划、测试用例、测试驱动程序及预期的结果。

（3）测试工具。为减轻人的手工劳动，提高测试效率，可以使用一些测试工具，如测试数据自动生成程序、静态分析程序、动态分析程序、测试结果分析程序、测试数据库等。

测试后要对所有的测试结果进行分析并与预期的结果进行比较，如果发现有不符的情况就要进行纠正，进入排错与纠错的过程（图 5-2）。这是一个极其艰苦的过程，一个错误的纠正可能需要 1h、一天甚至几个月的时间。错误纠正后还要回到开始重新进行测试，以确保软件的正确性。

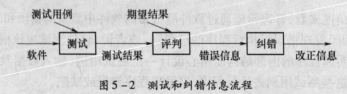

图 5-2　测试和纠错信息流程

另外，根据软件测试的错误率数据还可以预测软件的可靠性，并与预期的可靠性进行比较，确认可靠性是否能达到要求，这对于可靠性要求较高的软件是非常必要的。

5.1.3　软件测试的目标和原则

1. 软件测试的目标

软件测试的目的是为了发现尽可能多的缺陷。具体来说，应有以下目标：

（1）测试是通过在计算机上执行程序，暴露程序中潜在的错误的过程，也就是发现程序的错误。

（2）一个好的测试用例能够发现至今尚未发现的错误，定位和纠正错误，最终消除软件故障，保证程序的可靠运行。

（3）一个成功的测试是发现了至今尚未发现的错误的测试。

116

显然,测试的目标是为了用最少的时间与工作量尽可能地找出软件中存在的错误与缺陷,这似乎与软件工程其他阶段的目标相反,设法"破坏"已经建造好的软件系统,竭力证明软件中有错误,不能按预定的要求工作。而且必须牢记的是:测试只能证明缺陷存在,而不能证明缺陷不存在。

2. 软件测试的原则

在设计有效的测试用例进行测试之前,测试人员必须理解软件测试的基本原则,以此作为测试工作的指导。

(1) 所有的测试都应可追溯到用户需求。软件测试的目标是发现错误,而最严重的错误是那些导致程序无法满足需求的错误。

(2) 概要设计时应完成测试计划。详细的测试用例定义可在设计模型确定后开始,所有测试可在任何代码被产生之前进行计划和设计。只有将软件测试贯穿到软件开发的各个阶段中,坚持在软件开发各个阶段的技术评审,才能在开发过程中尽早发现和预防错误,把出现的错误克服在早期,杜绝更大的隐患。

(3) 在真正的测试开始之前必须尽可能地完善测试计划。测试计划原则上应该在需求模型一完成就开始,详细的测试用例定义可以在设计模型被确定后立即开始。

(4) Pareto(柏拉图)原则亦可用于软件测试。Pareto 原则通常也称为 80∶20 原则,即"关键的少数与次要的多数原则"。按照这一原则,软件错误中的 80% 起源于 20% 的程序模块,但问题在于如何分离这有问题的 20% 的模块。

(5) 从心理学的角度讲,创建系统的开发人员并不是进行软件测试的最佳人选。程序员应避免测试自己开发的程序,注意不要与程序调试的概念混淆。

(6) 测试应该由小到大。最初的测试通常将焦点放在单个的程序模块上,进一步测试的焦点则转向在集成的模块簇中寻找错误,最后在整个系统中寻找错误。

(7) 穷举测试是不可能的。即使是最简单的程序也不能做到完全的测试,这是因为:

① 输入量太多;

② 输出结果太多;

③ 实现的途径或路径太多;

④ 判定软件缺陷并没有一个客观的标准。

但是,充分覆盖程序逻辑并确保能够使用程序设计中的所有条件倒是可能的。

例如:测试计算器(图 5 - 3)程序

加法测试

1 + 0 =

……

1 + 9999999999999999999999999999 =

2 + 0 =

……

2 + 9999999999999999999999999999 =

……

9999999999999999999999999999 + 9999999999999999999999999999 =

1.0 + 0.1 =

1.0 +0.2 =

……

减法测试

乘法测试

除法测试

求平方根

百分数

倒数

计算器
编辑(E) 查看(V) 帮助(H)
123.
Backspace
CE
C
MC
7
8
9
/
sqrt
MR
4
5
6
*
%
MS
1
2
3
-
1/x
M+
0
+/-
.
+
=

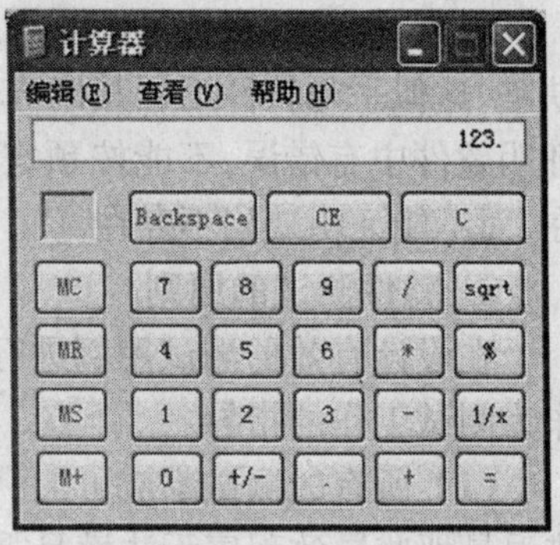

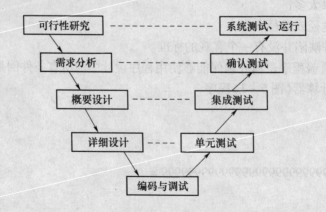

图5－3 计算器

(8) 测试用例应由输入数据和预期的输出结果两部分组成。

(9) 兼顾合理的输入和不合理的输入数据。

(10) 程序修改后要回归测试。

(11) 应长期保留测试用例，直至系统废弃。

(12) 妥善保存测试计划、测试用例、测试分析报告，并作为软件文档的组成部分，同时也可以为维护提供方便。

3. 软件测试的特性

(1) 挑剔性。只有抱着为证明程序有错的目的去测试，才能把程序中潜在的大部分错误找出来。

(2) 复杂性。

(3) 设计测试用例是一项需要细致和高度技巧的工作。

(4) 不彻底性。程序测试只能证明错误的存在，但不能证明错误不存在。

(5) 经济性。选择一些典型的、有代表性的测试用例，进行有限的测试。

4. 软件开发与测试的对应关系

(1) 在软件开发的每一个阶段都要进行测试，如图5－4所示。

可行性研究
系统测试、运行
需求分析
确认测试
概要设计
集成测试
详细设计
单元测试
编码与调试

图5－4 软件开发与测试的对应关系

(2) 程序中的问题根源可能在前期的各阶段。解决、纠正错误也必须追溯到前期工作。图5－5可以看出：错误是扩展的，保证尽可能发现多的错误，尽早发现错误，对降低后期测试和维护费用是非常重要的。

（3）每一个软件项目都有一个最优的测量，最优的测量是测试费用和测试工作量的最佳结合点，抓住最优测试量对降低测试成本、节省工作量是非常难过要的，如图 5-6 所示。

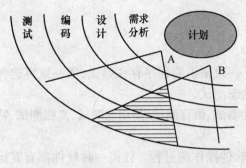

图 5-5 开发前期出现错误的扩展

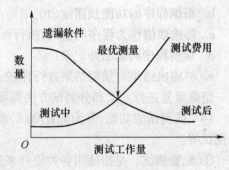

图 5-6 最优测量点

对每个不同的项目最优的测量把握主要建立在对项目的分析和经验的基础上的。

5.2 传统测试方法分类及测试用例

5.2.1 测试方法分类

软件测试有很多分类方法，下面列举了几种重要的分类。

（1）按测试步骤与策略，分为单元测试、集成测试、确认测试、系统测试、α 测试和 β 测试。

（2）从软件内部结构和实现的角度，划分为白盒测试与黑盒测试。

（3）从执行程序的角度，划分为静态分析与动态测试。

软件测试方法综合分类如图 5-7 所示。

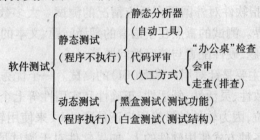

图 5-7 软件测试方法的分类

① 静态测试。指不运行程序，仅通过分析或检查源程序语法来检验程序的正确性。静态测试对程序静态特性进行分析，找出错误或不合理之处。一般程序员写好的程序首先要经过自己和同组人员的静态测试，这一过程可以发现一些明显的错误，如循环次数错误、指针指向错误等。静态测试的结论与测试人员对编程语言的熟悉有关。

② 动态测试。指运行被测程序，检查实际运行结果与设计结果的差异，并分析运行效率和健壮性等指标。动态测试分三步：设计测试用例、运行测试用例、分析输出结果。动态测试是将程序看作是一个函数，全体输入作为函数的定义域，输出的全体称为函数的

119

值域。函数则描述了输入的定义域与输出的值域之间的关系。动态测试的基本思想如下：

    a. 选取定义域中的的有效值或定义域外的无效值；

    b. 根据程序的功能预期输出的结果；

    c. 将选取值作为程序的输入,执行程序；

    d. 观察程序的输出并记录；

    e. 将输出结果与预期结果进行比较,如不一致则说明程序存在错误,如一致再选择下一组值重复进行。大部分测试方法都属于动态测试。

（4）按测试的功能,分为配置测试、兼容性测试、语言测试、易用性测试、文档测试、特殊测试等。

① 配置测试。是指使用各种硬件来测试软件操作的过程。任何一种软件都有其运行平台的基本要求,但在这些硬件平台上软件是否能正常运行就是配置测试所要完成的任务。测试的重点应放在各种不同的硬件组合对软件运行的影响。如不同类型的打印机,不同芯片的声卡、显卡与网卡,不同的显示模式与分辨率,不同的驱动程序。由于计算机的外部设备种类繁多,因此不可能也不必要对每一种硬件组合都进行测试,可以选择一些当时比较流行的典型配置来进行,针对每一种配置设计测试用例完成测试。

② 兼容性测试。主要是测试软件与其他软件能否相互兼容、正确协作。如软件运行操作系统兼容性、Web 浏览器的兼容性、数据库的兼容性、数据共享的兼容性、标准与规范的兼容性等。兼容性测试也是非常繁杂的,因为在现在的计算机上通常会运行数千个应用程序。当然软件的测试不可能在一个操作系统上全部测试数千个应用程序,关键是选择哪些测试是最重要的,选择的原则是：

流行程度——选择前 100 个或数百个最流行的程序。

年头——应该选择近 3 年以内的程序与版本。

类型——根据应用程序的类型,在每一种类型中选择相应的软件进行测试。

③ 语言测试。是指软件对外国语言适应情况的测试。大多数软件的发行都不仅限于一个国家而是全世界。测试的重点在于语言的翻译问题、文本的扩展问题、代码的转换问题、本地化的习惯问题、硬件配置与兼容性问题等。

④ 易用性测试。主要是针对用户界面(UI)的测试。一个优秀的 UI 应该包含符合标准与规范、直观性、一致性、灵活性、舒适性、正确性和实用性等七个要素。UI 在整个软件中占着相当重要的地位,因为软件的最终用户正是通过 UI 来使用软件的所有功能的。软件测试员是第一个用各种方式使用软件的人,如果软件对于测试员来说都难以使用或者没有意义,最终用户的感觉和反映可想而知。

⑤ 文档测试。其任务是保证与软件相关的文档的正确性。现代软件的规模越来越大,仅靠一个 readme 文件或在包装盒内的一张卡片来说明软件的时代已经一去不复返了。现代软件在交付运行或发布时会包括许多文档资料,如包装文字与图形、市场宣传材料、授权/注册登记表、最终用户许可协议(EULA)、各种标签、安装与设置向导、联机帮助、指南与向导、样例、示例与模板、错误提示信息等。一套好的软件文档一方面可以提高软件的易用性；另一方面也可以提高可靠性；第三还能降低产品的支持费用。所以作为一个软件测试人员对待软件文档要像对待代码一样给予同样的关注与投入。

⑥ 特殊测试。是指对那些具有特殊体系结构运行于特殊环境下的软件测试,如网站的测试、C/S 与 B/S 体系结构的应用程序的测试、嵌入式系统的测试、实时系统的测试等。

5.2.2　测试用例

软件测试计划就是组织调控整个测试过程的指导性文件。在软件测试计划中有一个重要的组成部分就是测试用例的说明。测试用例是为某个测试目标而编制的一组测试输入、执行条件以及预期结果的方案,以便测试某个程序路径或核实是否满足某个特定需求。测试用例控制着软件测试的执行过程,它是对测试大纲中每个测试项目的进一步实例化。

1.　使用测试用例的好处

（1）测试用例反映了用户的需求。

（2）对测试过程可以进行有效的监督,可以准确、有效的评估测试的工作量。

（3）可以对测试结果进行评估,并且对测试是否完成产生一个量化的结果。

（4）可以在回归测试的过程中准确、快速的进行正确的回归。

（5）测试用例的使用令软件测试的实施重点突出、目的明确。

（6）在开始实施测试之前设计好测试用例,可以避免盲目测试并提高测试效率。

2.　测试用例的设计

设计测试用例,是软件测试中的关键技术问题。测试用例设计的基本目的,是确定一组最有可能发现某个错误或某类错误的测试数据,实现对系统的某个功能的测试。完全测试是不可能的,即不可能逐个测试程序的每条路径。所以,测试用例的设计人员必须以最少量的测试用例,来发现最大量的可能性错误。提高测试效率、降低测试成本,是测试用例的设计者的目标或努力的方向。

测试用例的设计应考虑:①用户的需求;②用例的使用对象;③用例的设计要由粗到细;④所有的用例设计都必须经过评审。一般情况下,用例设计按照不同的测试技术可以使用不同的方法。如果是黑盒测试可以使用等价类划分法、边界值分析法、错误推测法、因果图法;如果是白盒测试则可以使用逻辑覆盖法、基本路径测试法等。

3.　测试用例的编写

测试用例的编写至今没有一个统一的格式与标准,也没有一个通用的编写工具。在实际工作中,通常可采用字处理软件或电子表格软件来编写。但无论使用何种软件去编写,通常应包含以下的内容:

（1）唯一编号;

（2）前置条件,说明测试路径;

（3）输入的条件;

（4）期望输出的结果;

（5）实际输出的结果;

（6）是否正确;

（7）测试用例执行人标志;

（8）测试用例执行的时间。

针对于白盒测试和黑盒测试有下面几种设计测试用例的方法,见表 5 - 1。

表 5.1　设计测试用例的方法

白 盒 测 试	黑 盒 测 试
语句覆盖	等价类划分
判定覆盖	边界值分析法
条件覆盖	因果图法
条件组合覆盖	猜错

5.3 黑盒测试及其测试用例设计

黑盒测试相当于将程序封装在一个黑盒子里,测试人员并不知道程序的具体情况,他只了解程序的功能、性能及接口状态等,所以这种测试是功能性的测试,也就是说测试人员只需知道软件能做什么即可,而不需要知道软件内部(盒子里)是如何运作的。只要进行一些输入,就能得到某种输出结果。因此黑盒测试主要在软件的接口处进行。其目的是为了能发现以下几类错误:

(1)是否有遗漏或不正确的功能,性能上是否满足要求。

(2)输入能否被正确接收,能否得到预期的输出结果。

(3)能否保持外部信息的完整性,是否有数据结构错误。

(4)是否有初始化或终止性错误。

使用黑盒测试首先必须知道被测试的程序模块的功能(输入什么应该得到什么),知道了程序的功能后,就可以选择合适的测试用例对其进行测试了。在黑盒测试中如何去设计和选择测试用例呢?很显然最理想的方法是采用穷举法测试,即将所有可能的输入信息(包括有效的与无效的)都输入一遍,测试其输出结果是否是预期的结果。但这种测试方法由于其测试工作量异常巨大是无法完成的。因此在实际的测试中,一般是使用具有代表性的测试用例来进行有限的测试,只要这些具有代表性的用例通过了测试就可以证明程序对于其他相似的用例肯定也是正确的。测试用例主要是面向软件文档说明中的功能、性能、接口、用户界面等。一般有三种方法来设计测试用例:等价分类法、边界值分析法和错误推测法。

5.3.1 等价类划分法

等价类划分法是一种最为典型的黑盒测试方法,它是基于输入的信息来设计不同的测试用例。它的基本思想是:

将所有可能的输入数据划分成苦干个等价类,可以假设:每类中的一个典型值在测试中的作用与这一类中所有其他值的作用是相同的。因此可以从每个等价类中只取一组数据作为测试数据。这样选取的测试数据最具有代表性,最有可能发现程序中的错误。

例如,如果想测试 Windows 下的"计算器"上的加法程序,如果已经测试了 1 + 1、1 + 2、1 + 3 和 1 + 4 之后,还有必要测试 1 + 5 和 1 + 6 吗?显然已经没有必要了。但对于极端的数据 1 + 99999999999999999999999999999 就需要进行测试了,因为这与其他普通的数据不是一个等价类。

所以等价类测试方法的关键是如何划分等价类。等价类的划分首先要研究程序的设计说明,确定输入数据的有效等价类与无效等价类。等价类的确定没有一成不变的定理,主要依靠的是经验,但可以参考以下几条原则:

(1)如果规定了输入值的范围,则可将这些范围内的输入划分为一个有效的等价类;并将输入值小于最小值和输入值大于最大值的两种情况划分为两个无效的等价类。

(2)如果规定了输入数据的个数,亦可依上述规则划分为一个有效的等价类与两个无效的等价类。

（3）如果规定了输入数据是一组值，而且程序对不同的输入会作不同的处理，则对每一个允许的输入值都是一个有效等价类，而对所有不允许输入的值是一个无效等价类。

（4）如果规定了输入数据应该遵守的规则，则可以将符合规则划分为一个有效的等价类，而将不符合规则作为一个无效的等价类。

（5）如果规定输入的数据是布尔值，则可以划分一个有效等价类与一个无效等价类。

（6）如果规定输入的数据必须是整数，则可以划分出正整数、零、负整数等三个有效类。

在确定输入等价类后，常常还需要分析输出数据的等价类，以便根据输出数据的等价类导出输入数据的等价类。

等价类划分后，就可以根据等价类来设计测试用例了。其过程如下：

（1）为每一个等价类规定一个唯一的编号；

（2）设计一个新的测试用例，使其尽可能多地覆盖尚未被覆盖的有效等价类，重复该步直到所有的有效等价类都被覆盖；

（3）设计一个新的测试用例，使其仅覆盖一个尚未被覆盖的无效等价类，重复该步直到所有的无效等价类都被覆盖。

对无效等价类之所以要一个一个地测试，是因为通常情况下程序发现一类错误后就不再检查是否还有其他的错误。例如，规定电话号码的区号必须由以 0 开头的 4 个数字字符构成，显然非 0 开头的是一个无效等价类，而非数字字符的是另一个无效等价类。如果测试用例选择"123B"，它覆盖了两个无效等价类，当程序检查到开头字符错误时，就不可能再检查字符构成是否有错误了。

【例 5 –1】某工厂公开招工，规定报名者年龄应在 16 周岁 ~35 周岁（到 2011 年 3 月止），即出生年月不在上述范围内，将拒绝接受，并显示"年龄不合格"等出错信息。

划分的等价类见表 5 –2。

表 5 –2　划分的等价类

输 入 数 据	有效等价类	无效等价类
出生年月	①6 位数字字符	②有非数字字符 ③少于 6 个数字字符 ④多于 6 个数字字符
对应数值	⑤197602 ~ 199503	⑥小于 197602 ⑦大于 199503
月份对应数值	⑧1 ~ 12	⑨ =0 ⑩大于 12

无效等价类的测试用例如下：

测试数据	期望结果	测试范围
MAY,77	输入无效	②
19765	输入无效	③
1978011	输入无效	④

123

195512	年龄不合格	⑥
199606	年龄不合格	⑦
198200	输入无效	⑨
197522	输入无效	⑩

5.3.2　边界值分析法

经验证明,大量的错误出现在输入或输出的边界值附近,而不是在中间值。为此可用边界值分析法作为一种测试技术,以此作为等价分类法的补充。边界值分析法是使用一些输入/输出值正好等于、小于或大于边界值的测试用例对程序进行测试。

设计边界值分析法的测试用例时,不是选择某个等价类的任意元素,而是选择边界值。它不仅注重输入条件,而且也关注程序的输出,因此这需要首先确定边界条件。边界条件的确定与等价类的确定有共同之处:

（1）能够作为边界条件的数据类型通常是数值、字符、位置、数量、速度、尺寸等。

（2）对这些数据类型可以用如下的方法来确定边界:

第一个减 1/最后一个加 1　　　　开始减 1/完成加 1

空了再减/满了再加　　　　　　慢上加慢/快上加快

最大数（值）加 1/最小数（值）减 1　刚好超过/刚好在内

短了再短/长了再长　　　　　　早了更早/晚了更晚

总之,原则是测试最后一个合法的数据和刚超过边界的非法数据。

（3）有些边界值并不是软件的说明或功能上可以得到的,而是隐含在程序内部或数据结构内的。例如,ASCII 码表中数字、小写字母、大写字母并不完全连续的。所以如果涉及代码转换时,0 的前一个、9 的后一个、A（a）前一个与 Z（z）的后一个都应该是边界值。

（4）如果在程序中使用了内部数据结构如数组,则应该选择这个结构的边界值进行测试（如数组下标的上界与下界）。

5.3.3　错误推测法

错误推测法的基本思想是列举出程序可能有的错误和容易发生错误的特殊情况,并据此设计测试用例。例如:

（1）输入数据为 0 或使输出数据为 0 的输入最有可能出现错误。

（2）如果分别使用每组测试数据都没有问题,可以输入这些数据的组合。

（3）程序对一些特殊的输入值的处理如默认值、空白、空值或无输入等。

显然错误推测法依靠人的经验与直觉从各种可能的测试方案中选择一些最有可能引起程序错误的测试用例来对软件进行测试,当然错误推测法只能作为一种辅助的测试手段。

5.4　白盒测试及其测试用例设计

白盒测试是基于程序逻辑所进行的测试,测试人员必须完全了解程序的结构与处理过程。测试按照程序内部逻辑来进行,检验程序中的每条通路是否都能按照预定的要求正确工作,所以白盒测试也称为结构测试。白盒测试也可以分为静态白盒分析和动态白盒测试两种。

5.4.1 静态白盒分析——代码审查

静态白盒分析是在不执行的条件下有条理地仔细审查软件设计、体系结构和代码,从而找出软件缺陷的过程,有时也称为结构分析或代码审查。

结构分析的目的是尽早发现软件缺陷,以找出黑盒测试难以揭示或遇到的软件缺陷。应该说结构分析是是捕捉 Bug 的第一张网,是非常重要的。它有四个基本要素:

(1)审查准备。每个参与审查的人可能在审查中扮演不同的角色,需要了解自己的责任与义务,并积极参与审查。

(2)遵守规则。审查应该遵守一套固定的规则如审查的代码量、花费多少时间、哪些内容需要备注等。

(3)审查问题。结构分析的首要任务是找出软件的问题——不仅仅是出错的项目,还应该包括遗漏的项目。

(4)编写报告。审查结束后,审查小组必须做出总结审查结果的书面报告并告知相关人员。

代码审查一般应该以小组的形式(一般 4 人~5 人)进行,小组长应该是没有直接参与这项工程的能力很强的程序员担任,其余是程序的设计人、编写人、测试员等。

审查之前,小组成员应该先研究设计说明书,设计者扼要地介绍他的设计,力图使各位成员能够理解这个设计。同时审查人员还应该收到软件代码的拷贝,以便检查并编写备注与问题,在审查过程中提问。审查会上,程序的编写人要对小组陈述,逐行通读所编写的代码,解释代码是如何工作的以及为什么。审查人员仔细聆听陈述,提出有疑义的问题。对发现的问题或错误要加以记录并计划如何解决所发现的问题,以便审查结束后编写审查报告。

在进行代码审查时,首先依据代码编制的标准或规范对代码进行先期检查,然后再审查代码本身可能存在的错误。重点从以下八个方面来进行:

(1)数据引用错误。指使用未经正确初始化用法和引用方式的变量、常量、数组、字符串或记录而导致的软件缺陷。

① 是否引用了未初始化的变量?

② 数组的下标是整数值吗? 下标总是在范围之内吗?

③ 是否在应该使用常量的地方使用了变量?

④ 变量是否被赋予了不同类型的值?

(2)数据声明错误。指不正确地声明或使用变量或常量而产生的软件错误。

① 所有变量都赋予了正确的长度与类型了吗?

② 变量是否在声明时就进行了初始化? 初始化正确吗? 与类型一致吗?

③ 存在声明过但未引用过或只引用一次的变量吗?

(3)计算错误。

① 计算中是否使用了不同数据类型的变量,如整数与浮点数的相加?

② 计算中是否使用了类型相同但长度不同的变量,如字与字节相加?

③ 计算时是否考虑了编译器对类型或长度不一致的变量进行转换的规则?

④ 包含多个操作数的表达式求值的次序是否混乱,运算优先级对吗? 需要加括号吗?

⑤ 除数/模是否可能为0?

(4) 比较错误。比较与判断的错误一般也是边界值分析中的条件。

① 比较正确吗?

② 存在浮点数之间的比较(尤其是相等)吗? 如果有,精度问题会影响比较吗?

③ 每个逻辑表达式都正确表达了吗? 逻辑计算如期进行了吗?

④ 逻辑表达式的操作数是逻辑值吗?

(5) 控制流程错误。是指在程序中判断、循环等控制结构未按预期方式工作,它们通常由计算或比较错误直接或间接造成的。

① 控制语句本身正确吗?

② 程序、模块和循环能否终止? 如果不能,可以接受吗?

③ 可能存在死循环或从不执行的循环吗?

④ 在多分支判断中,是否考虑了一个分支也执行不到的情况?

(6) 子程序参数错误。是指子程序与调用程序之间不能正确地传递数据而产生的错误。

① 调用程序与子程序的参数数量、类型、次序匹配吗?

② 常量是否当作了形参传递,意外在子程序中改动了?

③ 子程序是否修改了仅作为输入值的参数?

④ 如果存在全局变量,在所有引用子程序中是否有相似的定义与属性?

(7) 输入/输出错误。输入/输出错误包括文件 I/O、接受键盘或者鼠标输入、打印输出或显示错误等。

① 软件是否严格遵守外部设备读写数据的专用格式?

② 文件或者外设不存在或者未准备好的错误情况有处理吗?

③ 软件是否处理了外部设计未连接、不可用或者读写过程中存储空间已经满等情况?

④ 软件以预期方式处理预计的错误吗?

⑤ 检查错误提示信息的准确性、正确性、语法和表达了吗?

(8) 其他检查

① 是否需要处理扩展的 ASCII 字符? 是否需要使用 Unicode 编码来代替 ASCII 码?

② 软件是否需要移植到其他的编译器和 CPU?

③ 是否考虑了硬件设备的兼容性,如不同数量的内存、不同的内部硬件、不同的外设等?

5.4.2　动态白盒测试

动态白盒测试也就是通常所说的白盒测试。由于它是动态的,所以它一定要在运行的情况下测试。白盒测试法的目的有:

（1）保证一个模块中的所有独立路径至少被执行一次；

（2）对所有的逻辑值均需要测试真、假两个分支；

（3）在上下边界及可操作范围内运行所有循环；

（4）检查内部数据结构以确保其有效性。

白盒测试的主要方法有逻辑覆盖与基本路径测试两种方法，其测试用例根据其测试方法的不同也有不同的导出方法。

1. 逻辑覆盖法

逻辑覆盖法是对一系列覆盖测试方法的总称，其测试用例的设计是以程序流程图为基础的，它要求测试人员对程序内部的逻辑结构有清楚的了解。根据覆盖测试的目标包括语句覆盖、判断覆盖、条件覆盖、判定－条件覆盖、条件组合覆盖、循环覆盖等六种形式。

【例5－2】 图5－8是要测试的一段程序的流程图，它对应的C语言的源程序为：

```
example(float a,float b)
{
float x;
if (a >1&&b = =0)
x = x/a;
if (a = =2||x >1)
x = x +1;
}
```

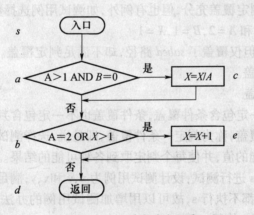

图5－8　被测模块的流程图

1）语句覆盖

它的含义是，使得每程序的每个分支至少执行一次。

为了使每个语句都执行一次，程序的执行路径应该是 *sacbed*，为此设计要输入的测试数据为（X可以取任意实数）：

$$A = 2, B = 0, X = 3$$

此测试用例不能检查出第一条语句中将AND写成OR语句的错误，同时路径 *sabd* 也得不到测试。由此看出此种方法覆盖很不充分。

2）判定覆盖

判定覆盖又称分支覆盖，它的含义是，使得程序的每个分支至少执行一次，使得程序

127

中每个判定至少都能获得一次"真"值和"假"值。

在例5-2中,其全部路径为:P1,*sacbed*;P2,*sabd*;P3,*sacbd*;P4,*sabed*。设计两组测试用例分别为:

①$A=3,B=0,X=1$ 和 $A=2,B=1,X=1$;

②$A=2,B=0,X=3$ 和 $A=1,B=0,X=1$。

其中①可以对 *sacbd* 和 *sabed* 路径进行测试,②可以对 *sacbed* 和 *sabd* 路径进行测试,但不能检查出第二个判断中的 $X>1$ 写成 $X<1$ 的错误。

判定覆盖比语句覆盖强,但对程序逻辑仍不充分。

3)条件覆盖

条件覆盖是使程序判定中的每个条件都取到各种可能的结果。

在例5-2中,共有两个判定表达式,每个表达式中有两个条件,为了做到条件覆盖,应该选取测试数据,使得在 a 点有下述可能结果:

$A>1,A\leq1,B=0,B\neq0$

在 b 点有下述可能结果:

$A=2,A\neq2,X>1,X\leq1$

设计测试用例为:

$A=2,B=0,X=4$ 和 $A=1,B=1,X==1$

两组数据进行输入就得到满足。

条件覆盖一般比判定覆盖充分,但也有例外,如测试用例选择数据:

$A=1,B=O,X=3$ 和 $A=2,B=1,X=1$

也满足条件覆盖,但仅覆盖了 *sabed* 路径,却不满足判定覆盖。解决这一例外情况采用下面的判定/条件覆盖。

4)判定—条件覆盖

既然判定覆盖不一定包含条件覆盖,条件覆盖也不一定包含判定覆盖,那么同时满足两种覆盖标准的逻辑覆盖,称为判定—条件覆盖,即是说,选择测试用例,使得程序判定中每个条件取到各种可能的值,并使每个判定取到各种可能的结果。

对 if x and y then s 进行测试:设计测试用例为 x、$\bar{y}$ 和 $\bar{x}$、y,满足为条件覆盖,而不满足为判定覆盖,因为它们都不执行 s,故可以用增加测试用例的办法解决,即再设计两个测试用例 x、y 和 $\bar{x}$、$\bar{y}$,使得 s 执行。

5)条件组合覆盖

条件组合覆盖,要求选择足够多的测试数据,使得每个判定表达式中条件的各种可能组合都至少现一次。

在例5-2的程序结构中,共有八种可能的条件组合:

① $A>1,B=0$,

② $A>1,B\neq0$;

③ $A\leq l,B=0$;

④ $A\leq1,B\neq0$;

⑤ $A=2,X>1$;

⑥ $A=2,X\neq1$;

128

⑦ $A \neq 2, X > 1$；

⑧ $A \neq 2, X \leqslant 1$。

覆盖这八种条件组合，并不一定需要设计八组测试数据，只要设计以下四组测试用例就可以满足要求：

$A = 2, B = 0, X = 4$ 覆盖①和⑤；

$A = 2, B = 1, X = 1$ 覆盖②和⑥；

$A = 1, B = 0, X = 2$ 覆盖③和⑦；

$A = 1, B = 1, X = 1$ 覆盖④和⑧。

由上例可知，满足条件组合覆盖标准的测试数据，也一定满足判定—条件覆盖标准。因此，条件组合覆盖是前述几种覆盖标准中最强的。但是，满足条件组合覆盖标准的测试数据并不一定能使程序中的每条路径都执行到，例如，上述四组测试数据都没有测试到路径 $sacbd$。

以上列出的几种覆盖技术，基本上是依次增强的（少数例外，如满足条件覆盖却不满足判定覆盖），以条件覆盖最严格，随着覆盖级别的提高，所需要设计的测试用例的数量急剧地增加，开销加大。对此，测试计划人员应注意权衡。

6）循环覆盖

例 5–2 是一个简单的只包含判断的程序段，只有四条可能的路径，而且还不包括循环结构。实际程序中循环结构的使用是非常普遍，程序中的循环使用基本可分为三种情况，如图 5–9 所示。

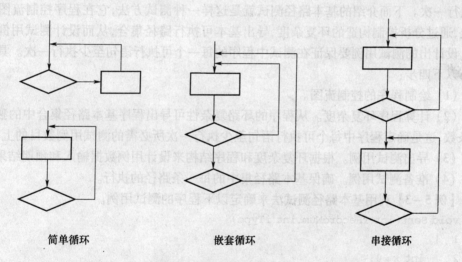

简单循环　　　　　　嵌套循环　　　　　　串接循环

图 5–9　循环结构的基本分类

对循环结构的测试显然不可能覆盖到每一种可能，只能采用有限次的测试来覆盖。

对简单循环可选择如下的测试用例，其中 n 是允许通过循环的最大次数：

（1）整个跳过循环；

（2）只有一次通过循环；

（3）两次通过循环；

（4）m 次通过循环，其中 $m < n$；

(5) $n-1,n,n+1$ 次通过循环。

如果将简单循环的测试方法用于嵌套循环,可能的测试数就会随嵌套层数成几何级增加,这会导致不实际的测试数目,下面的方法可以减少测试次数:

① 从最内层循环开始,将其他循环设置为最小值;

② 对最内层循环使用简单循环,而使外层循环的循环计数为最小,并为范围外或排除的值增加其他测试;

③ 由内向外进行下一层循环的测试,但仍要保持所有的外层循环为最小值,并使其他的嵌套循环为"一般"值;

④ 继续直到测试所有的循环。

对串接循环而言,如果串接循环的循环都彼此独立,可以使用简单循环的策略测试。但是如果两个循环串接起来,而第一个循环是第二个循环的初始值,则这两个循环并不是独立的。如果循环不独立,则推荐使用嵌套循环的方法进行测试。

2. 基本路径测试法

逻辑覆盖测试对于简单的程序是有效的,因为其可能的路径不多。但在实践中,一个不太复杂的程序,其路径都是一个庞大的数字,要在测试中覆盖所有的路径是不现实的。考察一个不太复杂的程序:具有两个嵌套循环,循环次数均为 20 次,在内层循环中有四个 if – then – else 判断结构,这样的程序其可能的路径大约有 1014 条。显然要想使用穷举法来进行测试是不可能的。

为了解决这一难题,只得把覆盖的路径数压缩到一定限度内,例如,程序中的循环体只执行一次。下面介绍的基本路径测试就是这样一种测试方法,它在程序控制流图的基础上,通过分析控制构造的环复杂度,导出基本可执行路径集合,从而设计测试用例的方法。设计出的测试用例要保证在测试中程序的每一个可执行语句至少执行一次。具体来说有以下四步:

(1) 绘制程序的控制流图。

(2) 计算程序环复杂度。从程序的环路复杂性可导出程序基本路径集合中的独立路径条数,这是确定程序中每个可执行语句至少执行一次所必需的测试用例数目的上界。

(3) 导出测试用例。根据环复杂度和程序结构来设计用例数据输入和预期结果。

(4) 准备测试用例。确保基本路径集中的每一条路径的执行。

【例 5 – 3】利用基本路径测试法来确定以下程序的测试用例。

```
   void Sort(int iRecordNum,int iType)
1  {
2      int x = 0;
3      int y = 0;
4      while (iRecordNum - - > 0)
5      {
6          if(0 = = iType)
7          x = y + 2;
8          else
9              if(1 = = iType)
10                 x = y + 10;
```

130

```
11          else
12              x = y + 20;
13          }
14  }
```

分析步骤如下：

1）程序的控制流图

即流图,流图使用图 5-10 所示的符号描述逻辑控制流,每一种结构化构成元素有一个相应的流图符号,每个圆环代表一个或多个无分支的语句。

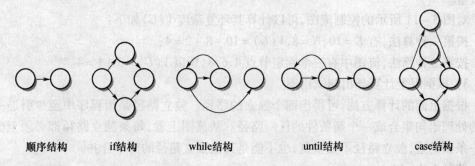

| 顺序结构 | if结构 | while结构 | until结构 | case结构 |

图 5-10 程序控制流图符号

根据程序控制流图的规定,可绘制例 5-3 程序的控制流图,如图 5-11 所示。图中的每一个圆称为流图的节点,代表一条或多条语句。流图中的箭头称为边或连接,代表控制流。

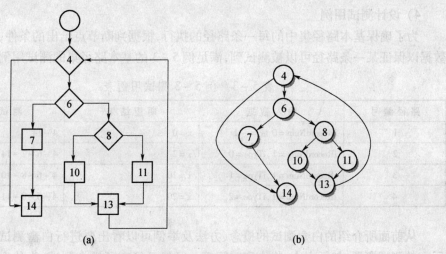

(a)   (b)

图 5-11 程序流程图与控制流图
(a) 程序流程图;(b) 控制流图。

为了说明流图的画法,采用过程设计表示法,此处,流程图用来描述程序控制结构。可将流程图映射到一个相应的流图(假设流程图的菱形决定框中不包含复合条件)。在流图中,每一个圆,称为流图的节点,代表一个或多个语句。一个处理方框序列和一个菱形决策框可被映射为一个节点,流图中的箭头,称为边或连接,代表控制流,类似于流程图中的箭头。一条边必须终止于一个节点,即使该节点并不代表任何语句。

131

2）计算环复杂度

环复杂度是一种为程序逻辑复杂性提供定量测度的软件度量,该度量可用于计算程序的基本的独立路径数目,以确保所有语句至少执行一次测试数量的上界。独立路径必须包含一条在定义之前不曾用到的边。常用以下两种方法计算环复杂度:

（1）给定流图 G 的环复杂度 $-V(G)$,定义为 $V(G) = E - N + 2$,E 是流图中边的数量,N 是流图中节点的数量;

（2）给定流图 G 的环复杂度 $-V(G)$,定义为 $V(G) = P + 1$,P 是流图 G 中判定节点的数量。

对图 5-11 所示的控制流图,可以计算其环复杂度 $V(G)$ 如下:

按第一种算法,有 $E = 10$,$N = 8$,$V(G) = 10 - 8 + 2 = 4$;

按第二种算法,流图中有三个判定节点 4、6、8,所以 $V(G) = 3 + 1 = 4$。

3）根据以上计算导出测试用例

根据上面的计算方法,可得出四个独立的路径。独立路径是指程序中至少引进一个新的处理语句集合或一个新条件的任一路径。从流图上看,每条独立路径都必须至少包含一条新的边,独立路径不能重复,也不能是其他独立路径的简单合并。

路径 1:4 - 14

路径 2:4 - 6 - 7 - 14

路径 3:4 - 6 - 8 - 10 - 13 - 4 - 14

路径 4:4 - 6 - 8 - 11 - 13 - 4 - 14

根据确定的独立路径,去设计测试用例,使程序分别执行到上面四条路径。

4）设计测试用例

为了确保基本路径集中的每一条路径的执行,根据判断节点给出的条件,选择适当的数据以保证某一条路径可以被测试到,满足例 5-3 的基本路径集的测试用例见表 5-3。

表 5-3   例 5-3 测试用例表

路径编号	输入数据	期望结果	测试路径
1	iRecordNum = 0 或 = -1	x = 0	4 - 14
2	iRecordNum = 1,iType = 0	x = 2	4 - 6 - 7 - 14
3	iRecordNum = 1,iType = 1	x = 10	4 - 6 - 8 - 10 - 13 - 4 - 14
4	iRecordNum = 1,iType = 2	x = 20	4 - 6 - 8 - 11 - 13 - 4 - 14

从前面所介绍的白盒测试的概念、方法及举例可以看出要进行白盒测试是需要投入巨大的测试资源,包括人力、物力和时间等。既然已经有了黑盒测试,为什么还要进行白盒测试呢? 主要原因如下:

（1）逻辑错误和不正确假设与一条程序路径被运行的可能性成反比。在进行程序设计时,通常对程序主流以外的功能、条件或控制往往会存在马虎意识,很容易出现错误。正常处理往往被很好地了解（和很好地细查）,而"特殊情况"的处理则难于发现。

（2）人们经常相信某逻辑路径不可能执行,而事实上,它可能在正常的基础上执行。程序的逻辑流有时是违反直觉的,这意味着关于控制流和数据流的一些无意识的假设可能导致设计错误,只有路径测试才能发现这些错误。

(3) 黑盒测试只能观察软件的外部表现,即使软件的输入、输出都是正确的,却并不能说明软件就是正确的。因为程序有可能用错误的运算方式得出正确的结果,例如"负负得正,错错得对",只有白盒测试才能发现真正的原因。

(4) 白盒测试能发现程序里的隐患,像内存泄漏、误差累计问题。黑盒测试在这方面是无能为力的。

因此,黑盒测试,不管它多么全面,都可能忽略前面提到的某些类型的错误。正如著名的测试专家 Beizer 所说:"错误潜伏在角落里,聚集在边界上。"白盒测试更可能发现它们。在实践中,由于白盒测试是一种粒度很小的程序级的测试,而黑盒测试则是一种宏观功能上的测试,所以一般系统集成人员用黑盒测试技术对系统进行测试,而开发人员用白盒测试对程序进行测试。

5.5 软件测试策略

软件测试策略是螺旋式的。单元测试从螺旋的漩涡中心开始,它着重于软件以源代码形式实现的各个单元;测试沿着螺旋向外前进就到了集成测试,这时的测试则着重于对软件的体系结构的设计和构造;沿着螺旋向外走一圈,就遇到了确认测试,要用根据软件需求分析得到的需求对已经建造好的系统进行验证;最后,要进行系统测试,也就是把软件和其他的系统元素放在一起进行测试。

从过程的观点来考虑测试的整个过程,在软件工程环境中的测试事实上是顺序实现的四个步骤的序列。最开始,测试着重于每一个单独的模块,以确保每个模块都能正确执行,所以,把它叫做单元测试,单元测试大量地使用白盒测试技术,检查每一个控制结构的分支以确保完全覆盖和最大可能的错误检查;接下来,模块必须装配或集成在一起形成完整的软件包,集成测试解决的是验证与程序构造的双重问题,在集成过程中使用最多的是黑盒测试用例设计技术,当然,为了保证覆盖一些大的分支,也会用一定数量的白盒测试技术;在软件集成(构造)完成之后,一系列高级测试就开始了,确认标准(在需求分析阶段就已经确定了的)必须进行测试,确认测试提供了对软件符合所有功能的、行为的和性能的需求的最后保证,在确认过程中,只使用黑盒测试技术。

最后的高级测试步骤已经跳出了软件工程的边界,而属于范围更广的计算机系统工程的一部分,软件,一旦经过验证之后,就必须和其他的系统元素(如硬件、人员、数据库)结合在一起。系统测试要验证所有的元素能正常地完成整个系统的功能/性能。下面详细的叙述这一过程。

5.5.1 测试流程与组织

从软件项目的生存周期可以看出,测试位于编码之后,表面上看测试似乎应该在编码以后进行。但事实上为了保证软件开发的质量,应将测试贯穿于整个软件开发阶段。一般来说,从需求分析开始就应该引入测试机制。实践证明,错误发现得越早,纠正错误所花的代价就越小。需求分析、概要设计、详细设计、编码等各个阶段的评审、检查也是构成测试的重要组成部分。考虑到这些内容在相关章节已经作了介绍,本章仍将编码以后的测试作为介绍的重点内容。

  1. 测试流程

  通常一个软件是由若干个子系统构成的,每个子系统又是由许多个模块所组成。因此,与开发过程类似,测试过程也必须分步骤进行,只有在前一个步骤完成后,才能进入下一步骤的测试。具体来说,软件的测试通常分为四个阶段:单元测试、集成测试、确认测试与系统测试,如图5-12所示。

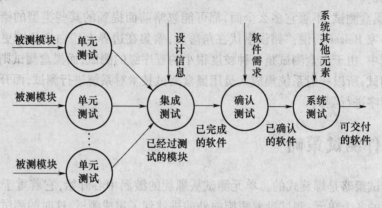

图5-12 软件测试总体流程

  首先对每一个程序模块进行单元测试,相当于分调,消除程序模块内部在逻辑上和功能上的缺陷。再对照设计说明书将各个模块组装起来进行集成测试,检测和消除系统结构上的错误,相当于联调,重点是测试各模块接口和各模块之间的联系。然后再对照系统需求进行确认测试,根据软件功能描述,考察软件功能与性能等是否能满足需求。最后从系统整体出发,运行系统,考察软件是否满足整个系统总的功能与性能要求。

  无论是进行哪个阶段的测试,都要遵守一定的规程,按照严格的规范进行。图5-13显示了测试的一般步骤。

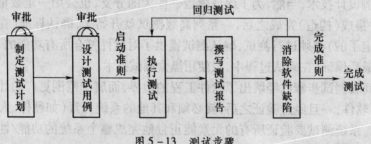

图5-13 测试步骤

  开始测试之前首先要根据软件需求制订科学合理的测试计划,再根据测试的目的、测试阶段设计测试用例。测试计划与测试用例都必须经过评审与审批才能进入下一步。如果满足可以启动测试的准则(测试计划与测试用例都已经过了审批,且测试对象已经开发完成),就可以正式开始测试了。正式测试完成后,需要将测试中发现的错误与缺陷详细记录在测试报告中,开发人员再根据测试报告对软件进行排错、纠错,消除软件缺陷后,再重新进行测试(回归测试),直到将所发现的错误全部消除或满足预定的测试完成准则,本阶段的测试才告结束。

134

软件测试完成的准则与软件本身的类型及测试所处的阶段有关,通常是由软件企业根据实际情况自行制定的,以下案例文档就是某软件公司的测试完成准则(表5-4)。

表5-4 某软件公司的测试完成准则

软件测试停止标准

1. 软件测试停止标准

(1) 软件系统经过单元、集成、系统测试,分别达到单元、集成、系统测试停止标准。

(2) 软件系统通过验收测试,并已得出验收测试结论。

(3) 软件项目需暂停以进行调整时,测试应随之暂停,并备份暂停点数据。

(4) 软件项目在其开发生命周期内出现重大估算,进度偏差,需暂停或终止时,测试应随之暂停或终止,并备份暂停或终止点数据。

2. 单元测试停止标准

(1) 单元测试用例设计已经通过评审。

(2) 按照单元测试计划完成了所有规定单元的测试。

(3) 达到了测试计划中关于单元测试所规定的覆盖率的要求。

(4) 被测试的单元每千行代码必须发现至少3个错误。

(5) 软件单元功能与设计一致。

(6) 在单元测试中发现的错误已经得到修改,各级缺陷修复率达到标准。

3. 集成测试停止标准

(1) 集成测试用例设计已经通过评审。

(2) 按照集成构件计划及增量集成策略完成了整个系统的集成测试。

(3) 达到了测试计划中关于集成测试所规定的覆盖率的要求。

(4) 被测试的集成工作版本每千行代码必须发现2个错误。

(5) 集成工作版本满足设计定义的各项功能、性能要求。

(6) 在集成测试中发现的错误已经得到修改,各级缺陷修复率达到标准。

4. 系统测试停止标准

(1) 系统测试用例设计已经通过评审。

(2) 按照系统测试计划完成了系统测试。

(3) 达到了测试计划中关于系统测试所规定的覆盖率的要求。

(4) 被测试的系统每千行代码必须发现1个错误。

(5) 系统满足需求规格说明书的要求。

(6) 在系统测试中发现的错误已经得到修改,各级缺陷修复率达到标准。

5. 缺陷修复率标准

(1) 一、二级错误修复率应达到100%。

(2) 三、四级错误修复率应达到80%以上。

(3) 五级错误修复率应达到60%以上。

说明:软件错误可以划分为致命性软件错误(一级)、严重性软件错误(二级)、一般性错误(三级)、告警性错误(四级)以及建设性建议(五级)五个级别。

6. 覆盖率标准

(1) 语句覆盖率最低不能小于80%。

(2) 测试用例执行覆盖率应达到100%。

(3) 测试需求覆盖率应达到100%。

2. 测试的组织

由于软件的测试是贯穿于软件开发的整个过程,测试又是保证软件质量的重要手段。因此,在开始进行软件开发时,就应该考虑成立一个软件测试组,专门进行软件的测试。

条件特别好的公司,可以为每一个开发人员分配一名独立的测试人员。这样的测试人员职业化程度很高,可以完成单元测试、集成测试和系统测试工作,能够实现开发与测试同步进行。

条件比较好的公司,可以设置一个独立的测试小组,该测试小组轮流参加各个项目的系统测试。而单元测试、集成测试工作由项目的开发小组承担。

条件一般的公司,养不起独立的测试小组。单元测试、集成测试工作由项目开发小组承担。当项目进展到系统测试阶段,可以从项目外抽调一些人员,加上开发人员,临时组织系统测试小组。

条件比较差的公司,也许只有一个项目和为数不多的一些开发人员。那么就让开发人员一直兼任测试人员的角色,相互测试对方的程序。如果人员实在太少了,只好让开发者测试自己的程序。

一般来说,软件测试人员可以分为以下四种类型:

(1) 测试技术员。负责建立测试硬件和软件配置,执行简单的测试脚本,可以进行软件缺陷的分离、再现。

(2) 测试工程师。能够进行测试用例与测试程序的编写,可以参与设计和各种文档的审查,具有编写测试自动化或测试工具的能力,在进行白盒测试时可以与程序员密切合作。

(3) 测试负责人。负责软件项目主要部分的测试,有时负责整个小型项目的测试。通常要制订测试计划,监督其他测试员实施测试。

(4) 测试管理员。监督整个项目甚至多个项目的测试,测试负责人要向他们报告。他们与项目管理员、开发管理员一起设计进度、优先级与目标,同时还要为项目提供合适的资源——人员、设备、场地等。

5.5.2 测试计划

"工欲善其事,必先利其器。"专业的测试必须以一个好的测试计划作为基础。尽管测试的每一个步骤都是独立的,但是必定要有一个起到框架结构作用的测试计划。测试的计划应该作为测试的起始步骤和重要环节。测试计划一般由测试负责人制订,一个测试计划应包括项目基本情况说明、测试任务说明、测试策略、测试组织、测试评价等。

(1) 项目基本情况。这部分应包括产品的一些基本情况介绍,如产品的运行平台和应用的领域、产品的特点和主要的功能模块等。对于大的测试项目,还要包括测试的目的和侧重点。

(2) 测试任务。对测试的任务进行简要的概述,主要包括测试的目标、运行环境、测试需求等内容。具体要点有功能的测试、数据库测试、用户界面测试、系统测试等。

(3) 测试的策略。这是整个测试计划的重点所在,要描述如何公正客观地开展测试,要考虑模块、功能、整体、系统、版本、压力、性能、配置和安装等各个方面的测试用例。要尽可能的考虑到细节,越详细越好,并制作测试记录文档的模板,为即将开始的测试做准

136

备。测试用例要详细、具体,要对测试用例的目的、输入的数据、预期输出、测试步骤、进度安排、条件等进行描述。

(4) 测试组织。测试的组织首先要考虑测试的方法及测试用例的选择原则;其次对测试资源进行配置,包括测试人员、测试环境、设备等;最后要制订测试进度安排即计划表等。

(5) 测试评价。主要是对所进行的各项测试进行说明,说明它们的范围及局限性。测试评价的重要任务是说明评价测试结果的准则。

问题描述尽可能是定量的,分门别类的列举,软件问题一般包括以下几种:

① 致命性错误。软件根本无法正常使用的错误。

② 严重性错误。严重性错误意味着功能不可用,或者是权限限制方面的失误等,也可能是某个地方的改变造成了别的地方的问题。

③ 一般性错误。功能没有按设计要求实现或者是一些界面交互的实现不正确。

④ 告警性错误。不影响软件功能的实现,但功能运行得不像要求得那么快,或者不符合某些约定俗成的习惯,但不影响系统的性能,界面显示错误,格式不对,含义模糊,容易混淆提示信息,等等。

⑤ 建设性的建议。这种情况实际上不能算是软件错误,只是测试人员对开发人员提出的一些建设性的意见。

测试计划制订后必须经过严格的评审,获得整个测试部门人员的认同,包括部门负责人的同意和签字。测试计划一旦经过评审,在测试过程中就必须要严格执行测试计划,验证计划和实际的执行是不是有偏差,体现在最终报告的内容是否和测试的计划保持一致,以保证测试的顺利完成。

5.5.3 单元测试

单元测试也称模块测试,它是软件测试的第一步,通常在编码阶段就进行。单元测试以详细设计为指南对模块进行正确性检验,其目的在于发现模块内部可能存在的各种错误。一般都采用白盒测试法,辅之以一定的黑盒测试用例。它要求对所有的局部和全局的数据结构、外部接口与程序代码的关键部分都要进行严格的审查。测试用例应设计成能够发现由于计算错误、不正确的比较或者不正常的控制流而产生的错误。因此,基本路径测试和循环测试是单元测试最有效的技术。目前,单元测试一般采用基于 XUnit 测试框架的自动化测试工具实现。如 Java 编程中使用的 JUnit,. Net 程序编程中使用的 NUnit。也有一些其他的用于单元测试的工具,如 Cantata 或 AdaTest,前者是针对于 C/C++ 的测试工具,后者是针对于 Ada 语言的测试工具。

1. 单元测试的主要内容

单元测试的主要内容有以下五个方面:

(1) 模块接口测试。模块不是独立存在的,它都要与其他模块进行数据交换。所以单元测试第一步要测试穿越模块接口的数据流,如果数据不能正确地输入/输出,其他测试也就无法进行。测试的重点在于参数表、调用子模块的参数、全局数据、文件的输入/输出等。

(2) 局部数据结构测试。局部数据结构的错误往往是模块错误的来源,应设计合适

137

的测试用例来检查数据类型说明、初始化、默认值、数据类型的一致性等方面可能存在的错误,如有可能还应该检查全局数据对模块的影响。

（3）路径测试。由于不可能做到路径的穷举测试,所以可以采用基本路径测试法与循环测试法来设计一些重要的执行路径,这样可以发现大量的计算错误、控制流错误与循环错误等。如不同数据类型的比较、不正确的逻辑运算符或优先级、相等比较时精度的影响、不正确的变量比较、不正确或者不存在的循环终止、遇到分支循环时不能正确退出、不适当地修改循环变量、不正确地多循环一次或少循环一次等。

（4）错误处理测试。完善的模块设计要求能预见程序运行时可能出现的错误并对错误作出适当的处理以保证其逻辑上的正确性。因此,出错处理程序也应该是模块功能的一部分。这样的测试用例应该设计成能够模拟错误发生的条件,引诱错误的发生,借以观察程序对错误的处理行为以发现此类缺陷。错误处理的缺陷主要有出错的描述不清晰不具体、信息与错误张冠李戴、错误处理不正确、在对错误处理之前系统已经对错误进行了干预等。

（5）边界测试。边界测试是单元测试中最后也是最重要的工作。要特别处理数据流、控制流刚好等于、大于或小于确定的比较值时出错的可能性。显然采用黑盒测试的边界值分析法可以有效地测试边界错误。

另外,如果软件项目对运行时间有比较严格的要求,模块测试还要对进行关键路径测试,以确定在最坏情况下和平均意义下影响模块运行时间的关键因素,这些信息对评价软件的性能是十分有用的。

2. 单元测试的规程

单元测试通常是附属于编码步骤的。在代码编写完成后的单元测试工作主要分为两个步骤:静态白盒分析即代码审查和动态测试。代码审查是测试的第一步,这个阶段工作主要是保证代码算法的逻辑正确性(尽量通过人工检查发现代码的逻辑错误)、清晰性、规范性、一致性、算法高效性,并尽可能的发现程序中没有发现的错误。第二步是通过设计测试用例,执行待测程序来跟踪比较实际结果与预期结果来发现错误。经验表明,尽管使用静态分析能够有效地发现大量的逻辑设计和编码错误。但是代码中仍会有大量的隐性错误无法通过视觉检查发现,必须通过动态测试法细心分析才能够捕捉到。所以,动态测试方法的应用及测试用例的设计也就成了单元测试的重点与难点。

由于模块并不是一个独立的程序,模块本身是不能直接运行的,它要靠其他程序来调用或驱动,所以在进行模块测试时必须考虑它与外界的联系。换句话说,要进行模块测试首先必须为每个模块开发两种辅助模块来模拟与所测模块的关系,这就是驱动模块与桩模块。驱动模块相当于所测模块的主程序。它接收测试数据,把这些数据传送给所测模块,最后再输出实际测试结果。桩模块用于代替所测模块调用的子模块。桩模块可以做少量的数据操作,不需要把子模块所有功能都带进来,但不容许什么事情也不做。所测模块与它相关的驱动模块及桩模块共同构成了一个“测试环境”,如图5-14所示。驱动模块和桩模块的编写会给测试带来额外的开销。因为它们在软件交付时不作为产品的一部分一同交付,而且它们的编写需要一定的工作量。特别是桩模块,不能只简单地给出“曾经进入”的信息。为了能够正确地测试软件,桩模块可能需要模拟实际子模块的功能,这样桩模块的建立就不是很轻松了。

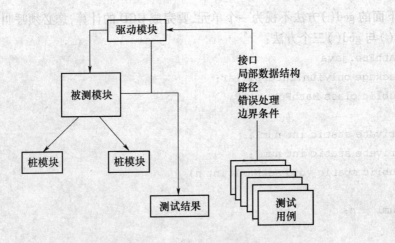

驱动模块

被测模块

桩模块　　　桩模块

测试结果

接口
局部数据结构
路径
错误处理
边界条件

测试
用例

图 5 – 14　单元测试环境示意图

3. 软件测试中 Junit 单元测试实例

在一种传统的结构化编程语言中,如 C 语言,要进行测试的单元一般是函数或子过程。在像 C + +这样的面向对象的语言中,要进行测试的基本单元是类。对 Ada 语言来说,开发人员可以选择是在独立的过程和函数,还是在 Ada 包的级别上进行单元测试。单元测试的原则同样被扩展到第四代语言(4GL)的开发中,在这里基本单元被典型地划分为一个菜单或显示界面。经常与单元测试联系起来的另外一些开发活动包括代码走读(Code Review),静态分析(Static Analysis)和动态分析(Dynamic Analysis)。

一个单元(Unit)是指一个可独立进行的工作,独立进行指的是这个工作不受前一次或接下来的工作的结果影响,简单的说,就是不与上下文(Context)发生关系。

如果是在 Java 程式中,具体来说一个单元可以是指一个方法(Method),这个方法不依赖于前一次运行的结果,也不牵涉后一次的运行结果。

举例来说,下面这个程序的 gcd( )方法可视为一个单元:

```
MathTool.java
package onlyfun.caterpillar;
public class MathTool
{

public static int gcd(int num1, int num2)
{

int r = 0;
while(num2 ! = 0)
{

r = num1 % num2;
num1 = num2;
num2 = r;
}

return num1;
}

}
```

下面的 gcd( )方法不视为一个单元,要完成 GCD 的计算,您必须呼叫 setNum1( )、set-Num2( )与 gcd( )三个方法:

```java
MathFoo.java
package onlyfun.caterpillar;
public class MathFoo
{
private static int num1;
private static int num2;
public static void setNum1(int n)
{
num1 = n;
}
public static void setNum2(int n)
{
num2 = n;
}
public static int gcd()
{
int r = 0;
while(num2 ! = 0)
{
r = num1 % num2;
num1 = num2;
num2 = r;}
return num1;
}
}
```

然而要完全使用一个方法来完成一个单元操作在实行上是有困难的,所以单元也可广义解释为数个方法的集合,这数个方法组合为一个单元操作,完成一个工作。

不过设计时仍优先考虑将一个公开的(Public)方法要设计为单元,而尽量不用数个公开的方法来完成一件工作,以保持界面简洁与单元边界清晰。

将工作以一个单元进行设计,这可以使得单元可以重用,并且也使得单元可以进行测试,进而促进类别的可重用性。

单元测试(Unit Test)指的自然就是对每一个工作单元进行测试,了解其运行结果是否符合预期,例如当写完 MathTool 类别之后,一般会作这么一个小的测试程序:

```java
UnitTestDemo.java
package onlyfun.caterpillar.test;
import onlyfun.caterpillar.MathTool;
public class UnitTestDemo
{
public static void main(String[] args)
{
```

140

```
if(MathTool.gcd(10,5) = = 5)
{
System.out.println("GCD Test OK!");
}
else
{
System.out.println("GCD Test Fail!");
}
    }
  }
```

用该输出结果来了解测试是否成功,另一方面,测试程式本身也是个程式,在更复杂的测试中,测试程式本身可能出错,而导致无法验证结果的情况。

该实例中的 JUnit 只是个测试框架,由它所提供的工具可以减少撰写错误测试程式的概率,而另一方面,可以有更好的方法来检验测试结果。

5.5.4　集成测试

集成测试也称为组装测试。当单元测试完成以后,所有模块必须按照设计要求组装成为一个完整的系统。对组装后的系统还要进行相应的测试,这是为什么呢? 首先,集成一般不可能一次成功,集成中总存在这样那样的错误;其次,当将多个模块通过接口相连集成在一起时,数据可能在接口中产生错误甚至丢失,一个模块可能对另一个模块产生副作用,全局的数据结构也有可能出现问题,甚至单个模块中可以接受的误差相连后可能会放大到无法接受的程度,等等。因此,模块在集成时必须要进行测试。

与单元测试不同,集成测试是通过测试发现和接口有关的问题来构造系统结构的系统化技术,它的目标是将通过了单元测试的模块组装成一个设计中描述的系统结构。换句话说,集成与测试是同步进行的。

集成测试一般有两种策略:①非增量式集成,即按照系统结构图一次性地将所有模块全部组装起来,然后进行测试,也就是"一步到位";②增量集成,即按照系统结构图采用自顶而下或自底向上的方式一步一步地构造测试,逐步组装直到系统完成。非增量集成是一种懒惰的做法,注定是要失败的。所以,集成一般都采用增量集成策略。

1. 自顶而下集成

自顶而下的集成方法是使用日益广泛的一种模块组装方法,模块的集成顺序是首先集成主控模块(主程序),然后按照系统结构图的层次结构逐步向下集成。各个子模块的装配顺序有深度优先和宽度优先两种策略。图 5 – 15 显示的一个系统结构层次图,其集成过程如下:

(1) M1 是主控模块,作为测试驱动程序,所有的桩模块替换为直接从属于主控模块的模块。

(2) 采用不同的优先策略(深度优先或宽度优先),M1 下层的桩模块一次一个地被替换为真正的模块。

① 深度优先。即首先集成某一个主控路径下的所有模块,至于选择哪一个路径有些

随意,主要依赖于应用程序的特性。例如可以选择最左边的路径:M1—M2—M5,下一个是 M8 还是 M6(取决于 M2 对 M6 的依赖程度),然后构造中间和右边的路径。

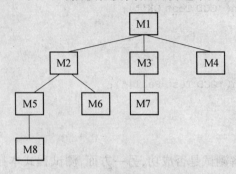

图 5 – 15 集成测试示意图

② 宽度优先。即按照层次组装:M1—M2—M3—M4—…

(3)组装一个模块的同时进行测试。

(4)为了保证在组装过程中不引入新的错误,应该进行回归测试(重新执行以前做过的全部或部分测试)。

(5)完成每一次测试后,又一个桩模块被真正的模块所替换,再进行测试,如此循环,直到所有的模块组装完成。

这种组装方式不需要设计驱动模块,可在程序测试的早期实现并验证系统的主要功能,及早发现上层模块中接口的错误。但它必须设计桩模块,使低层关键模块中的错误发现较晚,并且在测试早期难以充分展开测试的人力。

2. 自底向上集成

顾名思义,自底向上集成是从系统结构最底层的模块开始来构造系统的,逐步安装,逐步测试。由于模块是自底向上组装的,对于一个给定的层次,要求从属于它的所有子模块都已经组装并测试完毕,因此这种组装方式不再需要桩模块,但它需要驱动模块。为了简化驱动模块的设计量,可以把最底层的多个模块组合起来实现某一个功能簇,为每一个簇设计一个驱动模块,以协调测试用例的输入/输出。

自底向上集成的优缺点与自顶而下集成正好相反。设计测试用例比较容易,并且不需要桩模块。其主要缺点是只有将最后一个模块组装完成后,系统才能作为一个整体存在。

在实践中,也有将这两种组装方法结合使用形成了一种混合组装方式。对软件的较上层使用自顶而下的方式,而对较下层使用自底向上的方式。

集成测试一般采用黑盒测试技术,测试的重点是模块组装后能否按既定意图协作运行,能否达到设计要求。测试用例设计则应该主要集中在模块之间的接口及集成后系统的功能。

(1)接口的完整性:在每一个模块集成到整个系统中去的时候,要对其内部和外部接口都进行测试。

(2)功能有效性:进行以发现功能性错误为目的的测试。

(3)信息内容:进行以发现和局部或全局数据结构相关的错误为目的的测试。

（4）性能：设计用来验证在进行软件设计的过程中建立的性能边界测试。

5.5.5 确认测试

在系统组装测试完成以后，一个完整的软件系统已经形成，此时即进入到系统的确认测试，确认测试也称为验收测试。确认测试的主要任务是验证软件的有效性，即软件的功能、性能及其他性能是否与用户的需求一致。在需求分析阶段所产生的需求规格说明书表达了用户对软件的合理期望，是软件有效的标准，这也是确认测试的基础。

确认测试首先要进行有效性测试以及对软件的配置进行复审，然后进行验收测试。一般在作确认测试前写出项目确认测试计划，见表5-5。

表5-5　项目确认测试计划

一、测试基本情况
1. 测试目的
在功能测试的基础上，对照系统需求说明，对系统做确认测试，包括数据采集、数据统计、数据查询……
2. 范围
需要测试的功能包括：用户使用所有测评类型对自己的评价对象进行评价，同种测评型用户应能够提交且仅能提交一次评价数据。管理员用户应能统计出所有测评类型、所有被测对象的评价结果。管理员用户应能查询到所有被测对象的所有测评类型的分数结果。评价结果在被测者所在部门范围内、全校范围内应正确依降序排序。
采用黑盒测试方法。
二、测试需求
1. 功能性测试
核实用户能否提交数据。
核实管理员能否统计数据、查询统计结果。
……
三、测试策略
1. 功能测试
1）测试目标
确保测试对象的功能正常，其中包括导航、数据输入、处理和查询等功能。
2）方法
（1）利用有效的和无效的数据来执行各个用例、用例流或功能，以核实以下内容：
（2）在使用有效数据时得到预期的结果。
（3）在使用无效数据时显示相应的错误消息或警告消息。
各业务规则（每位测评者对同类测评只能进行一次，数据提交只能进行一次）都得到了正确的应用。
3）完成标准
（1）所计划的测试已全部执行。
（2）所发现的缺陷已全部解决。
4）需考虑的特殊事项
无。
……
四、人力资源
（略）
五、系统资源

数据库服务器 MySQL-3.32/windows 平台,使用标准配置文件。WEB 服务器 IIS。共用一台服务器,双 CPU/PIII1.2G,SCSI 硬盘/40G。内存 DDR/1G,windows2000server 操作系统。网络/子网:100M 局域网。

……

六、可交付工件

1. 测试模型

对于所执行的每个测试,都将创建一个测试结果表单。其中应包括以下内容:测试的名称或 ID、测试的相关用例或补充规约、测试日期、测试员 ID、所要求的测试前提条件以及测试的结果。

2. 测试日志

将使用 Microsoft Word 来记录和报告测试结果。

---

1. 有效性测试

有效性测试要求在模拟环境下通过一系列黑盒测试以验证所测软件功能与用户的需求是否一致。测试前同样需要制订测试计划和过程,测试计划应规定测试的种类和测试进度,测试过程则定义一些特殊的测试用例,旨在说明软件与需求是否一致。无论是计划还是过程,都应该着重考虑软件是否满足合同规定的所有功能和性能,文档资料是否完整、准确,人机界面和其他方面(如可移植性、兼容性、错误恢复能力和可维护性等)是否令用户满意。

测试的结果有两种可能:一种是功能和性能指标满足软件需求说明的要求,用户可以接受;另一种是软件不满足软件需求说明的要求,用户无法接受。项目进行到这个阶段才发现严重错误和偏差一般很难在预定的工期内改正,因此必须与用户协商,寻求一个妥善解决问题的方法。

2. 配置复审

确认测试的另一个重要环节是配置复审。复审的目的在于保证软件配置齐全、分类有序,并且包括软件维护所必需的细节。对于一个软件项目而言,通常要提供如下相关的软件配置内容:

（1）可执行程序、源程序、配置脚本、测试程序或脚本。

（2）主要的开发类文档:《需求分析说明书》、《概要设计说明书》、《详细设计说明书》、《数据库设计说明书》、《测试计划》、《测试报告》、《用户操作手册》、《项目总结报告》。

（3）主要的管理类文档:《项目计划书》、《质量控制计划》、《配置管理计划》、《用户培训计划》、《质量总结报告》、《评审报告》、《会议记录》、《开发进度月报》。

不同大小的项目,都必须具备上述的文档内容,只是可以根据实际情况进行重新组织。

通常,配置复审过程分为五个步骤:计划、预备会议(可选)、准备阶段、审核会议和问题追踪。预备会议是对审核内容进行介绍并讨论。准备阶段就是各责任人事先审核并记录发现的问题。审核会议是最终确定工作产品中包含的错误和缺陷。审核要达到的基本目标是:根据共同制定的审核表,尽可能地发现被审核内容中存在的问题,并最终得到解决。在根据相应的审核表进行文档审核和源代码审核时,还要注意文档与源代码的一致性。

144

在实际的验收测试执行过程中,常常会发现文档审核是最难的工作,一方面由于市场需求等方面的压力使这项工作常常被弱化或推迟,造成持续时间变长,加大文档审核的难度;另一方面,文档审核中不易把握的地方非常多,每个项目都有一些特别的地方,而且也很难找到可用的参考资料。

3. α测试与β测试

事实上,软件开发人员不可能完全预见用户实际使用程序的情况。例如,用户可能错误的理解命令,或输入一些奇怪的数据组合,亦可能对设计者自认明了的输出信息迷惑不解等。因此,软件是否真正满足最终用户的要求,应由用户进行一系列"验收测试"。验收测试既可以是非正式的测试,也可以是有计划、有系统的测试。有时,验收测试长达数周甚至数月,不断暴露错误,这样就有可能导致开发延期。

但对于非订单软件,可能拥有众多用户,不可能由每个用户验收,此时多采用称为α测试、β测试的过程,以期发现那些似乎只有最终用户才能发现的问题。

α测试是指软件开发公司组织内部人员模拟各类用户或由某些用户在开发场所对即将面市的软件产品(称为α版本)进行测试,试图发现错误并修正。α测试的关键在于尽可能逼真地模拟实际运行环境和用户对软件产品的操作,并尽最大努力涵盖所有可能的用户操作方式。α测试是在受控的环境下进行的测试,其目的是评价软件的功能、可使用性、可靠性、性能及支持等方面,尤其注重产品的界面与特色。经过α测试调整的软件产品称为β版本。

紧随α测试其后的是β测试,它是指软件开发公司组织各方面的典型用户在日常工作中实际使用β版本,并要求用户报告异常情况、提出批评意见。然后软件开发公司再对β版本进行改错和完善。与α测试不同的是开发者一般不在测试现场,因此他也无法控制测试环境。在β测试中,由用户记录软件使用过程中出现的所有问题(包括真实存在或主观认为的),并在规定的时间内将这些问题反馈给开发者。开发人员再根据β测试中所出现的问题进行相应的修改,然后才能向其他所有的用户发布该软件。β测试由于不是专业的测试人员或开发人员进行的,所以其测试的重点只能侧重于产品的支持方面(如文档、用户培训、产品支持能力)、配置方面与兼容性方面的软件缺陷、易用性方面的缺陷或建议等。

5.5.6 系统测试

任何一个软件都不能孤立存在,它只有安装到计算机系统中与系统中的其他要素(如外设、支持环境、数据等)相结合,并通过人的使用才能发挥其作用。当一个软件通过了确认测试后,一旦将它作为计算机系统的一个元素融入到一个实际的应用环境中的时候,还要对这样一个整个系统进行集成与确认测试,这就是系统测试。

系统测试是基于实际应用环境对计算机系统的一种多方位的测试,每一种测试都具有不同的目的,但所有的测试都是为了检验各个系统成分能否正确集成到一起并且是否能完成预定的功能。这些测试主要有:

(1)恢复测试。测试计算机系统在一定时间内在错误情况下恢复并能继续运行的能力。一个正常的系统必须是容错的,也就是说,软件运行过程中的错误不能使整个系统的功能停止。这种测试往往是以人工干预的方式强制性地以一系列不同的方式使软件发生故障,然后来验证恢复能否正常运行的测试方法。

(2) 安全性测试。测试计算机系统内的保护机制能否保护系统不受到非法侵入。安全测试就是要求测试者扮演一个试图攻击系统的角色,可以设计各种测试用例对系统进行攻击:通过外部手段获取密码、使用攻击软件、设法破坏系统、有目的地引发错误、浏览保密数据等。从理论上讲,没有一个系统是绝对安全的,系统设计者的任务是要使攻击者在时间上不可能或经济上得不偿失。

(3) 压力测试。无论是白盒测试还是黑盒测试都对软件正常的程序与性能进行检查,而压力测试正好相反,它要测试软件对非正常情况的处理能力。非正常情况是指在一般正常使用软件的情形下不太可能出现的情况,如将输入数据的量提高一个数量级、软件运行时尽可能地打开多的任务、将软件运行的配置尽可能地降低(内存、硬盘空间)、反复读写某一个文件、同时启停多个软件实例、连接过多的用户、模仿愚笨的用户胡乱操作计算机等。这些测试从本质上来说就是想破坏程序,以此测试程序的抗冲击能力。

一般情况下压力测试的测试用例很难设计而且测试也很难实施,这就需要借助一些自动化的测试工具来进行。

(4) 性能测试。有些软件开发者在开发软件时往往注重软件的功能要求,而忽视软件的性能要求。但在实时系统或嵌入式系统中对软件的性能要求是十分严格的,如果这些软件提供了所需要的功能但却不符合性能的要求,用户是不能接受的。即使对于一般的应用软件也有一定的性能要求,如最简单的情况是用户打开一个网页所需要的时间、在 C/S 或 B/S 结构软件中访问数据库的速度等。所以性能测试就是要测试软件在集成系统中的运行性能。需要注意的是,性能测试应该覆盖整个测试周期的每一个阶段,即使是单元测试。如果模块本身的性能就不好,组装集成后的系统是无论如何也好不起来的。

性能测试通常要与压力测试结合进行,如测试软件的资源利用情况、响应的时间、吞吐量、存储区使用、通信流量、连接速度、处理精度等。

5.5.7 测试分析报告

每个阶段的测试结束以后,必须形成测试分析报告,测试分析报告可以用来对测试结果作相应的分析说明,证实了软件所具有的能力,以及它的缺陷和限制,并给出评价的结论性意见,这些意见即是对软件质量的评价,又是决定该软件能否交付使用的依据。测试分析报告一般包含以下一些内容:

(1) 项目基本情况介绍。

(2) 测试计划的执行情况。主要说明测试的组织情况、每个项目的测试结果等。

(3) 测试评价。说明经过测试所表明的软件能力、存在的缺陷及限制,以及可能对软件运行带来的影响、弥补缺陷的建议,最后是能否通过的测试结论。

5.6 面向对象的基本概念

面向对象(Object – Oriented Method,OO)技术自然地模拟了人类认识客观世界的方

146

式,是当前软件工程领域的重要技术。

5.6.1 面向对象的软件开发

OO方法强调客观世界是由对象组成的,程序设计是以下面的六个基本概念为核心的:对象、消息、接口、类、继承和多态等。由于目前面向对象的编程语言是应用主流,因此OO方法逐渐成为主流的软件开发方法之一。

OO方法的核心内容是面向对象的分析(Object Oriented Analysis,OOA)和面向对象的设计(Object Oriented Analysis,OOD)。使用OO方法开发软件系统的一般顺序包括:

(1) 问题分析。

(2) 可行性分析。

(3) 面向对象的分析。

(4) 面向对象的设计。

(5) 面向对象的编程(Object Oriented Programme,OOP)。

(6) 面向对象的测试(Object Oriented Test,OOT)。

(7) 软件运行与维护。

其中,问题分析、可行性分析、软件运行与维护过程与生命周期法相对应阶段的内容基本是一样的。

OOA:就是运用面向对象的方法进行需求分析,任务是理解问题域所描述的业务问题,找出问题涉及的类和对象,分析它们的属性和操作,建立用例模型、分析模型。OOA中全部的类和对象对应现实世界中的事物。

OOD:OOA之后是进行面向对象的设计,任务是将OOA阶段的类和对象转化为软件对象,设计软件类,并设计软件体系结构,建立设计模型。这一阶段所做的工作主要是根据分析模型,添加一些与实现有关的内容,如界面类。同时,可以对分析模型进行一定的改造,更好地适应计算机系统实现。数据库的设计和对数据的封装策略也要在这个阶段完成。

OOP:用面向对象的语言编程实现设计模型的各个成分,包括对对象属性和方法的实现、对对象之间关联的实现、对输入/输出界面的实现等。OOP对设计模型是一个无缝连接过程,编程的内容直接对应于设计模型的内容,不像生命周期法,设计的内容要考虑如何转化成程序中的类。这也是面向对象开发方法的优势。

OOT:面向对象技术实现的软件,可以考虑使用面向对象的软件测试,也就是以对象为中心进行测试,以类作为测试的基本单位,检查类定义的属性、方法、接口等内容。OOT的测试过程与生命周期法是一样的。

随着软件工程技术的迅速发展和面向对象技术的广泛应用,现在绝大部分的软件开发平台都使用了面向对象的开发平台(如VB、Delphi、Java、PB等)。软件的体系结构也基本由过去的单机式过渡到今天的C/S结构、B/S结构甚至多层结构。显然基于这种OOP环境下开发出来的软件与传统的结构化软件相比存在很大的差别。因此,如何针对面向对象的特点以及面向对象的编程环境,设计新的测试模型,采取新的测试模式是面向对象程序开发中必须解决的问题。

5.6.2　面向对象技术对传统测试的影响

前已述及,实际上面向对象技术不仅仅指的是 OOP,完全的面向对象技术是包括了 OOA、OOD、OOP、OOT 等一整套的全新软件开发技术。因此面向对象的测试不仅是要测试程序代码,同样也要对 OOA 模型与 OOD 模型进行测试。

一般而言,面向对象的编程技术能产生更好的系统结构,更规范的编程风格,极大的优化了数据使用的安全性,提高了程序代码的重用,一些人就此认为面向对象技术开发出的程序无需进行测试。应该看到,尽管面向对象技术的基本思想保证了软件应该有更高的质量,但实际情况却并非如此,因为无论采用什么样的编程技术,编程人员的错误都是不可避免的,而且由于面向对象技术开发的软件代码重用率高,更需要严格测试,避免错误的繁衍。因此,软件测试并没有因为面向对象编程的兴起而丧失掉它的重要性。

由于面向对象的软件开发方法与传统软件开发方法是两种不同的软件开发风范,以传统软件开发方法为背景而发展起来的测试技术,并不完全适用于面向对象的软件开发过程。面向对象软件开发范型虽然提高了软件的可重用性和可维护性,然而它的封装性、继承性、多态性和动态连接等特性却给软件测试提出了新的要求。可以这样说:面向对象程序设计方法虽然通过软件重用提高了软件生产率和可靠性,但另一方面也影响了软件测试的方法和内容。

(1) 信息隐蔽和封装性对测试的影响。类与对象是面向对象程序设计的基本单元,而信息隐蔽与封装性是类的重要特征之一。它把数据和操作数据的方法封装在一起,限制对象属性对外的可见性和外界对它的操作权限。这样的细节性信息正是软件测试所不可忽略的。因此,类的信息隐蔽和封装性给测试带来了困难。

(2) 继承性对测试的影响。继承性是面向对象程序的基本特性之一,它是一种概括对象共性和组织结构的机制,使得面向对象设计更具自然性和直观性,它也是软件重用的一种有效的重要手段。子类不但继承了父类中的特征(数据和方法),还可以对继承的特征进行重定义。如方法的继承、方法的覆盖、重载数据集等。因此,继承并未简化测试问题,反而使测试更加复杂。

(3) 多态性和动态绑定对测试的影响。多态性和动态绑定是面向对象方法的关键特性之一。同一消息可以根据接受消息对象的不同采用多种不同的行为方式,这就是多态的概念。如根据当前指针引用的对象类型来决定使用正确的方法,这就是多态性行为操作。运行时系统能自动为给定消息选择合适的实现代码,这给程序员提供了高度柔性、问题抽象和易于维护的优点。但多态性和动态绑定所带来的不确定性,使得传统测试实践中的静态分析法遇到了不可逾越的障碍。而且它们也增加了系统运行中可能的执行路径,加大了测试用例的选取难度和数量。这种不确定性和骤然增加的路径组合给测试覆盖率的满足带来了挑战。

(4) 软件的基本构造模块。在面向对象系统中,软件的基本构造模块是封装了的数据和方法的类和对象,而不再是一个个能完成特定功能的功能模块。每个对象有自己的生存周期,有自己的状态。消息是对象之间相互请求或协作的途径,是外界使用对象方法及获取对象状态的唯一方式。对象的功能是在消息的触发下,由对象所属类中定义的方法与相关对象的合作共同完成,且在不同状态下对消息的响应可能完全不同。工作过程

148

中对象的状态可能被改变,产生新的状态。对象中的数据和方法是一个有机的整体,测试过程中不能仅仅检查输入数据产生的输出结果是否与预期的吻合,还要考虑对象的状态。模块测试的概念已不适用于对象的测试。

5.7   面向对象的测试策略与步骤

在对面向对象软件进行测试的不同阶段,应该采用不同的测试策略:对类测试采取改造传统软件测试技术来进行,对集成测试采用全新的测试方法,对确认测试和系统测试采用传统的测试方法。这是因为对于类,其内部方法都是使用命令式语言实现的,因而可以采用传统软件的测试方法,并针对类的特点对传统测试方法进行一些改造;而对于集成测试,由于多态性与动态绑定的存在,使得基于结构测试的传统方法不再适用,因而应根据面向对象软件的新特点,采用新的方法;对于确认测试和系统测试,由于它们与传统软件一样,关心的只是系统功能是否实现,是否与需求相一致,因此对于两种开发方法开发的软件,测试方法应是一样的。下面把传统测试与面向对象测试过程做一对比,见表5-6。

表5-6   面向对象软件的测试层次

传统的测试策略	OOP 软件的测试策略	传统的测试策略	OOP 软件的测试策略
单元测试	类测试	确认测试	确认测试
集成测试	类的集成测试	系统测试	系统测试

5.7.1   测试策略与测试层次

由以上分析可以看出,面向对象程序设计的性质改变了传统的测试策略与方法,为了能对 OO 系统进行有效的测试,必须要考虑以下问题:

(1) 测试的视角要扩大,测试应该贯穿于系统开发的全过程,即 OOA 与 OOD 的模型也应该包括在测试范围之内。由于现在还有相当一部分的软件开发在分析与设计阶段并未采用面向对象的方法,而只是在编程时采用了 OOP 的环境。

(2) 传统的单元测试和集成测试策略必须有较大的改变,要适应面向对象的一些基本特性。如在传统的测试中单元测试只要有输入数据,必然应该对应某种输出,而在 OO 软件中,这种输出还要考虑对象的状态。因此测试应涉及对象的初态、输入参数、输出参数、对象的终态。

(3) 测试用例的设计必须考虑 OO 软件的特征。

对于传统程序设计语言书写的软件,软件测试人员普遍接受三个层次的测试:单元测试、集成测试和系统测试。对面向对象的程序测试应当分为多少层次尚未达成共识。一般认为,面向对象的程序也和其他语言的程序一样,都要进行系统级测试。OOP 软件的测试层次也可通过对传统的测试层次进行适当的改变来实现。

在对一个实际的 OO 软件进行测试时,还要根据软件的开发过程、开发平台、软件的体系结构进行适当的调整。如对象测试可能会改变成窗口测试或控件测试,类的集成测试也可能通过多窗口的协调测试来体现等。

5.7.2　测试步骤

1. 类测试

面向对象软件的类测试是所有测试过程中的一个重要方面,因为面向对象程序主要是由类构成的,类是所有实例共性的一种抽象。在类测试过程中要保证测试那些具有代表性的类的成员。面向对象软件的类测试与传统软件的单元测试相对应,但和传统的单元测试不一样。类包含一组不同的操作,并且某些特殊操作可能作为一组不同类的一部分存在。同时,一个对象有它自己的状态和依赖于状态的行为,对象操作既与对象的状态有关,但也可能改变对象的状态。因此,类测试不能孤立地测试单个操作,要将操作作为类的一部分,同时要把对象与其状态结合起来,进行对象状态行为的测试。

1)基于状态转移图的类测试

对象状态测试是面向对象软件测试的重要部分,同传统的控制流和数据流测试相比,它侧重于对象的动态行为,这种动态行为依赖于对象的状态。测试对象动态行为能检测出对象成员函数之间通过对象状态进行交互时产生的错误。

类是面向对象程序的静态部分,对象是动态部分。对象的行为主要取决于对象状态和对象状态的转移。面向对象设计方法通常采用状态转移图建立对象的动态行为模型。状态转移图用于刻画对象响应各种事件时状态发生转移的情况,图中节点表示对象的某个可能状态,节点之间的有向边通常用"事件/动作"标出。状态转移图中的节点代表对象的逻辑状态,而非所有可能的实际状态。如图 5-16 所示,表示当对象处于状态 A 时,若接收到事件 e 则执行相应的操作 a 且转移到状态 B。因此,对象的状态随各种外来事件发生怎样的变化,是考察对象行为的一个重要方面。

图 5-16　对象一状态转移图

基于状态的测试是通过检查对象的状态在执行某个方法后是否会转移到预期状态的一种测试技术。使用该技术能够检验类中的方法是否正确地交互,即类中的方法是否能通过对象的状态正确地通信。因为对象的状态是通过对象的数据成员的值反映出来的,所以检查对象的状态实际上就是跟踪监视对象数据成员的值的变化。如果某个方法执行后对象的状态未能按预期的方式改变,则说明该方法含有错误。

理论上讲,对象的状态空间是对象所有数据成员定义域的笛卡儿乘积,当对象含有多个数据成员时,对对象所有的可能状态进行测试是不现实的,这就需要对对象的状态空间进行简化,同时又不失对数据成员取值的"覆盖面"。简化对象状态空间的基本思想类似于黑盒测试中常用的等价类划分法。依据软件设计规范或分析程序源代码,可以从对象数据成员的取值域中找到一些特殊值和一般性的区间。特殊值是设计规范里说明有特殊意义、在程序源代码中逻辑上需特殊处理的取值。位于一般性区间中的值不需要区别各个值的差别,在逻辑上以同样方式处理。

进行基于状态的测试时,首先要对受测试的类进行扩充定义,即增加一些用于设置和检查对象状态的方法。通常是对每一个数据成员设置一个改变其取值的方法。另一项重

150

要工作是编写作为主控的测试驱动程序,如果被测试的对象在执行某个方法时还要调用其他对象的方法,则需编写桩程序代替其他对象的方法。测试过程为:首先生成对象,接着向对象发送消息把对象状态设置到测试实例指定的状态,再发送消息调用对象的方法,最后检查对象的状态是否按预期的方式发生变化。

下面给出基于状态转移图的类测试的主要步骤:

(1) 依据设计文档,或者通过分析对象数据成员的取值情况,导出对象的逻辑状态空间,得到被测试类的状态转移图。

(2) 给被测试的类加入用于设置和检查对象状态的新方法。

(3) 对于状态转移图中的每个状态,确定该状态是哪些方法的合法起始状态,即在该状态时,对象允许执行哪些操作。

(4) 在每个状态,从类中方法的调用关系图最下层开始,逐一测试类中的方法。

(5) 测试每个方法时,根据对象当前状态确定出对方法的执行路径有特殊影响的参数值,将各种可能组合作为参数进行测试。

2) 类的数据流测试

数据流测试是一种白盒测试方法,它使用程序中的数据流关系来指导测试者选取测试用例。传统软件测试中的数据流测试技术,能够用于类的单个方法测试及类中通过消息相互协作的方法的测试中,但这些技术没有考虑当用户以随机的顺序激发一系列的公有方法时而引起的数据流交互关系。因为传统软件中过程和函数之间的协作是静态的,协作模式比较固定,但在面向对象的软件中,这些公有方法之间的协作是千变万化的,基本没有固定的模式。为了解决这个问题,提出了一个新的数据流测试方法,这个方法支持各种类的数据流交互关系。对于类中的单个方法及类中相互作用的方法,我们的方法类似于一般的数据流测试方法;对于那些可以从类外部访问并可按任何顺序调用的公有方法,计算数据流信息,并利用它来测试这些方法之间可能的交互关系。这个方法的最大好处是可以利用数据流测试方法来测试整个类,且这种技术对于在测试类时决定用哪一系列方法测试时非常有用,另外像其他的基于代码的测试技术一样,这种技术的绝大部分都可以实现自动化。

2. 类的集成测试

传统的集成测试,是自顶而下或由底向上通过集成完成的功能模块进行测试,一般可以在部分程序编译完成的情况下进行。而对于面向对象程序,相互调用的功能是散布在程序的不同类中,类通过消息相互作用申请和提供服务。类的行为与它的状态密切相关,状态不仅仅是体现在类数据成员的值,也许还包括其他类中的状态信息。由此可见,类相互依赖极其紧密,根本无法在编译不完全的程序上对类进行测试。所以,面向对象的集成测试通常需要在整个程序编译完成后进行。此外,面向对象程序具有动态特性,程序的控制流往往无法确定,因此也只能对整个编译后的程序做基于黑盒的集成测试。

面向对象的集成测试能够检测出相对独立的单元测试无法检测出的那些类相互作用时才会产生的错误。基于单元测试对成员函数行为正确性的保证,集成测试只关注于系统的结构和内部的相互作用。面向对象的集成测试可以分成两步进行:先进行静态测试,再进行动态测试。

静态测试主要针对程序的结构进行,检测程序结构是否符合设计要求。现在流行的一些测试软件都能提供一种称为"可逆性工程"的功能,即通过源程序得到类关系图和函数功能调用关系图,如 International Software Automation 公司的 Panorama – 2 、Rational 公司的 Rose C＋＋ Analyzer 等,将"可逆性工程"得到的结果与 OOD 的结果相比较,检测程序结构和实现上是否有缺陷。换句话说,通过这种方法检测 OOP 是否达到了设计要求。

动态测试设计测试用例时,通常需要上述的功能调用结构图、类关系图或者实体关系图为参考,确定不需要被重复测试的部分,从而优化测试用例,减少测试工作量,使得进行的测试能够达到一定覆盖标准。测试所要达到的覆盖标准可以是:达到类所有的服务要求或服务提供的一定覆盖率;依据类间传递的消息,达到对所有执行线程的一定覆盖率;达到类的所有状态的一定覆盖率等。同时也可以考虑使用现有的一些测试工具来得到程序代码执行的覆盖率。

3. 确认测试

当集成测试完成以后,类之间连接的细节将会消失。与传统确认一样,OO 软件关注于用户可见的动作和用户可识别的系统输出。为了辅助确认测试的输出,测试人员应该利用前述分析模型中的一部分 Use – case,这种 Use – case 提供了一个场景,它使得在用户交互需求中发现错误具有很高的可能性。

传统的黑盒测试方法亦可用于驱动确认测试,另外,测试用例可以从创建作为 OOA 的一部分的对象—行为模型和事件流图中导出。

4. 系统测试

通过单元测试和集成测试,仅能保证软件开发的功能得以实现,但不能确认在实际运行时它是否满足用户的需要,是否大量存在实际使用条件下会被诱发产生错误的隐患。为此,对完成开发的软件必须经过规范的系统测试。测试目的主要是针对系统准确性和完整性,以验证软件系统的正确性和性能指标等满足需求规格说明书和任务书所指定的要求。它与传统的系统测试一样,具体测试内容包括:

(1)功能测试。测试是否满足开发要求,是否能够提供设计所描述的功能,是否用户的需求都得到满足。功能测试是系统测试最常用和必需的测试,通常还会以正式的软件说明书为测试标准。

(2)强度测试。测试系统能力的最高实际限度,即软件在一些超负荷的情况下的功能实现情况,如要求软件某一行为的大量重复、输入大量的数据或大数值数据、对数据库大量复杂的查询等。

(3)性能测试。测试软件的运行性能。这种测试常常与强度测试结合进行,需要事先对被测软件提出性能指标。如传输连接的最长时限、传输的错误率、计算的精度、记录的精度、响应的时限和恢复时限等。

(4)安全测试。验证安装在系统内的保护机构确实能够对系统进行保护,使之不受各种非常的干扰。安全测试时需要设计一些测试用例试图突破系统的安全保密措施,检验系统是否有安全保密的漏洞。

(5)恢复测试。采用人工的干扰使软件出错,中断使用,检测系统的恢复能力,特别是通信系统。恢复测试时,应该参考性能测试的相关测试指标。

(6)可用性测试。测试用户是否能够满意使用,具体体现为操作是否方便,用户界面是否友好等。

测试用例也可以从对象—行为模型和作为面向对象分析的一部分的事件流图中导出。同时由于现在的软件系统大多建立在网络环境下,具有用户机/服务器(C/S)或浏览器/服务器模式(B/S),所以系统的网络方面测试也是这一阶段的重要测试内容。系统测试完全采用黑盒法进行。

5.8　当今软件测试前沿理论及常用的测试工具

5.8.1　当今软件测试前沿理论

1.测试驱动开发

测试驱动开发(Test - Driven Development)是极限编程的重要特点,它以不断的测试推动代码的开发,既简化了代码,又保证了软件质量。测试驱动开发的精髓在于:将测试方案设计工作提前,在编写代码之前先做这一项工作;从测试的角度来验证设计,推导设计;同时将测试方案当作行为的准绳,有效地利用其检验代码编写的每一步,实时验证其正确性,实现软件开发过程的"小步快走"。测试驱动开发的基本思想就是在开发功能代码之前,先编写测试代码。也就是说,在明确要开发某个功能后,首先思考如何对这个功能进行测试,并完成测试代码的编写,然后编写相关的代码满足这些测试用例,再循环进行其他功能的添加,直到完成全部功能的开发。传统的测试流程与测试驱动开发的比较如图 5 – 17 所示。

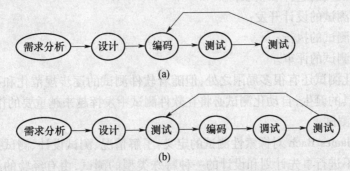

图 5 – 17　传统的测试流程与测试驱动开发的比较
(a) 传统的测试流程; (b) 测试驱动开发。

2.自动化测试

自动化测试就是希望能够通过自动化测试工具或其他手段,按照测试工程师的预定计划进行自动的测试,目的是减轻手工测试的劳动量,从而达到提高软件质量的目的。

当然自动化测试也不是无所不能的,很多情况下并不是适合选择自动化测试,人们对自动化测试的理解也存在许多误区,认为自动化测试能完成一切工作。实际上,从测试计划到测试执行,都需要人工干预,把常见的错误认识总结如下:

(1)期望自动化测试能完全取代手工测试。工具毕竟是工具,出现一些需要思考、体验、界面美观方面的测试时,工具就起不到相应的作用。而且在自动化测试实施的各个阶段也需要人的参与,在某些阶段,如分析测试结果等,自动化工具只能提供数据,结果肯定是需要测试人员来确定的。

（2）期望自动测试发现大量新缺陷。同样不能期望自动化测试去发现更多新的缺陷，事实证明新缺陷越多，自动化测试失败的概率就越大。发现更多的新缺陷应该是手工测试的主要目的。测试专家 James Bach 总结得出 85% 的缺陷靠手工发现，而自动化测试只能发现 15% 的缺陷。

（3）期望自动化测试可以适用于所有的测试。目前，没有一个单一的测试工具能够支持所有的操作系统，也没有任何一个测试工具能够与所有的程序语言兼容，因此，不能期望自动化测试能够适用于所有的环节。

（4）期望测试能够马上减轻测试工作，加快测试进度。引入自动化测试的主要目的之一是减轻测试的工作量，提高测试的工作效率，但是，经验表明，自动化测试的引进并不能马上减轻工作量，因为，人工测试并不能被完全取代，而测试人员存在对自动化工具的学习和熟悉问题，所以，在刚开始引入的时期，甚至有可能加大工作量，延缓测试工作的进度。

（5）期望达到百分之百的测试覆盖率。即使采用自动化测试，也不能测试每一项功能、每一个语句，因为，对一个比较复杂的软件产品来说，它的输入情况或语句的排列组合情况太复杂了，不可能完全覆盖所有可能情况。当然，这仍然是自动化测试的强项之一，但不能期望自动化测试能覆盖所有情况。

自动化测试的实施大概分为以下几个阶段：

① 确定采用自动化测试；

② 自动化工具的选择和获取；

③ 自动化测试的设计开发；

④ 自动化测试的执行；

⑤ 自动化测试的评审。

尽管自动化测试还有很多局限之处，但随着软件测试的逐步规范化和更多功能强大的软件测试工具的诞生，自动化测试必将在软件测试中发挥越来越重要的作用。

3. 探索性测试

首先给出 James Bach 对探索性测试的定义：了解情况、测试设计、测试执行都同时进行，也就是说，不进行事先计划和设计的一种特殊类型的测试，由有经验的测试人员根据实际情况产生诸如"我这么测一下结果会怎么样？"的灵感来进行测试，这一方式往往能帮助在测试计划之外发现更多的软件错误。事实上，每一个测试人员都或多或少地进行过探索性测试，每个测试人员都有这个潜在的能力，但不见得每个测试人员都可以进行探索性测试，就像每个人都可以和朋友聊天，帮助朋友化解一些不愉快的事情，但有些问题只能由心理医生来解决一样。

关于探索性测试，人们有一些错误的理解，认为它可以取代传统的先有测试设计，然后进行测试的方式，事实上这是不对的。探索性测试是对传统测试方式的有益补充，并不是所有的测试都适合采用探索性测试，它只在特定的环境和要求下使用，是测试人员依据实际的测试情况的一种主动性测试，需要测试人员具备更高的素质。探索性测试可以加快测试的进度，快速有效地进行测试，这也是当今测试理论的研究热点之一，是对软件测试的更高要求和一种发展方向，还需要进一步规范其流程。

154

4. 基于模型的软件测试

模型实际上就是用语言把一个系统的行为描述出来,定义出它可能的各种状态,以及它们之间的转换关系,即状态转换图。模型是系统的抽象。基于模型的测试是利用模型来生成相应的测试用例,然后根据实际结果和原先预想的结果的差异来测试系统,测试用例的选择问题可以看作是从庞大的输入与状态组合中,搜寻哪些可以发现错误的状态及组合。如果不使用抽象的手段,有效的测试是不可能达到的。模型化的方法广泛应运于工程领域,模型是系统功能的形式化或半形式化的表示,模型必须支持输入状态组合的系统枚举,虽然不能产生所有的输入状态组合,但是模型可以帮助实现这一目的。比较常见的建模工具,就是通用建模语言(UML),基于模型的测试主要考虑系统的功能,可以认为是功能测试的一种,模型体现了被测系统最本质的关系,而且要比系统本身更易于开发和分析,一个可测试的模型必须提供产生测试用例的足够的信息,所以可测试的模型必须满足下面条件:

(1) 它必须是某种测试实现的完全和准确的反映,模型必须表示要检查的所有特征。

(2) 它是对细节的抽象。

(3) 它表示所有事件(状态模型),以便能产生这些事件。

(4) 它表示所有的动作(状态模型),以便能确定是否有一个必要的动作已产生。

(5) 它表示状态以便由可知性的方法来确定已达到或没有达到什么状态。

图 5 - 18 是基于模型测试的一个示意图,首先有一个建立好的模型,然后根据模型生成测试用例,并且给出测试预言(Test Oracle),测试预言可以理解为期望结果,用来确定测试用例执行的成功与否。值得注意的是,基于模型的测试,引入了很多自动化因素,如测试用例和测试预言都推荐使用自动化工具自动生成。

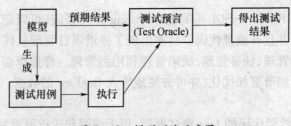

图 5 - 18   模型测试示意图

5.8.2   几种常用的测试工具

1. 几种常用测试工具介绍

1) IBM Rational Function Tester

IBM Rational 系列产品,是一个自动测试工具,可以用来测试 Java、Html、ASP. NET 和 Windows 应用程序,可以自动化进行功能测试和回归测试。

2) IBM Rational Performance Tester

IBM Rational 系列产品,是一个性能测试工具,适用于基于 Web 的应用程序的性能测试和可靠性测试。这个产品将易用性与深入分析功能相结合,简化了测试创建、负载生成和数据收集,帮助确定应用程序,具有支持大量并发用户并能够稳定运行的性能。

3）IBM Rational Manual Tester

IBM Rational 系列产品，允许分析人员和测试人员针对单元测试去创建和执行测试用例。

4）WinRunner

WinRunner 是基于 MS Windows 的功能测试工具，可以帮助自动处理从测试开发到测试执行的整个过程；可以创建可修改和可复用的测试脚本，而不用担心软件功能模块的变更。只需要让计算机自动执行这些脚本，就能轻而易举地发现软件中的错误，从而确保软件的质量。测试流程如下：

（1）识别应用程序的 GUI 对象。

（2）建立测试脚本。

（3）插入检查点。

（4）执行测试脚本。

（5）检验测试结果。

（6）分析结果。

WinRunner 和测试套件的其他工具一起提供整个测试流程的解决方案，包括测试计划、测试开发、GUI 负载测试、错误跟踪和多用户系统用户端负载测试。

5）TestDirector

TestDirector 是测试管理工具，帮助测试人员计划和组织测试活动，可以创建手工和自动控制测试的数据库、测试流，测试、跟踪和报告错误。

6）LoadRunner

LoadRunner 是性能测试工具，可以模拟多个用户登录到一台服务器。

7）BugFree

BugFree 是使用 PHP + MySQL 编写的一个 Bug 管理系统，可以记录每个问题的处理过程。BugFree 免费并且开放源代码。目前出现了禅道项目管理软件，是 BugFree 的升级替代产品，包括需求管理、任务管理、缺陷管理和用例管理。禅道里面的缺陷管理和 BugFree 完全一致，并且细节更加优化，并可方便地导入 BugFree 的数据。

8）JUnit

JUnit 是一个开放源代码的 Java 测试框架，用于编写和运行可重复的测试。它可以用于测试期望结果、测试共同数据、组织和运行测试的测试套件。

2. 自动化测试工具介绍与比较

自动化测试是把以人为驱动的测试行为转化为机器执行的一种过程。通常，在设计了测试用例并通过评审之后，由测试人员根据测试用例中描述的规程一步步执行测试，得到实际结果与期望结果的比较。在此过程中，为了节省人力、时间或硬件资源，提高测试效率，便引入了自动化测试的概念。

针对本文探讨的软件自动化测试项目，挑选工具的重要评判标准有如下几点：

（1）工具成熟性。指工具是否有足够广泛的使用度，是否经历过足够的时间考验，是否经过实践的检验。

由于 WOA 软件自动化测试项目并非一个短期的、试验性的项目，而是一个需要长期进行并推广的项目。因此，冷门或是新颖的工具并不合适此项目。此类工具的稳定性以

156

及未来的发展性没有保障。对于长期的软件自动化测试项目,风险过大。

(2)资料全面性。由于在软件自动化测试项目的进行过程中,必然会遇到各类问题。若工具的资料不够全面,没有足够好的产品服务,没有强大的社区交互支持,那么,每次问题的解决过程都将变得非常艰苦,容易造成时间的大量浪费。项目进度难以评估,成本难以控制。

(3)工具对象识别能力。虽然自动化工具未必是基于GUI进行的,但基于GUI进行的自动化测试有其明显的好处——能够更好地模拟真实的用户操作。不但可以测试到底层的问题,还能测到表层问题,如页面错误等。

因此,一个自动化测试工具的识别对象能力非常重要。一个优秀的自动化测试工具应当拥有良好的控件识别机制,并有快速准确的识别能力。自动化测试工具不但应该能够良好识别页面上的各种常见对象,如文字、超链接、图片、文本框、密码框、单选框、下拉框、页面弹出框等。对于一些系统自定义控件,也应该支持自定义描述,提供对象映射功能等。由于对象在页面上的表现不同,并不是所有的工具和框架都能处理好各种情况,因此控件识别方面需要进行仔细的评估。

(4)脚本语言支持能力。不同的自动化工具使用的编程语言不尽相同,常见的有VBscriPt、Javascript、Java、c#等。

对于脚本语言首先应考虑其功能是否可以满足需求,是否足够强大。Java、C#之类的高级语言功能上优势明显,VBscriPt、JavascriPt等脚本语言则需进行仔细评估。

(5)工具的集成开发环境。对于脚本开发非常重要,一个良好的开发环境对于生产效率的提升是巨大的。良好的开发环境应具备提供智能提示、自动完成、快速编译查错、方便而又强大的调试等基本功能。

(6)团队协作与版本控制。在软件自动化测试过程中,需要团队协作。因此,一个良好的版本控制环境非常重要。能够使用迁出、迁入机制将自动化内容管理起来。保存每个迁入的版本,在需要回退的时候能够方便地找到历史版本并进行回退。这样能避免误操作带来的损失,才能让工作中的协作更为出色。

(7)执行控制与执行报告。自动化测试与功能测试一样,需要进行多次的"执行",测试执行能力对于自动化测试工具而言非常重要。由于自动化测试的优势之一便是可以进行无人值守的"自动"执行。因此,工具提供的执行方式应当多种多样,不但需要能够方便地进行手动驱动,还需提供自动驱动、定时驱动等功能。此外,自动化工具还应记录每次运行的详情,能够自动生成内容详细的、可以定制的测试报告。

(8)工具容错处理能力。自动化脚本运行中,会有多种不确定的因素的干扰,如常见的网络和服务器稳定性问题等。工具应提供恢复机制,能够让测试人员对于意外情况进行自定义配置,关联特定的恢复清理脚本。测试用例的编写与自动化工具的选择都是决定软件自动化项目成败的重要环节。

第6章　蒙特卡罗方法及马尔可夫链

数学在软件工程中是很有用的。其中最有用的性质之一是它能够简洁而准确地描述物理现象、对象或某动作的结果。当一个应用数学家称某特定方程的解由如下积分给出时:

$$ftan[\,x^2 + \exp(\cos(x))\,]$$

对其语义不存在争议。虽然如何求解积分可能需要大量努力,但求解积分的人准确地知道需要什么。例如,可能采用分析解法,或者如果已经知道积分的上、下限,则可能需要仿真或其他数值方法。理想情况下,软件开发者应该和应用数学家处于相同的地位,他应该得到系统的数学规约,并应该开发出实现该规约的以软件体系结构形式开发的解答。

在软件开发过程中使用数学提供了在软件工程活动间的平滑过渡。不仅功能规约,而且系统设计也可以用数学表达,当然,程序代码也是数学符号——虽然相当的冗长。本书把蒙特卡罗(Monte Carlo)方法及马尔可夫链(Markov Chain)等这些数学概念应用到软件测试方面。因为它是准确的几乎没有二义性的介质,规约可以用数学方法验证以揭示矛盾性和不完整性,而且含糊性完全消失;它也提供了高层确认的手段,可以使用数学证明来展示设计和规约匹配以及某些程序代码是对设计的正确反映;它使得软件测试更加准确,能有效地提高软件可靠性。

6.1　蒙特卡罗方法

6.1.1　蒙特卡罗方法概述

蒙特卡罗原为地中海沿岸 Monaco 的一个城市的地名,是世界闻名的大赌场。然而,将蒙特卡罗作为一种计算方法的命名已经赋于了新的内容。

蒙特卡罗方法的命名和系统发展约始于 20 世纪 40 年代,但如果从方法特征的角度来说,可以一直追溯到 18 世纪后半叶的蒲丰(Buffon)随机投针试验,即著名的蒲丰氏问题。

其实,早在 17 世纪,随机试验是和掷硬币、掷骰子等游戏紧密联系在一起的,硬币和骰子就是最简单的概率模型。很早以前,数学家惠更斯(Huygens)就曾预言过,不要小看这些博弈游戏,它有更重要的应用。

远在伯努利(Bernoulli)以前,人们就把频率作为概率的近似值。如果概率计算发生错误,人们可以通过随机试验得到的频率来发现问题,并进行校正。例如意大利职业赌博者误认为投掷三个骰子得 9 点和 10 点的概率相同,但大量试验的结果发现,得 9 点比得 10 点的频率要少。事实上,二者的概率依次为 25/216 和 27/216,前者比后者小 2/216。

法国 Chevaier de Mere 认为掷一对骰子在 24 次投掷中至少有一次得双 6 的概率大于 0.5,但多次试验结果却与他的愿望相反。当他向帕斯卡(Pascal)质疑时,才发现其概率约等于 0.4913,小于 0.5。

18 世纪法国的著名学者蒲丰对概率论在博弈游戏中的应用深感兴趣,发现了随机投针的概率与 π 之间的关系,提供了早期学者们用随机试验求 π 值的范例。

这些也许就是最早用频率近似地估计概率的随机试验方法。实际上,这些就是古代的蒙特卡罗方法。

用蒙特卡罗方法解数学问题是从相反关系出发,一旦某些概率满足所考虑的数学方程,便做若干次随机抽样试验,产生随机变量,取其结果的平均值作为数学方程解的近似估值。

然而,在计算机问世以前,随机试验却受到一定限制,这是因为要使计算结果的准确度足够高,需要进行的试验次数相当大。因此人们都认为随机试验要用人工进行冗长的计算,这实际上是不可能的。

进入 20 世纪 40 年代,由于电子计算机的出现,利用电子计算机可以实现大量的随机抽样试验,使得用随机试验方法解决实际问题才有了可能。作为当时的代表工作便是在第二次世界大战期间对原子弹研制工作中的应用。这一研究工作涉及对中子随机扩散过程进行模拟,即在电子计算机上对中子行为进行随机抽样模拟,通过对大量的中子行为的观察推断出所要求算的参数,并把这种随机抽样方法命名为蒙特卡罗方法。

近几十年来,随着电子计算机的迅速发展,人们开始有意识地、广泛地、系统地应用随机抽样方法解决大量的数学物理问题,并将蒙特卡罗方法作为一种独立的计算方法来进行研究,并随之向各个学科领域渗透。如计算物理学、计算概率统计学、计算机科学与统计学的界面学等边缘学科,它们都和蒙特卡罗方法有着密切关系。

就求解数学和物理问题而言,与过去的随机试验方法相比,蒙特卡罗方法增添了许多新的内容。例如:应用概率模型模拟物理现象或数学方程,扩大了随机抽样技术的应用范围;在计算机上进行随机试验,使随机试验方法有可能更接近真正的物理试验或其他数学物理方程解;在计算机上用程序产生伪随机数代替真正的随机数,不仅使用方便而且提高了计算速度。

1955 年以后,我国开展了蒙特卡罗方法的研究工作,在核科学、真空技术、地质科学、医学统计、随机服务系统、系统模拟和可靠性等方面都解决了大量的实际问题,并取得一批理论和应用的成果。

蒙特卡罗方法对计算机科学的发展也起了一定的促进作用。例如,在计算机体系设计中越来越广泛地采用概率统计思想方法,这样就需要对各种不同方案进行统计分析和模拟对比。由于蒙特卡罗试验可代替设计中的部分真实试验,从而节省了设计的时间和工作量。

6.1.2 蒙特卡罗方法的基本思想

蒙特卡罗方法亦称为随机模拟(Random Simulation)方法,有时也称作随机抽样(Random Sampling)技术或统计试验(Statistical Testing)方法。

它的基本思想是:为了求解数学、物理、工程技术以及生产管理等方面的问题,首先建立一个概率模型或随机过程，使它的参数等于问题的解；然后通过对模型或过程的观察或抽样试验来计算所求参数的统计特征，最后给出所求解的近似值，而解的精确度可用估计值的标准误差来表示。

假设所要求的量 x 是随机变量 δ 的数学期望 $E(\delta)$，那么近似确定 x 的方法是对 δ 进行 N 次重复抽样，产生相互独立的 δ 值的序列 $\delta_1, \delta_2, \delta_3, \cdots, \delta_N$，，并计算其算术平均值：

$$\overline{\delta_x} = \frac{1}{N} \sum_{n=1}^{N} \delta_n \tag{6.1}$$

根据柯尔莫哥罗夫加强大数定理有

$$P\left(\lim_{N \to \infty} \overline{\delta_N} = x\right) = 1$$

因此，当 N 充分大时，公式

$$\overline{\delta_N} \approx E(\delta) - x$$

成立的概率等于 1，亦即可以用 $\overline{\xi_N}$ 作为所求量 x 的估计值。

下面举三个例子说明它的基本思想。

【例 6 - 1】频率近似概率。

在工厂中，为了检验一批产品的质量，人们常常抽出其中一部分（N 个）产品，逐个进行检验，如果有 n 个正品，那么，这批产品的正品率为

$$p \approx n/N$$

人们从经验中知道，当 N 数目越大，n/N 作为正品率的估计值就越准确。

【例 6 - 2】蒲丰氏问题。

在 19 世纪后期，有很多人以任意投掷一根针到地面上，将针与地面上一组平行线相交的频率作为针与平行线相交概率的近似值，然后根据这一概率的准确结果：

$$p = \frac{2l}{\pi a}$$

求出圆周率 π 的近似值为

$$\pi \approx \frac{2l}{a}\left(\frac{N}{n}\right) \tag{6.2}$$

式中：a 是平行线的间距；$l(l < a)$ 是针长；N 是投针次数；n 是相交次数。这就是古典概率论中著名的蒲丰氏问题。

【例 6 - 3】射击问题。

设 r 表示射击运动员的弹着点到靶心的距离，$g(r)$ 表示击中 r 处相应的得分数，分布函数 $f(r)$ 表示该运动员的弹着点分布，它反映运动员的运动水平，积分

$$\langle g \rangle = \int_0^\infty g(r) f(r) \mathrm{d}r \tag{6.3}$$

表示这个运动员的射击成绩。用概率语言说，$\langle g \rangle$ 就是随机变量 $g(r)$ 的数学期望值，即

$$\langle g \rangle = Eg(r)$$

现在，假如这个运动员射击 N 次，弹着点依次是 $\{r_1, r_2, \cdots, r_n\}$，则自然地认为 N 次射击得分的平均值为

$$\overline{g_N} = \frac{1}{N} \sum_{n=1}^{N} g(r_n)$$

相当好地代表这个射击运动员的成绩。换句话说,是积分式(6.3)的一个估计值(或近似值)。这个例子通常称为靶游戏,它直观地说明了蒙特卡罗方法计算定积分的基本思想。

从以上三个例子可以看出,当所要求解的问题是某种事件出现的概率,或者是某个随机变量的期望值时,它们可以通过某种"试验"的方法,得到这种事件出现的频率,或者这个随机变数的平均值,并用它们作为问题的解,这就是蒙特卡罗方法的基本思想。

6.2 蒙特卡罗方法的基本概念

1. 基本原理

蒙特卡罗方法以随机模拟和统计试验为手段,是一种从随机变量的概率分布中,通过随机选择数字的方法产生一种符合该随机变量概率分布特性的随机数值序列,作为输入变量序列进行特定的模拟试验、求解的方法。在应用方法时,要求产生的随机数序列应符合该随机变量特定的概率分布,而产生各种特定的、不均匀的概率分布的随机数序列。可行的方法是先产生一种均匀分布的随机数序列,然后再设法转换成特定要求的概率分布的随机数序列,以此作为数字模拟试验的输入变量序列进行模拟求解。

2. 解题步骤

(1) 建立概率模型,即对所研究的问题构造一个符合其特点的概率模型(随机事件,随机变量等),包括对确定性问题,须把具体问题变为概率问题,建立概率模型;

(2) 产生随机数序列,作为系统的抽样输入进行大量的数字模拟试验,得到大量的模拟试验值;

(3) 对模拟试验结果进行统计处理(计算频率、均值等特征值),给出所求问题的解和解的精度的估计。

正是利用蒙特卡罗方法的基本原理及解题步骤,与软件可靠性测试方法相结合,提出了基于蒙特卡罗方法的软件可靠性测试技术。

3. 蒙特卡罗方法的基本特征

我们知道,蒙特卡罗方法通常是用某个随机变量 x 的简单子样的算术平均值,即

$$\overline{x_N} = \frac{1}{N} \sum_{n=1}^{N} x_n$$

作为所求解 I 的近似值,由柯尔莫哥罗夫加强大数定理可知,当 $E(x) = 1$ 时,算术平均值 $\overline{x_N}$ 以概率 1 收敛到 I,即

$$P(\lim_{x \to \infty} \overline{x_N} = I) = 1 \tag{6.4}$$

按照中心极限定理,对于任何 $\lambda > 0$ 有

$$P(|\overline{x_N} - I| < \frac{\lambda_a \sigma}{\sqrt{N}}) \approx \frac{2}{\sqrt{2\pi}} \int_0^{\lambda_a} e^{-0.5t^2} dt = 1 - \alpha \tag{6.5}$$

这表明,不等式

$$| \overline{x}_N - I | < \frac{\lambda_a \sigma}{\sqrt{N}} \tag{6.6}$$

近似以概率 $1-\alpha$ 成立。通常当 α 很小时,如 $\alpha=0.05$ 或 0.01,α 称为显著水平,$1-\alpha$ 称为置信水平,α 为随机变量 x 的标准差。结果表明,$\overline{x}_N$ 收敛到 I 的速度的阶为 $O(N^{-\frac{1}{2}})$。

如果 $\sigma \neq 0$,那么蒙特卡罗方法的误差为

$$\varepsilon = \frac{\lambda_a \sigma}{\sqrt{N}} \tag{6.7}$$

因此,无论从方法的步骤讲,还是从结果精度和收敛性方面讲,蒙特卡罗方法都是一种具有独特风格的数值计算方法,它的基本特征可以归纳为以下五个方面:

(1) 由于蒙特卡罗方法是通过大量简单的重复抽样来实现的,因此,蒙特卡罗方法及其程序的结构十分简单。

例如,用平均值方法计算定积分

$$I = \int_0^1 g(x) \, dx$$

的数值,其计算步骤为:

① 产生均匀分布在 $[0,1]$ 上的随机数 $r_n(n=1,2,\cdots,N)$;

② 计算 $g(r_n)$ $(n=1,2,\cdots,N)$;

③ 用平均值 $\overline{I} = \dfrac{1}{N} \displaystyle\sum_{n=1}^{N} g(r_n)$ 作为 I 的近似值。

(2) 蒙特卡罗方法的收敛速度与一般数值方法相比是比较慢的,其主阶为 $O(N^{-\frac{1}{2}})$。因此,蒙特卡罗方法最适合于原来解决数值精确度要求不是很高的问题。但计算结果表明,蒙特卡罗方法在求解确定性问题时,可以达到相当高的精确度。

(3) 蒙特卡罗方法的误差主要取决于样本的容量 N 而与样本中元素所在的空间无关,即蒙特卡罗方法的收敛速度与问题的维数无关,因而更适合于求解多维问题。

(4) 蒙特卡罗方法对问题求解的过程取决于所构造的概率模型,因而对各种问题的适应性很强。这一点十分重要,是蒙特卡罗方法得以广泛应用的重要原因之一。例如,要计算 s 维空间中一个区域 D_s 上的积分:

$$I = \int_{D_s} \cdots \int g(x_1, x_2, \cdots, x_s) \, dx_1 dx_2 \cdots dx_s$$

无论 D_s 的形状如何,只要能给出描述 D_s 的几何条件,就可以用平均值法给出 I 的近似估值:

$$\overline{I} = \frac{D_s}{N} \sum_{n=1}^{N} g(x_1^{(n)}, x_2^{(n)}, \cdots, x_s^{(n)})$$

其中点 $(x_1^{(n)}, x_2^{(n)}, \cdots, x_s^{(n)}) \in D_s$ 且均匀分布在 D_s 上,但其他数值方法受问题的条件限制影响比较大。

(5) 蒙特卡罗方法属于试验数学的一个分支。由于蒙特卡罗方法能够比较逼真地描述事物的特点及物理过程,所以能解决一些通常数学方法难以解决的问题。

蒙特卡罗方法可以解决各种类型的问题,根据是否涉及随机过程的性态和结果,将这

其中 $x_5 = -10$, $T(x_4 = -2)$, $A_0 = 0.59 \times 15$, 下 提出以后 x_5... 3 $x_4 ...$ 1 各 ...

些问题分为：

① 确定性的数学问题。例如,利用蒙特卡罗方法求积分、解偏微分方程、解线性代数方程组等,可将这样的数学问题转换成相应的随机过程,然后用蒙特卡罗方法进行求解。

② 随机性问题。例如,在实验核物理里粒子输运问题中的应用、宇宙射线在地球大气中的传输过程、高能物理实验中的核相互作用过程和测量不确定度评估等。

蒙特卡罗方法解决问题的优势在于:能够比较逼真地描述具有随机性质的事物及系统过程,条件限制少,收敛速度与问题的维数无关,具有同时计算多个方案与多个未知量的能力,误差容易确定,程序结构简单,易于实现。不足之处是收敛速度慢。

蒙特卡罗方法算法由以下几个方面组成:①求得系统的概率密度函数(Probability Density Function),给出描述一个系统的概率密度函数是应用蒙特卡罗方法的前提;②利用随机数产生器产生在区间[0,1]上服从均匀分布的随机数并且进行随机性检验;③确定随机变量抽样规则,即从在区间[0,1]上均匀分布的随机数出发,随机抽取满足给定的概率密度函数的随机变量,常用的有直接、舍选、复合抽样;④模拟结果记录,记录一些感兴趣的量的模拟结果;⑤进行误差估计,确定统计误差(或方差)随模拟次数以及其他一些量的变化规律;⑥减少方差的技术,采用该技术可减少模拟过程中计算的次数。

4. 随机数产生

蒙特卡罗方法的成功应用关键在于随机数的产生好坏。本节主要介绍产生各种分布随机数的基本方法。随机数是实现由已知分布抽样的基本量,用专门的符号 R 表示。在由已知分布的抽样过程中,将随机数作为已知量,用适当的数学方法可以产生具有任意分布的简单子样。

定义在[0,1]区间上服从均匀分布的随机变量的独立样本称为均匀分布随机数(U[0,1])。由具有已知分布的总体中抽取简单子样,由简单子样中若干个性来近似地反映总体的共性,这种思想在蒙特卡罗方法中占有非常重要的地位。在连续型随机变量的分布中,最简单而且最基本的分布是单位均匀分布。由该分布抽取的简单子样称为随机数序列,其中每一个个体就是随机数。

"伪随机数"概念首先由 Lehmer 定义出来的,通过数学方法产生的随机数为伪随机数。同余法是在计算机上产生伪随机数最常见的方法,即用如下递推公式产生随机数序列。

$$R_{n+k} = T(R_n, R_{n+1}, \cdots, R_{n+k-1}), n = 1,2, \cdots$$

对于给定的初始值 R_1,确定 R_{n+1}, $n = 1,2,\cdots$ 只要它们能通过一系列随机性检验,就可以把它们当成随机数使用。用同余法产生伪随机数的优点在于可以利用计算机对递推公式进行计算,产生的速度快,费用低廉,所以在计算机上用数学方法产生伪随机数最为适宜。

同余法是一类方法的总称,它也由递推公式和初始值来产生随机数,这种方法包括乘同余法、加同余法和混合同余法。

乘同余方法产生伪随机数是最常用,它是由 Lehmer 在 1951 年提出来的,对于任一初始值 R_1,伪随机数序列由下面递推公式确定:

$$R_{n+1} = \lambda R_n(\bmod M), n = 1,2, \cdots$$

其中 $M = 10^8 + 1$，$\lambda = 23$，$R_0 = 47594118$，于是可以产生 8 位数（十进制）的伪随机数。当周期比较大时，可以用式：

$$\{R_{i+1}\} = \{R_i / M\}，i = 1, 2, \cdots$$

作为 $[0, 1]$ 区间上的伪随机数，为了便于在计算机上使用，通常取 $M = 2^s$，其中 s 为计算机中二进制数的最大可能有效位数。$R_1 =$ 奇数，$\lambda = 5^{2k+1}$，k 为使 5^{2k+1} 在计算机上所能容纳的最大整数，即 R 为计算机上所能容纳的 5 的最大奇次幂。一般地，$s = 32$ 时，$\lambda = 5^{13}$；$s = 48$，$\lambda = 5^{15}$ 等。乘同余方法产生的随机数随机性好、指令少、省时、周期长，因此使用得最多。

6.3 蒙特卡罗方法的应用

本节从两个方面来探讨蒙特卡罗方法的应用，一是在模拟仿真方面的应用，二是利用薄丰投针实验计算圆周率 π 的近似值。

6.3.1 蒙特卡罗方法在仿真方面的应用

蒙特卡罗方法能处理一些其他方法所不能处理的复杂问题，并且容易在计算机上模拟实际概率过程，然后加以统计处理。由上可知，可以把蒙特卡罗方法和仿真技术结合起来，这样就产生了蒙特卡罗仿真系统或蒙特卡罗仿真机，其工作原理叙述如下：

（1）基于对待解问题的详细分析，建立详细的符合其特点的概率模型，同时产生出预期的理论仿真结果。

（2）基于概率模型产生仿真所需的随机数。

（3）进行仿真试验，得出仿真结果。

（4）若这个结果和预期理论结果不相符，则说明仿真失败，重新回到第一步。否则，此次仿真过程成功。

仿真过程如图 6 - 1 所示。

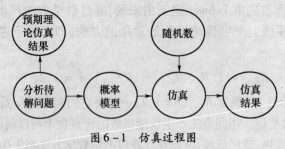

图 6 - 1 仿真过程图

6.3.2 利用蒲丰投针实验计算圆周率 π 的值

1. 问题描述

如图 6 - 2 所示，设在平面上有一组平行线，间距为 d，把一根长 L 的针随机投上去，则这根针和平行线相交的概率是多少？（其中 $L < d$）

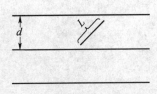

图6-2 投针示意图

分析:由于 $L < d$,所以这根针至多只能与一条平行线相交,图6-3是相交情形,图6-4是不相交情形。设针的中点与最近的平行线之间的距离为 y,针与平行线的夹角为 θ $(0 \leqslant \theta \leqslant \pi)$。

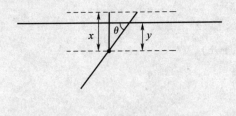 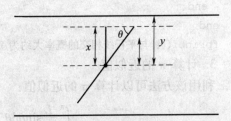

图6-3 相交情形   **图6-4 不相交情形**

易知针与平行线相交的充要条件为

$$y \leqslant x = \frac{L}{2}\sin\theta$$

由于 $y \in \left[0, \frac{1}{2}d\right], \theta \in [0, \pi]$ 且它们的取值均满足平均分布。建立直角坐标系,则针与平行线的相交条件在坐标系下就是曲线所围成的曲边梯形区域(图6-5)。

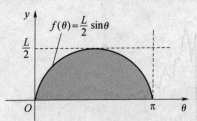

图6-5 围成的曲边梯形区域

所以由几何概率可知针与平行线相交的概率是

$$p = \frac{\int_0^\pi \frac{L}{2}\sin\theta d\theta}{\frac{1}{2}d\pi} = \frac{2L}{d\pi}$$

2. 蒙特卡罗方法

随机产生满足平均分布的 y 和 θ,其中 $y \in \left[0, \frac{1}{2}d\right], \theta \in [0, \pi]$,判断 y 是否在曲边梯形内。重复上述试验,并统计 y 在曲边梯形内的次数 m,其与试验次数 n 的比值即为针与平行线相交的概率的近似值。此方程算法如下:

```
clear;
n = 100000;
L = 1;
d = 2;
m = 0;
for k = 1 : n
  theta = rand(1) * pi;
  y = rand(1) * d/2;
  if y < sin(theta) * L/2
     m = m + 1;
  end
end
fprintf('针与平行线相交的概率大约为 % f \n', m /n)
```

3. 计算 π 的近似值

利用该方法可以计算 π 的近似值：

$$p = \frac{\int_0^{\pi} \dfrac{L}{2}\sin\theta \mathrm{d}\theta}{\dfrac{1}{2}d\pi} = \frac{2L}{d\pi} \approx \frac{m}{n} \Rightarrow \pi \approx \frac{2nL}{md}$$

模拟计算结果如图 6-6 所示。由图可以看出，随着投针试验次数的增加，圆周率计算值逐渐趋近于公认值。模拟到一万余次投针试验，如果继续增加试验次数，圆周率的计算精度还会得到进一步的提高。另外，从理论上讲，模拟次数和提供随机数据越多，精度越高，但所耗机时也越长；模拟次数过少，则误差过大。因此，需权衡模拟次数和误差。

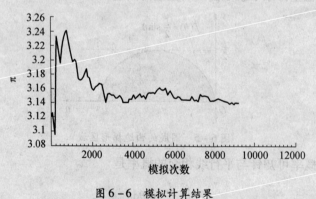

图 6-6　模拟计算结果

表 6-1 是一些通过蒲丰投针实验计算出来的 π 的近似值。

表 6-1　蒲丰投针实验计算出的 π 的近似值

实 验 者	年代/年	投掷次数	相交次数	π 的近似值
沃尔夫	1850	5000	2531	3.1596
史密斯	1855	3204	1219	3.1554
德摩根	1680	600	383	3.137

166

实 验 者	年代/年	投掷次数	相交次数	π 的近似值
福克斯	1884	1030	489	3.1595
拉泽里尼	1901	3408	1808	3.1415929
赖纳	1925	2520	859	3.1795

蒲丰投针问题的重要性并非是为了求得比其他方法更精确的 π 值,而是在于它是第一个用几何形式表达概率问题的例子。计算 π 的这一方法,不但因其新颖、奇妙而让人叫绝,而且它开创了使用随机数处理确定性数学问题的先河,是用偶然性方法去解决确定性计算的前导。

6.4 马尔可夫链

6.4.1 马尔可夫链的基本思想

马尔可夫过程推导必不可少的条件是:

(1)尺度间具有马尔可夫性质。随机场从上到下形成了马尔可夫链,即 X_i 的分布只依赖于 X_i,与其他更粗糙的尺度无关,这是因为 X_i 已经包含了所有位于其上层的尺度所含有的信息。

(2) 随机场像素的条件独立性。若 X_i 中像素的父节点已知,则 X_i 中的像素彼此独立。这一性质使我们不必再考虑平面网格中相邻像素间的关系,而转为研究尺度间相邻像素(即父子节点)间的关系。

(3) 设在给定 X_n 的情况下,Y 中的像素彼此独立。

(4) 可分离性。若给定任一节点 x_s,则以其各子节点为根的子树所对应的变量相互独立。

从只有一个节点的根到和图像大小一致的叶子节点,建立了完整的四叉树模型,各层间的马尔可夫链的因果关系使我们可以由非迭代的推导过程快速计算出 X 的最大后验概率或后验边缘概率。

完整的四叉树模型也存在一些问题:

(1)因概率值过小,计算机的精度难以保障而出现下溢,若层次多,这一问题更为突出。虽然可以通过取对数的方法将接近于 0 的小值转换成大的负值,但若层次过多、概率值过小,该方法也难以奏效,且为了这些转换所采用的技巧又增加了不少计算量。

(2)当图像较大而导致层次较多时,逐层的计算甚为烦琐,下溢现象肯定会出现,存储中间变量也会占用大量空间 ,在时间空间上都有更多的开销。

(3)分层模型存在块效应,即区域边界可能出现跳跃,因为在该模型中,同一层随机场中相邻的像素不一定有同 一个父节点,同一层的相邻像素间又没有交互,从而可能出现边界不连续的现象。

167

6.4.2　马尔可夫链的基本概念

1. 基本原理

时间和状态都是离散的马尔可夫过程,称为马尔可夫链,简记为 $X_n = X(n)$, $n = 0$, $1,2,\cdots$。马尔可夫链是随机变量 $X_1, X_2, X_3 \cdots$ 的一个数列。这些变量的范围,即它们所有可能取值的集合,称为"状态空间",而 X_n 的值则是在时间 n 的状态。如果 X_{n+1} 对于过去状态的条件概率分布仅是 X_n 的一个函数,则

$$P(X_{n+1} = x \mid X_0, X_1, X_2, \cdots, X_n) = P(X_{n+1} = x \mid X_n)$$

这里 x 为过程中的某个状态。上面这个恒等式可以看作是马尔可夫性质。

马尔可夫在 1906 年首先做出了这类过程,而将此一般化到可数无限状态空间是由柯尔莫罗在 1936 年给出的。

2. 马尔可夫链模型的性质

马尔可夫链是由一个条件分布来表示的,即

$$P(X_{n+1} \mid X_n)$$

称为是随机过程中的"转移概率"。这有时也称作是"一步转移概率"。二步、三步,以及更多步的转移概率可以导自一步转移概率和马尔可夫性质:

$$P(X_{n+2} \mid X_n) = \int P(X_{n+2}, X_{n+1} \mid X_n) \mathrm{d}X_{n+1} = \int P(X_{n+2} \mid X_{n+1}) P(X_{n+1} \mid X_n) \mathrm{d}X_{n+1}$$

同样:

$$P(X_{n+3} \mid X_n) = \int P(X_{n+3} \mid X_{n+2}) \int P(X_{n+2} \mid X_{n+1}) P(X_{n+1} \mid X_n) \mathrm{d}X_{n+1} \mathrm{d}X_{n+2}$$

这些式子可以通过乘以转移概率并求 $k-1$ 次积分来一般化到任意的将来时间 $n+k$。

边际分布 $P(X_n)$ 是在时间为 n 时的状态的分布。初始分布为 $P(X_0)$。该过程的变化可以用以下的一个时间步幅来描述:

$$P(X_{n+1}) = \int P(X_{n+1} \mid X_n) P(X_n) \mathrm{d}X_n$$

这是 Frobenius – Perron 等式的一个版本。这时可能存在一个或多个状态分布 π 满足:

$$\pi(X) = \int P(X \mid Y) \pi(Y) \mathrm{d}Y$$

其中,Y 只是为了便于对变量积分的一个名义。这样的分布 π 称作是"平稳分布"(Stationary Distribution)或者"稳态分布"(Steady – state Distribution)。一个平稳分布是一个对应于特征根为 1 的条件分布函数的特征方程。

平稳分布是否存在,以及如果存在是否唯一,这是由过程的特定性质决定的。"不可约"是指每一个状态都可来自任意的其他状态。当存在至少一个状态经过一个固定的时间段后连续返回,则这个过程称为是"周期的"。

3. 离散状态空间中的马尔可夫链模型

如果状态空间是有限的,则转移概率分布可以表示为一个具有 (i,j) 元素的矩阵,称为"转移矩阵":

$$P_{ij} = P(X_{n+1} = i \mid X_n = j)$$

对于一个离散状态空间,k 步转移概率的积分即为求和,可以对转移矩阵求 k 次幂来求得。就是说,如果 P 是一步转移矩阵,P^k 就是 k 步转移后的转移矩阵。

平稳分布是一个满足以下方程的向量:

$$P\pi^* = \pi^*$$

在此情况下,稳态分布 π^* 是一个对应于特征根为 1 的、该转移矩阵的特征向量。

如果转移矩阵 P 不可约,并且是非周期的,则 P^k 收敛到一个每一列都是不同的平稳分布 π^*,并且有

$$\lim_{\to\infty} P^k \pi = \pi^*$$

独立于初始分布 π。这是由 Perron – Frobenius 理论所指出的。

正的转移矩阵(矩阵的每一个元素都是正的)是不可约和非周期的。

【注意】在上面的定式化中,元素 (i,j) 是由 j 转移到 i 的概率。有时候一个由元素 (i, j) 给出的等价的定式化等于由 i 转移到 j 的概率。在此情况下,转移矩阵仅是这里所给出的转移矩阵的转置。另外,一个系统的平稳分布是由该转移矩阵的左特征向量给出的,而不是右特征向量。

6.5 马尔可夫链的应用

6.5.1 科学中的应用

马尔可夫链通常用来建模排队理论和统计学中的建模,还可作为信号模型用于熵编码技术,如算法编码。马尔可夫链也有众多的生物学应用,特别是人口过程,可以帮助模拟生物人口过程的建模。隐蔽马尔可夫模型还可用于生物信息学,用以编码区域或基因预测。马尔可夫过程,能为给定样品文本,生成粗略但看似真实的文本,它们可用于众多供消遣的"模仿生成器"软件,还可用于谱曲。

马尔可夫链最近的应用是在地理统计学(Geostatistics)中。其中,马尔可夫链用在基于观察数据的二维到三维离散变量的随机模拟。这一应用类似于"克利金"地理统计学(Kriging Geostatistics),称为是"马尔可夫链地理统计学"。这一马尔可夫链地理统计学方法仍在发展过程中。

6.5.2 人力资源中的应用

马尔可夫链模型主要是分析一个人在某一阶段内由一个职位调到另一个职位的可能性,即调动的概率。该模型的一个基本假设就是,过去的内部人事变动的模式和概率与未来的趋势大体相一致。实际上,这种方法是要分析企业内部人力资源的流动趋势和概率,如升迁、转职、调配或离职等方面的情况,以便为内部的人力资源的调配提供依据。

它的基本思想是:通过发现过去组织人事变动的规律,以推测组织在未来人员的供给情况。马尔可夫链模型通常是分几个时期收集数据,然后再得出平均值,用这些数据代表每一种职位中人员变动的频率,就可以推测出人员变动情况。

具体做法是:将计划初期每一种工作的人数量与每一种工作的人员变动概率相乘,然后纵向相加,即得到组织内部未来劳动力的净供给量。其基本表达式为

$$N_i(t) = \sum_{j=1}^{k} * P_{ij} + V_i(t)$$

式中:$N_i(t)$为t时间内i类人员数量;P_{ij}为人员从j类向i类转移的转移率;$V_i(t)$为在时间$(t-1,t)$期间i类所补充的人数。

企业人员的变动有调出、调入、平调、晋升与降级五种。表6-1为一家零售公司在1999年—2000年各类人员的变动情况。年初商店经理有12人,在当年期间平均90%的商店经理仍在商店内,10%的商店经理离职,期初36位经理助理有11%晋升到经理,83%留在原来的职务,6%离职;如果人员的变动频率是相对稳定的,那么在2000年留在经理职位上有11人(12×90%),另外,经理助理中有4人(36×83%)晋升到经理职位,最后经理的总数是15人(11+4)。可以根据这一矩阵得到其他人员的供给情况,也可以计算出其后各个时期的预测结果。上述零售公司的马尔可夫分析,见表6-2。

表6-2 零售公司的马尔可夫分析

	商店经理	经理助理	区域经理	部门经理	销售员	离职
商店经理 ($n=12$)	90% 11					10% 1
经理助理 ($n=36$)	11% 4	83% 30				6% 2
区域经理 ($n=96$)		11% 11	66% 63	8% 8		15% 14
部门经理 ($n=288$)			10% 29	72% 207	2% 6	16% 46
销售员 ($n=1440$)				6% 86	74% 1066	25% 228
供给预测	15	41	92	301	1072	351

6.5.3 马尔可夫模型案例分析

问题描述:在信用卡账户行为变化预测中的应用。

信用卡业务是商业银行的零售业务,信用卡的消费金额是银行的应收账款。在此,可以借鉴零售行业应收账款状态变化的预测方法对信用卡账户的行为变化进行描述和预测。

对信用卡账户的马尔可夫过程进行研究,主要解决新增贷款发生周期性变化的情况下利用马尔可夫过程预测不同时刻的信用卡账户各状态下的金额、已偿付态和坏账态的金额、全部应收款的现值及它们的方差计算等内容,以为商业银行信用卡账户的行为风险管理提供方法依据。

1. 马尔可夫模型的建立

马尔可夫状态转移模型是在满足"马氏性"和"平稳性"的基础上建立的。假定银行的信用卡账户中每期处于不同期限的逾期贷款数量只与上期逾期贷款的数量与结构有关,而与前期的状态无关,这就满足了"马氏性"。同时,在外部经济环境稳定、人口特征比较稳定、银行的信用卡管理技术和方法没有发生重大变化的情况下,可以认为逾期贷款由一种状态转移到另一种状态的概率在各期是保持不变的,即每年的转移概率矩阵基本保持稳定,满足了马尔可夫链的"平稳性"要求。这样,银行就可以通过往年的数据资料模拟出比较精确的转移概率矩阵,对信用卡账户的行为状态做出预测和评估,下面给出具体分析。

假设某一银行在时间 i 有一定的信用卡应收账款,当前或者随后的时间内这些余额都可以划分为 n 个时间段,即状态。对于这批在时间 i 的应收账款而言,有:

$B_0 =$ 逾期为 0 期的应收账款余额(也就是当前期);

$B_1 =$ 逾期为 1 期的应收账款余额;

……

$B_j =$ 逾期为 j 期的应收账款余额;

……

$B_{n-1} =$ 逾期为 $n-1$ 期的应收账款余额;

$B_n =$ 逾期为 n 期的应收账款余额。

实践中,时间段的数目将视情况而定,最后一个时间段主要依赖于银行应收账款的"冲销"原则,美国的信用卡贷款一般拖欠 180 天以上即成为呆账予以"冲销"。虽然拖欠账款最终也可能得到偿还,但是将超过规定还款期限的应收账款归入坏帐种类中是很自然的会计程序。

一般而言,可以让 B_{jk} 表示从 i 时刻处于 j 状态转移到 $i+1$ 时刻处于 k 状态的账户的金额。用这种方法,可以对处于 i 时刻的所有应收账款做出在 $i+1$ 时刻的一步转移账户。需要注意的是,还应该有一个"时间"状态应该加入到先前所描述的分类中,这一状态就是已付款状态,用 $\overline{0}$ 表示。在 i 时刻任何一种分类状态从 0 到 n 的账户在 $i+1$ 时刻都可以转移到状态 $\overline{0}$。这样,i 时刻的应收账款账户可以用一个 $n+2$ 维矩阵来表示,矩阵中的每一项 B_{jk} 表示 i 时刻 j 状态转移为 $i+1$ 时刻 k 状态的金额,即

$$\boldsymbol{B} = \begin{bmatrix} B_{\overline{0}\overline{0}} & \cdots & B_{\overline{0}k} & \cdots & B_{\overline{0}n} \\ B_{j\overline{0}} & \cdots & B_{jk} & \cdots & B_{jn} \\ B_{n\overline{0}} & \cdots & B_{nk} & \cdots & B_{nn} \end{bmatrix}$$

对信用卡账户而言,需要注意的是,当状态 B_{jk} 中的 $j<i$ 时,应理解为 i 时刻处于状态 j 的账户,在随后的 $i+1$ 时刻(一般为 30 天后)偿还了部分的利息,使得应收账款(贷款)又转变为 k 状态。

从 $n+2$ 维应收账款矩阵 $\boldsymbol{B}$ 可以导出 $n+2$ 维转移概率矩阵 $\boldsymbol{P}$。转移概率矩阵 $\boldsymbol{P}$ 中的每一项目表示在特定时间内某一账户由一种状态转移到另一状态的可能性。这样的话,一个隐含假设是,转移概率矩阵的考察周期和应收账款分类的考察周期是相同的。一般情况下,转移概率 P_{jk} 表示的是 i 时刻 j 状态的账款转移到 $i+1$ 时刻 k 状态账款的可能性。根据应收账款矩阵 $\boldsymbol{B}$ 及 B_{jk},转移概率 P_{jk} 可定义为

$$P_{jk} = \frac{B_{jk}}{\sum_{0}^{n} B'_{jk}} \quad (k = \bar{0}, 0, 1, \cdots, n) \tag{6.8}$$

在应用转移概率矩阵时需要注意两点：①$\bar{0}$状态的账款不可能转移到其他的状态，它只能停留在已付款状态，$\bar{0}$状态账户的转移概率依次为：$p_{\bar{0}\bar{0}} = 1.00$，$p_{\bar{0}0} = 0$，$p_{\bar{0}1} = 0$，$\cdots$，$p_{\bar{0}k} = 0$，$\cdots$，$p_{\bar{0}n} = 0$；②呆账类账户的状态，虽然有时候坏呆账类账款仍能收回现金，但在我们的模型里边假设呆账类账款只能停留在呆账类的状态，即：$p_{n\bar{0}} = 0$，$p_{n0} = 0$，$p_{n1} = 0$，$\cdots$，$p_{nn} = 1.00$。

上面描述的模型可以被看作一个有 $n+2$ 个状态的马尔可夫链过程，其转移概率矩阵为 P。而且，它有两个吸收态（偿付态 0 和呆账态 n），从其他任何一个暂态（非吸收态）都可以到达这两个吸收态，因此它是一个具有两个吸收态的马尔可夫链。下面将在充分利用马尔可夫理论和已有研究的基础上，研究如何利用马尔可夫链方法预测和估计信用卡账户行为的变化。

2. 马尔可夫模型的应用

在此，采用 Kemeny 和 Snell 的部分研究成果。为便于计算，将 $n+2$ 维转移概率方阵重新排列，将吸收态的偿付态和呆账态放在一起，将另外的暂态 $0, 1, 2, \cdots, n-1$ 放在一起，这样矩阵 P 就可以被分割为

$$P = \begin{bmatrix} I & O \\ R & Q \end{bmatrix}$$

式中：I 是一个 2×2 阶单位矩阵，O 是一个 $2 \times n$ 阶 0 矩阵；R 是一个 $n \times 2$ 阶矩阵；Q 是一个 $n \times n$ 阶矩阵。其中，定义矩阵：

$$N = (1 - Q)^{-1} = I + Q + Q^2 + Q^3 + \cdots + Q^k + \cdots$$

一定存在，并将其称为吸收态马尔可夫链的基本矩阵。

对于 $n \times 2$ 阶矩阵的所有分项，NR 给出了每一状态转移到吸收态 $\bar{0}$ 和 n 的吸收概率。NR 中的第一列给出了每一个状态转移到已偿付状态的概率，第二列给出了每一个状态下转移到呆账的概率。

1）无新增贷款的情况

假设在时刻 i，具有 n 个分项向量的 $B_i = (B_{i0}, B_{i1}, \cdots, B_{in-1})$ 给出来每一状态下应收账款的余额。让 b 等于所有这些余额之和，则向量 $\pi = \left(\frac{1}{b}\right)B$ 是一个没有非负分量且全部之和为 1 的概率向量，向量的分量代表了每一状态下应收账款的比例。如果假设上述状态中的余额的移动是独立的，那么就可以认定向量 π 为马尔可夫链的初始向量。另外，还假定：如果 A 是任一矩阵，那么我们让 A_{sq} 表示 A 中每一项平方后的结果；让 A_{rt} 表示 A 中每一项取平方根后的结果。则有如下结论：

定理 6-1 二维向量 BNR 中的分量可以给出来自应收账款向量 B 的期望还款和坏账金额；分量给出了偿付态和呆账态的方差，A_{rt} 给出了这两种状态的标准差。

$$A = b[\pi NR - (\pi NR)_{sq}] \tag{6.9}$$

证明 如上所述，矩阵 NR 中第一列的分量给出来应收账款从每一暂态转移到吸收

态(偿付态)的概率。向量 $\boldsymbol{\pi} = \left(\dfrac{1}{b}\right)\boldsymbol{B}$ 的分量给出了每次过程开始时账款转移到每一暂态的初始概率。因此,账款在最终时偿付态的概率可以由向量 $\boldsymbol{\pi}\boldsymbol{N}\boldsymbol{R}$ 的第一列分量给出。如果这一过程开始了 b 次,那么在最终时偿付态的平均数就是向量 $b\boldsymbol{\pi}\boldsymbol{N}\boldsymbol{R} = \boldsymbol{B}\boldsymbol{N}\boldsymbol{R}$ 的第一列分量向量 $\boldsymbol{\pi}\boldsymbol{N}\boldsymbol{R}$ 的第一分量是函数 f 的平均值,其中 f 表示在最终结束时偿付态的价值为全部价值,其他状态的价值为零。这一函数的方差可以由下式的第一分量给出:

$$V(f) = M(f^2) - [M(f)]^2$$

因为 $f_2 = f$,所以 $M(f_2) = M(f)$,因此 f 的方差可以由 $\boldsymbol{\pi}\boldsymbol{N}\boldsymbol{R} - (\boldsymbol{\pi}\boldsymbol{N}\boldsymbol{R})_{sq}$ 的第一分量给出。如果过程开始了 b 次,那么偿付态的全部金额的方差可以由 $A = b[\boldsymbol{\pi}\boldsymbol{N}\boldsymbol{R} - (\boldsymbol{\pi}\boldsymbol{N}\boldsymbol{R})_{sq}]$ 的第一分量给出。有关呆账态的分析与偿付态的分析类似。

此外,还可以对应收账款现值的计算进行研究。如果 r 是利率,则 $\beta = \dfrac{1}{(1+r)}$ 就表示了贴现率,应收账款现值的计算就可以由下面的计算给出。

假定 $\boldsymbol{B}$ 是应收账款向量,R_1 是矩阵 $\boldsymbol{R}$ 的第一列分量,则 $\boldsymbol{B}\boldsymbol{R}_1$ 表示当前时期的收现额;从下一期的 $\boldsymbol{B}\boldsymbol{Q}\boldsymbol{R}_1$ 的价值就只有 $\beta\boldsymbol{B}\boldsymbol{Q}\boldsymbol{R}_1$;依此类推,在 $(k+1)$ 周期时 $\boldsymbol{B}\boldsymbol{Q}^k\boldsymbol{R}_1$ 的价值就只有 $\beta^k\boldsymbol{B}\boldsymbol{Q}^k\boldsymbol{R}_1$。将这些折现价值加在一起就可以得到应收账款的当前现值:

$$\boldsymbol{B}\boldsymbol{R}_1 + \beta\boldsymbol{B}\boldsymbol{Q}\boldsymbol{R}_1 + \cdots + \beta^k\boldsymbol{B}\boldsymbol{Q}^k\boldsymbol{R}_1 + \cdots = \boldsymbol{B}[1 + \beta\boldsymbol{Q} + \cdots + \beta^k\boldsymbol{Q}^k + \cdots]\boldsymbol{R}_1 = \boldsymbol{B}\boldsymbol{N}_\beta\boldsymbol{R}_1,$$ 其中的 N_β 表示 $1 + \beta\boldsymbol{Q} + \cdots + \beta^k\boldsymbol{Q}^k\cdots$。

在实践当中,银行一般都要对信用卡用户收取一定的年费,假定银行对用户收取 b 的费率,则 $\beta = 1 + b$,那么完全可以利用上述公式来计算应收账款的现值。当然,如果考虑利率和年费率两种因素,将会有一个净折扣率或者一个费用率。

2)新增贷款固定不变的情况

假设每期又发生了金额为 c 的新应收款,这些新应收款被分不在不同的状态下,构成了向量 $\boldsymbol{C}$ 的各分量组成,即:$\boldsymbol{C} = (C_0, C_1, \cdots, C_{n-1})$。定义向量 $\boldsymbol{\eta} = \left(\dfrac{1}{c}\right)\boldsymbol{C}$,则 $\boldsymbol{\eta}$ 为概率向量并且认为是马尔可夫链的初始向量。假设,马尔可夫过程每期以初始概率 $\boldsymbol{\eta}$ 开始了 c 次,那么应收账款的稳定态分布会怎么样,这些账户的方差又是多少?每期期望付款和呆账的数量以及它们的期望方差又怎么样?

定理 6-2 如果马尔可夫过程每期以初始概率 $\boldsymbol{\eta}$ 开始了 c 次,则向量 $\boldsymbol{C}\boldsymbol{N}$ 的分量给出来所有时刻下稳定的应收账款金额,数值 $\boldsymbol{C}\boldsymbol{N}\boldsymbol{\xi}$ 给出了稳定态的全部应收账款金额,其中 $\boldsymbol{\xi}$ 是各项为 1 的 n 维列向量。二维向量 $\boldsymbol{C}\boldsymbol{N}\boldsymbol{R}$ 给出来每期偿付款和呆账的稳定态的金额。

证明 如果上述马尔可夫过程进行了许多个周期,则各状态的金额由当前 $\boldsymbol{\eta}$ 一个月前的 $\boldsymbol{\eta}\boldsymbol{Q}$、二个月前的 $\boldsymbol{\eta}\boldsymbol{Q}_2$ 等组成. 那么这些数量之和为

$$\boldsymbol{\eta}\boldsymbol{\eta}\boldsymbol{Q} + \boldsymbol{\eta}\boldsymbol{Q}^2 + \boldsymbol{\eta}\boldsymbol{Q}^3 + \cdots = \boldsymbol{\eta}(1 + \boldsymbol{Q} + \boldsymbol{Q}^2 + \boldsymbol{Q}^3 + \cdots) = \boldsymbol{\eta}\boldsymbol{N}$$

如果这个过程每周期开始了 c 次,每一状态下的应收账款可以由向量 $c\boldsymbol{\eta}\boldsymbol{N} = \boldsymbol{C}\boldsymbol{N}$ 表示。如果 $\boldsymbol{\xi}$ 是一个各项为 1 的列向量,则 $\boldsymbol{C}\boldsymbol{N}\boldsymbol{\xi}$ 是向量 $\boldsymbol{C}\boldsymbol{N}$ 的分量之和,代表了应收账款的全部账户余额。

如果上述过程进行了很多周期,将会有 $\boldsymbol{\eta}\boldsymbol{R}$ 的账款从第一期的新收款中转移到吸收

态,将有 ηQR 的账款从接下来的一期的新收款中转移到吸收态,将有 $\eta Q_2 R$ 的账款从过期两个月的新收款中转移到吸收态,依此类推,那么所有这些之和为

$$\eta R + \eta RQ + \eta Q^2 R + \eta Q^3 R + \cdots = \eta(1 + Q + Q^2 + Q^3 + \cdots)R = \eta NR$$

如果这一过程开始了 c 次,每期稳定态的偿付款和呆账将有 $c\eta NR = CNR$ 给出。证明完毕。

综合定理 6-1 和定理 6-2,能够得出一下推论。让 $t = CN\xi$, $\pi = \left(\dfrac{1}{t}\right)CN$,那么 CN_2R 和 $t[\pi NR - (\pi NR)_{sq}]$ 是偿付款和呆账的预测均值和方差。而且,可以根据对应收款的利率和费率来计算应收账款的现值。

3)新增贷款发生周期性变化的情况

上述讨论都没有考虑应收账款发生变化的情况,然而,在现实情况下,银行的信用卡消费呈现出一定的周期性,例如在春节、国庆节和秋季开学的时候消费比较高。除此之外,商业银行每年的消费贷款也可能因为经济增长或萧条等原因而扩张或收缩。因此,需要考虑这些因素对模型的一些影响。

具体来讲,设 C_i 是给定月份 i 的新应收款的向量, c_i 是全部应收款的金额, $\eta = (1/c_i)C_i$ 是第 i 时刻的初始向量,假设:

$$\boldsymbol{\eta}_{i-T} = (\boldsymbol{\eta}_i) \tag{6.10}$$

$$\boldsymbol{C}_{i-T} = \alpha \boldsymbol{C}_i \tag{6.11}$$

式中: α 是增长系数的倒数,例如某一贷款机构的信用卡业务以 2% 的年增长率扩张,则 $\alpha = 1/(1 + 0.02) = 1/1.02$; T 为循环周期的长度,一般情况下周期 $T = 12$。从式(6.10)和式(6.11)可以推出 $c_{i-T} = \alpha c_i$。

定理 6-3 设 $N_\alpha = (1 - \alpha QT) - 1$,那么下列式子:

$$A_i = \left[\sum_{k=0}^{r-1} C_{i-k}Q^k\right]N_\alpha \tag{6.12}$$

$$\alpha_i = \left[\sum_{k=0}^{t-1} C_{i-k}Q^k\right]N_\alpha\xi \tag{6.13}$$

$$D_i = \left[\sum_{k=0}^{t-1} C_{i-k}Q^k\right]N_\alpha R \tag{6.14}$$

给出了 i 时刻不同状态下的金额、全部应收账款以及吸收态的金额。

证明 设 $C_i, C_{i-1}, \cdots, C_{i-T+1}$ 是第 i 月份及其之前 $T-1$ 月的真实新收款。在知道增长率的情况下,可以推出以前月份的所有应收款,其中第 i 月份不同状态的应收款是

C_i;第 $(i-1)$ 月份的是 $C_{i-1}Q$;第 $(i-2)$ 月份的是 $C_{i-2}Q^2$,等等;第 $(i-T+1)$ 月份的是

$C_{i-T+1}Q^{T-1}$;第 $(i-T)$ 月份的是 $C_iQ^T (C_{i-T} = \alpha C_i)$,等等。将这些向量加总后如下:

$$A_i = C_i + C_{i-1}Q + C_{i-2}Q^2 + \cdots + C_{i-T+1}Q^{T-1} + \alpha C_iQ^T + \alpha C_{i-1}Q^{T+1} + \cdots +$$

$$\alpha C_{i-T+1}Q^{2T-1} + \alpha^2 C_iQ^{2T} + \alpha C_{i-1}Q^{2T+1} + \cdots + \alpha C_{i-T+1}Q^{3T-1} + \cdots =$$

$$C_i(1 + \alpha Q^T + \alpha^2 Q^{2T} + \cdots) + C_{i-1}Q(1 + \alpha Q^T + \alpha^2 Q^{2T} + \cdots) + \cdots +$$

$$C_{i-T+1}Q^{T+1}(1 + \alpha Q^T + \alpha^2 Q^{2T} + \cdots) =$$

174

$$[C_i + C_{i-1}Q + C_{i-2}Q^2 + \cdots + C_{i-T+1}Q^{T-1}]N_\alpha$$

α_i 和 D_i 的证明与 A_i 类似。

当然，对于 i 时刻的这些估计依赖于第 i 月及其前 $T-1$ 月的新增应收款，上面给出的估计结果比定理 6-2 给出的结果更准确一些。当然，如果 Q_n 快速趋于 0，则用过去几个月的应收账款来估计一个合理的结果也是可以的。

根据定理 6-1 和定理 6-2 的结论，可以用 $A_i NR$ 和 $\alpha_i[\tau_i NR - (\tau_i NR)_{sq}]$，其中 $\alpha_i = A_i\xi$、$\tau_i = (1/\alpha_i)A_i$ 来估计 i 时刻偿付款和呆账的均值和方差，而且也可以用 $A_i N_\beta R_1$ 用来估计 i 时刻应收账款的现值。

第7章 蒙特卡罗方法和马尔可夫链模型在软件可靠性测试中的应用

软件测试"永远也不可能完成测试,这个重担将会简单地从开发人员身上转移到客户身上"。这个事实使得其他的软件质量保证活动更加重要。每次客户/用户执行一个计算机程序的时候,程序就是在一个新的数据集合下经受测试。

测试对保证软件正确性是非常重要的,但测试只能证明缺陷存在,而不能证明缺陷不存在,也就是说,对于一个复杂的系统而言,无论采取什么样的测试手段都不能证明缺陷已经不复存在。"彻底地测试"只是一种理想。在实践中,测试要考虑时间、费用等限制,不允许无休止地测试。

下面讨论提出的测试方法:随机产生多组测试用例,分别对同一个被测对象进行测试,提高了软件测试的自动化程度;对测试结果的分析,明确了错误发生的原因,是逻辑错误还是语句本身的错误,提高了测试的准确性,同时缩短了测试周期,减少了投入;但也只适用于较小规模的软件测试。

7.1 马尔可夫链模型在软件可靠性测试结果分析中的应用

7.1.1 马尔可夫链的分析

1. 马尔可夫链概念的简要描述

马尔可夫过程是研究事物的状态及其转移的理论,它既适合于时间序列,又适用于空间序列,一个时间与状态都是离散的马尔可夫过程叫马尔可夫链。马尔可夫链是一种能用数学分析方法研究随即过程中的一般图示,它的特点是:作为一种特殊的随机事件序列,其序列的所有历史信息都可通过其现在的状态来反映,这种性质称为马氏性;过程或系统在时刻 t 所处的状态为已知的情况下,过程在时刻 t 所处的状态的条件分布与过程在时刻 t 之前所处的状态无关,这种性质称为无后效性。

马尔可夫链的相关知识的具体描述如下:

一个随机变量序列 $\{X^{(0)}, X^{(1)}, X^{(2)}, \cdots\}$,在任一时刻 $t(t \geq 0)$,序列中下一时刻 $t+1$ 处的 $X^{(t+1)}$ 由条件分布 $P(x|X^{(t)})$ 产生,它只依赖于时刻 t 处的当前状态,而与时刻 t 以前的历史状态 $\{X^{(0)}, X^{(1)}, X^{(2)}, \cdots, X^{(t-1)}\}$ 无关,这样的随机变量序列称为马尔可夫链。不管马尔可夫链的初始值 $X^{(0)}$ 取什么,$X^{(t)}$ 的分布都是收敛到同一个分布,即平稳分布。

一般地,令 $\{X^{(t)}\}_t \geq 0$ 为参数空间 Θ 上的马尔可夫链,其一步转移概率函数为

$$P(x, x') \approx P(x \to x') = P(X^{(t+1)} = x' \mid X^{(t)} = x) \text{(离散)} \tag{7.1}$$

或

176

$$P(x \rightarrow B) = \int_B p(x, x') \, \mathrm{d}x' \quad (连续) \tag{7.2}$$

式中:p 称为该马尔可夫链的转移核。通常认为马尔可夫链是时间齐次的。记 $X^{(0)}$ 的分布为 $\mu(x) = P(X^{(0)} = x)$,则经过 t 步之后 $X^{(t)}$ 的边际分布记为 $\mu^{(t)}(x) = P(X^{(t)} = x)$。如果 $\pi(x)$ 满足

$$\int p(x, x') \pi(x) \, \mathrm{d}x = \pi(x') , \forall_{x'} \in \Theta \tag{7.3}$$

则称 $\pi(x)$ 为转移核 p 的平稳分布。

作为起始状态,$X^{(0)}$ 最好具有分布 $\pi(x)$,于是由平稳分布的定义保证,任 $x^{(t)}$ 的边际分布也是 $\pi(x)$,然而这在需要应用 MCMC 时通常做不到。正是因为从 $\pi(x)$ 难以直接抽取样本,才借助于 MCMC 方法。事实上,并不需要起始状态的边际分布就是 $\pi(x)$,从不同的 $X^{(0)}$ 出发,马尔可夫链经过一段时间的迭代之后,就可以认为各个时刻的 $X^{(t)}$ 的边际分布都是平稳分布 $\pi(x)$,此时称为收敛了;而在收敛之前的那些迭代过程中,各状态的边际分布不能认为是 $\pi(x)$。

2. 马尔可夫链模型的核心思想

马尔可夫链是满足下面两个假设的一种随机过程:

(1) $t+1$ 时刻系统状态的概率分布只与 t 时刻的状态有关,与 t 时刻以前的状态无关。

(2) 从 t 时刻到 $t+1$ 时刻的状态转移与 t 的值无关。一个马尔可夫链模型可表示为 $M = (S, P, Q)$,其中各元的含义如下:

① S 是系统所有可能的状态所组成的非空的状态集,有时也称为系统的状态空间,它可以是有限的、可列的集合或任意非空集。本书中假定 S 是可数集(有限或可列)。用小写字母 i、j(或 S_i、S_j 等)来表示状态。

② $P = [p_{ij}]_{n \times n}$ 是系统的状态转移概率矩阵,其中 p_{ij} 表示系统在时刻 t 处于状态 i、在下一时刻 $t+1$ 处于状态 j 的概率,N 是系统所有可能的状态的个数。对于任意 $i \in S$,有 $\sum_{j=1}^{N} p_{ij} = 1$。

③ $Q = [q_1 \, q_2 \cdots q_n]$ 是系统的初始概率分布,q_i 是系统在初始时刻处于状态 i 的概率,满足 $\sum_{i=1}^{N} q_i = 1$。

7.1.2 基于马尔可夫链模型的测试结果评判准则

在软件测试过程中,对于被测软件,基于逻辑覆盖和基本路径测试方法生成的测试用例,覆盖了程序的所有测试,保证了在测试中程序的每个可执行语句至少执行一次,由此可知:这些测试用例构成了一个完整的测试实验样本空间。因此,可以把测试用例的生成及其发生概率和马尔可夫链模型联系起来。把一个完全正确的逻辑结构或模块对应的状态集看成在时刻 t 处的状态集,则状态集中的每一个状态对应一个测试用例,从而构成一个完整的满足马尔可夫链模型的测试用例集;同样,把接下来要测试的逻辑结构或模块所处的状态看作下一时刻 $t+1$ 处的状态。通过以上对模型的分析,可以构造一个基于该模型的软件可靠性测试结果的分析方法(评判准则),它可表示为 $P_z = (C, E)$。

（1）C 是被测逻辑结构或模块所对应的测试用例集，它应该是有限的、可列的集合或任意非空集。

（2）E 是时刻 t 测试用例的发生概率分布。其中 $E = \{e_1、e_2 \cdots e_n\}$，$P(\{e_i\})$ 表示 t 时刻第 i 个测试用例发生的概率，满足

$$P(\{e_1\}) = P(\{e_2\}) = \cdots = P(\{e_k\}) = 1/k \qquad (7.4a)$$

$$P(\{e_1\}) + P(\{e_2\}) + \cdots + P(\{e_k\}) = 1 \qquad (7.4b)$$

（7.4a）式说明了各测试用例是独立的。要满足式（7.4b）必须：① 设计的测试用例具有完全覆盖性；② 被测软件完全正确，只有这样才会有发生概率之和为 1 的结果。

7.2 基于蒙特卡罗方法的测试模型

7.2.1 测试模型

测试模型来源于基于模型的软件测试，其测试过程是：设计测试用例；进行测试；输出数据；测试结果的分析。测试过程如图 7－1 所示。

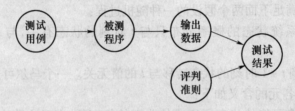

图 7－1 测试过程图

（1）设计测试用例：测试用例控制着软件测试的执行过程，它是对测试大纲中每个测试项目的进一步实例化。我们知道，对于被测软件，基于逻辑覆盖和基本路径测试方法生成的测试用例，覆盖了程序的所有测试，保证了在测试中程序的每个可执行语句至少执行一次。在逻辑覆盖中，生成的测试用例既要完全覆盖逻辑覆盖列出的条件，并且每个条件只覆盖一次；同样，在路径覆盖中，生成的测试用例要完全覆盖路径覆盖列出的路径，并且每条路径只覆盖一次。蒙特卡罗测试技术在逻辑覆盖和路径覆盖思想的基础上，生成测试用例，叙述如下：

被测程序简单的情况下，首先针对被测程序，产生基于逻辑覆盖和路径覆盖的测试流程。先随机产生满足逻辑覆盖的测试用例，再检查这些测试用例是否满足路径覆盖，如果不满足，依据路径覆盖设计思想，产生前面逻辑覆盖中没有覆盖路径的测试用例，这两类测试用例共同组成一组测试用例，这组测试用例具有完全覆盖性。注意：同一组内，不同测试用例测试的路径与覆盖的条件这两测试条件不能同时相同，但不同测试用例测试的路径或者覆盖的条件两条件之一可以相同，式 $P(\{e_1\}) = P(\{e_2\}) = \cdots = P(\{e_k\}) = 1/k$ 体现了这一条件，即各测试用例是独立的。当然最终设计的这组测试用例既完全覆盖列出的条件，又要完全覆盖列出的路径。

这样产生的测试用例的个数也可以知道，这个个数就是 $P(\{e_1\}) + P(\{e_2\}) + \cdots + P(\{e_k\}) = 1$ 中的 k 值。在设计测试用例时，除了给出 k 值，还应根据输入到被测程序

中的各个测试用例,给出对应的预期的输出数据结果,以提供检验测试结果的基准。

(2) 进行测试:对被测程序进行测试时,要按前面基础部分的描述建立的测试流程进行测试,具体参数的详细解释见前述。

(3) 输出数据:测试完后输出的测试值。

(4) 评判准则

① $P_z = (C, E)$,详细描述见7.1.2节。

② 测试结果数据与预期数据相符。

因此,可以通过测试用例的发生概率来检验各逻辑结构和语句的覆盖性。通过测试结果数据与预期数据的比较,判断各逻辑结构和语句的正确性。

(5) 测试结果的分析:看是否满足提出的评判准则。

(6) 蒙特卡罗测试技术的最优测试用例的产生:最优测试用例的产生是个比较复杂的问题,可以用已存在方法。用蒙特卡罗方法进行软件可靠性测试过程中,在被测程序较大较复杂的情况下,先对被测程序建立测试流程,产生随机抽样值,即在给定运行中各参数的统计分布规律的条件下,在计算机上产生符合其分布规律的随机数抽样值,这个过程称为伪随机数的模拟。由于伪随机数的特性会影响测试用例的覆盖性,采用产生随机数的另一种方法:类同余法。在对这些生成的随机数通过程序进行简单的处理,组成初步的满足测试目标随机数集。然后对这个测试用例集进行细化,最终生成满足评判准则条件的测试用例集。这样既可以检查软件的内容要求,也可以检查软件的接口要求。

7.2.2 测试策略

蒙特卡罗的软件可靠性测试方法的测试策略如下。这里只考虑被测程序比较简单的情况。

1. 测试策略描述

蒙特卡罗测试方法侧重于白盒测试,并能将白盒测试和黑盒测试有效的结合起来。选取被测程序,通过对其内部结构的详尽分析,将它划分为若干结构清晰、相互独立的单元,产生单元测试大纲,建立单元测试流程。先针对一个单元测试流程,随机产生多组测试用例,这样产生的测试用例涉及这个被测单元的各个逻辑和路径,具有完全覆盖性。每组测试用例分别驱动单元程序运行,获得输出数据。最后利用评判准则 $P_z = (C, E)$ 进行评判:如果每组测试用例对应的概率测试结果都达到概率值1,并且测试数据与预期数据相符,则说明测试成功,可以停止测试。再随机产生其他单元测试流程的测试用例进行测试。各单元测试完成后,还需进行组装、集成测试和确认测试,再用整合测试用例集对系统进行整体测试。上一步的测试结果都应满足评判准则,才能进行下一步的测试。

在进行测试过程中,在测试用例满足完全覆盖性的情况下,如果某一组测试结果显示 $\sum_{i=1}^{m} P_i \neq 1$,说明被测软件不正确,重新检查被测程序,测试无需再进行。否则,再进行第二步判定,如果测试结果数据与预期数据不相符,说明被测软件的逻辑结构或结构中的语句或路径中的语句本身不正确,则重新进行检查。

2. 该测试策略的特点

(1) 随机产生多组测试用例,分别对同一个被测对象进行测试,提高了软件测试的自动化程度。

（2）对测试结果的分析,使用提出的评判准则:每组测试用例对应的测试结果都达到概率值1,并且测试数据与预期数据相符,则说明测试成功。明确了错误发生的原因,是逻辑错误还是语句本身的错误,提高了测试的准确性,同时缩短了测试周期,减少了投入。

7.2.3　测试策略的应用

下面举例验证以上理论,特别用传统测试和本文的测试技术两种方法以作比较。可以更好地了解本文测试技术的优缺点和特点,更能充分掌握测试技术的思想和技巧。

这是一个简单的 C 程序,描述如下:

```
void DoWork ( int x,int y,int z)
{
int k = 0,j = 0;
if ( (x > 3) && (z < 10) )
{ k = x * y - 1;
  j = sqrt (k);
}                    /语句块 1
if ( (x = = 4) || (y > 5) )
{ j = x * y + 10; }          /语句块 2
j = j % 3;              /语句块 3
}
```

建立的流程图如图 7 - 2 所示。

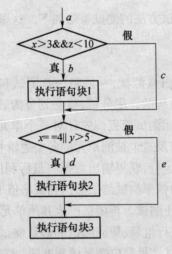

图 7 - 2　程序流程图

1. 基于传统测试技术的测试

1) 基于语句覆盖的测试

要实现 DoWork 函数的语句覆盖,只需设计一个测试用例就可以覆盖程序中的所有可执行语句。测试用例输入为:{ $x = 4$、$y = 5$、$z = 5$ }。程序执行的路径是:abd。

分析:语句覆盖可以保证程序中的每个语句都得到执行,但发现不了判定中逻辑运算的错误,即它并不是一种充分的检验方法。例如在第一个判定$((x > 3) \&\& (z < 10))$中把

180

"&&"错误的写成了"||",这时仍使用该测试用例,则程序仍会按照流程图上的路径 abd 执行。可以说语句覆盖是最弱的逻辑覆盖准则。

2）基于判定覆盖的测试

要实现 DoWork 函数的判定覆盖,需要设计两个测试用例。测试用例的输入为:$\{x = 4、y = 5、z = 5\}$;$\{x = 2、y = 5、z = 5\}$。程序执行的路径分别是:abd;ace。

分析:上述两个测试用例不仅满足了判定覆盖,同时还做到语句覆盖。从这点看似乎判定覆盖比语句覆盖更强一些,但仍然无法确定判定内部条件的错误。例如把第二个判定中的条件 $y > 5$ 错误写为 $y < 5$,使用上述测试用例,照样能按原路径执行而不影响结果。因此,需要有更强的逻辑覆盖准则去检验判定内的条件。

3）基于条件覆盖的测试

在实际程序代码中,一个判定中通常都包含若干条件。条件覆盖的目的是设计若干测试用例,在执行被测程序后,要使每个判定中每个条件的可能值至少满足一次。

对 DoWork 函数的各个判定的各种条件取值加以标记。

对于第一个判定（$(x > 3)\&\&(z < 10)$）:条件 $x > 3$,取真值,记为 T1,取假值,记为 $-T1$;条件 $z < 10$,取真值,记为 T2,取假值,记为 $-T20$。

对于第二个判定（$(x = 4)||(y > 5)$）:条件 $x = 4$,取真值,记为 T3,取假值,记为 $-T3$;条件 $y > 5$,取真值,记为 T4,取假值,记为 $-T4$。

根据条件覆盖的基本思想,要使上述 4 个条件可能产生的 8 种情况至少满足一次,设计测试用例见表 7 - 1。

表 7 - 1　条件覆盖设计的测试用例（1）

测试用例	执行路径	覆盖条件	覆盖分支
$x = 4、y = 6、z = 5$	abd	T1、T2、T3、T4	bd
$x = 2、y = 5、z = 15$	ace	$-T1、-T2、-T3、-T4$	ce

分析:上面这组测试用例不但覆盖了 4 个条件的全部 8 种情况,而且将两个判定的 4 个分支 $b、c、d、e$ 也同时覆盖了,即同时达到了条件覆盖和判定覆盖。但注意到上述测试在 $y < 5$ 的情况下也能执行,存在某些条件将会被其他条件所掩盖的问题。

说明:虽然前面的一组测试用例同时达到了条件覆盖和判定覆盖,但是,并不是说满足条件覆盖就一定能满足判定覆盖。如果设计了表 7 - 2 中的这组测试用例,则虽然满足了条件覆盖,但只是覆盖了程序中第一个判定的取假分支 c 和第二个判定的取真分支 d,不满足判定覆盖的要求。

表 7 - 2　条件覆盖设计的测试用例（2）

测试用例	执行路径	覆盖条件	覆盖分支
$x = 2、y = 6、z = 5$	acd	$-T1、T2、-T3、T4$	cd
$x = 4、y = 5、z = 15$	acd	$T1、-T2、T3、-T4$	cd

4）基于判定—条件覆盖的测试

判定—条件覆盖实际上是将判定覆盖和条件覆盖结合起来的一种方法,即:设计足够的测试用例,使得判定中每个条件的所有可能取值至少满足一次,同时每个判定的可能结果也至少出现一次。根据判定—条件覆盖的基本思想,只需设计以下两个测试用例便可以覆盖4个条件的8种取值及4个判定分支,见表7-3。

表7-3 判定—条件覆盖设计的测试用例

测试用例	执行路径	覆盖条件	覆盖分支
$x=4$、$y=6$、$z=5$	abd	T1、T2、T3、T4	bd
$x=2$、$y=5$、$z=15$	ace	-T1、-T2、-T3、-T4	ce

分析:从表面上看,判定—条件覆盖测试了各个判定中的所有条件的取值,但实际上,编译器在检查含有多个条件的逻辑表达式时,某些情况下的某些条件将会被其他条件所掩盖。因此,判定—条件覆盖也不一定能够完全检查出逻辑表达式中的错误。如:对于第一个判定$((x>3)\&\&(z<10))$来说,必须$x>3$和$z<10$这两个条件同时满足才能确定该判定为真。如果$x>3$为假,则编译器将不再检查$z<10$这个条件,那么即使这个条件有错也无法发现。对于第二个判定$((x==4)||(y>5))$来说,若条件$x=4$满足,就认为该判定为真,这时将不会再检查$y>5$,那么同样也无法发现这个条件中的错误。

5)基于组合覆盖的测试

组合覆盖的目的是要使设计的测试用例能覆盖每一个判定的所有可能的条件取值组合。对DoWork函数中的各个判定的条件取值组合加以标记:

(1)$x>3$,$z<10$　记做T1 T2,第一个判定取真分支;

(2)$x>3$,$z>=10$　记做T1 -T2,第一个判定取假分支;

(3)$x<=3$,$z<10$　记做-T1 T2,第一个判定取假分支;

(4)$x<=3$,$z>=10$　记做-T1 -T2,第一个判定取假分支;

(5)$x=4$,$y>5$　记做T3 T4,第二个判定取真分支;

(6)$x=4$,$y<=5$　记做T3 -T4,第二个判定取真分支;

(7)$x!=4$,$y>5$　记做-T3 T4,第二个判定取真分支;

(8)$x!=4$,$y<=5$　记做-T3 -T4,第二个判定取假分支。

根据组合覆盖的基本思想,设计测试用例见表7-4。

表7-4 组合覆盖设计的测试用例

测试用例	执行路径	覆盖条件	覆盖组合号
$x=4$、$y=6$、$z=5$	abd	T1、T2、T3、T4	(1)和(5)
$x=4$、$y=5$、$z=15$	acd	T1、-T2、T3、-T4	(2)和(6)
$x=2$、$y=6$、$z=5$	acd	-T1、T2、-T3、-T4	(3)和(7)
$x=2$、$y=5$、$z=15$	ace	-T1、-T2、-T3、T4	(4)和(8)

分析:上面这组测试用例覆盖了所有8种条件取值的组合,覆盖了所有判定的真假分支,但是却丢失了一条路径abe。

前面提到的五种逻辑覆盖都未涉及路径的覆盖。事实上,只有当程序中的每一条路径都受到了检验,才能使程序受到全面检验。路径覆盖的目的就是要使设计的测试用例能覆盖被测程序中所有可能的路径。

根据路径覆盖的基本思想,在满足组合覆盖的测试用例中修改其中一个测试用例,则可以实现路径覆盖,见表7-5。

表7-5 路径覆盖设计的测试用例

测 试 用 例	执 行 路 径	覆 盖 条 件
$x=4$、$y=6$、$z=5$	abd	T1、T2、T3、T4
$x=4$、$y=5$、$z=15$	acd	T1、-T2、T3、-T4
$x=2$、$y=5$、$z=15$	ace	-T1、-T2、-T3、-T4
$x=5$、$y=5$、$z=5$	abe	T1、-T2、-T3、-T4

分析:虽然前面一组测试用例满足了路径覆盖,但并没有覆盖程序中所有的条件组合(丢失了组合(3)和(7)),即满足路径覆盖的测试用例并不一定满足组合覆盖。

说明:对于比较简单的小程序,实现路径覆盖是可能做到的。但如果程序中出现较多判断和较多循环,可能的路径数目将会急剧增长,要在测试中覆盖所有的路径是无法实现的。为了解决这个难题,只有把覆盖路径数量压缩到一定的限度内,如程序中的循环体只执行一次。

在实际测试中,即使对于路径数很有限的程序已经做到路径覆盖,仍然不能保证被测试程序的正确性,还需要采用其他测试方法进行补充。

2. 蒙特卡罗测试技术的应用

被测程序仍是上述的 C 程序,程序流程图(测试模型)参见图7-2。

1)设计测试用例

根据逻辑覆盖设计测试用例的思想,列出 8 种条件,同 5)"基于组合覆盖的测试"中的 8 种组合。

根据路径覆盖列出 4 条路径,分别是:abd;acd; ace ;abe。

针对上述的 C 程序,根据前述测试流程可知:要求测试用例是整数,所以对产生的随机数取整,范围取为 1~20,这样 x、y、z 分别取 1~20 的随机整数;列出的 8 种条件和 4 条路径见上述。基于这些条件,编写程序(略),先列出随机产生的如下 2 组测试用例。

(1)第一组逻辑覆盖的测试用例,参见表7-4。

分析:这组测试用例满足了逻辑覆盖的要求,但只覆盖了 3 条路径,其中路径 acd 被覆盖了两次,而路径 abe 没有被覆盖。如果再生成一个测试用例,必然会导致覆盖条件的重合。在保证每个测试用例互不相容的情况下,在生成的逻辑覆盖的测试用例的基础上,再生成一个覆盖路径 abe 的测试用例"$x=5$、$y=5$、$z=5$",可以看出这个测试用例虽然覆盖条件(2)和(8),并已测过,但执行路径 abe 和覆盖条件(2)和(8)还没有同时被一个测试用例测过,所以这个测试用例是满足不相容于其他测试用例条件的。可以统计出这组测试用例共有 5 个,所以 k 值是 5。这样随机生成一组测试用例,见表7-6。

表7-6　第一组测试用例

测试用例	执行路径	覆盖条件	覆盖条件组合	预期发生概率	预期结果
$x=4$、$y=6$、$z=5$	abd	T1、T2、T3、T4	(1)和(5)	1/5	$j=1$
$x=4$、$y=5$、$z=15$	acd	T1、-T2、T3、-T4	(2)和(6)	1/5	$j=0$
$x=2$、$y=6$、$z=5$	acd	-T1、T2、-T3、T4	(3)和(7)	1/5	$j=1$
$x=2$、$y=5$、$z=15$	ace	-T1、-T2、-T3、T4	(4)和(8)	1/5	$j=0$
$x=5$、$y=5$、$z=5$	abe	T1、T2、-T3、-T4	(2)和(8)	1/5	$j=2$

（2）第二组逻辑覆盖的测试用例，见表7-7。

表7-7　第二组逻辑覆盖的测试用例

测试用例	执行路径	覆盖条件	覆盖条件组合
$x=4$、$y=5$、$z=5$	abd	T1、T2、T3、-T4	(1)和(6)
$x=5$、$y=6$、$z=10$	acd	T1、-T2、T3、T4	(2)和(7)
$x=3$、$y=5$、$z=5$	ace	-T1、T2、-T3、-T4	(3)和(8)
$x=3$、$y=5$、$z=10$	ace	-T1、-T2、-T3、T4	(4)
$x=4$、$y=6$、$z=10$	acd	T1、T2、-T3、T4	(5)

分析：这组测试用例满足了逻辑覆盖的要求，但只覆盖了3条路径，其中路径abe没有被覆盖。为了满足测试用例的完全覆盖性，还得再生成一个覆盖路径abe的测试用例"$x=5$、$y=5$、$z=5$"，可以看出这个测试用例是满足条件的。可以统计出这组测试用例共有6个，所以k值是6。这样生成第二组测试用例，见表7-8。

表7-8　第二组测试用例

测试用例	执行路径	覆盖条件	覆盖条件组合	预期发生概率	预期结果
$x=4$、$y=5$、$z=5$	abd	T1、T2、T3、-T4	(1)和(6)	1/6	$j=0$
$x=5$、$y=6$、$z=10$	acd	T1、-T2、-T3、T4	(2)和(7)	1/6	$j=1$
$x=3$、$y=5$、$z=5$	ace	-T1、T2、-T3、-T4	(3)和(8)	1/6	$j=0$
$x=3$、$y=5$、$z=10$	ace	-T1、-T2、-T3、T4	(4)	1/6	$j=0$
$x=4$、$y=6$、$z=10$	acd	T1、T2、-T3、T4	(5)	1/6	$j=1$
$x=5$、$y=5$、$z=5$	abe	T1、T2、-T3、-T4	(2)和(8)	1/6	$j=2$

（3）再以同样的方法，基于逻辑覆盖列出的8种条件和路径覆盖列出的4条路径，依据测试用例的产生过程，随机生成多组测试用例（在此不再详述）。

2）进行测试

各组测试用例分别输入被测程序，得到各组相对应的测试结果。在这里只给出两组测试用例对应的测试结果，如下：

184

第一组测试结果为

$$P(\{e_1\}) = P(\{e_2\}) = P(\{e_3\}) = P(\{e_4\}) = P(\{e_5\}) = 1/5$$
$$P(\{e_1\}) + P(\{e_2\}) + P(\{e_3\}) + P(\{e_4\}) + P(\{e_5\}) = 1$$
$$j = 1,0,1,0,2$$

第二组测试结果为

$$P(\{e_1\}) = P(\{e_2\}) = P(\{e_3\}) = P(\{e_4\}) = P(\{e_5\}) = P(\{e_6\}) = 1/6$$
$$P(\{e_1\}) + P(\{e_2\}) + P(\{e_3\}) + P(\{e_4\}) + P(\{e_5\}) + P(\{e_6\}) = 1$$
$$j = 0,1,0,0,1,2$$

3) 测试结果分析

两组测试用例所包含的数目分别是 5 个和 6 个,各测试用例是独立且具有完全覆盖性;测试结果的概率值都达到 1,说明被测程序具有完全覆盖性。

再对测试值和预期结果比较,如果测试结果和预期结果相符,说明被测程序是完全正确的。本测试中得到的 j 值和预测的结果相同,所以满足了评判准则。被测程序通过了测试。

如果随机生成多组测试用例进行测试,测试结果的概率值也都应达到 1,并且测试结果和预期结果应相符,在此不再详述。

3. 两种测试技术的比较

从上例看出:传统测试的各种技术都不能完全覆盖测试程序的每个条件和语句,不能达到完全测试的目的。而在蒙特卡罗方法的测试技术中,随机产生多组测试用例,这样产生的每组测试用例涉及了被测程序的各个逻辑和路径,且达到了完全覆盖性的目的。每组测试用例分别输入被测程序,得到多组测试结果,每组测试结果都应达到概率值 1。通过这种大量重复的随机测试,提高了测试的准确度和自动化程度。通过对结果的概率化分析,使得软件可靠性测试数学化,简化了发现错误的难度,缩短了测试周期,减少了投入。这个例子说明这种技术已优于传统的测试技术。

4. 总结

本节的重点是在测试方法的理论上:选取被测程序,建立单元测试流程。先针对一个单元测试流程,基于测试用例的生成过程,随机产生多组具有完全覆盖性的测试用例。每组测试用例分别驱动同一个单元程序运行,输出概率值和测试结果两类数据。最后利用提出的评判准则 $P_z = (C,E)$ 进行评判:如果每组测试用例对应的概率测试结果都达到概率值 1,并且测试数据与预期数据相符,则说明测试成功,可以停止测试。再随机产生其他单元测试流程的测试用例进行测试。各单元测试完成后,还需进行组装、集成测试和确认测试。上一步的测试结果都应满足评判准则,才能进行下一步的测试。

最后的测试范例,在同传统白盒测试技术的比较中,很好地完成与测试理论和观点相对应的实例测试。验证了蒙特卡罗测试技术的理论核心:用大量重复性随机实验对待测软件进行测试,得到同一概率值的测试结果,从而验证被测软件的正确性。在比较测试中体现这一技术的实用性和有效性。

软件测试是一项复杂的任务,是一门综合的学科,需要不断地进行探索。本书提出的这种测试方法在这一领域中有所创新,达到了最大限度地提高测试效率和测试的自动化程度,降低软件测试成本的目的。但随着其应用领域的拓展和新兴技术的显现,仍然需要不断的发展。

7.3 几种测试用例的生成方法研究

结构化程序设计中,程序由一系列指令节点组成。程序的控制流图定义了指令执行路径,其中节点是程序语句,有向边表示所连接两个节点之间的控制流,这些形成了程序控制路径。

定义 7-1 基于路径覆盖:对于被测软件,基于逻辑覆盖和基本路径测试方法生成的测试用例,覆盖了程序的所有测试,保证了在测试中程序的每个可执行语句至少执行一次,是一种穷举测试,也是完全意义上的测试。

定义 7-2 路径 P:设结构化程序 G,指令节点为 $S_i \in \text{Node}(G)$,若存在有序序列 $<s_0, s_1, \cdots, s_n>$,并且 $s_i + 1$ 节点可以在 s_i 节点后立即执行,则该序列组成程序 G 的一条路径。

定义 7-3 触发路径:设测试用例为 T,路径 $P = <s_{i0}, s_{i1}, \cdots, s_{in}>$ 是程序在 T 作用下,指令节点执行的有序序列,则称路径 P 为测试用例 T 的触发路径,记为 $TP(T, P)$。

定义 7-4 触发路径测试用例集:设触发路径为 P,若所有能产生该执行路径的测试用例组成集合 T,则称为触发路径测试用例集 $T(P)$。

程序的控制流路径表 CFDPATH_T 是执行路径的参照基础,测试用例产生执行路径为触发路径 TP,若正常执行则 $TP \in \text{CFDPATH\_T}$,否则表示该路径为执行异常;不可达路径则为不能触发的控制流路径。不同测试用例如果触发相同执行路径,则为该路径的测试冗余。

定义 7-5 触发路径测试用例的测试贡献度:设单条触发路径 P 的测试用例集为 $T(P)$,集合中元素的个数为 $N, N \geq 0$,则该集合中元素对此触发路径 P 的测试贡献度为:$C = 1/N, N > 0; C = 0, N = 0$。

同类测试用例对测试的贡献度相等,该类测试用例集合的大小为测试冗余,越大则这类测试用例越易出现,单个测试用例发现程序错误的能力下降,不利发现新的路径错误。

定义 7-6 对输入域空间的划分是面向测试用例触发路径的等价类划分,同类测试用例触发相同的执行路径,即,路径 P 为测试用例 T 的触发路径 $TP(T, P)$ 可以用一个测试用例来替代。

7.3.1 基于无理数产生的测试用例产生方法

在软件测试方面,在利用随机数产生测试用例中对随机数的要求必须具有独立性和完全覆盖性。研究人员利用蒙特卡罗方法对软件随机测试方法和软件控制流和数据流覆盖方面进行了尝试。本文在已提出的利用蒙特卡罗方法产生随机测试用例的基础上,提出了另一种随机数的产生方法:一种基于无理数的性质,产生(0,1)区间上均匀随机数。实践证明,该方法产生的随机数较传统方法产生的随机数具有更强的独立性,其均匀性更好。最后对这些随机数进行优化,产生出满足要求的测试用例。

186

1. 产生随机数的算法

1) 算法

（1）初始化。此算法选取数据的范围是由计算机的位数决定的，将计算机所能存储的数据分组。此算法的功能在于将数据分组，重新排序，以便得到更为随机的数据。假设计算机为 16 位，则存取数据的范围为 $0 \sim 2^{16}$，将这些数据分组排列，分成 P 组，每组有 q 个数。易见：$P \times q = 2^{16}$。且由于后续算法的需要，P 与 q 均满足：

$$P = 2^m, q = 2^n \qquad (m + n = 16, \text{且 } m \text{、} n \text{ 均为整数}) \qquad (7.5)$$

首先定义两个变量：groupnum1 为分组数目 groupnum2 为每组个数。本算法采用交叉分组法，即将每组中的数交叉排列，奇数位从小到大，偶数位从大到小。设 $a(i,j)$ 为第 i 组第 j 个数，则

$$a(i,j) = \begin{cases} \text{groupnum1} \times j + i & j \bmod 2 = 0 \\ \text{groupnum1} \times (\text{groupnum2} - j) + i & j \bmod 2 = 1 \end{cases} \qquad (7.6)$$

具体算法如下：

```
For i = 0 To groupnum1 - 1
  For j = 0 To groupnum2 - 1
    If j Mod 2 = 0 Then
    orgData(i, j) = j * groupnum1 + i
    Else
    orgData(i, j) = (groupnum2 - 1 - j) * groupnum1 + i
    End If
  Next
Next
```

通过分组，将所有数重新组合，定义为集合 A，其中每个元素为 $A_{i,j}$ $(i = 1, \cdots, m; \ j = 1, \cdots, n)$。

（2）$\sqrt{2}$ 的展开。此算法实现将无理数展开到小数点后任意位的功能：

① 赋初值：Quotient（商）= 1；Divisor（除数）= 1；Residue（余数）= 1。

② 输入 N（需要展开的位数）。

③ 具体算法如下：

```
For i = 1 to N
  Residue = Residue * 100
  For j = 0 to 9
    If Residue > j * (Divisor * 20 + j) then
    Residue = Residue - (J - 1) * (Divisor * 20 + j - 1)
    Exit for
    End if
  Next
  Quotient = Quotient * 10 + j - 1
Next
```

（3）产生随机数。

① 从界面获得输入数据：N——随机数个数，计算需要展开的位数 m，计算方法如下：

$$m = \left[(N + 16) / 3 \right] \qquad (7.7)$$

② 调用$\sqrt{2}$展开函数,将$\sqrt{2}$展开到m位得到字符串:

$$a_1 a_2 \cdots a_m, a_i = 0, 1, \cdots, 9$$

(4) 将每一位数字用二进制表示。二进制转化规则如下:

0——000;1——001;2——010;3——011;4——100;5——101;6——110;7——111;8——1000;9——1001。

得到字符串$a_1, a_2, \cdots, a_x$,其中$a_i = 0, 1$,由于不能确定展开的字符串中8和9的个数,所以不能确定x的准确数值,但必然有$x \geqslant N + 16$。

(5) 截取。$a_i \cdots a_{i+k-1}$,k位二进制转化成十进制数b_{i1}。

截取$a_{i+k} \cdots a_{i+k+s-1}$,$S$位二进制转化成十进制数$b_{i2}$。

在集合A中选取$a[b_{i1}, b_{i2}]$为所需随机数,即$a[b_{i1}, b_{i2}] \in A$。$i = 1, \cdots, n$。

(6) 获得$(0,1)$区间上的随机数。数列$u_i = a[b_{i1}, b_{i2}]/2^{16}$,$i = 1, \cdots, n$即为$(0,1)$区间上的随机数。

算法在实践后发现,有很多因素对结果有着不同的影响,所得到的随机数大不相同,从而有优劣之分。

2) 随机数的检验方法及结果

随机数的质量如何,即它的性质究竟与真正的$[0,1]$上均匀分布的随机变量的简单随机样本的性质有无显著差异,是一个很重要的问题。如有显著差异,则以这种伪随机数为基础对给定随机变量所抽得的样本,实际上将不能反映该随机变量的性质,从而所得随机模拟的最后结果也将是不可靠的。因此对伪随机数进行检验,具有重要的意义。

均匀随机数的参数检验是检验由某个发生器产生的随机数序列$\{r_i\}$的均值、方差或各阶矩等与均匀分布的理论值是否有显著的差异。两个随机变量的相关系数反应它们之间线性相关程度,若两个随机变量独立,则它们的相关系数必为零,故可以利用相关系数来检验随机数的独立性。

使用世界知名的统计分析软件 SPSS10.0,直接用其提供的命令、工具进行分析计算,得到均值和方差。所得结果见表7-9。

表7-9　检验结果

分组情况	均 值	方 差	参数检验值		
1 - 65536	0.50142	0.07937	- 1.534	- 0.2793	- 1.6236
2 - 32768	0.49912	0.07603	- 0.0986	- 0.8733	- 3.0264
4 - 16384	0.5021	0.07904	0.23	- 0.2369	- 1.7536
8 - 8192	0.50824	0.07684	0.8983	0.1874	- 2.6446
16 - 4096	0.49187	0.08194	- 0.8873	- 1.0112	- 0.4808
32 - 2048	0.4827	0.08122	- 1.8951	- 2.04	- 0.693
64 - 1024	0.49841	0.08234	- 0.1753	- 0.2793	- 0.3536
128 - 512	0.49083	0.08032	- 1.0078	- 1.2975	- 1.1597
256 - 256	0.48959	0.07931	- 1.1393	- 1.5309	- 1.5839

由参数检验的理论所知:给定显著水平 $\alpha = 0.05$ 后,查标准正态数值表得 $\lambda = 1.65$。由表(7 - 9)可知,除在算法中剔除的 32 - 2048 分组,以及个别异常值 - 3.026、- 2.6446 外,其余的 $|u_i| \leqslant \lambda$,可认为用此方法产生的随机数和传统方法产生的随机数相比具有更强均匀性。

使用 SPSS 10.0 提供的分析工具,分析表 7 - 9 相关性,以 1 - 65536 分组为例,显示结果见表 7 - 10。

表 7 - 10   表 7 - 9 相关性的分析

		V1	VAR00001
V1	Pearson Correlation	1.000	- .039
	Sig. (2 - tailed)	—	0.381
	N	500	500
VAR00001	Pearson Correlation	- .039	1.000
	Sig. (2 - tailed)	0.381	—
	N	500	500

所得显著性概率均大于 5%,故可以认为有些随机数据两两之间没有显著相关性,即是相互独立的。

对这些生成的随机数通过程序进行简单的处理,组成初步的满足测试目标的随机数集。去掉一些冗余的随机数,生成最优随机数集。再结合测试用例的设计过程,对这些随机数进行处理,就可得到满足评判准则条件的测试用例集。

2. 测试用例集的优化

在测试用例集中,存在两类侧试用例,一类是必不可少的测试用例,一类是冗余的测试用例。由于测试场景之间存在千丝万缕的联系,每个测试场景的测试数据集之间也存在一定的关系,将一个测试场景对应一个测试需求,由于每个测试需求对应一个可用的测试数据集,这个集合中的每个测试数据都能满足该测试需求,那么在选择测试数据时尽可能考虑在这些集合的交集中选择,这样得到的测试数据集不仅能满足测试目标,而且数量少。

还可以应用目前的一些简化算法对测试用例集继续优化,从而得到一个最小的测试用例集。目前流行的简化算法有贪心算法、启发式算法等。在此仅简单介绍贪心算法。

贪心算法为了把测试需求集 R 对应的测试用例集 T 进行精简,每次从 T 中挑选一个测试数据,使之能最多地满足所有未被满足的测试场景,然后在测试场景集中去掉已经被满足的测试场景,直到所有测试场景都被满足,停止从 T 中挑选测试数据。贪心算法的最坏时间复杂度是 $O(mn \cdot \min(m, n))$。

3. 示例

在本节中,产生随机数的算法(3)中,设 $N = 1000$,然后按(3)中的 6 个步骤,得到 1000 个随机数的散点图(图 7 - 3),图 7 - 4 是设 $N = 10000$ 个随机数的散点图。与传统的产生随机数的结果相比,图中并不显见有特殊规律性的结果。由此可见,基于无理数产生的随机数,前后数据结果没有相关性,其独立性较优,分布更加均匀。

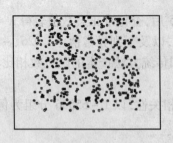

图 7-3　1000 个随机数的散点图

图 7-4　10000 个随机数的散点图

4. 总结

测试用例自动化程度提高的问题是软件测试自动化领域的难题之一,目前仍处于研究探索阶段。本文主要对测试用例生成方法进行探讨,目的是在软件开发的早期能够同步地生成独立于代码设计的高层测试用例,从而进一步提高软件的生产效率和软件产品的质量。在分析研究已有随机数产生方法的算法和对其优化产生测试用例的实现技术基础上,提出了另一种随机数的产生方法:一种基于无理数的性质,产生(0,1)区间上均匀随机数。介绍了基于无理数产生随机数的关键算法和生成优化测试用例的方法,并给出了实例,通过例子证明,该方法在产生的随机数均匀、独立方面是有效的。

7.3.2　基于数据仓库的数据挖掘方法

数据挖掘和数据仓库的协同工作,一方面,可以简化数据挖掘过程中的重要步骤,提高数据挖掘的效率和能力,确保数据挖掘中数据来源的广泛性和完整性,克服传统数据挖掘方法的局限性。另一方面,数据仓库的应用已经成为数据挖掘技术中极为重要和相对独立的工具。挖掘出的数据成为较优的测试用例的来源。

数据挖掘(Data Mining)就是从大量的、不完全的、有噪声的、模糊的、随机的实际应用数据中,提取隐含在其中的、人们事先不知道的、但又是潜在有用的信息和知识的过程。与此同时,聚类作为数据挖掘的主要方法之一,也越来越引起人们的关注。本书分析了数据挖掘中现有聚类算法的性能,通过比较分析了其局限性,提出了一种新的数据挖掘的方法——基于数据仓库的数据挖掘方法。

1. DM 中现有的聚类算法

按其基本思想把聚类算法分为四类,即层次聚类算法、分割聚类算法、基于约束的聚类算法和机器学习中的聚类算法。

1) 层次聚类算法

层次聚类算法通过将数据组织成若干组并形成一个相应的树状图来进行聚类,它又可以分为自底向上的聚合层次聚类和自顶向下的分解层次聚类。聚合聚类的策略是先将每个对象各自作为一个原子聚类,然后对这些原子聚类逐层进行聚合,直至满足一定的终止条件;后者则与前者相反,它先将所有的对象都看成一个聚类,然后将其不断分解直至满足终止条件。CURE、ROCK 和 CHAMELEON 算法是聚合聚类中最具代表性的三个方法。

该方法不用单个中心或对象来代表一个聚类,而是选择数据空间中固定数目的、具有代表性的一些点共同来代表相应的类,这样就可以识别具有复杂形状和不同大小的聚类,

190

从而能很好地过滤孤立点,它在聚合聚类的过程中利用了动态建模的技术。

2）分割聚类算法

分割聚类算法是另外一种重要的聚类方法。它先将数据点集分为 k 个划分,然后从这 k 个初始划分开始,通过重复的控制策略使某个准则最优化以达到最终的结果。这类方法又可分为基于密度的聚类、基于网格的聚类、基于图论的聚类和基于平方误差的迭代重分配聚类。

3）基于约束的聚类算法

真实世界中的聚类问题往往是具备多种约束条件的,然而由于在处理过程中不能准确表达相应的约束条件、不能很好地利用约束知识进行推理以及不能有效利用动态的约束条件,使得这一方法无法得到广泛的推广和应用。这里的约束可以是对个体对象的约束,也可以是对聚类参数的约束,它们均来自相关领域的经验知识。该方法的一个重要应用在于对存在障碍数据的二维空间数据进行聚类。COD 就是处理这类问题的典型算法,其主要思想是用两点之间的障碍距离取代了一般的欧几里得距离来计算其间的最小距离。更多关于这一聚类算法的总结可参考文献。

4）机器学习中的聚类算法

机器学习中的聚类算法是指与机器学习相关、采用了某些机器学习理论的聚类方法,它主要包括人工神经网络方法以及基于进化理论的方法。自组织映射是利用人工神经网络进行聚类的较早尝试,它也是向量量化方法的典型代表之一。该方法具有两个主要特点:①它是一种递增的方法,即所有的数据点是逐一进行处理的;②它能将聚类中心点映射到一个二维的平面上,从而实现可视化。此外,文献中提出的一种基于投影自适应谐振理论的人工神经网络聚类也具有很好的性能。在该聚类方法中,模拟退火的应用较为广泛,SINICC 算法就是其中之一。在模拟退火中经常使用到微扰因子,其作用等同于把一个点从当前的聚类重新分配到一个随机选择的新类别中,这与 K 均值算法中采用的机制有些类似。遗传算法也可以用于聚类处理,它主要通过选择、交叉和变异这三种遗传算子的运算以不断优化可选方案,从而得到最终的聚类结果。利用进化理论进行聚类的缺陷在于它依赖于一些经验参数的选取,并且具有较高的计算复杂度。为了克服上述不足之处,有研究者尝试组合利用多种策略,如将遗传算法与 K 均值算法结合起来,并且使用变长基因编码,这样不仅能提高 K 均值算法的效率,还能运行多个 K 均值算法以确定合适的 K 值。

2. 现有聚类算法性能的简单比较

从上面的分析介绍不难看出,这些现有的聚类算法在不同的应用领域中均表现出了不同的性能,也就是说,很少有一种算法能同时适用于若干个不同的应用背景。为此,提出了一种新的数据挖掘的方法——基于数据仓库的数据挖掘方法,该方法试图在同时适用于若干个不同的应用背景方面进行尝试。

3. 数据仓库的基本概念

业界公认的数据仓库的定义是:数据仓库就是面向主题的、集成的、时变的、非易失的数据集合,用以支持经营管理部门的决策制定过程。数据仓库中的数据面向主题,与传统数据库面向应用相对应。主题是数据仓库要围绕一些主题来组织数据,数据仓库提供特定主题的简明视图;数据仓库的集成特性是指在数据进入数据仓库之前,必须经过数据加工和集成,这是建立数据仓库的关键步骤,使用数据清理技术和数据集成技术,确保命名约定、编码结构、属性度量等保持一致;数据仓库的时变性是不同时间的数据集合,它要求数据仓库中的数据保存时限能满足进行决策分析的需要,而且数据仓库中的数据都要标明该数据的历史时期;数据仓库的非易失性是指数据仓库反映的是历史数据,而不是日常事务处理产生的数据,数据仓库总是物理地分离存放数据,这些数据源于操作环境下的应用数据。

4. 数据挖掘和数据仓库

1) 两种概念的融合

从对上面数据挖掘和数据仓库的概念分析中知道,数据仓库的面向主题的、集成的、时变的、非易失的数据集合的特性,决定了数据仓库的数据可同时适用于若干个不同的应用背景;数据仓库的数据清理和数据挖掘的数据清理具有相关性,如果数据在导入数据仓库时已经清理过,那很可能在做数据挖掘时就没必要再清理一次了,而且所有的数据不一致的问题都已经解决了。因此,从数据仓库中直接得到进行数据挖掘的数据有许多好处。

2) 基于数据仓库的数据挖掘方法简述

首先建立数据仓库,其次把数据从数据仓库中拿到数据挖掘库或数据集市中,如图7-5所示。

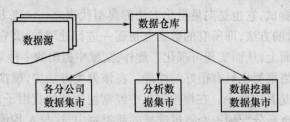

图 7-5 数据挖掘库从数据仓库中得出

数据挖掘库可能是数据仓库的一个逻辑上的子集,而不一定非得是物理上单独的数据库。但如果数据仓库的计算资源已经很紧张,那最好还是建立一个单独的数据挖掘库,如图7-6所示。

当然为了数据挖掘也不必非得建立一个数据仓库,数据仓库不是必需的。建立一个巨大的数据仓库,把各个不同源的数据统一在一起,解决所有的数据冲突问题,然后把所有的数据导到一个数据仓库内,是一项巨大的工程,可能要用几年的时间花上百万的钱才能完成。只是为了数据挖掘,可以把一个或几个事务数据库导到一个只读的数据库中,把它当做数据集市,然后在它上面进行数据挖掘。

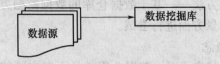

图 7-6 数据挖掘库从事务数据库中得出

构造数据仓库可以看作数据挖掘的一个重要预处理步骤。此外,数据仓库提供联机分析处理工具,用于各种粒度的多维数据分析,有利于有益的数据挖掘。因此,数据仓库已经成为数据分析和联机分析处理日趋重要的平台,并将为数据挖掘提供有效的平台。数据挖掘不限于分析数据仓库中的数据。它可以分析现存的、比数据仓库提供的汇总数据精确度更细的数据。它也可以是分析事务的、文本的、空间的和多媒体数据,因此,从某种意义上说,数据挖掘涵盖的数据挖掘功能和处理数据的复杂性明显提高。

5. 实验结果分析

图7-7和图7-8展示了随机数据在建立数据仓库前和建立数据仓库后的不同分布。可以看出,经过建立数据仓库处理后,数据得到了有效的分类。

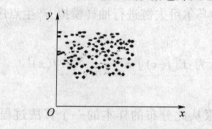

图7-7　建立仓库前的数据分布

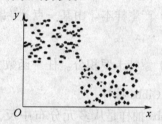

图7-8　建立仓库后的数据分布

7.3.3　基于 Gibbs 抽样的测试用例生成技术研究

在软件可靠性测试中好的测试用例可以避免盲目测试并提高测试效率。测试用例的优劣直接影响着软件的质量。测试用例是为特定目标开发的测试输入、执行条件和预期结果的集合。一个好的测试用例是在于它能发现至今未发现的错误。测试用例对测试工作的控制和指导作用相当于设计文档对编码的指导作用,尤其在大系统中表现出对系统测试的权威性。由于输入量太大、输出结果太多、软件实现途径太多、软件说明书没有客观标准等原因,不可能进行完全测试。为了节省时间和资源,提高测试效率,必须要从数量极大的可用测试数据中精心挑选出具有代表性或特殊性的测试数据来进行测试。

马尔可夫链蒙特卡罗方法(MCMC)产生于 19 世纪 50 年代早期,是在贝叶斯理论框架下,通过计算机进行模拟的蒙特卡罗方法,该方法将马尔可夫过程引入到蒙特卡罗模拟中,实现抽样分布随模拟的进行而改变的动态模拟,弥补了传统的蒙特卡罗积分只能静态模拟的缺陷,是近年来广泛应用的统计计算方法。

在 MCMC 方法的 Gibbs 抽样算法基础上,提出一种测试用例的生成方法:产生多个马尔可夫链,每个链下是一组完全意义上的测试用例,经过分别测试后,若这几条链稳定下来,则说明算法收敛了,即,设计的测试用例可以被确定为最终的测试用例。

1. 测试用例的生成策略

(1) 在任何情况下都必须使用边界值分析方法。经验表明用这种方法设计出测试用例发现程序错误的能力最强。

(2) 必要时用等价类划分方法补充一些测试用例。

(3) 用错误推测法再追加一些测试用例。

(4) 对照程序逻辑,检查已设计出的测试用例的逻辑覆盖程度。如果没有达到要求的覆盖标准,应当再补充足够的测试用例。

(5) 如果程序的功能说明中含有输入条件的组合情况,则一开始就可选用因果图法。

2. 基于 MCMC 方法的 Gibbs 抽样算法

1）MCMC 的基本思想

MCMC 方法是使用马尔可夫链的蒙特卡罗积分,其基本思想是:构造一条马尔可夫链,使其平稳分布为待估参数的后验分布,通过这条马尔可夫链产生后验分布的样本,并基于马尔可夫链达到平稳分布时的样本(有效样本)进行蒙特卡罗积分。设为某一空间,n 为产生的总样本数,m 为链条达到平稳时的样本数,则 MCMC 方法的基本思路可概括为:

（1）构造马尔可夫链。构造一条马尔可夫链,使其收敛到平稳分布 $\pi(x)$。

（2）产生样本。由某一点 $x^{(0)}$ 出发,用（1）中的马尔可夫链进行抽样模拟,产生点序列:$x^{(1)},\cdots,x^{(n)}$。

（3）蒙特卡罗积分。任一函数 $f(x)$ 的期望估计为:$E[f(x)] = \dfrac{1}{n-m}\sum\limits_{t=m+1}^{n} f(x)^t$。

2）Gibbs 抽样

Gibbs 抽样是从多元分布中反复生成近似于服从此分布的样本的一个算法过程,Gibbs 抽样是现实中最简单、应用最广泛的 MCMC 方法,其基础思路如下:

给定任意的初始向量 $\boldsymbol{x}_{(0)} = (x_1^{(0)},\cdots,x_k^{(0)})$;

从 $\pi(x_1|x_2^{(0)},\cdots,x_k^{(0)})$ 中抽取样本 $x_1^{(1)}$;

从 $\pi(x_2|x_1^{(1)},\cdots,x_k^{(0)})$ 中抽取样本 $x_2^{(1)}$;

……

从 $\pi(x_j|x_1^{(1)},\cdots,x_{j-1}^{(1)},x_{j-1}^{(0)},\cdots,x_k^{(0)})$ 中抽取样本 $x_j^{(1)}$;

……

从 $\pi(x_k|x_1^{(1)},\cdots,x_{k-1}^{(1)})$ 中抽取样本 $x_k^{(1)}$。

至此,完成 $x_{(0)} \to x_{(1)}$ 的转移。经过 n 次迭代,可得后验样本 $x_{(1)},x_{(2)},\cdots,x_{(n)}$。根据后验样本可计算后验分布的各阶矩,进行相应的统计推断。

这种方法的思路是选取多个不同的初值,同时产生多条马尔可夫链,经过一段时间后,若这几条链稳定下来,则说明算法收敛了。在实际操作中,可在同一个二维图中画出这些不同的马尔可夫链产生的后验样本值对迭代次数的散点图,如果经过若干次迭代后,这些散点图基本稳定,重合在一起,则可判断其算法收敛。MCMC 方法依赖于模拟的收敛性,也即其构造的马尔可夫链是否收敛? 何时收敛? 判断收敛性的方法至今仍没有完全可靠的收敛性诊断方法,这使得收敛性的诊断问题成为 MCMC 方法实施的难点,有待探索。

3. 一个简单的实例分析

通过对某一软件在进行了单元测试、集成测试和系统测试后得出的有关各类错误数据资料整理分析得出了错误分类统计表,见表 7−11 所示。

表 7−11　错误分类统计表

错误分类	错误数	百分比	错误分类	错误数	百分比
需求错误	1317	8.1	软件集成错误	1455	9.0
功能和性能错误	2624	16.2	系统结构错误	282	1.7
结构错误	4082	25.2	测试定义与测试集成错误	447	2.8
数据错误	3638	22.4	其他类型错误	763	4.7
实现与编码错误	1601	9.9	总计错误	16209	100.0

根据表 7 –11 的资料可设 α_1 表示需求错误,α_2 表功能和性能错误,α_3 表示结构错误,α_4 表示数据错误,α_5 表实现与编码错误,α_6 表示软件集成错误,α_7 表示系统结构错误,α_8 表示测试定义与测试集成错误,α_9 表示其他类型错误。由此得出"性质错误"类 $\Omega_1 = \{\alpha_1, \alpha_2, \alpha_3, \alpha_4, \alpha_5, \alpha_6, \alpha_7, \alpha_8, \alpha_9\}$,其总体分布为 $P(\alpha_1) = p_1, P(\alpha_2) = p_2, P(\alpha_3) = p_3, P(\alpha_4) = p_4, P(\alpha_5) = p_5, P(\alpha_6) = p_6, P(\alpha_7) = p_7, P(\alpha_8) = p_8, P(\alpha_9) = p_9$。由表 7 –11 得出"性质错误"样本,其样本 Ω'_1 总体容量为 16209。由大数定理可以得 $p_1 \approx 0.081, p_2 \approx 0.162, p_3 \approx 0.252, p_4 \approx 0.224, p_5 \approx 0.099, p_6 \approx 0.09, p_7 \approx 0.017, p_8 \approx 0.028, p_9 \approx 0.047$。

"性质错误"类 Ω_1 包括 9 类错误,总计错误的百分比 100%,由此得出:这 9 类错误构成了完整的测试实验样本空间 Ω_1。由于每类错误中的测试用例数目不同,所以其错误数的百分比不同,根据测试用例的概念可知:所有类的各个测试用例是相互独立的,并且每个测试用例都得发生,即每个测试用例发生的概率是相同的。所以这个例子满足了前面所述的式子 $P_z = (C, H)$。

7.3.4 基于粗糙集的不完备信息系统统计评判填补方法

本书把灰色理论和粗糙集理论结合,提出了一种测试用例的灰色填补方法,达到了对随机生成测试用例进一步完善的目的。

粗集理论由波兰逻辑学家 Z. Pawlak 教授于 1982 年提出,由于它能有效地分析和处理不精确、不一致、不完整等各种不完备信息,并能从中揭示潜在的规律,它自问世以来,在理论上和应用上都得到了迅速发展,特别是在人工智能、数据挖掘及认知科学等众多领域已经得到了广泛的应用。对粗集理论的研究主要集中在属性约简、规则提取及算法改进上。近年来,利用粗集理论对不完备信息的研究逐渐受到研究人员的重视,并提出了几种处理不完备信息的方法,但把粗集理论应用到测试用例的完善方面一直是一个新的研究领域。

在现实生活中,绝大多数信息系统是不完备的。结合从完备数据集中的学习规则。利用粗糙集在处理不完备信息系统上的优势,把属性的空值填补回来,使其与隐藏信息很好地结合,可以对信息系统数据的再利用提供巨大的价值。由于填充的过程导致了原始系统信息的变化,所得到的结果不一定真实地反映原始系统情况,即不能与信息表隐藏的信息很好地结合,因此填补数据的质量较差。目前,填补不完备数据的方法有等权均值法、最大频率法、断点法等。与前两种方法比较,断点法在求信息系统表断点基础上进行不完备数据填补,可以避免信息表的冲突,又能很好地反映信息表所蕴含的决策规则,最终的属性填补值与实际值比较,数据归属其类别的正确填补率较高,可用于测试用例的完善。灰色理论是研究少数据、贫信息不确定性问题的方法,目前利用灰色理论和粗糙集相结合,仅用来处理灰色决策表的属性约减。

1. 理论基础

不完备信息系统是现实生活中最广泛的存在形式,对不完备信息的填补处理主要用到不可分辨关系、相容类划分、属性冗余的基本概念,其相关概念定义如下:

定义 7 –7 设 $S = (U, R, V, f)$ 是信息系统,其中 U 是对象非空的有限集合 $\{x_1, x_2, x_3, \cdots, x_n\}$;$R$ 是属性的非空有限集合,$R = C \cup D, C \cap D = \varnothing$,$C$ 称为条件属性集合 $\{c_1, c_2, c_3, \cdots, c_m\}$,$D$ 称为决策属性集合 $\{d_1, d_2, d_3, \cdots, d_l\}$;$V$ 为属性值集合;$f: U \times R \rightarrow V$ 是一个

信息函数,它指定 U 中的每一个对象 $x_i(i=1,2,3,\cdots,n)$ 的属性值 $v_{ij}(i=1,2,3,\cdots,n;j=1,2,3,\cdots,m+l)$。如果至少有一个属性使得 $v_{ij} \in V$ 含有空值,则称 S 是一个不完备信息系统。

定义 7-8 用 * 表示属性空值,令 $P \subseteq R$,若 $S(P) = \{(x,y) \in U \times U | \forall a \in P, a(x) = a(y)\ or\ a(x) = *\ or\ a(y) = *\}$,$S_P(x) = \{y \in U | (x,y) \in S(P)\}$,则对于 P 而言,$S_P(x)$ 是与 x 相容对象的最大集合。

定义 7-9 令 R 是一族等价关系,$r \in R$,若 $\text{ind}(R) = \text{ind}(R - \{r\})$,则称 r 为 R 中冗余的,可以被约简;否则称 r 为 R 中重要的,非冗余的。

定义 7-10 令 $X \subseteq U$ 和 $r \in R$,属性 r 取值集合为 $\{r_1, r_2, \cdots, r_k\}$,$S(R)$ 是不完备信息系统相容关系,分别求出 $\underline{R}r_i$ 和 $\overline{R}r_i$。$\underline{R}r_i$ 表示该集合的取值为 i,则称 $\underline{R}r_i$ 是可分辨的;$\overline{R}r_i$ 表示该集合的可能取值为 i。

利用灰数进行统计评判的相关概念定义如下:

定义 7-11 只知道大概范围而不知道其确切值的数称为灰数,它分为离散型灰数和连续型灰数。离散型灰数是在某一个区间内,取有限个值或可数个值的灰数,可以用所有的取值组成集合,该集合中的每一个元素都可能是真值;连续型灰数指取值连续地充满某一个区间的灰数,可以用具有上下界的连续取值区间表示,它是包含真值在内的一个取值覆盖。

定义 7-12 当灰数的取值范围受到进一步限制或在某一值附近变化时,可以用可能性较大的值表示此灰数,这个过程称为灰数的白化。

定义 7-13 通过计算机可用一个简单的数学表达式来产生随机数列,根据需要随时产生,这种由数学公式推导出来的数叫做伪随机数。由于伪随机数有一定的周期,如果所选用的数学公式产生出来的随机数的周期足够长,而且产生的随机数具有"合理"的"随机性",这样对于仿真的结果影响不大,就认为用这样的数学公式产生的随机数仍然可以使用。

定义 7-14 在属性具有离散取值性质的不完备信息系统 $S = (U,R,V,f)$ 中,设 R' 是剔除了冗余属性的属性集合,$R' \subseteq R$,令 $X \subseteq U$ 和属性 $c_i \in R'$ 存在空值,分别计算剔除空值后属性 c_i 中取值的概率 P_{ij},$i = 1,2,\cdots,k$,$j = 1,2,\cdots,m$,则该属性的取值灰数为

$$\mu_{ij}(\otimes) = \begin{cases} (c_1, p_{1j}) \\ \vdots \\ (c_m, p_{mj}) \end{cases} \tag{7.8}$$

按概率取值从大到小重新进行排列,用累计概率建立分布函数 $F(P)$,使用随机数生成函数产生随机数 a,落入分布函数的位置设置白化函数,则属性 $c_i(i=1,2,3,\cdots,m)$ 的白化函数为

$$\mu_{ij}(\otimes) = \begin{cases} c_1 & 0 \leqslant a < P_{1j} \\ \vdots & \vdots \\ c_m & P_{(m-1)j} \leqslant a < P_{mj} \end{cases} \tag{7.9}$$

从以上对不完备信息填补处理的相关概念定义和对灰数进行统计的相关概念定义中可知:可以把灰色理论和粗糙集理论应用到软件可靠性测试中。对于被测软件,基于逻辑

覆盖和基本路径测试方法生成的测试用例,覆盖了程序的所有测试,保证了在测试中程序的每个可执行语句至少执行一次。因此,只有对基于逻辑覆盖和路径覆盖随机生成测试数据,才达到完全覆盖,才能用以上理论进行完善,即定义中提及的属性值冗余剔除和属性空值的填补,最终得到最优测试用例。

2. 算法

假定针对某一测试任务,基于逻辑覆盖和路径覆盖随机生成测试数据,接下来要对这组测试数据进行完善,成为能完全覆盖的测试用例。算法如下:

首先根据相容性原理对测试数据进行分类,再根据上下近似集限定其取值范围,最终根据白化函数求出各不完备测试数据的填充值。

为了测试数据表内容的冲突,可做如下规定:

(1) 若整个测试数据存在冗余覆盖条件,且冗余覆盖条件存在空值,则空值可填补为该覆盖条件可取值的任意一个值。

(2) 若整个测试数据的非冗余覆盖条件存在空值,则空值的填补必须以生成整个测试数据的覆盖条件不变为准则进行。

算法具体描述如下:

(1) 剔除带有某一空覆盖值的数据,产生一个新的数据集 $X' \subset X$,并对 X' 进行标准化处理,得到标准化后的产生各数据的覆盖值的集合 R',建立 $R \rightarrow R'$ 的对应关系。

(2) 用 R' 的值替换数据集 X 中各覆盖 R 的值,空值用 * 表示,产生新的数据系统 U'。

(3) 对 U' 求出 R 的相容关系 $S(R)$。

(4) 令 $F = \{ \}$,$Z = R$。

(5) 对任意 $c_i \in R$,$i - 1, 2, \cdots, m$,求出每一个 $S(Z - c_i)$,若 $S(Z - c_i) = S(R)$,则 $F = F + \{c_i\}$,$Z = Z - \{c_i\}$,直到运算完为止。

(6) 据数据集 X',求出集合 Z 中各覆盖的取值范围集合。

(7) 求出冗余覆盖集合 F 中各覆盖值的概率分布,使用累计概率分布函数和计算机随机函数在覆盖空值位置添入数值。

(8) 分别对非冗余覆盖的各取值求其上下近似集合,若缺失覆盖值的数据集在下近似集合中,且该数据集只属于一个下近似集合,则直接取该值为填补值;剩余的缺失覆盖值则根据覆盖值取值的概率建立其灰数取值 (C_i, P_i) 集合,其中 P_i 表示覆盖取值 C_i 的概率。根据取值概率进行排序,分布函数建立的白化函数求出集合 Z 中各覆盖的数值。替换覆盖空值,检查该系统是否有矛盾,若有,重新取值添入;否则,继续填充。

(9) 利用 $R \rightarrow R'$ 的逆对应关系,将 R 中各值替换,得到系统填补处理的完备测试用例集。

3. 算法实例及分析

根据上述算法,在此使用 UCI 机器学习数据库中 Iris 分类数据库作为样本数据库(表 7 - 12)来进行验证,并对 Iris - versicolor 的所有值取整。分别用 T1、T2、T3、T4 表示测试数据系统的四类覆盖条件名,在表 7 - 12 中,原始数据表是完整的测试用例。在保证完全覆盖的情况下,用可产生分布基本均匀的数据序列的 I. M. Sobol 伪随机数生成函数所产生的数据作为输入,按随机数产生的位置决定缺失数据位置。在使用中,剔除生成的前 1000 个随机数值,将原始表中的部分测试值随机删除,进而形成不完备测试数据表。根据算法,首先对不完备数据表进行标准化处理,用 20,21,22,…,70 分别代表 X20,X21,X22,…,X70,则 $U' = \{20,21,22,…,70\}$,$R = \{T1,T2,T3,T4\}$。在此,假设该不完备数据系统是上述完备数据系统随机丢失 18 个数据后形成的,各类覆盖丢失数据状况:T1 为 $\{22,28,35,41\}$,T2 为 $\{21,25,29,35,\}$,T3 为 $\{20,25,32,35,41\}$,T4 为 $\{22,27,28,32,39\}$。

表 7－12 样本数据库

覆盖号	原始测试数据表				不完备测试数据表				填补结果			
	T1	T2	T3	T4	T1	T2	T3	T4	T1	T2	T3	T4
20	1	3	5	9	1	3	*	9	1	3	6	9
21	2	4	6	8	2	*	6	8	2	4	6	8
22	3	5	7	7	*	5	7	*	3	5	7	7
23	1	3	7	7	1	3	7	7	1	3	7	7
24	1	4	6	8	1	4	6	8	1	4	6	8
25	2	5	6	7	2	*	6	7	2	5	6	7
26	3	5	9	9	3	5	5	9	3	5	5	9
27	2	4	5	8	2	4	5	*	2	4	5	8
28	1	5	6	7	*	5	6	7	1	5	6	7
29	1	3	7	9	1	*	7	9	1	3	7	9
30	2	4	6	8	2	4	6	8	2	4	6	8
31	3	4	6	7	3	4	6	7	3	4	6	7
32	2	3	6	8	2	3	*	*	2	3	6	8
33	1	5	5	9	1	5	5	9	1	5	5	9
34	2	3	5	7	2	3	5	7	2	3	5	7
35	2	4	6	9	*	*	*	9	1	4	6	9
36	1	3	7	8	1	3	7	8	1	3	7	8
37	1	4	7	9	1	4	7	9	1	4	7	9
38	2	5	6	7	2	5	6	7	2	5	6	7
39	3	3	5	8	3	3	5	*	3	3	5	8
40	2	4	5	9	2	4	5	9	2	4	5	9
41	3	3	7	8	*	3	*	8	3	3	7	8
……												
70	1	5	6	7	6	5	4	7	6	5	6	7

首先求出该不完备数据系统的相容关系 $S(R)$;其次求出覆盖条件 T1、T2、T3、T4 的各组测试数据的集合 W_{ij},$i = 1,2,3,4$,j 表示 A_i 的取值;分别求出 W_{ij} 的下近似集合,检查各缺值的类别是否属于某个下近似集合,若缺值的类别只属于一个下近似集合,则将该类别下的数据直接用 j 进行填补,经计算 T1 中的 22,T2 中的 21、25、29,T4 中的 22、27、28、32 满足条件,直接填补对应数据;计算出各覆盖条件下数据的取值概率,并进行累加产生累计概率分布函数,利用白化函数进行数据填补,T1 中的 28、35、41 分别填补 1、1、3,T2 中的 35 填补 4,T3 中的 20、25、32、35、41 分别填补 6、6、7、6、7,T4 中的数据 39 填补 18,填补结果见表 7－12。将填补后的数据表与原表进行对比,发现归属类别基本一致,数据填充过程中 T1 中的 35、T3 中的 20 发生错误,错误率为 1/9,其填补效果比较满意。

198

4. 分析与讨论

通过示例验证了利用粗糙集和灰数对不完备信息系统进行处理的可行性,利用上述方法,分别产生不同数目的随机数据丢失量。例如,随机丢失 5,10,15,…,50 个数据,分别计算出可分辨的丢失数据个数为 3,6,8,…,13,结果如图 7−9 所示。可见在不完备信息系统中,不可分辨的数据将随着数据丢失量的增加而增加,利用粗糙集下近似集合性质直接进行填补的可能性将下降。

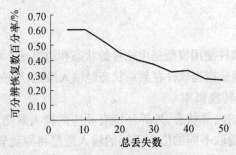

图 7−9　丢失数据与可正确恢复数据百分率关系

使用白化函数对上述结果进一步进行处理,例如分别对丢失 10、20、30、40 个数据的不完备信息系统进行处理,数据的正确填补个数分别为 8、17、19、30。可见,这种填补方法对不可分辨的数据具有一定的填补效果。数据填补还可以直接将数据填补为灰数,再利用灰色理论继续对其进行处理。

5. 结论

在现实生活中,大部分信息系统是不完备的,它们或多或少地存在信息缺损现象。许多文献利用粗糙集或灰色理论对不完备信息系统的研究,主要集中在规则关联的提取上。本文提出了一种基于粗糙集的不完备系统数据填补方法,该方法充分利用粗糙集对不完备信息系统的处理能力,得到正确的聚类信息并利用该信息进行系统的部分数据填补;进而根据属性取值概率分布构造灰数,根据概率取值的大小进行白化处理,得到剩余缺失数据的填补。采用本方法可以较好地反映信息系统所蕴含的规则,且可以避免信息系统的冲突。实践证明,当信息系统数据和丢失数据都均匀分布时,填补的数据能更好地反映信息系统的真实状况。

7.3.5　基于马尔可夫链的测试用例生成方法

在马尔可夫链模型的基础上,提出了测试用例的生成规则,并通过实例证明了这种规则的实用性和正确性。除了用 Musa 的软件运行剖面法来描述软件的使用方式外,还可以用马尔可夫链使用模型(Markov Chain Usage Model)来描述软件的使用方式。它将软件的连续的运行序列看做一个马尔可夫链,状态之间的关系以转换概率来表达。转换概率是指系统从某个给定状态迁移到其他状态的条件概率。有理由假定每个状态都可以由其他任何状态到达,因此,只要有足够的时间,马尔可夫链的不同状态的转换概率将到达一个稳定状态,从而可以用稳定状态概率来从统计学意义上描述软件的使用方式。

在基于马尔可夫使用模型的软件统计测试过程中,首先要根据软件需求规范建立软件的使用链;然后根据使用链进行序列抽样,产生测试用例;最后,执行测试用例,建立相应的测试链,通过测试链与使用链的比较,可以判断测试的充分性。当然,在软件可靠性增长测试过程中,利用基于马尔可夫使用模型的统计测试所产生的失效数据作为软件可靠性增长模型的输入,可以获得相应的可靠性估计或预计。在软件可靠性验证测试过程中,直接利用马尔可夫使用模型产生一定量的测试用例,通过对失效数据的观察,便可以获得对软件的可靠性验证。所以这里只关注如何建立相应的马尔可夫软件使用模型,以及相应的测试用例的抽取方法。

1. 基本概念

1) 状态和状态转换

基于马尔可夫链的软件使用模型是由软件的状态和边组成。状态表示软件在使用过程中的内部环境。状态转换是指当软件在某一状态经输入激励,从该状态转换到另一个状态。

2) 输入激励与状态转换概率

软件处于某一稳定的内部状态,外界环境有相应的输入激励,激励可以是不同的输入变量或者相同的输入变量取不同的值。不同的输入激励将导致软件不同的状态转换。当软件在稳定的使用环境下,不同的输入激励的出现是遵循一定的统计分布的,因而导致软件状态转换间也存在相应的概率分布,这个概率就称为状态转换概率。如果遵循软件的状态转换概率分布抽样产生测试输入序列,则体现了统计意义上的软件使用方式。

3) 软件的使用链和测试链

软件的使用链是用马尔可夫链描述的软件载誉期使用环境中的状态转换模型,用 U 表示。定义为:$U = \{S, \mathrm{ARC}\}$,其中 S 代表软件的状态集,有 $S = \{s_1, s_2, \cdots, s_n\}$;而 ARC 表示软件状态之间转换关系,有

$$\mathrm{ARC} = \{\mathrm{arc}_{11}, \mathrm{arc}_{12}, \cdots \mathrm{arc}_{1n}, \mathrm{arc}_{21}, \mathrm{arc}_{22}, \cdots, \mathrm{arc}_{2n}, \cdots, \mathrm{arc}_{n1}, \mathrm{arc}_{n2}, \cdots, \mathrm{arc}_{nn}\} \quad (7.10)$$

而其中的每个状态转换关系又是一个二维向量。用 D 表示引起软件状态转换的输入激励域,p 表示软件状态转换率,则有

$$\mathrm{arc}_{ij} = (d_{ij}, p_{ij})(d_{ij} \in D; i = 1, 2 \cdots, n; j = l, 2, \cdots, n) \quad (7.11)$$

软件的测试链是用来记录软件测试历史情况的软件状态转换链,用 T 表示。定义 $T = \{S', \mathrm{ARC}\}$,S' 是软件状态和软件故障状态的集合,有

$$S' = \{s_1, s_2, \cdots, s_n, s_{n+1}, \cdots, s_m\} \quad (7.12)$$

其中,从 s_1 到 s_n 是软件的正常状态,也就是软件使用链中包含的状态;从 s_{n+1} 到 s_m 是软件的故障状态。ARC′代表软件状态之间转换关系,即

$$\mathrm{ARC}' = \{\mathrm{arc}_{11}, \mathrm{arc}_{12}, \cdots, \mathrm{arc}_{1m}, \mathrm{arc}_{21}, \mathrm{arc}_{22}, \cdots, \mathrm{arc}_{2m}, \cdots, \mathrm{arc}_{m1}, \mathrm{arc}_{m2}, \cdots \mathrm{arc}_{mm}\}$$

$$(7.13)$$

而每个转换关系又是一个二维向量,其中 D 代表引起软件状态转换的输入激励域,p' 代表在测试过程中软件状态转换率,这其中不仅包含了软件正常状态之间转换率,也包含了正常状态和故障状态之间的转换率:

$$\mathrm{arc}_{ij} = (d_{ij}, p'_{ij})(d_{ij} \in D; i = 1, 2 \cdots, m; j = 1, 2, \cdots, m) \quad (7.14)$$

比较软件测试链 T 和使用链 U 的概念,可知二者的主要区别在于:测试链 T 中状态集 S' 包含了除使用链 U 中包含的正常软件状态外,如果测试中发现故障,那么还包含软件的失

效状态。同理,测试链 T 的状态转换关系也比使用链 U 多一些失效状态的转换关系。

测试链 T 中的 p' 值记录的是测试过程中软件状态转换的概率,是"测试概率"而不是使用链 U 中所代表的"使用概率"。

2. 使用链 U 的构建

软件的使用链来源于对软件的功能需求规范、使用规范、测试目标和限制的详尽分析。通过分析,获得所有的系统输入和状态转换,以及状态转换概率。

当识别出所有的状态后,建立一个起始状态和结束状态,并在考虑激励输入影响的基础上,作出软件的状态转换图,当所有代表软件使用方式的状态转换概率被估计出后,该软件的马尔可夫使用链就建立好了。本书以一个菜单软件的使用链构建过程作为实例,说明软件使用链的构建方法。

待测试的目标软件启动运行后,通过下拉菜单界面与用户交互。用户可以用向上键↑、向下键↓和回车键 Enter 控制软件。当软件打开文件时,"保存文件"和"打印文件"这两个菜单选项才可使用,否则两个菜单项不可使用。

设这个软件的使用链为 $U = \{S, \mathrm{ARC}\}$,则它的构建步骤如下:

1)确定软件状态集合

前面已经提到,软件状态指的是软件相对稳定的内部环境,这种内部环境决定了软件的某个输入激励是否可能或者合法。在确定软件状态时,需要仔细分析软件的每个输入激励以及使用相关输入激励的信息。

就该简单菜单选项软件来说,其输入激励是鼠标点击或者光标移动键与 Enter 键的组合。显然有两个因素决定着这些输入的作用(软件内部环境):选中的菜单选项(Menu Chosen, MC)和是否已经打开文件(File Opened, FO)。很明显,当选中的菜单为"打开文件"和"保存文件"时,软件的状态不同,鼠标点击的输入的结果不同;而且,当选中的菜单同为"保存文件"时,已经打开文件和没有打开时软件在输入激励作用下的反应也不一样。所以,这两个内部环境变量决定了软件的 8 个状态,再加上软件的起始状态和结束状态,软件有 10 个状态,最后,进一步分析,会发现软件在执行"打开文件"、"保存文件"和"打印文件"功能时,存在额外的 3 个软件状态,于是软件一共有 13 个状态,则该简单菜单软件的状态集合为 $S = \{s_1, s_2, s_3, s_4, s_5, s_6, s_7, s_8, s_9, s_{10}, s_{11}, s_{12}, s_{13}\}$,对这 13 个软件状态的描述见表7-13。

表7-13 一个例子:菜单软件的状态表

状态	MC	FO	状态	MC	FO
S_1	打开文件	否	S_5	打开文件	是
S_2	保存文件	否	S_6	保存文件	是
S_3	找印文件	否	S_7	打印文件	是
S_4	退出	否	S_8	退出	是
	功能			功能	
S_9	打开文件		S_{10}	保存文件	
S_{11}	找印文件		S_{12}	软件未被调用状态	
S_{13}	软件结束状态				

2）状态转换关系的图形表达

软件状态的转换是由输入激励引起的，所以应该首先找到软件的输入域。然后分析软件状态之间的关系，重要是分析软件状态之间是否存在转换关系。

对于这个菜单软件，前面已经讲到，用户可以用向上键↑、向下键↓和回车键 Enter 控制软件，所以软件的输入域为 $D = \{\uparrow, \downarrow, \text{Enter}\}$。

而后对于 11 个软件状态（除去软件结束状态和起始状态），可以把它们分成三组：第一组是 s_1, s_2, s_3, s_4；第二组是 s_5, s_6, s_7, s_8；第三组是 s_9, s_{10}, s_{11}。前面两组状态之间不存在直接的转换关系，而第三组只是一种暂时的软件内部处理状态，它只是与第二组软件状态发生交互。用椭圆表示出软件的状态，然后分析软件每一状态在相应软件输入激励作用下的状态转换，并用弧线表示，最后标示出输入激励符号。这样，一个用图形表示的软件使用链就完整地构建出来了，如图 7 - 10 所示。

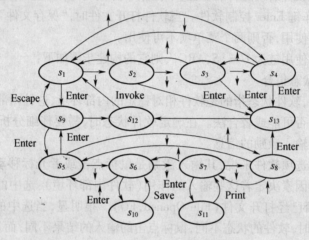

图 7 - 10　软件的使用链

3）确定软件状态转换概率

软件的状态转换概率表现了软件统计意义上的使用方式，用 p_{ij} 表示源状态 s_i 到目的状态 s_j 的状态转换概率，有 $0 \leq p_{ij} \leq 1.0$，$\sum_j p_{ij} = 1.0$。

在基于马尔可夫使用模型的软件统计测试过程中，转换概率决定了对不同输入激励的选取，进而决定了不同软件状态出现的相对次数，可见，精确地估计出软件状态转换概率意义重大。估计的依据来源于相关软件的使用日志、目标软件的需求规范、使用规范、测试目标、使用和测试限制，甚至在必要时通过对建立的原型进行使用统计。在对软件状态转换概率估计非常困难时，可以认为其是均匀分布的。表 7 - 14 列出了对该简单菜单软件在相应输入激励作用下状态转换概率的估计以及均匀分布假定。至此，该简单菜单软件的使用链 U 已经构建完成。

3. 基于使用链产生统计测试用例

当软件的使用链构建完毕后，就可以手动或者利用开发工具 CASE 自动生成需要量的统计测试用例。基于马尔可夫使用链产生的测试用例是根据软件状态转换概率抽样产生的由初态开始并经过若干中间状态到达终态的导致状态转换的输入激励序列。不同的测试用例的序列长度不一定相等。产生测试用例时，从初态开始，在每一个状态都生成一个 0~1 的随机数,根据这个随机数选择从这个状态的一条边出发,转移到下一个状态,周而复始,直到终态。于是,一个测试用例便生成了。由于这样产生的测试用例是严格遵循软件的使用链并按照状态转移概率随机生成的,所以能够很好地体现软件的真实使用方式。

需要指出的是,因为有一些软件功能的执行不是由数据输入引发的(如前面提到的菜单软件在用户按下回车调用保存文件功能,软件在完成这一功能后自动返回),而是软件自动完成的状态转换,因此,导致软件状态转换的某些软件功能的执行不算在测试序列内。

例如,前面介绍的菜单软件,从初始状态打开菜单,光标自动处于状态 s_1,依据随机数从输入激励集合中选择 Enter,软件状态从 s_1 转移到 s_9。然后再依据随机数选择 Enter,软件状态从 s_9 转移到 s_5。重复选择下去,软件就有了如此的转换过程:

$$s_1 \rightarrow s_9 \rightarrow s_5 \rightarrow s_6 \rightarrow s_{10} \rightarrow s_6 \rightarrow s_7 \rightarrow s_5 \rightarrow s_{13}$$

整个输入序列 Enter Enter ↓ Enter ↓ Enter 便是所产生的一个测试用例。其中引起 $s_{10} \rightarrow s_6$ 的转换原因没有算在测试序列中,虽然 Save 导致了状态转换,但是这是软件自己运行造成的,而不是输入激励导致的,所以,测试用例不包括 Save 项。

4. 测试链 T 的构建

基于马尔可夫使用模型进行统计测试,有一个优点就是可以构建软件的测试链对测试历史情况进行记录,通过对测试链和使用链的比较,可以为我们提供评价测试充分性的佐证,同时,也为评价测试用例选取是否真实地反映软件使用方式提供了一个证据。

在测试之初,软件的测试链是与使用链一样的结构,只是转换概率全部设置成为初值为 0 的计数器 c_{ij}。随着测试的进行,每当执行一个测试用例,该计数器就加 1。而该边的相对转换概率为

$$t_{ij} = \frac{c_{ij}}{\sum_j c_{ij}} \qquad (i,j = 1,2,\cdots,n) \tag{7.15}$$

如果软件在测试过程中发生了失效,就在测试链中添加一个相应的失效状态,并同时添加一个从导致失效的源状态到失效状态以及失效状态到失效终止状态的边,并加上初值为 1 的计数器,以后,每当测试覆盖一次该边,则计数器加 1,用同样的方法可以算出状态转换概率。

软件的使用链反映的是软件的使用环境,而软件的测试链反映的是软件的测试环境。随着测试的进行,测试链应该越来越接近使用链,当它们的差异足够小时,就可以认为测试很充分了,抑或所选取的测试用例充分地表现了软件的使用方式。这种差异可以用测试链和使用链的欧几里德距离 EuclideanDistance 和 Discriminant 值 D(U,T) 来度量:

$$EuclideanDistance = \sqrt{\sum_{i,j} (p_{ij} - t_{ij})^2}$$

$$D(U,T) = \sum_{i,j} \pi_i p_{ij} \log_2 \frac{p_{ij}}{t_{ij}}$$

其中,p_{ij} 是使用链中的状态转换概率,t_{ij} 是测试链中的相对状态转换概率,而 π_i 为状态 s_i,在长时间运行中的占有率。

当然,在软件的可靠性测试中,不能仅仅依赖欧几里德距离和 Discriminant 值来判断测试的充分性,更主要的是通过对可靠性的估计、预计或者验证计划来判断。

7.4　几种软件系统可靠性中的优化问题研究

7.4.1　一种软件系统可靠性优化的方法

遗传算法(Genetic Algorithm,GA)是模拟生物进化的优化算法,由 Holland 在 20 世纪 60 年代提出。将遗传算法应用于测试技术,大多是对特定测试目标进行优化,这些方法较随机测试方式普遍有更好的性能。其中 D. Berndt、RP. Pargas 等对遗传算法用于测试用例自动生成进行了详细研究,但仍有可改进之处。

(1) 算法以单一优化为目标,侧重一次性优化计算。而测试是连续和反复的系统过程,动态连续优化计算更利于提高测试性能。

(2) 传统研究主要采用覆盖率指标的经验方式分析错误检测能力,量化分析做得相对较少。

(3) 大量模拟实验表明:对于中小规模的应用问题,GA 一般能够在许可的时间范围内获得满意解;而对于大规模的多变量求解任务,简单的串行 GA 则力不从心。因此,近年出现了大量将遗传算法并行执行的研究。

软件系统可靠性优化是在一定资源约束条件下寻找一种最佳可靠性分配方案,使系统获得最高的可靠度,以取得最大的经济效益。该类问题实质上是一种数学规划问题:一般说来,该问题通常带有大量的局部极值点,往往是不可微的、不连续的、多维的、有约束条件的、高度非线性的 NP 完全问题。遗传算法作为一种新型的模拟生物进化过程的随机化搜索、优化方法,在解决此类问题时已显示了良好的效果。提出应用遗传算法对多用户软件系统的子系统进行等价划分,再基于并行遗传算法,对多用户软件系统可靠性优化问题进行了深入的探讨和研究。

1. 并行遗传算法

1) 并行遗传算法实现方案

随着遗传算法应用的深入开展,并行遗传算法(PGA)及其实现的研究也变得十分重要。一般来说,遗传算法中适应度的计算最费时间,再加上需要不断产生新一代,而每一代又有若干个体,所以如何提高遗传算法的运行速度显得尤为突出。目前并行遗传算法的实现方案大致可分为三类:

(1) 全局型——主从式模型(Master – Slave Model)。并行系统分为一个主处理器和若干个从处理器。主处理器监控整个染色体种群,并基于全局统计执行选择操作;各个从处理器接受来自主处理器的个体进行重组交叉和变异,产生新一代个体,并计算适应度,再把计算结果传给主处理器。

(2) 独立型——粗粒度模型(Coarse – Grained Model)。将种群分成若干个子群体并分配给各自对应的处理器,每个处理器不仅独立计算适应度,而且独立进行选择、重组交叉和变异操作,还要定期地相互传送适应度最好的个体,从而加快满足终止条件的要求。粗粒度模型也称岛屿模型(Island Model),基于粗粒度模型的遗传算法也称为分布式遗传算法(Distributed Genetic Algorithm)，也是目前应用最广泛的一种并行遗传算法。

（3）分散型——细粒度模型(Fine – Grained Model)。为种群中的每一个个体分配一个处理器，每个处理器进行适应度的计算，而选择、重组交叉和变异操作仅在与之相邻的一个处理器之间相互传递的个体中进行，细粒度模型也称邻域模型(Neighborhood Model)，适合于连接机、阵列机和 SIMD 系统。

2）迁移策略

迁移(Migration)是并行遗传算法引入的一个新的算子，它是指在进化过程中子群体间交换个体的过程，一般的迁移方法是将子群体中最好的个体发给其他的子群体，通过迁移可以加快较好个体在群体中的传播，提高收敛速度和解的精度。最基本的迁移模型是环状拓扑模型，如图 7 – 11 所示。

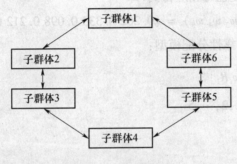

图 7 – 11　环状拓扑

3）并行遗传算法的性能参数

为了评价并行算法的性能，人们提出了许多不同的评价指标，其中最重要的一个评价标准是加速比。设 T_1 为某算法在串行计算机上的运行时间，T_p 为该算法在由 p 个处理机所构成的并行机上的运行时间，则此算法在该并行机上的加速比 S_p 定义为

$$S_p = \frac{T_1}{T_p} \tag{7.16}$$

并行遗传算法的性能主要体现在收敛速度和精度两个方面，它们除了与迁移策略有关，还与一些参数选取的合理性密切相关，如遗传代数、群体数目、群体规模、迁移率和迁移间隔。

2. 可靠性优化问题描述

一般，软件的开发费用不能超过预算 C^*，同时要保证用户得到的软件实用性大、可靠性高，对于一个具有 n 个功能模块、m 项操作过程的软件系统，有可靠性分配模型：

目标函数为

$$\max\left[U = \sum_{i=1}^{n} w_i R_i \right] \tag{7.17}$$

约束条件为

$$R_i \leq u_i \tag{7.18}$$

$$R_i \geq l_i \tag{7.19}$$

$$\alpha_i + c_i R_i \leq \alpha. v_i \tag{7.20}$$

205

$$\sum_{i=1}^{n} (\alpha_i + c_i R_i) \leqslant C^* \tag{7.21}$$

式中：U_i 是模块 i 可能取得可靠性的上限值；l_i 是其下限值；α_i 表示对模块 i 施加可靠性为 R_i 约束时的一般开销；C_i 为可调整的成本开销；α 等于 1 减去软件开发者的利润率；v_i 是模块的设计完成成本，模块 i 的实际成本不能超过它。

对于一个 5 模块软件系统的实例，该软件系统的开发总投资为 25.2 万元，利润率为 50%，于是有 $\alpha = 0.5$，$C^* = 252000$，系统总的不可靠性 $F \leqslant 0.001$，通过故障树分析法和模块重要度划分，可以得到各模块的可靠性要求下限：

$$(l_1 l_2 l_3 l_4 l_5) = (0.921\ 0.921\ 0.921\ 0.977\ 0.977)$$

同时各模块的重要度也可相应得到，即

$$(w_1\ w_2\ w_3\ w_4\ w_5) = (0.262\ 0.333\ 0.098\ 0.212\ 0.095)$$

由此，得到如下的可靠性分配模型：

$$\max\left[U = \sum_{i=1}^{5} w_i R_i \right]$$

$$R_i \leqslant 1, i = 1, 2, \cdots, 5$$

$$R_1 \geqslant 0.921$$

$$R_2 \geqslant 0.921$$

$$R_3 \geqslant 0.921$$

$$R_4 \geqslant 0.977$$

$$R_5 \geqslant 0.977$$

$$40 + 26 R_1 \leqslant 0.5 \times 131$$

$$22 + 63 R_2 \leqslant 0.5 \times 166.5$$

$$10 + 15 R_3 \leqslant 0.5 \times 49$$

$$5 + 49 R_4 \leqslant 0.5 \times 106$$

$$7 + 17 R_5 \leqslant 0.5 \times 47.5$$

$$84 + 26 R_1 + 63 R_2 + 15 R_3 + 49 R_4 + 17 R_5 \leqslant 252 \qquad \text{（单位为 1000 元）}$$

上述为含有 1 个线性目标函数，包含有 $3n + 1$ 个线性约束条件的组合优化问题，我们采用并行遗传算法来求解这一工程问题。

3. 用并行遗传算法求解多用户软件系统可靠性优化问题

并行遗传算法通过维持一群个体，模拟生物进化的适者生存原则，反复对这群个体进行选择、交叉和变异，直到获得全局最优解或接近全局最优解为止。下面将并行遗传算法应用到上述多用户软件系统的可靠性优化问题中，并就算法设计中的几个主要问题的处理方法进行讨论。

1）编码

个体的染色体表示采用实数编码，每个染色体由可行解向量 $\boldsymbol{R}$ 的元素列 $(R_1, R_2, \cdots, R_5)$ 表示，则相应染色体是 $V = (R_1, R_2, \cdots, R_5)$，根据约束条件式(7.17)、和式(7.18)以确定 R_i 的上下限 R_{ui}、$R_{vi}(i = 1, 2, \cdots, 5)$，即确定其搜索空间。在求出相应的解 $(R_1, R_2, \cdots, R_5)$ 后，就可以求得各个模块的可靠性分配值，通过式(7.17)，就可以得到该软件系统的可靠性优化指标。

2）适应度函数和迁移策略

采用并行遗传算法中的一传多迁移策略，每个处理器对应有若干个相邻处理器，每个处理器产生新一代个体后，都将自己最好的一个个体传递给其所有相邻处理器，并且接受来自相邻处理器最好的个体，将这些个体与自己的个体同时考虑，淘汰适应度差的个体。对原有的适应度函数采用线性变换法，设原适应度函数为 f，变换后的适应度函数为 f'，则线性变换可用下式表示：

$$f' = \alpha f + \beta$$

综合运用迁移策略和适应度变换方法，可以有效地抑制早熟现象（Premature），在接近收敛时，能够继续优化，并获得局部最优解。

3）交叉操作

本文采用多点交叉法，先将实值编码转换为对应的二进制编码。设置 m 个多点交叉位 K_i，并随机生成这 m 个交叉点，在交叉点之间间续地相互交换，产生两个新的后代，考虑如下两个 11 位变量的个体：

父个体1　01110011010
父个体2　10101100101
交叉位置为：2　　　6　　　10
交叉后的新个体为：
子个体1　01101111011
子个体2　10110000100

多点交叉的思想源于控制个体特定行为的染色体表示信息的部分无须包含于邻近的子串中，同时，多点交叉的破坏性可以促进解空间的搜索，而不是促进过早地收敛，因此使得搜索更加健壮。

4）变异操作

定义参数 P_m 为变异概率，从 $i=1\sim N$ 重复以下过程：从 $[0,1]$ 中产生随机数 r，如 $r<P_m$ 则选择 V_i 作为父代，用 V_1、V_2、V_3 表示上面选择的父代，对之施加一变异操作矩阵，随机选择两列互换产生新的子个体，并使之满足约束条件，在不能满足可靠性约束时，可以再选择其他两列互换以产生新的个体，直至满足给定的约束条件为止。

5）岛屿模型

这个模型也叫做粗粒度模型，该模型每个处理机上子群体所含个体的数量多于1，各个子群体在其各自的处理机上并行独立地运行简单遗传算法，并且以随机的时间间隔，在随机选择的处理机之间交换个体信息。运行结果表明，该方法比启发式顺序算法好得多。图 7-12 为岛屿模型示例。

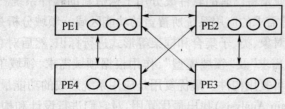

图 7-12　岛屿模型

4. 模拟结果分析

对于上述 5 模块软件系统的可靠性优化问题,应用并行遗传算法进行求解,并与简单遗传算法进行了比较。模拟运行时子种群数为 4,单个种群规模 40,最大世代数 500,交叉概率 0.97,变异率 0.01,迁移率 0.2,采用环状拓扑模型和精英保留策略,经模拟计算得到其近似全局最优解:$(R_1, R_2, \cdots, R_5)$ = (0.98077 0.97222 0.96667 0.97959 0.98529),U = 0.97672,即为可得到的最大软件实用性。

表 7 - 14 为并行遗传算法与简单遗传算法的比较表。可以看出,并行遗传算法有效地抑制了早熟现象,同时更快地寻求到了全局最优值,提高了运行速度和求解质量。

表 7 - 14　并行遗传算法与简单遗传算法的比较(500 次试算)

软件系统	算法	发生早熟现象的次数	求出全局最优点的次数	成功比例%
3 模块软件系统	SGA	166	356	62.8
	PGA	9	498	98.6
5 模块软件系统	SGA	235	267	50.2
	PGA	78	412	82.5

5. 结束语

将遗传算法应用到软件系统的可靠性优化中,成功地解决了一类多变量、多约束条件的线性规划问题,同时使用了并行遗传算法中的岛屿模型和迁移策略,较好地改善了遗传算法的搜索性能。结果表明:PGA 有效地提高了运行速度和求解质量。

7.4.2　一种优化软件可靠性测试费用的模型

测试用例(Test Case)的生成是软件测试的重要内容,测试用例设计的好坏直接决定了测试的效果和结果,所以说测试用例属软件测试工作的指导性文件。测试用例对测试工作的控制和指导作用相当于设计文档对编码的指导作用,尤其在大系统中表现出对系统测试的权威性。

1. 测试用例

测试用例实际上是对软件运行过程中所有可能存在的目标、运动、行动、环境和结果的描述,是对客观世界的一种抽象。RUP 中对测试用例的定义如下:测试用例是为特定目标开发的测试输入、执行条件和预期结果的集合。这些特定目标可以是:验证一个特定的程序路径或核实是否符合特定需求。内容包括测试目标、测试环境、输入数据、测试步骤、预期结果、测试脚本等,并形成文档。

2. 领域工程

简单地说,软件复用就是将已有的软件成分用于构造新的软件系统。"领域"指的是一组具有相似或相近软件需求的应用系统所覆盖的功能区域。领域分析是在特定应用领域寻找最优复用,以公共对象、类、子集合和框架等形式进行标识,然后对它们进行分析和规约。目标是获得"领域需求"及"领域模型",作用根据领域需求,领域工程师寻找领域的共性,进而确定软件的可复用构件。最优复用是应用系统形成的功能最大交集。

通过领域分析(Domain Analysis)找出最优复用,对它们进行设计和构造,形成为可复用构件,进而建立大规模的软件构件仓库的过程,就是领域工程。领域分析的输入和输出模型如图 7-13 所示。

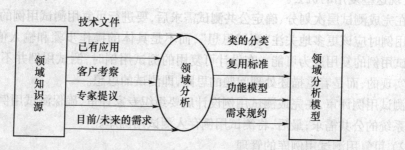

图 7-13 领域分析的输入和输出模型

3. 可复用测试用例库模型

1）可复用测试用例库生成模型

由于软件系统的多样性和复杂性,要实现测试用例的复用有一定的风险性。进行测试用例复用需要耗费各种资源,测试用例复用的重点是获得更高的投资回报。为了实现软件测试用例的复用,需要有一个系统化的方法和实现策略,这应该是一项系统化的工程。一个生成可复用测试用例的过程模型应该给出生成可复用测试用例的全过程中所应当考虑的活动,它对人们如何生成可复用测试用例应该具有指导性的意义。

将相关被测软件组织在一起进行测试,用系统工程的思想挖掘他们的公共属性,以实现所设计测试用例的复用。划分测试层次阶段,理解系统需求,从多方面来综合考虑系统规格的实现情况,对确认测试进行层次划分,通常需要从以下几个层次来进行设计:用户层、应用层、功能层等。以下从功能角度进行模块划分。

把领域工程的思想应用到测试用例的复用中,提出了测试用例的复用技术。对于一些基于面向对象的待测程序,先按功能分成若干组功能相近程序,把这一组功能相近程序叫做一个领域,定义需求规约,得出需求规约构件和若干个连接子配置构成的领域模型;再对这一组待测程序的每一个程序按功能分解成若干个功能模块,对其以对象、类、子集合和框架等形式进行标识,抽取具有最优复用的功能,该最优复用是应用系统形成的功能最大交集;最后形成可复用测试用例库,也叫测试用例构件库。

简言之,生成可复用测试用例库的过程主要包括按功能分两次划分测试层次、抽取公共需求、建立最优复用、设计测试用例、评审测试用例和存入测试用例库六个步骤,如图7-14所示。

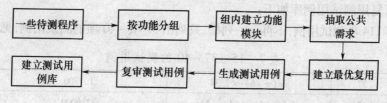

图 7-14 生成可复用测试用例库的步骤

抽取公共需求主要根据系统此时层次划分结果,完成对系统需求规格的分析,分解出各种类型公共需求。在同一领域的不同项目中,或者相同系统架构的不同项目,都可能存在测试用例的复用,这就要求在这个阶段要深入理解被测系统的需求及其相关的领域知识,发现这些复用的机会。

在完成测试层次划分、确定公共测试需求后,要进行可复用测试用例的设计。在设计测试用例时应该更多地关注"测试思想",而不是具体的操作步骤和输入值,这样才可以使测试用例的复用成为可能。在设计可复用的测试用例时,测试用例并不是用来描述具体的实现的,而是着重描述处理问题的思路,即测试的思想。

测试用例评审,在完成测试用例设计后要组织专家评审,确保测试用例完全覆盖了该类型系统的公共需求;最后,将测试用例存入测试用例库。

2) 可复用测试用例库的管理

(1) 枚举分类:定义一个层次结构来描述构件,构件库中的构件在该层次中定义软件构件的类以及不同层次的子类。

(2) 属性—值分类:为构件库中的所有构件定义一组属性,然后赋给这组属性一组值。该方法首先是为构件库中的所有构件定义一组属性,并赋予相应的属性值。开发人员通过指定一组属性值在构件库中对构件进行检索。该分类方法与刻面分类方法有几点不同之处:属性的数量没有限制,而刻面描述一般限制在 7 个或 8 个刻面;属性没有优先级,而刻面根据其重要程度,有相应的优先级。

(3) 呈面分类:在构件库形成以后,对构件可标识出一组呈面,呈面可以描述构件的基本特征,并根据特征重要性区分优先次序。

4. 示例

待测任务包括各种类型软件,其中包括 ESBCalc V4.2 等计算器方面的软件,这是一个由 ESB 咨询公司提供的免费软件,但没有提供源代码。其基本功能就是一个计算器所具备的计算能力,另外加上一些便于计算的功能,如剪切板内容的复制和粘贴以及计算屏幕等。

经过对以上各类软件的分析,按其功能把计算机器软件分为一组。对每个软件按功能划分成多个模块,发现:

(1) 共有的功能。包括加、减、乘、除、指数、对数、倒数、三角函数等简单的一元、二元函数运算以及复杂的多元复合运算;运算数、运算结果可以根据需要保留到小数点后一定位数。

(2) 共有的工作原理。单元运算,运算数在前,运算符在后,即运算数 + 运算符;二元运算,运算数 + 运算符十运算数;多元运算,综合单元运算和二元运算,再加上运算优先级,就是运算规则。

建立可复用测试用例库如下:

由于有 114 项测试用例,不再一一列举,只列出 37 项 –40 项的测试用例,见表 7 – 15。

表 7 – 15 37 ~ 40 的测试用例

37	$\sin(\pi \div 6) \times 2.34$	1.1700
38	$\sin(\pi \div 6) \times (4 \times y3)$	32.0000
39	$\sin(\pi \div 6) \times (4 \times y3) + sqrt(23)$	36.7958
40	设置计算数和结果小数点的准确度为6,计算 $\sin(\pi \div 6) \times (4 \times y3) + sqrt(23)$	36.795832

从上述分析中的共有工作原理知,这两项中相乘的两数是不同类型的,所以要对37项、38项的测试用例在表7-15的基础上各增加乘法交换,见表7-16。如果38②出现错误,则39项、40项肯定会出错,因此,这两项不必设计乘法交换。当然加法交换没有必要设计。

表 7-16　重新设计的 37 项、38 项的测试用例

测 试 项	测 试 用 例	期 望 输 出
37①	$\sin(\pi \div 6) \times 2.34$	1.1700
②	$2.34 \times \sin(\pi \div 6)$	1.1700
38①	$\sin(\pi \div 6) \times (4 \times y3)$	32.0000
②	$(4 \times y3) \times \sin(\pi \div 6)$	32.0000

根据重新设计的测试用例,得到如下测试结果,见表7-17。

表 7-17　新的测试结果

测试项38②显示错误信息:last error:Not value
测试项39、显示错误信息:last error:Not value
测试项40、显示错误信息:last error:Not value

测试结果和期望值相比较,测试项 37、38、39、40 的测试结果和期望值不相符,其中测试项 37 的测试结果是 0.261799,说明相对于这四项的测试用例设计得不正确。对 $2.34 \times \sin(\pi \div 6)$ 的测试,如果输入 $2.34 \times (\pi/6)\sin$,则得到 0.261799,与期望输出不符。只有使用 $(\pi/6)\sin \times 2.34$,才能得到正确的结果,这是 ESBCalc 的输入限制。同样在测试事例 38、39、40 中,如果 sin 函数放在 x^y 运算的后面,不可预测的结果还是会出现的,由此可以得出结论:ESBCalc 的三角运算始终应该列在其他运算的前面,否则结果不一样。

经过复审,该测试用例既具有对公共部分的完全测试性,可以放入测试用例库。

5. 结束语

一般地说,在软件开发中采用复用构件可以比从头开发这个软件更加容易。软件复用的目的是能更快、更好、成本更低地生产软件制品。把领域工程中可复用思想应用到测试用例的复用中,提出了测试用例的复用技术模型,最后,在此基础上通过实例的设计与实现说明了该模型的可行性和有效性。

7.4.3　软件可靠性测试中不确定性问题的研究

1. 引言

目前主流的软件可靠性研究方向是基于随机系统假设的传统软件可靠性理论,其在应用时存在严重的不一致性问题。因此,改变传统可靠性建模思路,采用新的观点方法和新的数学工具来研究软件失效过程,摆脱传统建模理论假设的束缚,不受其制约,才有可能建立较普适的软件可靠性模型。事实上,有许多学者已经意识到传统可靠性理论可能

存在不足。本书中总结了一些不确定性可靠性研究理论或方法,如模糊可靠性理论、未确知可靠性建模、混沌可靠性建模。针对当前软件测试过程中存在的不确定性问题,提出了解决的方法。

2. 现有软件可靠性理论的分析

1)传统可靠性理论

基于随机系统假设的传统软件可靠性理论认为系统是随机系统,系统的失效符合特定的统计规律,如二项分布或泊松分布。在这种理论下,根据对系统失效强度变化的不同分布假设可得到不同的软件可靠性模型。目前已经提出的软件可靠性统计模型近百种,但其应用过程中的不一致性问题一直是该理论难以解决的问题。产生软件可靠性模型应用不一致性的根源在于模型建立的前提假设各不相同,每种可靠性模型都有关于故障过程中失效强度变化规律的假设。只有在软件失效强度按假定规律变化时,模型的精度才比较高,相反,一旦软件的失效强度与假设的情况有所出入,模型的预测精度就难以保证。

2)模糊可靠性理论

无论是系统还是环境、人都存在模糊性,因此在可靠性研究中引入了模糊方法,并根据系统辨识的两个基本假设,对可靠性理论进行了分类。基于这种理论提出的软件可靠性模型也得到一些成功的验证。

3)未确知可靠性建模

未确知软件可靠性研究基于未确知数学理论。未确知数学理论主要研究表达和处理未确知信息。这种信息的特点在于它的不确定性主要不是客观的,而是决策者主观的、认识上的不确定性。这种由于主观或客观原因,决策者不能完全认识事物的真实状态或确定的数量关系,在心目中产生的主观认识上的不确定性,称为未知性。具有这种未确知性的信息称为未确知信息。

由于软件系统对测试者存在不确定信息,例如,程序中的 Bug、软件输入组合对于测试者都不确定,因此可将未确知数学理论应用于可靠性研究。未确知软件可靠性模型虽然在一些实验中具有较高的预计精度和较好的适应性。但没有从理论上证明新模型的预测能力和适用性优于经典模型,因此不能说明新模型的优越性具有普适性。因此,在这方面尚待做进一步研究。

4)混沌可靠性建模

混沌指在确定的系统中出现的一种貌似无规则或类似随机的现象,是普遍存在的复杂运动形式和自然现象。它表现了系统内部的复杂性、随机性和无序性,但它无序之中又有序,具有结构的分形性,标度的不变性,对初始条件的敏感依赖性。混沌方法对软件可靠性进行了建模。

3. 不确定系统

随机、模糊、未确知、混沌理论是目前软件可靠性研究主要使用的理论基础。但无论是随机系统还是模糊、未确知、混沌系统,本质上都是不确定性系统。因此可以总结得出,目前的软件可靠性理论都构建在不确定系统的基础上。事实上,除了上述不确定性系统外,还有其他类型的不确定性系统。不确定性系统除了随机、模糊、未确知系统外,还有粗糙、灰色和泛灰系统。

粗糙系统中的粗糙集理论,是波兰学者 Pawlak 提出的用来刻画不完整性和不确定性数据的工具。它能有效地分析和处理不精确、不一致和不完整信息。从中发现隐含的知识，揭示潜在的规律。自提出以来，特别是近几年，粗糙集理论得到了长足的发展。不仅建立了严格的数学模型和完整的理论体系，在数据挖掘、机器学习、决策分析、故障诊断、智能控制等领域也取得了众多成功的应用。

灰色系统理论由邓聚龙提出。按照人们对信息系统的知晓程度，通常可以将信息系统分为三类，即白色系统、灰色系统和黑色系统。完全未知的信息系统称为黑色系统；完全确知的系统称为白色系统；而介于两者之间的部分信息已知、部分信息未知的系统称为灰色系统。灰色系统理论通过已知的信息，研究和预测未知领域，从而达到了解整个系统的目的。

总的来看，各种不确定性理论侧重不同的方面，但又相互关联，具有走向统一的可能。

4. 不确定性问题的解决方法

针对当前软件测试过程中存在的不确定性问题，解决的途径有两方面：一方面使软件测试工程化，在软件测试过程中建立模型，建立软件测试的流程，并对流程中的每个过程规定其相应的活动，使软件的测试活动由个人的不确定活动转向软件测试的工程化；另一方面，利用软件测试的复用技术解决测试人员经验不足的问题，从而比较全面地解决了软件测试中的不确定性问题。

1）软件测试工程化

软件测试工程化的主要思想是要求建立正式的测试组织和测试成熟度模型，明确测试的目标和流程、确定测试的活动，对测试的过程和活动进行监控，从而保证软件测试的质量。

2）面向复用的软件测试模型

软件复用是将已有的软件及其有效成分用于构造新的软件或系统。它不仅是对软件程序的复用，还包括对软件生产过程中其他劳动成果的复用，如项目计划书、可行性报告、需求分析、概要设计、详细设计、编码（源程序）、测试用例、文档与使用手册等。

这个测试模型中描述了可复用测试构件的生成过程和基于复用的测试构件生成过程。首先，对被测软件进行分析，挖掘测试复用的机会，然后在测试构件库查找可以复用的测试构件，复用软件测试构件库中的测试构件生成对该软件的测试方法，根据该方法对软件进行测试，生成测试结果。最后，对一个项目的测试产生的测试资源要作为可复用的测试构件，必须对其进行抽象，使其与被测项目的相关度降到最低，在这个模型中对测试过程中生成的测试方法和测试结果进行抽象，产生新的可复用的构件存入测试构件库中。详细过程如图 7-15 所示。

软件测试的核心任务是生成和执行软件测试用例，以验证软件的质量。测试用例的选择是测试工作的关键所在，一个好的软件测试包能够体现软件测试思想、技巧，同时还保存有大量的测试数据、结果以及测试过程记录。如果能有效地将这些资源复用，将极大地提高软件测试的效率。由于软件的多样性和复杂性，测试用例的复用会有不同程度的风险，为了实现测试用例的复用，需要有一个系统化的方法和实现策略，下面给出生成可复用测试用例的过程。该模型中对于被测试软件经过测试层次划分、分析公共需求、测试用例设计和评审四个阶段后，将测试用例存入测试用例库中，为以后的测试项目提供可复用的测试用例。基于复用的测试用例生成过程，是在传统的测试用例生成过程基础之上，充分利用可复用测试用例库生成新的测试用例,提高了测试用例的生成效率,节省了测试用例的生成时间。图7-16给出了基于复用的测试用例生成过程。

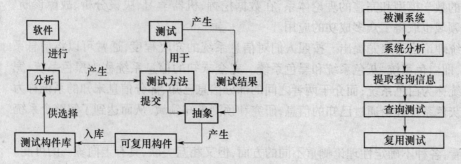

图7-15　面向复用的软件测试模型　　　　图7-16　基于复用的测试用例生成过程

基于复用的测试用例生成过程经历了系统分析、提取查询信息、查询测试、复用测试四个阶段。在系统分析阶段,分析被测系统的各种类型需求,挖掘可以复用的公共模块,系统提取分析的查询的信息,然后在测试用例库中进行查询,最后复用查询结果中满足要求的测试用例,对其进行适当修改以满足被测系统的要求。

5. 结束语

软件可靠性本质上囊括了人为、系统等诸多不确定因素,这些不确定因素需要通过不确定性理论进行刻画。基于未确知、模糊、混沌等理论上的软件可靠性实践取得了一些成功,这表明随机理论并非唯一的选择。事实上,目前软件可靠性测试遇见的困难恰是由随机理论引起的,这是根源问题。今天进行软件可靠性测试的研究,应当首先思考其理论基础,否则,所做的工作可能是舍本逐末。各种不确定理论都可能成为软件可靠性测试的理论基础。在总结各种不确定性理论的基础上,提出了对不确性问题的具体解决模型。将软件复用的思想应用到软件测试过程中,可以解决由于测试人员经验不足造成的问题,提高软件测试的效率,从而比较全面地解决软件测试的不确定性问题。

7.4.4　基于贝叶斯方法的配置管理研究

软件配置管理的目的是进行有效的过程控制及产品管理,通过控制软件产品的演化过程,提高软件开发的可视性,减少开发过程中混乱重复的局面,提高软件的产品质量及生产效率,确保软件质量。其管理过程与项目经理、需求管理员、开发人员、测试人员等都密切相关。目前,对于软件配置管理过程中的量化分析应用研究还比较少,提出把贝叶斯统计理论应用于软件配置管理过程中的量化分析,可以缩短软件开发周期,提高软件的产品质量及生产效率。

1. 配置管理

1）软件质量保证概念

质量保证:在软件开发过程中,为了保证产品满足指定标准而进行的各种活动。这种活动的作用,是减少产品在目标环境中实现其功能的怀疑和分险。

质量保证的活动内容如图7-17所示。

214

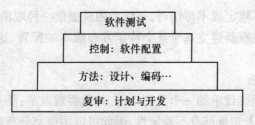

图 7 – 17 质量保证的活动内容

2）配置管理

由图 7 – 17 可知：软件配置对于软件质量是很重要的。软件配置管理是一种标志、组织和控制修改的技术，应用于整个软件开发过程。配置管理开始于计划，终止于软件生存周期结束。

主要思想：基线之前更改自由，基线之后严格管理。对软件配置的连续控制与跟踪，保证了软件配置的完整性与一致性。软件配置基线如图 7 – 18 所示。是否进行配置管理与软件的规模有关，软件的规模越大，配置管理就越有必要。

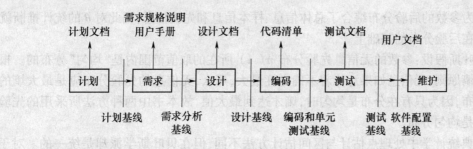

图 7 – 18 软件配置基线

3）基线的特点

每一个基线都是其下一步开发的出发点和参考点。基线确定了元素（配置项）的一个版本。基线标志软件开发过程的各个里程碑，任一配置项标志开发过程中一个阶段的结束。每个基线都将接受配置管理的严格控制，对基线的修改将严格按照变更控制要求进行，在一个软件开发阶段结束时，上一个基线加上增加和修改的基线内容形成下一个基线，这就是"基线管理"的过程。综上所述，基线具有以下属性：通过正式评审过程建立基线；基线存在于基线库中，对基线的变更接受更高权限的控制；基线是进一步开发和修改的基准和出发点；进入基线前，不对变化进行管理或者较少管理；进入基线后，对变化进行有效管理，而且这个基线将作为后继工作的基础；不会变化的东西不纳入基线；变化对其他没有影响的可以不纳入基线。

建立基线的主要原因是：重现能力、可追踪性和报告能力。在软件项目开发中有效实施基线管理存在以下几点优势：

（1）基线为项目中的软件配置项提供了一个定点和快照。新项目可以从基线提供的定点之中建立，同时作为一个单独分支，新项目可以与随后对原始项目（在主要分支上）所进行的变更进行隔离。

215

（2）当认为更新不稳定或不可信时，基线为团队提供一种取消变更的方法。

（3）可以利用基线重新建立基于某个特定发布版本的配置，这样也可以重现被报告的错误。

2. 贝叶斯统计推断

贝叶斯学派是数理统计中的一个重要学派，其重要观点是：任一未知参数 θ 都可以看做随机变量，因为任一未知量都有不确定性，因此可以用概率分布来描述。人们根据先验信息对未知参数 θ 的先验分布 $\pi(\theta)$，通过实验获得样本 $x_1, x_2, \cdots, x_n$，对 θ 的先验分布进行调整，调整的结果是 θ 的后验分布 $h(\theta | x_1, x_2, \cdots, x_n)$。在这个过程中，人们的认识由 $\pi(\theta)$ 调整到 $h(\theta | x_1, x_2, \cdots, x_n)$。贝叶斯方法中样本 $x_1, x_2, \cdots, x_n$ 对 θ 的条件密度 $p(x_1, x_2, \cdots, x_n | \theta)$ 就是经典方法中 θ 已知时样本的联合密度。一旦样本已知，就只有 θ 在变化，把联合密度看成参数 θ 的似然函数，用 $l(\theta | x_1, x_2, \cdots, x_n)$ 来表示。参数的后验分布表示为

$$h(\theta | x_1, x_2, \cdots, x_n) = \frac{\pi(\theta) l(\theta | x_1, x_2, \cdots, x_n)}{\int \pi(\theta) l(\theta | x_1, x_2, \cdots, x_n) \mathrm{d}\theta}$$

因为参数的后验分布综合了总体信息、样本信息和先验信息，因此对 θ 的统计推断就应建立在后验分布的基础上。

贝叶斯假设：参数的无信息先验分布 $\pi(x)$ 所在的取值范围内是"均匀"分布的。根据最大熵原则，无信息如果意味着不确定性最大，那么，无信息的先验分布应是最大熵的相应分布，因为只有在分布是均匀时，熵才达到最大值，故本书中两种方法所采用的先验分布都是均匀分布。

经典统计学中处理点估计与区间估计方法不同，但在贝叶斯学派却是统一的。对于贝叶斯统计中的区间估计，只要存在后验分布，就可以用相应分布的分位点给出参数 θ 的置信区间，就模型参数不确定性分析而言，也就是预测区间。问题就在于评判估计效果的标准。本文中采用预测区间覆盖率、区间宽度、区间对称性作为最优后验分布判定的标准。

当后验分布已知时，对于给定的置信概率 $1 - \alpha$ 可以求出很多置信区间。由于参数 θ 的最大后验区域估计集中了分布密度似然函数值取值尽可能最大的点，因此 θ 的最大后验区间一定是在统一置信概率下区间宽度最狭窄的区间。进而，推求参数的最大后验估计，成为不确定性分析方法研究的最终目的和手段。

3. 基于贝叶斯统计的配置基线量化模型

软件量化是对软件开发项目、过程及其产品进行数据定义、收集以及分析的持续性定量化过程，目的在于对此加以理解、预测、评估、控制和改善。

贝叶斯统计推断中任一未知参数 θ 都可以看做软件开发的费用，再待开发软件没确定前是随机变量，根据同类软件开发中费用的经验信息获得对未知参数 θ 的先验分布 $\pi(\theta)$，样本 $x_1, x_2, \cdots, x_n$ 表示每个基线下的费用，对 θ 的先验分布进行调整，调整的结果是 θ 的后验分布 $h(\theta | x_1, x_2, \cdots, x_n)$。贝叶斯方法中样本 $x_1, x_2, \cdots, x_n$ 对 θ 的条件密度 $p(x_1, x_2, \cdots, x_n | \theta)$ 就是经典方法中 θ 已知时样本的联合密度。一旦样本已知，就只有 θ 在变化，把联合密度看成参数 θ 的似然函数，用 $l(\theta | x_1, x_2, \cdots, x_n)$ 来表示。通过每

一过程结束后基线的总体信息、样本信息和先验信息，最终可以得到费用的后验分布。其中样本 $x_1, x_2, \cdots, x_n$ 的具体值可从以下信息中获得：软件配置管理的功能；配置项；配置管理工具；版本管理；变更控制等。

4. 结束语

利用量化的软件配置管理，可以明确规定数值的版本管理，开发人员能按照规定标识开发过程中的各产品，进行统一管理，提高工作效率和并行开发的安全性。同时，利用量化管理提供的各项数据，帮助项目主管了解项目进展与风险，提高管理水平，并可根据开发人员在对配置管理支持工作的数据中了解开发人员的内容，优化人员安排，从而提高工程效率，降低工程成本。

第8章 测试策略问题的讨论

软件测试在软件过程中占有最大百分比的技术工作量,软件测试的目的是发现错误。为了完成这个目标,需要计划和进行一系列的测试步骤——单元、集成、确认和系统测试。单元测试和集成测试侧重于验证一个模块的功能和把模块集成到程序结构中去。确认测试用来验证软件需求,系统测试在软件集成为一个大的系统时才进行。每一个测试步骤都是通过一系列有助于测试用例设计的系统化测试技术来完成的。在每一步测试中,软件考虑的抽象层次都提高了。调试活动要追寻错误的原因。

更高质量的软件则需要更系统化的测试方法。引用 Dunn 和 Ullman 的话来说:需要的是贯穿整个测试过程的一个整体策略,而且在方法学上应当像基于分析、设计和编码的系统化软件开发一样地进行周密的计划。

在本章中,详细地探讨了测试策略的问题,考虑了达到主要测试目标最可能需要的步骤:以一种有序的和有效的方法来发现并纠正错误。

8.1 完全测试模型

作为一个软件工程师,需要有更严格的标准来决定是否已经进行了完全的测试。Musa 和 Ackerman 提出了一个基于统计标准:不能绝对地认定软件永远也不会再出错,但是相对于一个理论上合理的和在试验中有效的统计模型来说,如果一个在按照概率的方法定义的环境中,1000 个 CPU 小时内不出错的操作概率大于 0.995,那么就有 95% 的信心说已经进行了足够的测试。

使用概率论模型和软件可靠性理论,可以建立一种作为执行时间的函数软件故障(在测试过程中发现的错误)模型。一个称为对数泊松执行时间模型(Logarithmic Poissonexecution – Time Model)的软件故障模型为

$$f(t) = (1/p)\ln(l_0 pt + 1) \tag{8.1}$$

式中:$f(t)$ 为软件在一定的测试时间 t 后,可能会发生故障的预期累计数目;

l_0 为在测试刚开始时的初始软件故障密度(单位时间内的故障数);

p 为错误被发现和修正的过程中故障密度的指数递减值;

瞬时的故障密度 $l(t)$ 可以使用 $f(t)$ 的导数得出,即

$$l(t) = 10/(10pt + 1) \tag{8.2}$$

使用等式(8.2)中给出的关系,测试人员可以预测测试进程中错误的急剧减少。实际的错误密度可以画在预测曲线上。如果在测试过程中实际收集的数据和对数泊松执行时间模型能够在大量数据下都相当好地接近,那么这个模型就可以用来预测为了达到一个可以接收的低故障密度,整个测试过程所需要的时间。

通过在软件测试过程中收集数据和利用现有的软件可靠性模型,就可能得到回答"测试什么时候完成"这种问题的有意义的指导原则,在测试的量化规则建立之前仍然需要大量的进一步基于经验理论的工作。

在测试之前较长时间内,要以量化的形式确定产品的需求。测试的主要目的是找程序中的错误,一个好的测试策略同样可以评估其他的质量特性,如可移植性、可维护性和可用性。这些应当用一种可以测度的方式来表示,从而保证测试结果是不含糊的。

测试的特定目标应当用可以测度的术语来描述。例如,测试有效性、测试覆盖率、故障出现的平均时间、发现和改正缺陷的开销、允许剩余的缺陷密度或出现频率以及每次回归测试的工作时间都应当在测试计划中清楚地说明。

了解软件的用户并为每一类用户建立相应档案,着重于测试产品的实际用途。"使用实例"——描述每一类用户的交互情况图的研究,可以减少整个测试的工作量。建立一个强调"快速循环测试"的测试计划。Gilb 建议软件工程队伍"学会以对用户有用的功能添加或/和质量改进的快速循环测试方法(用2%的项目开销)进行测试"。从这些快速循环测试中得到的反馈可以用来控制质量的级别和相应的测试策略。

设计一个能够测试自身是否"强壮"的软件。软件可以使用反调试技术的方法来设计,这就是说,软件应当能够诊断特定类型的错误,另外,设计应当能够包括自动测试和回归测试。

使用有效的正式技术复审作为测试之前的过滤器。正式技术复审在发现错误方面可以和测试一样有效,由于这个原因,复审可以减少为了得到高质量软件所需的测试工作量。使用正式技术复审来评估测试策略和测试用例本身。正式的技术复审可以发现在测试过程中的不一致性、遗漏和完全的错误。这样可以节省时间,同时也能够提高产品的质量。

为测试过程建立一种连续改善的实现方法。测试策略必须进行测量,在测试过程中收集的度量数据应当被用做软件测试的统计过程控制方法的一部分。

8.2　单元测试

单元测试完成对最小的软件设计单元——模块的验证工作。使用过程设计描述作为指南,对重要的控制路径进行测试以发现模块内的错误。测试的相关复杂度和发现的错误是由单元测试的约束范围来限定的。单元测试通常情况下是面向白盒的,而且这个步骤可以针对多个模块并行进行。

8.2.1　单元测试的问题

作为单元测试的一部分而出现的测试,对模块接口的测试保证在测试时进出程序单元的数据流是正确的,对局部数据结构的检查保证临时存储的数据在算法执行的整个过程中都能维持其完整性,对边界条件的测试保证模块在极限或严格的情形下仍然能够正确执行,在控制结构中的所有独立路径(基本路径)都要走遍,以保证在一个模块中的所有语句都能执行至少一次,最后,要对所有处理错误的路径进行测试。

对穿越模块接口的数据流的测试需要在任何其他测试开始之前进行,如果数据不能正确地输入和输出,所有的其他测试都是没有实际意义的,Myers 在他关于软件测试的文章中提出了接口测试的一个清单:

（1）输入的形参数目是否等于实参的数目？

（2）实参和形参的属性是否匹配？

（3）实参和形参的单元系统是否匹配？

（4）传递给被调用模块的实参数目是否等于形参的数目？

（5）传递给被调用模块的实参属性是否等于形参的属性？

（6）传递给被调用模块的实参的单元系统是否等于形参的单元系统？

（7）传递给内置函数的数值属性和参数顺序是否正确？

（8）任何对参数的引用和当前入口点是否有关联？

（9）只输入的参数是否被改变了？

（10）跨模块的全局变量定义是否一致？

（11）约束条件是否作为参数传递？

当一个模块执行外部 I/O 操作的时候，必须进行附加的接口测试，下面仍来自 Myers 提出的一个清单：

（1）文件属性是否正确？

（2）OPEN/CLOSE 语句是否正确？

（3）格式规约是否和 I/O 语句匹配？

（4）缓冲区大小是否和记录大小匹配？

（5）文件是否在打开之前被使用？

（6）是否处理了文件结束条件？

（7）是否处理了 I/O 错误？

（8）在输出信息里是否有文本错误？

模块的局部数据结构是经常出现的错误源。应当设计测试用例以发现下列类型的错误：

（1）不正确或者不一致的类型描述。

（2）错误的初始化或默认值。

（3）不正确的（拼写错误的或被截断的）变量名字。

（4）不一致的数据类型。

（5）下溢、上溢和地址错误。

除了局部数据结构，全局数据对模块的影响在单元测试过程中也应当进行审查。

在单元测试过程中，对执行路径的选择性测试是最主要的任务。测试用例应当能够发现由于错误计算、不正确的比较或者不正常的控制流而产生的错误。基本路径和循环测试是发现更多的路径错误的一种有效技术。

其他常见的错误有：

（1）误解的或者不正确的算术优先级。

（2）混合模式的操作。

（3）不正确的初始化。

（4）精度不够精确。

（5）表达式的不正确符号表示。

比较和控制流是紧密地耦合在一起的（如控制流的转移是在比较之后发生的），测试用例应当能够发现下列错误：

(1) 不同数据类型的比较。

(2) 不正确的逻辑操作或优先级。

(3) 应该相等的地方由于精度的错误而不能相等。

(4) 不正确的比较或者变量。

(5) 不正常的或者不存在的循环中止。

(6) 当遇到分支循环的时候不能退出。

(7) 不适当地修改循环变量。

好的设计要求错误条件是可以预料的，而且当错误真的发生的时候，错误处理路径被建立，以重定向或者干净地终止处理。Yourdon 把这种方法叫做反调试（Antidebugging），但是，存在一种把错误处理过程加到软件中去，但从不进行测试的倾向。

在错误处理部分应当考虑的潜在错误有下列情况：

(1) 对错误含糊的描述。

(2) 所报的错误与真正遇到的错误不一致。

(3) 错误条件在错误处理之前就引起了系统异常。

(4) 例外条件处理不正确。

(5) 错误描述没有提供足够的信息来帮助确定错误发生的位置。

边界测试是单元测试的最后（而且可能也是最为重要的）一个步骤。软件通常是在边界情况下出现故障的，这就是说，错误往往出现在一个 n 元数组的第 n 个元素被处理的时候，或者一个 i 次循环的第 i 次调用，或者当允许的最大或最小数值出现的时候。使用刚好小于、等于和刚好大于最大值和最小值的数据结构、控制流、数值来作为测试用例就很有可能发现错误。

8.2.2 单元测试规程

单元测试通常看成为编码步骤的附属品。在源代码级的代码被开发、复审、和语法正确性验证之后，单元测试用例设计就开始了。对设计信息的复审可能能够为建立前面讨论过的每一类错误的测试用例提供指导，每一个测试用例都应当和一系列的预期结果联系在一起。

因为一个模块本身不是一个单独的程序，所以必须为每个单元测试开发驱动器或/和稳定桩（Stub）。在绝大多数应用中，一个驱动只是一个接收测试数据，并把数据传送给（要测试的）模块，然后打印相关结果的"主程序"。毫无错误的子程序桩的功能是替代那些隶属于本模块（被调用）的模块。一个毫无错误的子程序桩或"空子程序"可能要使用子模块的接口，才能做一些少量的数据操作，并验证打印入口处的信息，然后返回。

驱动器和稳定桩都是额外的开销，这就是说，两种都属于必须开发但又不能和最终软件一起提交的软件，如果驱动器和稳定桩很简单，那么额外开销相对来说是很低的。但是，许多模块使用"简单"的额外软件是不能进行足够的单元测试的。在这些情况下，完整的测试要推迟到集成测试步骤时再完成。

当一个模块被设计为高内聚时，单元测试是很简单的。当一个模块只表示一个函数时，测试用例的数量就会降低，而且错误也就更容易被预测和发现。

8.3　集成测试

完成单元测试之后,就要进行集成测试,随即出现接口问题。数据可能在通过接口的时候丢失;一个模块可能对另外一个模块产生无法预料的副作用;当子函数被联到一起的时候,可能不能达到期望中的功能;在单个模块中可以接受的不精确性在联起来之后可能会扩大到无法接受的程度;全局数据结构可能也会存在很多问题。

集成测试是通过测试发现和接口有关的问题来构造程序结构的系统化技术,它的目标是把通过了单元测试的模块拿来,构造一个在设计中所描述的程序结构。

通常存在进行非增量集成的倾向,也就是说,所有的模块都预先结合在一起,整个程序作为一个整体来进行测试,然后的结果通常会遇到许许多多的错误,错误的修正也是非常困难的,因为在整个程序的庞大区域中想要分离出一个错误是很复杂的。一旦这些错误被修正之后,就马上会有新的错误出现,这个过程会继续下去,而且看上去可能是个无限循环的。

增量集成是一步到位的方法的对立面。程序先分成小的部分进行构造和测试,这个时候错误比较容易分离和修正;接口也更容易进行彻底地测试;而且也可以使用一种系统化的测试方法。在本章下一节中,在前面提及传统增量模型的基础上,将讨论许多不同的增量集成策略。

8.3.1　自顶向下集成

自顶向下的集成是一种构造程序结构的增量实现方法。模块集成的顺序是首先集成主控模块(主程序),然后按照控制层次结构向下进行集成。隶属于(和间接隶属于)主控模块的模块按照深度优先或者广度优先的方式集成到整个结构中去。

深度优先的集成首先集成在结构中的一个主控路径下的所有模块。主控路径的选择是有些任意的,它依赖于应用程序的特性,先选择最左边的路径,然后,开始构造中间的和右边的控制路径。广度优先的集成首先沿着水平的方向,把每一层中所有直接隶属于上一层模块的模块集成起来。

集成的整个过程由下列五个步骤来完成:

(1) 主控模块作为测试驱动器,所有的稳定桩替换为直接隶属于主控模块的模块。

(2) 根据集成的实现方法(如深度或广度优先),下层的稳定桩一次一个地被替换为真正的模块。

(3) 在每一个模块集成的时候都要进行测试。

(4) 在完成了每一次测试之后,又一个稳定桩被用真正的模块替换。

(5) 可以用回归测试来保证没有引进新的错误。

整个过程回到第(2)步,循环继续进行,直至这个系统结构被构造完成。

自顶向下的集成策略在测试过程的早期,主要验证控制和决策点。在一个好的程序结构中,决策的确定往往发生在层次结构中的高层,因此首先会遇到。如果主控制的确存在问题,尽早地发现它是很重要的。如果选择了深度优先集成,软件的某个完整的功能会被实现和证明,例如,考虑一个经典的事务性结构,在这个结构中,有一系列复杂的交互式输入要通过一条输入路径请求、获得和验证,这条输入路径就可以用自顶向下的方式来进行集成。早期的对功能性的验证对开发人员和用户来说都是会增加信心的。

自顶向下的策略相对来说不是很复杂,但是在实践过程中,可能会出现逻辑上的问题。最普通的这类问题出现在当高层测试需要首先对较低层次的足够测试后才能完成的时候。在自顶向下的测试开始的时候,稳定桩代替了低层的模块,因此,在程序结构中就不会有重要的数据向上传递,测试者只有下面的三种选择:

（1）把测试推迟到稳定桩被换成实际的模块之后再进行。

（2）开发能够实现有限功能的用来模拟实际模块的稳定桩。

（3）从层次结构的最底部向上来对软件进行集成。

第一种实现方法失去了对许多在特定测试和特定模块组合之间的对应性的控制,这样可能导致在确定错误发生原因时的困难性,并且会违背自顶向下方法的高度受限的本质。第二种方法是可行的,但是会导致很大的额外开销,因为稳定桩会变得越来越复杂。第三种方法,也就是自底向上的测试,将在下一节加以讨论。

8.3.2　自底向上集成

自底向上的测试,是从原子模块(如在程序结构的最低层的模块)开始来进行构造和测试的,因为模块是自底向上集成的,在进行时要求所有隶属于某个给定层次的模块总是存在的,而且也不再有使用稳定桩的必要。

自底向上的集成策略可以使用下列步骤来实现:

（1）低层模块组合成能够实现软件特定子功能的簇。

（2）写一个驱动程序(一个供测试用的控制程序)来协调测试用例的输入/输出(I/O)。

（3）对簇进行测试。

（4）移走驱动程序,沿着程序结构的层次向上对簇进行组合。

当测试在向上进行的过程中,对单独的测试驱动器的需求减少了,事实上,如果程序结构的最上两层是自顶向下集成的,那么所需的驱动数目就会明显的减少,从而对簇的集成会变得非常简单。

8.3.3　回归测试

一个新的模块被当做集成测试的一部分加进来的时候,软件就发生了改变。新的数据流路径建立了起来,新的I/O操作可能也会出现,还有可能激活了新的控制逻辑。这些改变可能会使原本工作得很正常的功能产生错误。在集成测试策略的环境中,回归测试是对某些已经进行过的测试的某些子集再重新进行一遍,以保证上述改变不会传播无法预料的副作用。

在更广的环境里,(任何种类的)成功测试结果都是发现错误,而错误是要被修改的,每当软件被修改的时候,软件配置的某些方面(程序、文档或者数据)也被修改了,回归测试就是用来保证(由于测试或者其他原因的)改动不会带来不可预料的行为或者另外的错误的活动。

回归测试可以通过重新执行所有的测试用例的一个子集人工地来进行,也可以使用自动化的捕获回放工具来进行。捕获回放工具使得软件工程师能够捕获到测试用例,然后就可以进行回放和比较。回归测试集(要进行的测试的子集)包括三种不同类型的测试用例:

（1）能够测试软件的所有功能的代表性测试用例。

（2）专门针对可能会被修改影响的软件功能的附加测试。

（3）针对修改过的软件成分的测试。

在集成测试进行的过程中，回归测试可能会变得非常庞大。因此，回归测试集应当设计为只包括那些涉及在主要的软件功能中出现的一个或多个错误类的那些测试，每当进行一个修改时，就对每一个程序功能都重新执行所有的测试是不实际的而且效率很低的。

8.3.4　关于集成测试的讨论

关于自顶向下和自底向上的集成测试的相对优缺点有许多人进行了探讨。总的来说，一种策略的优点差不多就是另一种策略的缺点。自顶向下的方法的主要缺点是需要稳定桩和与稳定桩有关的附加测试困难。和稳定桩有关的问题可以被主要控制功能的尽早测试来抵消。自底向上的集成的主要缺点就是"直到最后一个模块被加进去之后才能看到整个程序的框架"，该缺点由简单的测试用例设计而不用稳定桩来弥补的。

选择一种集成策略依赖于软件的特性，有的时候还有项目的进度安排。总的来说，一种组合策略（有时候被称作是三明治测试）可能是最好的折中：在程序结构的高层使用自顶向下策略，而在下面的较低层中使用自底向上策略。

当集成测试进行时，测试人员应当能够识别关键模块。一个关键模块具有一个或多个下列特性：

（1）和好几个软件需求有关。

（2）含有高层控制（位于程序结构的高层）。

（3）本身是复杂的或者是容易出错的。

（4）含有确定性的性能需求。

关键模块应当尽可能早地进行测试，另外，回归测试也应当集中在关键模块的功能上。

8.3.5　集成测试文档

软件集成的总体计划和详细的测试描述要按照测试规约来写入文档。规约是软件工程过程中的重要文件，已经成为了软件配置的一部分。表8-1给出了一个测试规约的大纲，可以用做这一类文档的框架。

表8-1　一个测试规约的大纲

Ⅰ. 测试范围	1. 对模块 n 的测试描述
Ⅱ. 测试计划	2. 额外软件的描述
A. 测试阶段和结构	3. 期望的结果
B. 进度	C. 测试环境
C. 额外的软件	1. 特殊的工具和技术
D. 环境和资源	2. 额外软件的描述
Ⅲ. 测试过程 n（对结构 n 的测试的描述）	D. 测试用例数据
A. 集成顺序	E. 建立 n 所期望的结果
1. 目的	Ⅳ. 实际的测试结果
2. 要测试的模块	Ⅴ. 参考文献
B. 对结构中模块单元的测试	Ⅵ. 附录

"测试的范围"总结了要进行测试的特定功能的、性能的和内部设计的特征;界定了测试工作量;描述了每一个测试阶段完成的标准;并把对进度的约束写入文档。

"测试计划"部分描述了集成的总体策略,把测试划分为涉及软件的特定功能和行为特征的阶段和结构。例如,对一个面向图形的 CAD 系统的集成测试可以被划分为下面四个测试阶段:

(1) 用户交互(命令选择、图形生成、显示的表示、错误处理和表示)。

(2) 数据操作和分析(符号创建、维数转化、旋转、物理属性的计算)。

(3) 显示的处理和生成(二维显示、三维显示、图表)。

(4) 数据库管理(访问、更新、完整性、性能)。

所有这些阶段和子阶段(在括号中说明的)勾勒出了在软件内部比较大的功能类别,所以通常来说可以和程序结构的一个特定领域联系起来,因此,对每一个阶段都建立了相应的程序结构(程序模块集)。

下面的标准和相应的测试被应用于所有的测试阶段:

(1) 接口完整性。在每一个模块集成到整个结构中去的时候,要对其内部和外部接口进行测试。

(2) 功能有效性。进行以发现功能性错误为目的的测试。

(3) 信息内容。进行以发现和局部或全局数据结构相关的错误为目的的测试。

(4) 性能。在进行软件设计的过程中,设计用来验证性能边界的测试。

集成的进度、额外的软件和相关的话题在此不再详细讨论。确定每一阶段的开始和结束日期,定义测试模块单元的可用性窗口,对额外软件(稳定桩和驱动器)的简单描述着重于可能会需要特殊工作量的特征,最后,描述测试环境和资源、特殊的硬件配置、奇异的仿真器、特殊的测试工具和技术这些众多话题也不再详述。

为了完成在"测试过程"一节中描述的测试计划,需要有一个详细的测试过程。在测试规约大纲的第Ⅲ条中,描述了每一个测试步骤的集成顺序和相应的测试。其中还含有全部测试用例(和次要引用注释)和期望结果。可以根据软件开发组织的具体需要裁剪测试规约格式,然而,需要指出的是,在测试计划中的集成策略和在测试过程中描述的测试细节是最基本的成分,因而是必须出现的。

8.4 确认测试和系统测试

8.4.1 确认测试

当集成测试结束的时候,软件就全部组装到一起了,接口错误已经被发现并修正了,而软件测试的确认测试就可以开始了。确认可以通过多种方式来定义,但是,一个简单(虽然很粗糙)的定义是当软件可以按照用户合理地期望的方式来工作的时候,确认即算成功。合理的期望在描述软件的所有用户可见的属性文档——软件需求规约中被定义。

1. 确认测试的标准

软件确认通过一系列证明软件功能和需求一致的黑盒测试来达到。测试计划列出了要进行的测试种类,定义了为了发现和需求不一致的错误而使用的详细测试实例的测试过程。计划和过程都是为了保证所有的功能需求都得到了满足;所有性能需求都达到了;文档是正确且合理的;还有其他的需求也都满足了(如可移植性、兼容性、错误恢复、可维护性)。

在每个确认测试实例进行时,会出现以下两种可能的条件之一:

(1)和需求说明一致的功能或性能特性是可接受的。

(2)和需求说明的偏差被发现时,要列出问题清单。

(3)一个项目中在这个阶段所发现的偏差或者错误是无法在原定进度下得到修改的。和用户协商一下解决这些缺陷的方法往往是有必要的。

2. 配置复审

确认过程中的一个重要元素是配置复审。复审的目的是保证软件配置的所有元素都已进行正确地开发和分类,而且有支持软件生命周期维护阶段的必要细节。

3. α测试和β测试

软件开发者想要预见到用户是如何实际地使用程序,实质上是不可能的。使用的命令可能会被误解,还可能经常有奇怪的数据组合出现。

如果软件是给一个用户开发的,需要进行一系列的接收测试来保证用户对所有的需求都满意。接收测试是由最终用户而不是系统开发者来进行的,它的范围从非正式的"测试驱动"直到有计划的系统化进行的系列测试。事实上,接收测试可以进行几个星期或者几个月,因此可以发现随着时间流逝可能会影响系统的累积错误。如果一个软件是给许多用户使用的,那么让每一个用户都进行正式的接收测试是不切实际的。大多数软件厂商使用一个称作α测试和β测试的过程来发现那些似乎只有最终用户才能发现的错误。

α测试是由一个用户在开发者的场所来进行的,软件在开发者对用户的"指导"下进行测试,开发者负责记录错误和使用中出现的问题,α测试是在一个受控的环境中进行的。

β测试是由软件的最终用户在一个或多个用户场所来进行的,不像α测试,开发者通常来说不会在场,因此,β测试是软件在一个开发者不能控制的环境中的"活的"应用。用户记录下所有在β测试中遇到的(真正的或是想象中的)问题,并定期把这些问题报告给开发者,在接到β测试的问题报告之后,开发者对系统进行最后的修改,然后就开始准备向所有的用户发布最终的软件产品。

8.4.2 系统测试

软件只是一个大的计算机系统的一个构成成分。在最后,软件要和其他的系统成分(如新的硬件、信息)集成起来,然后要进行系统集成和确认测试。这些测试不属于软件工程过程的研究范围,而且也不只是由软件开发人员来进行的。然而,在软件设计和测试阶段采用的步骤能够大大增加软件成功地在大的系统中进行集成的可能性。

一个经典的系统测试问题是"互相指责"。当一个错误出现时,每一个系统构件的开发者都会指责其他构件的开发者要对此负责。软件工程师不应当沉溺于这种无谓的斗嘴,而应当能够预料到潜在的接口问题:①设计所有从系统的其他元素来的测试信息的错误处理路径;②在软件接口处进行一系列仿真错误数据或者其他潜在错误的测试;③记录

226

测试的结果作为当"互相指责"时出现的"证据";④参与系统测试的计划和设计来保证系统进行了足够的测试。

系统测试事实上是对整个基于计算机的系统进行考验的一系列不同测试。虽然每一个测试都有不同的目的,但所有都是为了整个系统成分能正常地集成到一起以完成分配的功能而工作的。在下面的几节中,将会讨论对基于计算机的系统有用的系统测试类型。

1. 恢复测试

许多基于计算机的系统必须在一定的时间内从错误中恢复过来,然后继续运行。在有些情况下,一个系统必须是可以容错的,这就是说,运行过程中的错误不能使得整个系统的功能都停止。在其他情况下,一个系统错误必须在一个特定的时间段之内改正,否则就会产生严重的经济损失。

恢复测试是通过各种手段,让软件强制性地发生故障,然后来验证恢复是否能正常进行的一种系统测试方法。如果恢复是自动的(由系统本身来进行的),重新初始化、检查点机制、数据恢复和重启动都要进行正确验证。如果恢复是需要人工干预的,那么要估算修复的平均时间是否在可以接受的范围之内。

2. 安全测试

任何管理敏感信息或者能够对个人造成不正当伤害的计算机系统都是不正当的或非法侵入的目标。侵入包括了范围很广的活动:只是为练习而试图侵入系统的黑客;为了报复而试图攻破系统的有怨言的雇员;还有为了得到非法的利益而试图侵入系统的不诚实的个人。

安全测试用来验证集成在系统内的保护机制是否能够在实际中保护系统不受到非法侵入。引用 Beizer 的话来说:"系统的安全当然必须能够经受住正面的攻击——但是它也必须能够经受住侧面的和背后的攻击。"

在安全测试过程中,测试者扮演着一个试图攻击系统的个人角色。测试者可以尝试通过外部的手段来获取系统的密码,可以使用可以瓦解任何防守的用户软件来攻击系统;可以把系统"制服",使得别人无法访问;可以有目的地引发系统错误,期望在系统恢复过程中侵入系统;可以通过浏览非保密的数据,从中找到进入系统的钥匙;等等。

只要有足够的时间和资源,好的安全测试就一定能够最终侵入一个系统。系统设计者的任务就是要把系统设计为想要攻破系统而付出的代价大于攻破系统之后得到的信息的价值。

3. 压力测试

在较早的软件测试步骤中,白盒和黑盒技术对正常的程序功能和性能进行了详尽的检查。压力测试(Stress Testing)的目的是要对付非正常的情形。

压力测试是在一种需要反常数量、频率或资源的方式下执行系统。例如:①当平均每秒出现 1 个或 2 个中断的情形下,应当对每秒出现 10 个中断的情形来进行特殊的测试;②把输入数据的量提高一个数量级来测试输入功能会如何响应;③应当执行需要最大的内存或其他资源的测试实例;④使用在一个虚拟的操作系统中会引起颠簸的测试实例;⑤可能会引起大量的驻留磁盘数据的测试实例。从本质上来说,测试者是想要破坏程序。

压力测试的一个变种是一种称为敏感测试的技术。在有些情形(最常见的是在数学算法中)下,在有效数据界限之内的一个很小范围的数据可能会引起极端的甚至是错误的运行,或者引起性能的急剧下降,这种情形和数学函数中的奇点相类似。敏感测试就是要发现在有效数据输入里可能会引发不稳定或者错误处理的数据组合。

4. 性能测试

在实时系统和嵌入系统中,提高符合功能需求但不符合性能需求的软件是不能接受的。性能测试就是用来测试软件在集成系统中的运行性能的。性能测试可以发生在测试过程的所有步骤中,即使是在单元层,一个单独模块的性能也可以使用白盒测试来进行评估,然而,只有当整个系统的所有成分都集成到一起之后,才能检查一个系统的真正性能。

性能测试经常和压力测试一起进行,而且常常需要硬件和软件测试设备,这就是说,在一种苛刻的环境中衡量资源的使用(如处理器周期)常常是必要的。外部的测试设备可以监测执行的间歇,当出现情况(如中断)时记录下来。通过对系统的检测,测试者可以发现导致效率降低和系统故障的情况。

8.5 调试的技巧

软件测试是一个可以系统地进行计划的过程,可以指导测试用例的设计,定义测试策略,测试结果可以和预期的结果进行对照评估。

成功的测试之后需要调试,也就是说,调试就是在测试发现一个错误后消除错误的过程。尽管调试可以也应该是一个有序的过程,但是仍然还有许多特别的技术。软件工程师评估测试结果时,常常会看到问题的症状。错误的外部表现和它的内部原因并没有明显的关系,调试就是发现问题症状原因的、尚未很好理解的智力过程。调试也是属于一种个人的先天本领,是一种心理考虑。

8.5.1 调试过程

调试并不是测试,但总是发生在测试之后。调试过程从执行一个测试例子开始,得到执行结果并且发生了预期结果和实际结果不一致的情况,在许多情况下,这种不一致表明还有隐藏的问题。调试过程试图找到症状的原因,从而能够改正错误。

调试过程总会有以下两种结果之一:

(1) 发现问题的原因并将之改正及消除。

(2) 未能发现问题的原因。

在后一种情况下,调试人员应假设一个错误原因,设计测试例子帮助验证此假设,并重复此过程最后改正错误。

为什么调试会如此困难呢? 对于这个问题的参考,人类心理上的因素比软件技术方面的原因更涉及得更多。从错误的以下特征分析可以看出:

(1) 症状和原因可能是相隔很远的。也就是说,症状可能在程序的一部分出现,而原因实际上可能在很远的另一个地方。高度耦合的程序结构加剧了这种情况。

(2) 症状可能在另一个错误被纠正后消失或暂时性的消失。

(3) 症状可能实际上并不是由错误引起的(如舍入误差)。

(4) 症状可能是由不太容易跟踪的人工错误引起的。

(5) 症状可能是和时间相关的,而不是处理问题。

（6）很难重新产生完全一样的输入条件（如一个输入顺序不确定的实时应用）。

（7）症状可能是时有时无的。这在那些不可避免的耦合硬件和软件的嵌入式系统中特别常见。

（8）症状可能是由分布在许多不同任务中的原因引起的，这些任务运行在不同的处理器上。

在调试过程中，会遇到小错误（如不正确的输出格式）到灾难性的大错误（如系统失效，导致严重的经济和物质损失）。错误越严重，相应的查找错误原因的压力也越大。通常情况下，这种压力会导致软件开发人员修正一个错误的同时引入两个甚至更多的错误。

8.5.2　调试方法

无论调试使用什么样的方法，它都有一个最主要的目标：寻找错误的原因并改正之。这个目标是通过有系统的评估、直觉和运气一起来完成的。Bradley[BRA85]如此描述调试的过程：

调试是对过去 2500 年间一直在发展的科学方法的直接应用。调试是以将被检查的新值的预测假设通过二分法定位问题源[原因]为基础。

举一个简单的和软件无关的例子来说：我屋里的一个台灯不亮了。如果整个屋子都没电了，那么一定是总闸或者是外面坏了；我出去看是否邻居家也是黑的。如果不是，我把台灯插到好的插座里试试，或者把别的正常的电器插到原来插台灯的插座里检查一下。这就是假设和检测的过程。

总的来说有三种调试的实现方法：

（1）蛮力法（Brute Force）。

（2）回溯法（Backtracking）。

（3）原因排除法（Cause Elimination）。

蛮力法的调试可能是为了找到错误原因而使用的最普通但是最低效的方法。在所有其他的方法都失败的情形下，才会使用这种方法。根据"让计算机自己来寻找错误"的思想，进行内存映象，激活运行时的跟踪，而且程序里到处都是 WRITE 语句。我们希望在这么多的信息海洋里能够发现一点儿有助于我们找到错误原因的线索。虽然大量的信息可能最终导致成功，但是更多的情况下，只是浪费精力和时间。

回溯是在小程序中经常能够奏效的相当常用的调试方法。从发现症状的地方开始，开始（手工地）向回跟踪源代码，直到发现错误原因。不幸地是，随着源代码行数的增加，潜在的回溯路径可能会多到无法管理的地步。

第三种调试方法——原因排除法，是通过演绎和归纳，以及二分法来实现的。对和错误发生有关的数据进行分析可寻找到潜在的原因。先假设一个可能的错误原因，然后利用数据来证明或者否定这个假设。也可以先列出所有可能的原因，然后进行检测来一个个地排除。如果最初的测试表明某个原因看起来很像，那么就要对数据进行细化来精确定位错误。

上面的每一种方法都可以使用调试工具来辅助完成。可以使用许多带调试功能的编译器、动态的调试辅助工具（"跟踪器"）、自动的测试用例生成器、内存映象工具以及交叉引用生成工具。然而，工具是不可能代替基于完整的软件设计文档和清晰代码的人为评价的。

任何对调试方法和工具的讨论都是不完整的。一旦找到了错误，那么就必须纠正。但是，修改一个错误可能会带来其他的错误，因此，做得过多将害大于利。Van Vleck 提出了每一个软件工程师在进行排除错误发生原因的"修改"之前都必须问的三个问题：

（1）这个错误原因在程序的其他地方也产生过吗？在许多情形下，一个程序错误是由错误的逻辑模式引起的，而这种逻辑模式可能会在别的地方出现。对这种逻辑模式的仔细考虑可以帮助发现其他的错误。

（2）将要进行的修改可能会引发的"下一个错误"是什么？在进行修改之前，需要认真地研究源代码（最好包括设计）的逻辑和数据结构之间的耦合，如果是在修改高度耦合的程序段，那么就应当格外的小心。

（3）为了防止这个错误，首先应当做什么呢？这个问题是建立统计的软件质量保证方法的第一个步骤。如果不仅修改了产品，还修改了过程，那么就不仅排除了现在的程序错误，还避免了所有今后的程序可能出现的错误。

8.6　面向对象测试

面向对象测试的整体目标——以最小的工作量发现最多的错误——和传统软件测试的目标是一致的，但是 OO 测试的策略和战术有很大不同。测试的视角扩大到包括复审分析和设计模型，此外，测试的焦点从过程构件（模块）移向了类。

因为 OO 分析和设计模型以及产生源代码是语义耦合的，测试（以正式的技术复审的方式）在这些活动进行中开始，为此，CRC、对象—关系和对象—行为模型的复审可视为第一阶段的测试。

一旦完成 OOP，可对每个类进行单元测试。类测试使用一系列不同的方法：基于故障的测试、随机测试和划分测试。每种方法均测试类中封装的操作。设计测试序列以保证相关的操作被处理。类的状态，由其属性的值表示，检查以确定是否存在错误。

集成测试可使用基于线程或基于使用的策略来完成。基于线程的测试集成一组相互协作以对某输入或事件作出回应的类。基于使用的测试按层次构造系统，从那些不使用服务器类的类开始。集成测试用例设计方法也可以使用随机和划分测试。此外，基于场景的测试和从行为模型导出的测试可用于测试类及其协作者。测试序列跟踪跨越类协作的操作流。

OO 系统有效性测试是面向黑盒的并可以通过应用对传统软件讨论的相同的黑盒方法来完成。但是，基于场景的测试成为通过使用实例作为有效性测试的主要驱动，使得OO 系统测试成为有效性的测试。

随着 OOA 和 OOD 的成熟，更多的设计模式复用将减轻 OO 系统的繁重测试量。但是 OO 程序的性质改变了测试的策略和测试战术，使得测试变得很难被把握，每次复用是一个新的使用语境，要谨慎地重新测试。为了获得面向对象系统的高可靠性，可能将需要更多的测试。

为了充分地测试 OO 系统，必须做好三件事：

（1）测试的定义必须扩大包括用于 OOA 和 OOD 模型的错误发现技术。

（2）单元和集成测试策略必须有很大的改变。

230

（3）测试用例的设计必须考虑 OO 软件的独特特征。

8.6.1　测试概念的延伸

面向对象软件的构造从分析和设计模型的创建开始。因为 OO 软件工程范型的演化性质,模型从对系统需求相对非正式的表示开始,逐步演化为详细的类模型、类连接和关系、系统设计和分配以及对象设计(通过消息序列的对象连接模型)。在每个阶段,测试模型,以试图在错误传播到下一次递进前发现错误。

OO 分析和设计模型的复审是特别有用的,因为相同的语义结构(如类、属性、操作、消息)出现在分析、设计和代码阶段,因此,在分析阶段发现的类属性定义中的问题,将遏止当问题直至设计或编码阶段(或甚至到下一次分析迭代)才被发现所带来的副作用。

例如,考虑一个类,在第一次 OOA 迭代时定义了其中一系列属性,一个外来的无关属性被附于该类(由于对问题域的错误理解),然后定义两个操纵该属性的操作。在复审时,一个领域专家指出该问题。通过在本阶段删除该无关属性,可在分析过程中避免下面的问题和不必要的努力:

（1）特殊的子类可能已经被生成以适应不必要的属性或它的例外。涉及不必要的子类的创建工作可被避免。

（2）类定义的错误解释可能导致不正确的或无关的类关系。

（3）系统或它的类的行为可能被不适当地刻画以适应该无关属性。

如果问题未在分析过程中被发现并进一步向前传播,在设计中可能产生下面的问题(如尽早复审,应已避免的):

（1）在系统设计阶段可能将类不合适地分配到子系统和/或任务。

（2）可能花费不必要的工作去创建针对无关属性的操作的过程设计。

（3）消息模型将是不正确的(因为必须为无关的操作设计消息)。

如果问题在设计阶段仍未被检测到,并传送到编码活动中,则将花费大量的工作努力和精力去生成那些实现一个不必要的属性、两个不必要的操作,驱动对象间通信的消息以及很多其他相关问题的代码。此外,类的测试将花费更多的时间。一旦问题最终被发现,必须对系统进行修改,从而引致由于修改而产生的作用的很大的潜在可能性。

在开发的后面阶段,OOA 和 OOD 模型提供了关于系统的结构和行为的实质性信息,为此,这些模型应该在生成代码前经受严格的复审。

所有面向对象模型应该被测试(在这个语境内,术语"测试"代表正规的技术复审),以保证在模型的语法、语义和语用的语境内的正确性、完整性和一致性,以保证在模型的语法、语义和语用的语境内的正确性、完整性和一致性。

8.6.2　OOA 和 OOD 模型的测试

分析和设计模型不能进行传统意义上的测试,因为它们不能被执行。然而,正式的技术复审可被用于检查分析和设计模型的正确性和一致性。

1. OOA 和 OOD 模型的正确性

用于表示分析和设计模型的符号体系和语法将是为项目选定的特定分析和设计方法

服务的,因此,语法正确性基于符号是否合适使用,而且对每个模型复审以保证合适的建模约定。

在分析和设计阶段,语义正确性必须基于模型对现实世界问题域的符合度来判断,如果模型精确地反应了现实世界(到这样一个细节程度:它对模型复审时所处的开发阶段是合适的),则它是语义正确的。为了确定是否模型确实在事实上反应了现实世界,它应该被送给问题域专家,专家将检查类定义和类层次以发现遗漏和含混。评估类关系(实例连接)以确定它们是否精确地反应了现实世界的对象连接。

2. OOA 和 OOD 模型的一致性

对 OOA 和 OOD 模型的一致性判断可以通过"考虑模型中实体间的关系。一个不一致的模型在某一部分有表示,但在模型的其他部分没有正确地反应"。

为了评估一致性,应该检查每个类及其和其他类的连接。可运用类—责任—协作者(CRC)模型和对象—关系图。CRC 模型由 CRC 索引卡片构成,每个 CRC 卡片列出类名、类的责任(操作)以及其协作者(其他类,类向它们发送消息并依赖于它们完成自己的责任)。协作蕴含了在 OO 系统的类之间的一系列关系(即连接),对象关系模型提供了类之间连接的图形表示。所有这些信息可以从 OOA 模型得到。

为了评估类模型,可以采用以下步骤得到:

(1)再次考察 CRC 模型和对象—关系模型,进行交叉检查以保证由 OOA 模型所蕴含的协作适当地反应在二者中。

(2)检查每个 CRC 索引卡片的描述以确定是否被受权的责任是协作者定义的一部分。

(3)反转该连接以保证每个被请求服务的协作者正在接收来自合理源的请求。

(4)使用在第(3)步检查的反转连接,确定是否可能需要其他的类或责任被合适地在类间分组。

(5)确定是否被广泛请求的责任可被组合为单个的责任。

(6)步骤(1)到(5)被迭代地应用到每个类,并贯穿 OOA 模型的每次演化。

一旦已经创建了设计模型,也应该进行对系统设计和对象设计的复审。系统设计描述了构成产品的子系统、子系统被分配到处理器的方式以及类到子系统的分配。对象模型表示了每个类的细节和实现类间的协作所必需的消息序列活动。

通过检查在 OOA 阶段开发的对象—行为模型,和映射需要的系统行为到被设计用于完成该行为的子系统来进行系统设计的复审。也在系统行为的语境内复审并发性和任务分配,评估系统的行为状态以确定哪些行为并发地存在。

对象模型应该针对对象—关系网络来测试,以保证所有设计对象包含为实现为每张 CRC 索引卡片定义的协作所必须属性和操作。此外,使用传统的检查技术来复杂操作细节的详细规约(即实现操作的算法)。

8.7 面向对象的测试策略

传统的测试计算机软件的策略是从"小型测试"开始,逐步走向"大型测试"。用软件测试的行话来陈述,我们从单元测试开始,然后逐步进入集成测试,最后是有效性和系统测试。在传统应用中,单元测试集中在最小的可编译程序单位——子程序(如模块、子例程、进程),一旦这些单元均独立测试后,就被集成进程序结构中,这时要进行一系列的回归测试以发现由于模块的接口所带来的错误和新单元加入所导致的副作用,最后,系统作为一个整体进行测试以保证发现需求中的错误。

1. 在 OO 语境中的单元测试

当考虑面向对象软件时,单元的概念发生了变化。封装驱动了类和对象的定义,这意味着每个类和类的实例(对象)包装了属性(数据)和操纵这些数据的操作(也称为方法或服务),而不是个体的模块。最小的可测试单位是封装的类或对象,类包含一组不同的操作,并且某特殊操作可能作为一组不同类的一部分存在,因此,单元测试的意义发生了较大变化。

不再孤立地测试单个操作(传统的单元测试观点),而是将操作作为类的一部分。作为一个例子,考虑一个类层次,其中操作 X 针对超类定义并被一组子类继承,每个子类使用操作 X,但是它应用于为每个子类定义的私有属性和操作的环境内。因为操作 X 被使用的语境有微妙的不同,有必要在每个子类的语境内测试操作 X。这意味着在面向对象的语境内在真空中测试操作 X(即传统的单元测试方法)是无效的。

对 OO 软件的类测试等价于传统软件的单元测试。和传统软件的单元测试不一样,它往往关注模块的算法细节和模块接口间流动的数据,OO 软件的类测试是由封装在类中的操作和类的状态行为所驱动的。

2. 在 OO 语境中的集成测试

因为面向对象软件没有层次的控制结构,传统的自顶向下和自底向上集成策略就没有意义,此外,一次集成一个操作到类中(传统的增量集成方法)经常是不可能的,这是由于"构成类的成分的直接和间接的交互"。

对 OO 软件的集成测试有两种不同策略,第一种称为基于线程的测试(Thread-Based Besting),集成对回应系统的一个输入或事件所需的一组类,每个线程被集成并分别测试,应用回归测试以保证没有产生副作用。第二种称为基于使用的测试(Use-Based Testing),通过测试那些几乎不使用服务器类的类(称为独立类)而开始构造系统,在独立类测试完成后,下一层的使用独立类的类,称为依赖类,被测试。这个依赖类层次的测试序列一直持续到构造完整个系统。序列和传统集成不同,使用驱动器和桩(Stubs)作为替代操作是要尽可能避免的。

集群测试(Cluster testing)是 OO 软件集成测试的一步,这里一群协作类(通过检查 CRC 和对象—关系模型而确定的)通过设计试图发现协作中的错误测试用例而被测试。

3. 在 OO 语境中的有效性测试

在有效性或系统层次,类连接的细节消失了。和传统有效性一样,OO 软件的有效性集中在用户可见的动作和用户可识别的系统输出。为了协助有效性测试的导出,测试员应该利用作为分析模型一部分的使用实例,使用实例提供了在用户交互需求中很可能发现错误的一个场景。

传统的黑盒测试方法可被用于驱动有效性测试,此外,测试用例可以从对象—行为模型和作为 OOA 的一部分的事件流图中导出。

8.8　面向对象的测试用例设计

OO 软件的测试用例设计方法还正处于成型期,然而,Berard 已建议了对 OO 测试用例设计的整体方法。

(1) 每个测试用例应该被唯一标识,并且将与被测试的类显性地相关联。

(2) 应该陈述测试的目的。

(3) 对每个测试应该开发一组测试步骤,应该包含:

① 被测试对象的一组特定状态。

② 作为测试的结果使用的一组消息和操作。

③ 当测试对象时可能产生的一组例外。

④ 一组外部条件(即为了适当地进行测试而必须存在的软件的外部环境变化)。

⑤ 辅助理解或实现测试的补充信息。

和传统测试用例设计不同,传统测试是由软件的输入—加工—输出视图或个体模块的算法细节驱动的,面向对象测试关注于设计合适的操作序列以测试类的状态。

8.8.1　OO 概念的测试用例设计的含义

面向对象测试用例设计的目标是面向对象类。因为属性和操作是被封装的,对类之外操作的测试通常是没有意义的。继承对测试用例设计造成很大困难。即使是彻底复用的,对每个新的使用语境也需要重测试。此外,多重继承增加了需要测试的语境数量,从而使测试进一步地复杂化。如果从超类导出的子类被用于相同的问题域,有可能将超类导出的测试用例集用于子类的测试,然而,如果子类被用于完全不同的语境,则超类的测试用例将没有多大用处,必须设计新的测试用例集。

8.8.2　传统测试用例设计方法的可用性

白盒测试方法可用于对类定义操作的测试,基本路径、循环测试或数据流技术可以帮助保证已经测试了操作中的每一条语句,然而,很多类操作的简洁结构导致某些人认为:将用于白盒测试的工作量用于类级别的测试可能会更好。黑盒测试方法就像对传统软件工程方法开发的系统一样对 OO 系统同样适用的,Use Cases 可以为黑盒及基于状态的测试设计提供有用的输入。

8.8.3　基于故障的测试

在 OO 系统中,基于故障的测试目标是设计最有可能发现似乎可能的故障的测试。因为产品或系统必须符合用户需求,因此,完成基于故障的测试所需的初步计划是从分析模型开始。

测试员查找似乎可能的故障(即系统实现中有可能产生错误的方面),为了确定是否存在这些故障,设计测试用例以测试设计或代码。

一个简单的例子。软件工程师经常在问题的边界处犯错误。

例如,当测试 SQRT 操作(该操作对负数返回错误) 时,边界是一个靠近零的负数和

零本身,"零本身"用于检查是否程序员犯了如下错误:

```
if(x>0) calculate_the_square_root();
```

错误的语句是:

```
if(x > = 0) calculate_the_square_root();
```

作为另一个例子,考虑布尔表达式:

```
if(a&&bllc)
```

多条件测试和相关的用于探查在该表达式中可能存在的故障技术,如:

"&&"应该是"ll";

"!"在需要处被省去;

应该有括号包围"! bll";

对每个可能的故障,设计迫使不正确的表达式失败的测试用例。在上面的表达式中,$(a=0,b=0,c=0)$ 将使得表达式得到预估的"假"值,如果"&&"已改为"ll",则该代码做了错误的事情,有可能分叉到错误的路径。

当然,这些技术的有效性依赖于测试员如何感觉"似乎可能的故障",如果 OO 系统中的真实故障分析不全面,则本方法实质上不比任何随机测试技术好。但是,如果分析和设计模型可以对可能的出错提供深入分析,则,基于故障的测试可以以相当低的工作量花费来发现大量的错误。

集成测试在消息连接中查找似乎可能的故障,在此语境下,会遇到三种类型的故障:未期望的结果、错误的操作/消息使用、不正确的调用。为了在函数(操作)调用时确定似乎可能的故障,必须检查操作的行为。对象的"行为"通过其属性被赋予的值而定义,测试应该检查属性以确定是否对对象行为的不同类型产生合适的值。

应该注意,集成测试试图在用户对象而不是服务器对象中发现错误,用传统的术语来说,集成测试的关注点是确定是否调用代码中存在错误。用调用操作作为线索,这是发现实施调用代码的测试需求的一种方式。

8.8.4 OO 编程对测试的影响

面向对象编程可能对测试有几种方式的影响,依赖于 OOP 的方法:

(1) 某些类型的故障变得几乎不可能(不值得去测试)。

(2) 某些类型的故障变得更加可能(值得进行测试)。

(3) 出现某些新的故障类型。

当调用一个操作时,可能很难确切知道执行什么代码,即,操作可能属于很多类之一。同样,也很难确定准确的参数类型/类,当代码访问参数时,可能得到一个未期望的值。

可以考虑通过如下的传统的函数调用来理解这种差异:

$$x = func(y)$$

对于传统软件,测试员需要考虑所有属于 func 的行为,其他则不需考虑。在 OO 语境中,测试员必须考虑 base::func() 、of derived::func() 等行为。每次 func 被调用,测试员必须考虑所有不同行为的集合,如果遵循了好的 OO 设计习惯并且限制了在超类和子类(用 C + + 的术语,称为基类和派生类)间的差异,则这是较为容易的。对基类和派生类的测试方法实质上是相同的。

测试 OO 的类操作类似于测试一段代码,它设置函数参数,然后调用该函数。继承是一种方便的生成多态操作的方式,在调用点,关心的不是继承,而是多态。继承确实使得对测试需求的搜索更为直接。

由于 OO 系统的体系结构和构造,某些类型的故障更加可能,而其他类型的故障则几乎不可能。例如,因为 OO 操作通常是较小的,往往存在更多的集成工作和更多的集成故障的机会,集成故障变得更加可能。

8.8.5　测试用例和类层次

如前所述,继承使测试过程变得复杂。考虑下面情形,类 base 包含了操作 inherited 和 redefined,类 derived 时 redefined 重定义以用于局部语境中,毫无疑问,必须测试 derived∷redefined( ) 操作,因为它表示了新的设计和新的代码。但是,必须重测试 derived∷inherited( ) 操作吗?

如果 derived∷inherited( ) 调用 redefined,而 redefined 的行为已经改变,derived∷inherited( ) 可能错误地处理这新行为,因此,即使其设计和代码没有改变,它需要重新测试。然而,重要的是要注意,仅仅必须执行 derived∷inherited( ) 所有测试的一个子集。如果 inherited 的设计和代码部分不依赖于 redefined(即,不调用它或任意间接调用它的代码),则不需要在 derived 类中重测试该代码。

base∷redefined( ) 和 derived∷redefined( ) 是具有不同规约和实现的两个不同的操作,它们各自具有一组从规约和实现导出的测试需求,这些测试需求探查似乎可能的故障:集成故障、条件故障、边界故障等。但是,操作可能是相似的,它们的测试需求的集合将交迭,OO 设计得越好,交迭就越大,仅仅需要对那些不能被 base∷redefined( ) 测试满足的 derived∷redefined( ) 的需求来导出新测试。

base∷redefined( ) 测试被应用于类 derived 的对象,测试输入可能同时适合于 base 和 derived 类,但是,期望的结果可能在 derived 类中有所不同。

8.8.6　基于场景的测试设计

基于故障的测试忽略了两种主要的错误类型:① 不正确的规约;② 子系统间的交互。当和不正确的规约关联的错误发生时,产品不做用户希望的事情,它可能做错误的事情,或它可能省略了重要的功能。在任一情形下,质量(对要求的符合度)均受到影响。当一个子系统建立环境(如事件、数据流)的行为使得另一个子系统失败时,发生和子系统交互相关联的错误。

基于场景的测试关心用户做什么而不是产品做什么。它意味着捕获用户必须完成的任务(通过使用实例),然后应用它们或它们的变体作为测试。

场景揭示交互错误,为了达到此目标,测试用例必须比基于故障的测试更复杂和更现实。基于场景的测试往往在单个测试中处理多个子系统(用户并不限制他们自己一次只用一个子系统)。

例如,考虑对文本编辑器的基于场景的测试设计,下面是使用实例。

使用实例:确定最终草稿。

背景:打印"最终"草稿、阅读它并发现某些从屏幕上看是不明显的恼人错误是常见的。该使用实例描述当此事发生时产生事件的序列。

（1）打印完整的文档。

（2）在文档中移动,修改某些页面。

（3）当每页被修改后,打印它。

（4）有时打印一系列页面。

该场景描述了两件事:测试和特定的用户需要。用户需要是明显的:① 打印单页的方法;②打印一组页面的方法。当测试进行时,有需要在打印后测试编辑(以及相反)。测试员希望发现打印功能导致了编辑功能的错误,即,此两个软件功能不是合适的相互独立的。

使用实例:打印新拷贝。

背景:某人向用户要求文档的一份新拷贝,它必须被打印。

（1）打开文档。

（2）打印文档。

（3）关闭文档。

测试方法也是相当明显的,除非该文档未在任何地方出现过,它是在早期的任务中创建的,该任务对现在的任务有影响吗?

在很多现代的编辑器中,文档记住它们上一次被如何打印,默认情况下,它们下一次用相同的方式打印。在"确定最终草稿"场景之后,仅仅在菜单中选择"Print"并对话盒里点击"Print"按钮,将使得上次修正的页面再打印一次,这样,按照编辑器,正确的场景应该是:

（1）打开文档。

（2）选择菜单中的"Print"。

（3）检查是否将打印一系列页面,如果是,点击以打印完整的文档。

（4）点击"Print"按钮。

（5）关闭文档。

但是,这个场景指明了一个潜在的规约错误,编辑器没有做用户希望它做的事。用户经常忽略在第(3)步中的检查,当走到打印机前发现只有一页纸而需要100页时,他们将是烦恼的。烦恼的用户指出这一规约错误。

测试用例的设计者可能在测试设计中忽略这种依赖,但是,有可能在测试中问题会出现,测试员则将必须克服可能的反应,"这就是它工作的方式"。

8.8.7　测试表层结构和深层结构

表层结构指 OO 程序的外部可观察的结构,即,对终端用户立即可见的结构。不是处理函数,而是很多 OO 系统的用户可能被给定一些以某种方式操纵的对象。但是不管接口是什么,测试仍然基于用户任务进行。捕获这些任务涉及理解、观察以及和代表性用户(以及很多值得考虑的非代表性用户)的交谈。

在细节上一定存在某些差异。例如,在传统的具有面向命令的界面系统中,用户可能使用所有命令的列表作为检查表。如果不存在执行某命令的测试场景,测试可能忽略某些用户任务(或具有无用命令的界面)。在基于对象的界面中,测试员可能使用所有的对象列表作为检查表。

当设计者以一种新的或非传统的方式来看待系统时,则可以得到最好的测试。例如,如果系统或产品具有基于命令的界面,则当测试用例设计者假设操作是独立于对象的,将可以得到更彻底的测试。提出这样的问题:"当使用打印机工作时,用户有可能希望使用该操作(它仅应用于扫描仪对象)吗?"不管界面风格是什么,针对表层结构的测试用例设计应该同时使用对象和操作作为导向被忽视任务的线索。

深层结构指 OO 程序的内部技术细节,即通过检查设计和/或代码而理解的结构。深层结构测试被设计用以测试作为 OO 系统的子系统和对象设计的一部分而建立的依赖、行为和通信机制。

分析和设计模型用作深层结构测试的基础。例如,对象—关系图或子系统协作图描述了在对象和子系统间的可能对外不可见的协作。那么测试用例设计者会问:"我们已经捕获了某些测试任务,它测试在对象—关系图或子系统协作图中记录的协作吗? 如果没有,为什么?"

类层次的设计表示提供了对继承结构的误入洞察,继承结构被用在基于故障的测试中。考虑如下一种情形:一个命名为 caller 的操作只有一个参数,并且该参数是到某基类的引用。当 caller 传递给派生类时将发生什么事情? 可能影响 caller 的行为有什么差异? 对这些问题的回答可能导向特殊测试的设计。

8.9 类级别的测试方法

软件测试是从"小型"到"大型"的测试。对 OO 系统的小型测试着重于单个类和类封装的方法。随机测试和划分是基于 OO 测试中测试类的测试和划分方法。

1. 对 OO 类的随机测试

考虑一个银行应用的例子对这些方法进行简略性说明,其中 account 类有下列操作:open,setup,deposit,withdraw balance,summarize,creditlimit 和 close,每一个操作均可应用于 account,但是,该问题的本质包含了一些限制(如账号必须在其他操作可应用前被打开,在所有操作完成后才关闭)。即使有了这些限制,也存在操作的很多排列。一个 account 实例的最小的行为生命历史包括下面操作:

$$\text{open} \cdot \text{setup} \cdot \text{deposit} \cdot \text{withdraw} \cdot \text{close}$$

这表示了对 account 的最小测试序列,然而,在下面序列中可能发生大量的其他行为:

open · setup · deposit · [deposit | withdraw | balance | summarize | creditlimit] n · withdraw · close

一系列不同的操作序列可以随机产生,例如:

测试用例#r1:open · setup · deposit · deposit · balance · summarize · withdraw · close

测试用例#r2:open · setup · deposit · withdraw · deposit · balance · creditLimit · withdraw · close

执行这些和其他的随机顺序测试以测试不同的类实例生命历史。

2. 在类级别上的划分测试

采用和划分测试(Partition Testing)可以用于减少测试类所需的测试用例的数量。传

238

统的等价类划分就是把输入数据的可能值划分为若干等价类,使每类中的任何一个测试用例,都能代表同一等价类中的其他测试用例,测试用例设计用以处理每个类别。但是,划分类别如何导出呢?

基于状态的划分是根据类操作改变类的状态的能力来划分类操作的。再次考虑 account 类,状态操作包括 deposit 和 withdraw,而非状态操作包括 balance、summarize 和 creditlimit。分别独立测试改变状态的操作和不改变状态的操作,设计如下一种测试:

测试用例#p1:open · setup · deposit · deposit · withdraw · withdraw · close

测试用例#p2:open · setup · deposit · summarize · creditLimit · withdraw · close

测试用例#p1 改变状态,而测试用例#p2 测试不改变状态的操作(除了那些在最小序列中的操作)。

基于属性的划分是根据操作使用的属性来划分类操作。对 account 类,用属性 balance 和 creditlimit 来定义划分,操作被分为三个类别:①使用 creditlimit 的操作;②修改 creditlimit 的操作;③不使用或不修改 creditlimit 的操作。然后对每个划分设计测试序列。

基于类别的划分是根据各自完成的类属函数来划分类操作。例如,在 account 类中的操作可被分类为初始化操作(open、setup)、计算操作(deposit、withdraw)、查询操作(balance、summarize、creditlimit)和终止操作(close)。

3. 类间测试用例设计

当 OO 系统的集成开始后,测试用例的设计变得更复杂。正是在此阶段,必须开始对类间的协作测试。和个体类的测试一样,类协作测试可通过应用随机和划分方法以及基于场景的测试和行为测试来完成。

4. 多个类测试

Kirani 和 Tsai 建议采用下面的步骤序列以生成多个类随机测试用例:

(1) 对每个用户类,使用类操作符列表来生成一系列随机测试序列,操作符将发送消息给其他服务器对象。

(2) 对所生成的每个消息,确定在服务器对象中的协作者类和对应的操作符。

(3) 对在服务器对象(已经被来自用户对象的消息调用)中的每个操作符确定传递的消息。

(4) 对每个消息,确定下一层被调用的操作符并结合这些操作符到测试序列中。

为了说明,考虑银行类相对于 ATM 类的操作序列:

verifyAcct · verifyPIN · [[verifyPolicy · withdrawReq] | depositReq | acctInfoREQ] n

对 bank 类的随机测试用例可能是:

测试用例#r3:verifyAcct · verifyPIN · depositReq

为了考虑涉及该测试的协作者,要考虑同在测试用例 r3 中提到的每个操作相关联的消息。bank 必须和 validationInfo 协作以执行 verifyAcct 和 verifyPIN,bank 必须和 account 协作以执行 depositReq,因此,测试上面提到的协作的新的测试用例是:

测试用例#r4:verifyAcct$_{Bank}$ · [validAcct $_{ValidationInfo}$] · verifyPIN $_{Bank}$ · [validPIN$_{ValidationInfo}$] depositReq · [deposit$_{account}$]

多个类划分测试的方法类似于单个类划分测试的方法,然而,扩展测试序列已包括那些通过发送给协作类的消息而激活的操作。另一种方法基于特殊类的接口来划分测试,

bank 类接收来自 ATM 和 cashier 类的消息,因此,可以通过将 bank 中的方法划分为服务于 ATM 和服务于 cashier 的操作来测试。基于状态的划分可用于进一步精化划分。

8.10 维护与再生工程

编程大师曾说:"哪怕程序只有三行长,总有一天你也不得不对它进行维护。"可见软件维护在软件生命周期中是非常重要的。

8.10.1 软件维护

1 软件维护的概念

软件维护主要是指根据需求变化或硬件环境的变化对应用程序进行部分或全部的修改,修改时应充分利用源程序。修改后要填写程序修改登记表,并在程序变更通知书上写明新旧程序的不同之处。

软件维护的内容一般有以下几个方面:

（1）完善性维护（Perfective Maintenance），这是为扩充功能和改善性能而进行的修改,主要是指对已有的软件系统增加一些在系统分析和设计阶段中没有规定的功能与性能特征。这些功能对完善系统功能是非常必要的。另外,还包括对处理效率和编写程序的改进,这方面的维护占整个维护工作的 50% ~ 60% ,比重较大. 也是关系到系统开发质量的重要方面。这方面的维护除了要有计划、有步骤地完成外. 还要注意将相关的文档资料加入到前面相应的文档中去。

（2）适应性维护（Adaptive Maintenance）。是指使应用软件适应信息技术变化和管理需求变化而进行的修改。这方面的维护工作量占整个维护工作量的 18% ~ 25% 。由于目前计算机硬件价格的不断下降,各类系统软件屡出不穷,人们常常为改善系统硬件环境和运行环境而产生系统更新换代的需求;企业的外部市场环境和管理需求的不断变化也使得各级管理人员不断提出新的信息需求。这些因素都将导致适应性维护工作的产生。进行这方面的维护工作也要像系统开发一样,有计划、有步骤地进行。

（3）纠错性维护（Corrective Maintenance）。是指改正在系统开发阶段已发生而系统测试阶段尚未发现的错误。这方面的维护工作量要占整个维护工作量的 17% ~ 21% 。所发现的错误有的不太重要,不影响系统的正常运行,其维护工作可随时进行;而有的错误非常重要,甚至影响整个系统的正常运行,其维护工作必须制定计划,进行修改,并且要进行复查和控制。

（4）预防性维护（Preventive Maintenance）。为了改进应用软件的可靠性和可维护性,为了适应未来的软硬件环境的变化,应主动增加预防性的新的功能,以使应用系统适应各类变化而不被淘汰。例如将专用报表功能改成通用报表生成功能,以适应将来报表格式的变化。这方面的维护工作量占整个维护工作量的 4% 左右。

以下一些因素将导致维护工作变得困难:

（1）软件人员经常流动,当需要对某些程序进行维护时,可能已找不到原来的开发人员,只好让新手去"攻读"那些程序。

（2）人们一般难以读懂他人的程序。在勉强接受这类任务时,心里不免嘀咕:"我又

240

不是他肚子里的虫子,怎么知道他如何编程。"

（3）当没有文档或者文档很差时,简直不知道如何下手。

（4）很多程序在设计时没有考虑到将来要改动,程序之间相互交织,触一而牵百。即使有很好的文档,也不敢轻举妄动,否则有可能陷进错误堆里。

（5）如果软件发行了多个版本,要追踪软件的演化非常困难。

（6）维护将会产生不良的副作用,不论是修改代码、数据或文档,都有可能产生新的错误。

（7）维护工作毫无吸引力。高水平的程序员自然不愿主动去做,而公司也舍不得让高水平的程序员去做。带着低沉情绪的低水平的程序员只会把维护工作搞得一塌糊涂。

2. 维护的代价及其主要因素

软件维护是既破财又费神的工作。看得见的代价是那些为了维护而投入的人力与财力。而看不见的维护代价则更加高昂,称为"机会成本",即为了得到某种东西所必须放弃的东西。把很多程序员和其他资源用于维护工作,必然会耽误新产品的开发甚至会丧失机遇,这种代价是无法估量的。

影响维护代价的非技术因素主要有:

（1）应用域的复杂性。如果应用域问题已被很好地理解,需求分析工作比较完善,那么维护代价就较低;反之,维护代价就较高。

（2）开发人员的稳定性。如果某些程序的开发者还在,让他们对自己的程序进行维护,那么代价就较低。如果原来的开发者已经不在,只好让新手来维护陌生的程序,那么代价就较高。

（3）软件的生命期。越是早期的程序越难维护,很难想像十年前的程序是多么的落后（设计思想与开发工具都落后）。一般地,软件的生命期越长,维护代价就越高。生命期越短,维护代价就越低。

（4）商业操作模式变化对软件的影响。如财务软件,对财务制度的变化很敏感。财务制度一变动,财务软件就必须修改。一般地,商业操作模式变化越频繁,相应软件的维护代价就越高。

影响维护代价的技术因素主要有:

（1）软件对运行环境的依赖性。由于硬件以及操作系统更新很快,使得对运行环境依赖性很强的应用软件也要不停地更新,维护代价就高。

（2）编程语言。虽然低级语言比高级语言具有更好的运行速度,但是低级语言比高级语言难以理解。用高级语言编写的程序比用低级语言编写的程序的维护代价要低得多（并且生产率高得多）。一般地,商业应用软件大多采用高级语言。例如,开发一套 Windows 环境下的信息管理系统,用户大多采用 Visual Basic、Delphi 或 Power Builder 来编程,用 Visual C＋＋的就少些,没有人会采用汇编语言。

（3）编程风格。良好的编程风格意味着良好的可理解性,可以降低维护的代价。

（4）测试与改错工作。如果测试与改错工作做得好,后期的维护代价就能降低。反之维护代价就升高。

（5）文档的质量。清晰、正确和完备的文档能降低维护的代价。低质量的文档将增加维护的代价（错误百出的文档还不如没有文档）。

3. 影响可维护性的主要软件属性

主要包括七个属性：

（1）可理解性。表示通过阅读程序代码和文档，人们能够理解程序功能和如何获得这些功能的难易程度。

度量的标准主要有：

① 软件的结构的合理性。一个可理解的程序应该具有模块化，一致的风格，简明、清晰，完整、一致的文档等的特点。

② 程序的复杂性。

（2）可测试性。指诊断和测试出软件错误和预期结果的难易程度。它表明了既便于测试准则的建立又便于就这些准则对软件进行评价的程度。

（3）可修改性。指改变程序的难易程度。"检查改变法"——少量改变程序来估算程序改变的困难程度。可用模块的内聚度和耦合度衡量程序修改的难易程度。

（4）可靠性。指在给定的时间间隔内，按照规格说明的规定成功地运行的概率。

（5）可移植性。指程序在不同计算机环境下能够有效操作的程度。一个可移植的程序应该是良结构的、灵活的，并不依赖于特殊的计算机和操作系统。

（6）可使用性。为使程序的方便、有效和容易的程度。一个可用的程序必须是可靠的、可移植的和有效的。

（7）效率。指软件以最小的计算机资源消耗实现其预定功能的程度。

目前，广泛使用七个属性来衡量软件的可维护性。这七个属性属于软件维护的哪个方面，见表 8-2。

表 8-2　七个属性与软件维护的关系

	纠错性维护	适应性维护	完整性维护
可理解性	○		
可测试性	○		
可修改性	○	○	
可靠性	○		
可移植性		○	
可使用性		○	○
效率		○	

8.10.2　软件维护中的一些问题

以上所介绍的是传统的软件维护方法，随着软件开发模型、软件开发技术、软件支持过程和软件管理过程四个方面技术的飞速发展，软件维护方法也随之发展。

1. 软件结构对维护的影响

现代软件与传统的软件在结构上有了非常大的不同。软件的运行环境已经由过去的单机版发展到网络版；软件的开发由过去的面向过程变成了今天的面向对象；软件的结构由过去的层次结构发展成了二层结构、三层结构甚至多层结构。软件结构、开发方法的改变势必会对软件维护带来影响。

1）面向对象的软件维护

现在采用面向对象的方法开发软件已以成为潮流,因为面向对象方法具有一些结构化方法所不具备的优点,对提高软件的开发质量和开发效率极为有益。但面向对象软件也需要代价高昂的维护,这种代价往往会超过软件开发时的投入。其主要原因是面向对象的软件易于修改但不易于理解。

面向对象技术的要点,就是把问题抽象成各个对象并封装之。对象内部的消息传递机制、靠消息激活方法的手段,以及对象间的并行、继承、传递、激活等特性,必然会导致软件各部分之间存在着大量的复杂关系。这些面向对象所固有的特色,使程序员们已习惯的阅读、分析、理解程序的方法失去了作用,这也会大大增加理解软件的难度。

而对一个已理解软件的修改却容易得多,因为面向对象软件中的对象能够比较完整地反映客观事物的静态属性和动态行为,继承机制又可以有效地使修改量降至最低,再加上对象封装的屏蔽作用(对一个对象的修改可以不影响其他对象),所以面向对象的软件易于修改。为了减轻面向对象软件维护的难度,可以采取以下措施:

(1)研制针对面向对象软件特点的维护工具,帮助人们分析、理解软件。

(2)软件开发人员在使用面向对象的某些技术(如继承、动态连接等)时要特别小心。因为这些软件机制类似于传统方法中的 GOTO 语句,虽然有其好处,但使用不当也会带来维护及调试上的困难。

(3)有关权威机构或软件的开发组织应尽快建立一个控制、规范动态连接和多态性使用的标准,最大限度地减少这方面的任意性。在目前缺少权威标准的情况下,开发软件的项目组应先确定自己的标准,把该标准形成文字,作为软件文档的一部分,以减轻后续分析的难度。

(4)开发人员要在文档中做好记录,特别要记录好具有密切关系的类集的活动及测试过程,使文档能尽量全面地反映软件的情况。

2）多层结构软件的维护

多层结构的软件大多属于 C/S 结构,比较多的有客户/服务器的二层结构和客户/应用服务器/数据库服务器三层结构,这些结构目前是,今后仍然是主要的应用软件结构。对这类软件结构的维护一般是采用用户端和服务器端分开维护的方法:用户机上的软件修改完成后既可以制作成自动安装的光盘传递给用户自行安装,以替换原来的旧软件;也可以通过系统后台服务器借助于网络直接进行,不需要到用户的现场去,使得软件的安装与升级变成了一个完全透明的过程。而服务器上的软件由维护人员直接在服务器上修改、测试、安装、运行即可。

2. 因特网对软件维护的影响

因特网的发展与应用对当今世界的发展影响不言而喻,当然也会对软件维护产生无法估量的影响。其中最主要的有两个方面:

(1)基于因特网的远程维护。基于因特网的远程维护系统的基本思想是:为了让软件维护人员能够在远程对软件进行诊断与维护,关键在于获取诊断软件故障所需要的信息,此项任务将由远程软件维护系统而不是由用户或维护人员来完成。因为,通常用户并不知道应该收集哪些信息,尤其是用户并不太了解的软件。而远程软件维护系统则收集一切有用的信息，包括操作系统提供的信息，诊断工具提供的信息以及出故障软件自身所产生的信息，收集这些信息并将其发送至服务器，极大地减轻了用户和维护人员的工作量，而且它比用户直接提供的信息更加准确详尽，使得维护人员没有必要再到用户处获取软件故障信息。收集到了相关信息后，维护人员就可以在本地对软件进行分析、修改、验证，完成后同样借助于因特网通过远程控制系统来完成远程软件的安装与更新。

（2）浏览器/服务器软件结构（B/S）的维护 B/S结构的软件也属于多层结构的软件，但它又有其不同之处。这类软件只有在服务器端才有相应的软件，而在用户端则只需要有浏览器，用户通过浏览器来使用软件。因此该类软件的维护代价是最低的，软件的维护只要集中在服务器上即可，用户端几乎没有维护的需要。当然这一切都是建立在因特网的基础之上的。

3. UML对软件维护的影响

UML方法涉及软件的需求分析、概要设计、详细设计、软件实现、软件的实施与维护等软件的整个开发周期，所以它对传统意义下的维护工作也产生了重大影响。UML将软件生存周期定义为四个主要阶段：初始、细化、构造、移交。经历了这四个过程后，将自动产生相应的所有文档，从而生成了一个软件产品。软件产品投入运行后，对软件产品的任何维护仍然要重复这四个阶段，从而使其演化为升级产品，这也就是UML对软件维护工作的影响。所以，如果能将UML用于整个软件开发过程中，会大大降低软件的维护费用，与此同时，开发工作与维护工作之间几乎没有差异，维护实际上就是一次开发的迭代过程。

4. CMM对软件维护的影响

软件的维护实际上可以分为两大类：第一类是面向缺陷的维护，以修正软件中存在的错误与缺陷；第二类是面向功能的维护，以改善软件的功能。之所以会产生软件程序中的错误与缺陷、软件功能设计的不足，其关键在于对软件开发过程的管理存在缺陷。第9章中将要介绍的CMM（软件能力成熟度模型）就是用于软件过程管理的一个框架。由于CMM将软件企业的软件能力分为5级，当达到CMM 3级及以上时，由于软件过程的持续改善，对软件质量的评审和审计活动的加强，软件过程数据库作用的发挥，关于"程序上的缺陷"和"设计上的功能不足"的情况会大为减少，因而以后软件的维护工作量也会逐渐减少。但如果一个软件企业只能处于CMM 1级的情况，由于采用的是"人治加个人英雄主义"的开发管理方法，管理无序、文档不全、工作不规范，由此形成的软件的维护工作量将非常之大。

8.10.3 再生工程

再生工程主要出于如下愿望：①在商业上要提高产品的竞争力；②在技术上要提高产品的质量。但这种愿望无法靠软件的维护来实现，因为：①软件的可维护性可能极差，实在不值得去做；②即使软件的可维护性比较好，但也只是治表不治本。再生工程干脆对已有软件进行全部或部分的改造，赋予软件新的活力。软件再工程——运用逆向工程、重构等技术，在充分理解原有软件的基础上，进行分解、综合、并重新构建软件，用于提高软件的可理解性、可维护性、可复用性或演化性。软件再生工程过程模型如图8－1所示。

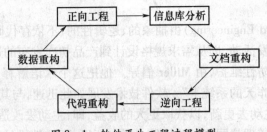

图 8 - 1 软件再生工程过程模型

再生工程与维护的共同之处是没有抛弃原有的软件。再生工程并不见得一定比维护的代价要高,但再生工程在将来获取的利益却要比通过维护得到的多。

再生工程主要有三种类型:重构、逆向工程和正向工程。

1. 重构

重构一般是指通过修改代码或数据以使软件符合新的要求。重构通常并不推翻原有软件的体系结构,主要是改造一些模块和数据结构。重构的一些好处如下:

(1) 使软件的质量更高,或使软件顺应新的潮流(标准)。

(2) 使软件的后续(升级)版本的生产率更高。

(3) 降低后期的维护代价。

要注意的是,在代码重构和数据重构之后,一定要重构相应的文档。

2. 逆向工程

逆向工程(Reverse Engineering)是指从前源代码出发,重新恢复设计文档和需求规格说明书。逆向工程即对既存系统的分析过程,明确系统各组成部分及其相互间的关系,并将系统以其他形式来表现。

逆向工程来源于硬件世界。硬件厂商总想弄到竞争对手产品的设计和制造"奥秘"。但是又得不到现成的档案,只好拆卸对手的产品并进行分析,企图从中获取有价值的东西。软件的逆向工程在道理上与硬件的相似。但在很多时候,软件的逆向工程并不是针对竞争对手的,而是针对自己公司多年前的产品。期望从老产品中提取系统设计、需求说明等有价值的信息。

逆向工程过程如图 8 - 2 所示,首先分析并将非结构化的"脏的"源代码重构为结构化的程序设计结构和易于理解的"干净"代码;接下来便提取、抽象,这是逆向工程的核心活动,此时工程师必须评价老的程序,并从源代码中抽取出需要程序执行的处理、程序的用户界面以及程序的数据结构或数据库结构,编写初始和最终设计说明文档。

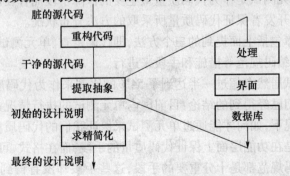

图 8 - 2 逆向工程过程

245

3. 正向工程

正向工程(Forward Engineering)由抽象的、逻辑性的、不依存代码的设计逐步展开,直至具体代码实现的开发活动,即从需求规格设计到产品初次发布的过程或子过程。

正向工程也称预防性维护,由 Miller 倡导。他把这个术语解释成"为了明天的需要,把今天的方法应用到昨天的系统上"。软件技术发展如此迅速,与其等待一个有价值的产品逐渐老死,还不如主动去更新,以获取更大的收益,即,主动去改造一个目前运行得正常的软件系统。但是其道理就同打预防性针一样。所以,预防性维护是"吃小亏占大便宜"的事。

8.11 国内测试策略应用状况分析

中国的软件行业从 20 世纪 80 年代末开始形成,到现在已经经历了将近 20 年的时间,这 20 年时间里,国际软件行业和技术的革新变化非常之大,我们不得不面对国际软件行业企业已经走过了几十年的历程和经验积累对我们产生的压力。

主要针对开发者的国内软件质量管理和测试工具的应用状况进行调查、分析。从下面的调查数据上可以看到,仍然有太多的地方是不如意的。

8.11.1 开发者对代码质量管理的状况

图 8-3 所示为开发者对代码单元测试的频率分布状况。

这个调查的图表显示国内开发者对单元测试的认可程度和实施状况,而每日、每周的单元测试居然合起来达到了81%,而每小时进行单元测试的比例只有6.6%,可以看到这两个数据是何等的接近。

由于单元测试是随时进行的,而每周或者更长时间进行单元测试可以认为是单元测试执行的较为粗略或者很难达到实际的效果,可以看到能够真正把单元测试做到位的开发者和企业比例还是十分少的。

从这个比例数上也可以看到国内软件企业与开发者对于测试仍然没有像对开发过程那样重视,甚至有接近 10% 的企业和人员从来不进行单元测试,这意味着我们的开发者和企业交付给用户的产品中至少有 9.4% 是几乎没有经过任何测试(如果没有做过单元测试,那么其他级别的测试效果也是可想而知的)就交付给用户的,而且从下面的调查问卷中也可以看到,单元测试是作为代码质量最主要的保障手段而存在的。

图 8-4 所示为开发者保证代码质量所采取的方法分布状况。

代码质量的保障包括上面提到的三个方法,即代码走查、单元测试、提高代码覆盖率,此外还有同行评审、编码规范等措施和手段来进行。

而这里单元测试居然有超过一半达到了 54% 的比例来作为代码质量的保证手段,而从前面的问卷中我们已经得到的结论:目前国内单元测试的执行情况并不理想,甚至是相当得差。在这种情况下,如何才能通过单元测试来保证我们的代码质量呢?

其实单元测试是在功能层面上保证代码质量的手段,而在格式、可读性等代码规范化方面代码走查和编码规范都是十分重要的手段,这些手段却没有得到很好的实施。由此可见,我们的代码传承性,也就是代码的可读性和格式都是在开发者和企业并不关注的情

246

况下进行的,这样的代码即使功能上目前达到了要求,又如何保证项目可以有后续版本的持续不断的开发和扩展呢?

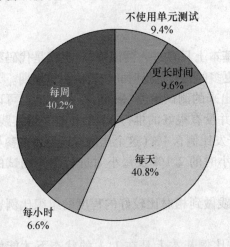

图8-3 开发者对代码单元测试的频率分布状况
（数据来源：IT168&ITPUB 2006.12）

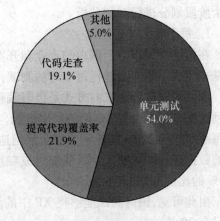

图8-4 开发者保证代码质量所采取的
方法分布状况
（数据来源：IT168&ITPUB 2006.12）

软件开发者和开发团队对测试的轻视是自古有之的,这个"古"是指从最开始有了单独的成品软件出现开始。而且,这个"轻视"不仅仅在中国有,在国外也是一样的。但是,这种思想在个人英雄主义的时代曾经盛行一时,而当软件进入工业化时代的时候,大家开始逐渐意识到原来的开发出来的产品问题较多,于是对应于制造业的品质保障阶段,测试逐渐被重视起来。

8.11.2 开发者对软件测试的方法和工具

图8-5所示为开发者测试团队对软件质量的测试周期分布状况。

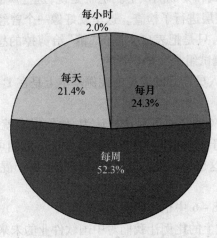

图8-5 开发者测试团队对软件质量的测试周期分布状况
（数据来源：IT168&ITPUB 2006.12）

从这里可以看到测试周期的长度的比例,也可以看到测试的实际效果和企业与团队对测试的重视程度,从这里还可以看到测试人员与开发人员的比例关系。下面按照上面四个阶段划分进行对比分析。

1. 每小时都进行测试

在传统模式下对于国内的企业和开发团队基本上只有进入测试阶段,也就是代码编写基本完成以后才会进行每小时的测试,所以,更多的人会选择时间较长的测试周期。

而每小时进行测试的方式是极限编程中提出来的测试策略,采用2%的比例也可以看到这些XP过程管理框架的应用组织,实际上并没有很好的推行XP的核心关键实践。而每小时测试2.0%的比例与完全采用迭代化开发比例6.4%(这个比例应该与相关参与者的数据进行同比折算)同系统集成频度为每小时的2.1%及每小时进行单元测试的6.6%的比例都是十分接近的。

由此可见,国内测试能够将XP中的测试实践做到相对比较好的程度的组织比例也就只有2%左右。

每小时进行测试的测试人员与开发人员的比例基本上是在1:1的状态下才能做到的。

2. 每天都进行测试

能够做到每天测试的有21.4%,这个数据说明了国内能够将测试作为软件工程活动的一个重要环节的比例系数,加上每小时进行测试的2%,可以认为国内现在基本上有接近1/4的组织已经十分重视软件测试活动了。可以认为至少做到每天测试是软件企业和开发团队成熟的标志之一。

每天进行测试的测试人员与开发人员的比例基本上是在1:1~1:3的状态下就能做到的。

3. 每周进行测试

每周进行测试的52.3%说明这些企业或者开发团队所进行的测试不包括单元测试,基本上主要停留在系统测试和集成测试上。也就是说,这些产品并没有考虑代码的有效性问题,而只是从系统的表层进行了检查。这里就好像一个曾经很有名的笑话:外科医生给一个中"箭"的病人治病,只是把表皮上面的"箭"给剪掉的感觉。至于里面是否还有"箭"的剩余部分的残留,测试组是完全不管的。

每周进行测试的测试人员与开发人员的比例基本上是在1:3以上就能做到的。

4. 每月进行测试

每月进行测试的24.3%的企业可以这样认为,他们根本就没有想过要做测试,甚至领导者会认为测试完全属于浪费时间、浪费资源的做法。他们可能根本就不会考虑团队内存在专职的测试人员。这也说明他们的项目管理完全出于混乱的状态,他们交付的产品也将是没有任何保障的。

同样的问题在调查图8-6中也可以看到。

图8-6中的测试方式上的比例让我们对中国软件业的未来产生了更多的担忧,但也看到了一些希望。

占有29.2%的采用自动化的测试工具的比例已经远远高于前几年国内测试行业的状况,这个数据是令我们欣喜的。这也是国内在逐渐形成的对测试重要性的争论中,逐渐走出了一批高水平的测试人员积累的成果。而能够自己动手编写测试脚本进行测试的比例超过了半数,这也说明中国的测试团队已经形成了一定的实力。

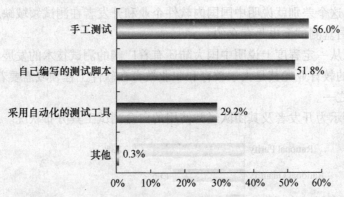

图 8-6　各种测试方式在测试中的比例
（数据来源：IT168&ITPUB 2006.12）

但是,上面的三个数据却没有一个能够超过60%,可以说都不占有大多数,对比前面每月进行测试的24.3%的比例,可以看出国内还有40%（这个40%的比例可以从后续的几张图表中得到数据支持）以上的企业和组织根本没有认同测试,他们仍然处在最原始的软件开发状态下生存着。

图 8-7 所示为开发者及其团队经常使用的黑盒测试工具分布状况。

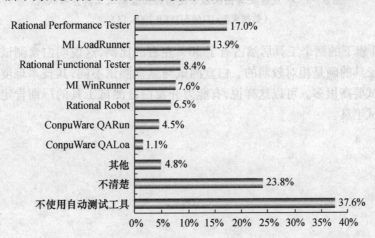

图 8-7　开发者及其团队经常使用的黑盒测试工具分布状况
（数据来源：IT168&ITPUB 2006.12）

MI LoadRunnner 一直在国内的推动力度都是比较大的,在网站上可以经常看到关于LoadRunnner 的问题和一些讨论。这方面 Rational 做得相对较弱,可能因为 Rational 将自己的核心宣传力量投入到了开发建模工具方面,而没有把测试作为最主要的切入点来考虑。当然,Rational 的相关测试工具即使在没有很大的宣传力度的情况下,仍然占有相对较高的用户比例,这也和它在开发建模工具方面的影响力是分不开的。

可以看到有接近 40% 的开发者和开发团队没有使用过自动测试工具,这并不是很令人惊讶的事情,但是却有接近 1/4 的开发者和开发团队没有听说过自动测试工具,这就很惊人了。没有用过,可能是因为自己周边没有人会使用,或者地域偏僻,或者没有学习到;但没有听说过,这个差别就说明中国国内软件企业和开发者在测试领域缺乏认知程度,同样的比例数在白盒测试上也是存在的。

当然,这也从一定程度上说明中国大陆还有着广阔的测试技术的发展和推广空间,这也使我们国家的教育业尤其是大学教育和职业教育在软件工程领域需要着重考虑并关注的重要着眼点之一。

图 8-8 所示为开发者及其团队经常使用的白盒测试工具分布状况。

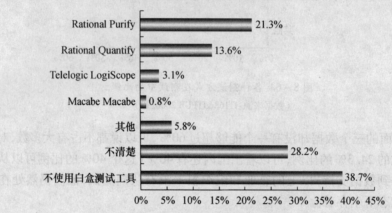

图 8-8　开发者及其团队经常使用的白盒测试工具分布状况
（数据来源:IT168&ITPUB 2006. 12）

Rational 旗下的两个工具居然占有了 30% 左右的比例,这说明白盒测试方面其他公司所开发的工具的确是相对较弱的。白盒测试与黑盒测试不同,其技术难度和复杂度都要比黑盒测试要高很多。可以这样说,有能力开发白盒测试工具的厂商肯定能够推出自己的黑盒测试工具。

第9章　网络安全技术的背景与探索

由于因特网的全球性、开放性、无缝连通性、共享性、动态性发展,使得任何人都可以自由地接入因特网,特别是"黑客"们可能会采用各种攻击手段进行破坏等犯罪活动。同时,网络实体还要经受诸如水灾、火灾、地震、电磁辐射等方面的考验。另外,由于金钱和财富的利诱,大大刺激了"黑客"们以身试法。

黑客的威胁见诸报道已经屡见不鲜,像贵州省城热线、成都艺术节主页等都报道有黑客入侵,他们在主页上发布反动口号,或将主页修改成黄色画面。内部工作人员能较多地接触内部信息,工作中的任何不小心都可能给网络安全带来危险。这些都使网络安全问题越来越复杂。

综上所述,网络必须有足够强的安全措施。无论是在局域网还是在广域网中,网络的安全措施应能全方位地针对各种不同的威胁和脆弱性进行防范。信息系统的安全主要包括计算机系统的安全和网络方面的安全。在本章将主要介绍与网络安全有关的网络安全概念、网络黑客与网络防御、数据加密、防火墙技术等,并在网络入侵检测方面作了些探索。

9.1　网络安全概念

9.1.1　网络安全定义

ITU – TX.800 标准将常说的"网络安全"(Network Security)进行逻辑上的分别定义,它包括安全攻击、安全机制和安全服务三个部分。

(1) 安全攻击(Security Attack)。指损害机构所拥有信息安全的任何行为,主要包括信息拒绝服务、更改消息、重放消息、伪装、流量分析、释放消息内容等手段。

(2) 安全机制。(Security Mechanism)指设计用于检测、预防安全攻击或者恢复系统的机制。针对安全攻击,安全机制主要有加密、数字签名、访问控制、数据完整性、认证交换、流量填充、路由控制和公证等安全机制。

(3) 安全服务。(Security Service)指采用一种或多种安全机制以抵御安全攻击、提高机构的数据处理系统安全和信息传输安全的服务。主要包含对等实体认证、数据源认证、访问控制、机密性、流量机密性、数据完整性、非否认服务和可用性等。

安全攻击、安全机制和安全服务三者之间的关系见表9.1。

表 9-1 安全信号攻击、安全机制、安全服务之间的关系

释放消息内容	流量分析	伪装	重放消息	更改消息	信息拒绝服务	安全攻击／安全机制／安全服务	加密	数字签名	访问控制	数据完整性	认证交换	流量填充	路由控制	公证
		√				对等实体认证	√	√			√			
		√				数据源认证	√	√						
		√				访问控制			√					
√						机密性	√						√	
	√					流量机密性	√					√	√	
			√	√		数据完整性	√	√		√				
						非否认服务		√		√				√
					√	可用性					√	√		

9.1.2 网络安全体系结构

网络安全是信息系统安全的基础,网络系统的安全涉及平台的各个方面。按照网络 OSI 的 7 层模型,网络安全贯穿于整个七层模型。针对网络系统实际运行的 TCP/IP 协议,网络安全贯穿于信息系统的四个层次,由于 TCP/IP 的网络访问层内容太多,此处采用了五层的原理体系结构。图 9-1 表示了对应网络系统的安全体系层次模型。

应用层	应用系统	应用层	应用系统安全
	操作系统		操作系统安全
传输层		传输安全	
网络层		安全路由/访问机制	
链路层		链路安全	
物理层		物理层信息安全	

图 9-1 网络安全体系层次模型

物理层安全:主要防止物理通路的损坏、物理通路的窃听、对物理通路的攻击(干扰等)。

链路层安全:需要保证通过网络链路传送的数据不被窃听,主要采用划分 VLAN(局域网)、加密通信(远程网)等手段。

网络层安全:需要保证网络只给授权的用户使用授权的服务,保证网络路由正确,避免被拦截或监听。

传输层安全:需要保证信息流动的安全。

操作系统安全:操作系统访问控制的安全,如数据库服务器、电子邮件服务器、Web

252

服务器等。由于操作系统非常复杂,通常采用多种技术(如 SSL 等)来增强操作系统的安全性。

应用系统安全:完成网络系统的最终目的是为用户服务。应用系统的安全与系统设计和实现关系密切。应用系统使用应用平台提供的安全服务来保证基本安全,如通信内容安全、通信双方的认证、审计等手段。

从网络安全体系看来,网络安全所涉及的主要技术有数据加密技术、防火墙技术、虚拟专用网技术和入侵检测技术等。后面将较为详细地分析这些具体技术,同时,还介绍了网络安全防范体系建立的原则、措施以及风险管理和灾难恢复的相关措施,从而帮助读者了解这些保障网络安全的主流技术并会制定和实施相应的网络安全措施,以能设计一个较为理想的网络安全防范体系。

9.2 网络黑客攻击及预防

9.2.1 网络黑客

网络黑客(Hacker) 一般是指计算机网络的非法入侵者,他们大都是程序员,对计算机技术和网络技术非常精通,了解系统的漏洞及其原因所在,喜欢非法闯入并以此作为一种智力挑战而沉醉其中。有些黑客仅仅是为了验证自己的能力而非法闯入,并不会对信息系统或网络系统产生破坏,但也有很多黑客非法闯入是为了窃取机密的信息、盗用系统资源或出于报复心理而恶意毁坏某个信息系统等。

1. 黑客常用的攻击方式

一般黑客的攻击分为以下三个步骤。

1) 信息收集

信息收集是为了了解所要攻击目标的详细信息,通常黑客利用相关的网络协议或实用程序收集,例如,利用 SNMP 协议可查看路由器的路由表,了解目标主机内部拓扑结构的细节;用 TraceRoute 程序可获得目标主机所要经过的网络数和路由器,用 ping 程序可以检测一个指定主机的位置并确定是否可到达等。

2) 检测分析系统的安全弱点

在收集到目标的相关信息以后,黑客会探测网络上的每一台主机,以寻找系统的安全漏洞或安全弱点。黑客一般会使用 Telnet、FTP 等软件向目标申请服务,如果目标主机有应答就说明开放了这些端口的服务,获得攻击目标系统的非法访问权。

3) 实施攻击

在获得了目标系统的非法访问权以后,黑客一般会实施以下的攻击:

(1) 试图毁掉入侵的痕迹,并在受到攻击的目标系统中建立新的安全漏洞或后门,以便在先前的攻击点被发现以后能继续访问该系统。

(2) 在目标系统安装探测器软件,如特洛伊木马程序,用来窥探目标系统的活动,继续收集黑客感性趣的一切信息,如账号与口令等敏感数据。

(3) 进一步发现目标系统的信任等级,以展开对整个系统的攻击。

(4) 如果黑客在被攻击的目标系统上获得了特许访问权,那么它就可以读取邮件,搜索和盗取私人文件,毁坏重要数据以至破坏整个网络系统,那么后果将不堪设想。

2. 防止黑客攻击的策略

1) 数据加密

加密的目的是保护信息系统内的数据、文件、口令和控制信息等,同时也可以提高网上传输数据的可靠性,这样即使黑客截获了网上传输的信息包,一般也无法得到正确的信息。

2) 身份认证

通过密码或特征信息等来确认用户身份的真实性,只对确认了的用户给予相应的访问权限。

3) 建立完善的访问控制策略

系统应当设置入网访问权限、网络共享资源的访问权限、目录安全等级控制、网络端口和节点的安全控制、防火墙的安全控制等,通过各种安全控制机制的相互配合,才能最大限度地保护系统免受黑客的攻击。

4) 审计

把系统中和安全有关的事件记录下来,保存在相应的日志文件中,例如记录网络上用户的注册信息,如注册来源、注册失败的次数等;记录用户访问的网络资源等各种相关信息,当遭到黑客攻击时,这些数据可以用来帮助调查黑客的来源,并作为证据来追踪黑客;也可以通过对这些数据的分析来了解黑客攻击的手段以找出应对的策略。

9.2.2 预防措施

历史上,数据加密技术应用渊源流畅,并发挥了巨大的作用。

早在公元前 2000 年前,古埃及人为了保障信息安全,使用特别的象形文字作为信息编码。往后,几个文明古国(巴比伦、美索不达米亚和希腊)都对书面消息的发送采用过"加密"法。到罗马帝国时代,恺撒大帝就使用了信息编码,以防止敌方了解自己的战争计划。

在第一次世界大战期间,德国间谍曾经依靠字典编写密码。例如,25 – 3 – 28 表示某字典的第 25 页第三段第 18 个单词。但是,这种加密方法并不可靠,美国情报部门搜集了所有德文字典,只用了几天时间就找出了德方所用的那一本,从而破译了这种密码,给德军造成了巨大损失。

在 20 世纪第二次世界大战中,德国人创建了加密信息的机器——Enigma 编码机。最后,由于 AlanTuring 等的努力,英国情报部门在一些波兰人的帮助下,于 1940 年破译了德国直至 1944 年还自认为是可靠的 Enigma 三转轮机密码系统,使德方遭受重大损失。

伴随着计算机联网的逐步实现,计算机信息本身的保密问题显得越来越重要。加密技术成为计算机信息保护最实用和最可靠的方法。加密技术主要用于保障数据的保密性、完整性、认证性、不可否认性等。

1. 加密技术概念

现代密码学加密技术通常是用一定的数学计算操作来改变原始信息,用某种方法伪装消息并隐藏它的内容的方法称作加密(Encryption)。待加密的消息被称作明文(Plaintext),所有明文的集合称为明文空间;被加密以后的消息称为密文(Ciphertext),所有密文的集合称为密文空间;而把密文转变成明文的过程称为解密(Decryption)。加密体制中的加密运算是由一个算法类组成,这些算法类的不同运算可用不同的参数表示,不同的参数分别代表不同的算法,被称作密钥,密钥空间是所有密钥的集合。

任何一个密码系统包含明文空间、密文空间、密钥空间和算法。密码系统的两个基本单元是算法和密钥。其中算法是相对稳定的,视为常量;密钥则是不固定的,视为变量。密钥安全性是系统安全的关键,因此为了密码系统的安全,频繁更换密钥是必要的,在密钥的分发和存储时应当特别小心。

发送方用加密密钥,通过加密设备或算法,将信息加密后发送出去。接收方在收到密文后,用解密密钥将密文解密,恢复为明文。如果传输中有人窃取,他只能得到无法理解的密文,从而对信息起到保密作用。简单加解密模型如图 9 - 2 所示。

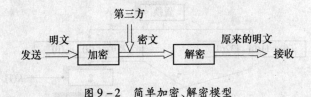

图 9 - 2 简单加密、解密模型

密码体制一般是指密钥空间与相应的加密运算结构,同时还包括了明文和密文的结构特征。密码体制一般可分为传统密码和现代密码:传统密码包括换位密码、代替密码、转轮机密码等;现代密码又包括序列密码、分组密码、公钥密码、量子密码体制等,现代密码已经广泛应用于军事、商业经济、网络间的通信、电子商务、电子政务等领域。

按密钥方式,可将密码体制划分以下两种:

(1)对称密钥密码体制。收发双方使用相同密钥的密码,叫做对称式密码。传统的密码都属此类,现代密码中的分组码和序列密码也属于这一类。

(2)非对称密钥密码体制。收发双方使用不同密钥的密码,叫做非对称式密码,如现代密码中的公开密钥密码就属此类。

2. 对称密钥密码体制

对称密钥密码体制,即加密密钥和解密密钥是相同的密码体制。下面以现代密码学领域中应用最多的分组密码体制为例进行说明。

分组密码是将明文按一定的位长分组,输出也是固定长度的密文。明文组和密钥组经过加密运算得到密文组。解密时密文组和密钥组经过解密运算(加密运算的逆运算),还原成明文组。分组密码的优点是:密钥可以在一定时间内固定,不必每次变换,因此给密钥分发带来了方便。但是,由于分组密码存在着密文传输错误在明文中扩散的问题,因此在信道质量较差的情况下无法使用。

目前,国际上公开的分组密码算法有 100 多种,如 DES、Lucifer、IDEA、SAFER、k - 64、RC5、Skipjack、RC2、FEAL-N、REDOC-Ⅱ、L0KI、CAST、Khufu、Khafre、MMB、3-WAY、TEA、MacGuffin、SHARK、BEAR、LION、CA. 1. 1、CRAB、Biowfish、GOST、SQUARE 和 MISTY 等,以及 2000 年 2 月制定和评估的高级数据加密标准(AES)。对这些算法感兴趣的读者可在 Schneier 所著的 Applied Cryptography:Protocals,Algorithms,and Source Code in C 一书和会

议论文集 Fast Software Encryption 中找到它们的详细讨论，也可以通过网络查询到。下面介绍简单分组算法的典型代表——数据加密标准（Data Encryption Standard，DES）。

DES 密码就是 1977 年由美国国家标准局公布的第一个分组密码。DES 是由 IBM 公司在 20 世纪 70 年代研制的，并经过政府的加密标准筛选后，于 1976 年 11 月被美国政府采用，随后被美国国家标准局和美国国家标准协会（ANSI）所认可。

1) DES 的基本原理

DES 采用传统的换位和置换的方法进行加密，在 56 位密钥的控制下，将 64 位明文块变换为 64 位密文块，加密过程包括 16 轮的加密迭代，每轮都采用一种乘积密码方式（代替和移位）。基本原理如图 9 - 3 所示。

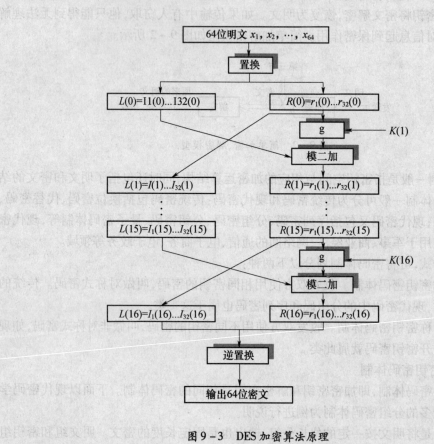

图 9 - 3　DES 加密算法原理

DES 加密算法又可以简单地用下式表示：

$$E_k(m) = IP^{-1} \times T_{16} \times T_{15} \times \cdots \times T_1 \times IP\ (m)$$

式中：IP 为初始置换；IP^{-1}是 IP 的逆；$T_i\ (i = 1,2,\cdots,16)$是一系列的变换；$E_k(m)$ 表示明文 m 在密钥 k 的作用下产生的密文。

在最初和最终换位之间，是结合代替和换位的函数 g 的 16 次迭代。其中置换、子密钥 $K(i)$ 和 g 函数的选择都按后面将介绍的特定的规则进行。

2) 初始变换和逆初始变换

其中初始变换是一个位变换，是将顺序排列的 64 位根据表 9 - 2(a) 进行处理，即将

256

顺序排列的 64 位序列 $t_1 t_2 t_3 \cdots t_{64}$ 变换成 $t_{58} t_{50} \cdots t_{15} t_7$。

表 9 - 2　初始变换和逆初始变换

58	50	42	34	26	18	10	2	40	8	48	16	56	24	64	32
60	52	44	36	28	20	12	4	39	7	47	15	55	23	63	31
62	54	46	38	30	22	14	6	38	6	46	14	54	22	62	30
64	56	48	40	32	24	16	8	37	5	45	13	53	21	61	29
57	49	41	33	25	17	9	1	36	4	44	12	52	20	60	28
59	51	43	35	27	19	11	3	35	3	43	11	51	19	59	27
61	53	45	37	29	21	13	5	34	2	42	10	50	18	58	26
63	55	47	39	31	23	15	7	33	1	41	9	49	17	57	25

3）g 函数的设计

函数 $g(R_{i-1}, K_i)$ 的结构如图 9 - 4 所示。首先用位选择表 E（表 9 - 3）将 R_{i-1} 扩展成 48 位二进制块 $E(R_{i-1})$，即 $R_{i-1} = r_1 r_2 \cdots r_{31} r_{32}$，$E(R_{i-1}) = r_{32} r_1 r_2 \cdots r_{31} r_{32} r_1$，然后与 K_i 异或运算，接着将所得的 48 位数分成 8 个 6 位数，记为 $B_i (i = 1, 2, \cdots, 8)$，此处

$$E(R_{i-1}) \oplus K_i = B_1 B_2 \cdots B_8$$

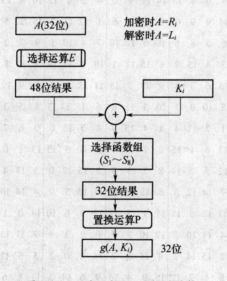

图 9 - 4　函数 $g(R_{i-1}, K_i)$ 的结构

每个 6 位子块都是选择函数 S_j 的输入（后面介绍的 S 盒），其输出是一个 4 位二进制块 $S(B_j)$。把这些子块合成 32 位二进制块之后，用换位表 P（表 9 - 4）将它变换成

$$P(S_1(B_1) \cdots S_8(B_8))$$

这就是函数 $g(R_{i-1}, K_i)$ 的输出。

表 9 - 3　　位选择表 E　　　　　　　　　　表 9 - 4　　换位表 P

32	1	2	3	4	5
4	5	6	7	8	9
8	9	10	11	12	13
12	13	14	15	16	17
16	17	18	19	20	21
20	21	22	23	24	25
24	25	26	27	28	29
28	29	30	31	32	1

16	7	20	21
29	12	28	17
1	15	23	26
5	18	31	10
2	8	24	14
32	27	3	9
19	13	30	6
22	11	4	25

4) 选择函数 S 盒的算法

每个 S_j 将一个 6 位块 $B_j = b_1b_2b_3b_4b_5b_6$ 转换为一个 4 位块,选择函数组 $S_1 - S_8$ 根据表 9 - 5 进行。与 b_1b_6 相对应的整数确定表中的列号,与 $b_2b_3b_4b_5$ 相对应的整数确定表中的行号,$S_j(B_j)$ 的值就是位于该行和该列的 4 位二进制表示形式。

表 9 - 5　S 盒

D	S_1				S_2				S_3				S_4				S_5				S_6				S_7				S_8			
	0	1	2	3	0	1	2	3	0	1	2	3	0	1	2	3	0	1	2	3	0	1	2	3	0	1	2	3	0	1	2	3
0	14	0	4	15	15	3	0	13	10	13	13	1	7	13	10	3	2	14	4	11	12	10	9	4	4	13	1	6	13	1	7	2
1	4	15	1	12	1	13	14	8	0	7	6	10	13	8	6	15	12	11	2	8	1	15	14	3	11	0	4	11	2	15	11	1
2	13	7	14	8	8	4	7	10	9	0	4	13	14	11	9	0	4	2	1	12	10	4	15	2	2	11	11	13	8	13	4	14
3	1	4	8	2	14	7	11	1	14	9	9	0	3	5	0	6	1	12	11	7	15	2	5	12	14	7	13	8	4	8	1	7
4	2	14	13	4	6	15	10	3	6	3	8	6	0	6	12	10	7	4	10	1	9	7	2	9	15	4	12	1	6	10	9	4
5	15	2	6	9	11	2	4	15	3	4	15	9	6	15	11	1	10	7	13	14	2	12	8	5	0	9	3	4	15	3	12	10
6	11	13	2	1	3	8	13	4	15	6	3	8	9	0	7	13	11	13	7	2	6	9	12	15	8	1	7	10	11	7	14	8
7	8	1	11	7	4	14	1	2	5	10	0	7	10	3	13	8	6	1	8	13	8	5	3	10	13	10	14	7	1	4	2	13
8	3	10	15	5	9	12	5	11	1	2	11	4	1	4	15	9	8	5	15	6	0	6	7	11	3	14	10	9	10	12	0	15
9	10	6	12	11	7	0	8	6	13	8	1	15	2	7	1	4	5	0	9	15	13	1	0	14	12	3	15	5	9	5	6	12
10	6	12	9	3	2	1	12	7	12	5	2	14	8	2	3	5	3	15	12	0	3	13	4	1	9	5	6	0	3	6	10	9
11	12	11	7	14	13	10	6	12	7	14	12	3	5	12	14	11	15	10	5	9	4	14	10	7	7	12	8	15	14	11	13	0
12	5	9	3	10	12	6	9	0	11	12	5	11	11	1	5	12	13	3	6	10	14	0	1	6	5	2	0	14	5	0	15	3
13	9	5	10	0	0	9	3	5	4	11	10	5	12	10	2	7	0	9	3	4	7	11	13	0	10	15	5	2	0	14	3	5
14	0	3	5	6	5	11	2	14	2	15	14	2	4	14	8	2	14	8	0	5	5	3	11	8	6	8	9	3	12	9	5	6
15	7	8	0	13	10	5	15	9	8	1	7	12	15	9	4	14	9	6	14	3	11	8	6	13	1	6	2	12	7	2	8	11

【例 9 - 1】S 盒应用实例。

设 $B_1 = 101100$,则 $S_1(B_1)$ 的值位于第二列第六行,即等于 2,因此 $S_1(B_1)$ 的输出是 0010。

5) 子密钥 $K(i)$ 的产生

下面描述由初始密钥推导出子密钥 $K(i)$ 的过程。在此特别说明,为图示和表达方便,出现了 $K(i)$ 和 K_i 两种说法,事实上,他们代表同一个密钥。

密钥 K 是一个 64 位二进制块,其中 8 位是奇偶校验位,分别位于第 8,16,…,64 位。置换选择函数 PC - 1 将这些奇偶校验位去掉,并把剩下的 56 位进行换位,换位后的结果被分成两半,如图 9 - 5 所示。

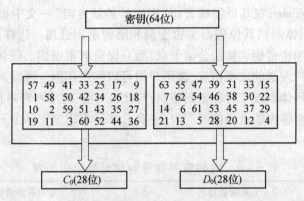

图 9 - 5　置换选择函数 PC - 1

令 C_i 和 D_i 分别表示推导 $K(i)$ 时所用的 C 和 D 的值,有如下的变换公式:

$$C_i = \mathrm{LS}_i(C_{i-1}),$$
$$D_i = \mathrm{LS}_i(D_{i-1})$$

此处是 LS_i 循环左移位变换,其中 LS_1、LS_2、LS_9 和 LS_{16} 是循环左移 1 位变换,其余的 LS_i 是循环左移 2 位变换。图 9 - 5 的 C_0 和 D_0 是 C 和 D 的初始值,显然,$C_0 = K_{57}K_{49}\cdots K_{44}K_{36}$,$D_0 = K_{63}K_{55}\cdots K_{12}K_4$。最后通过置换选择函数 PC - 2(图 9 - 6)得出 $K(i)$:

$$K(i) = \mathrm{PC} - 2(C_i, D_i)$$

图 9 - 6　置换选择函数 PC - 2

6) DES 解密算法

DES 解密算法和加密算法相同,只不过第一次迭代时用子密钥 K_{16},第二次用 K_{15}……第 16 次用 K_1,因为最终换位 IP^{-1} 是初始换位 IP 的逆变换,且

$$R_{i-1} = L_i$$
$$L_{i-1} = R_i \oplus g(L_i, K_i)$$

算法可归纳如下:

$$N(E_k) = \mathrm{IP}^{-1} \times T_1 \times T_2 \times \cdots \times T_{16} \times \mathrm{IP}[E_k(m)]$$

〔注意〕　在解密过程中只是子密钥的顺序颠倒了,算法本身并没有改变。

目前已经有许多关于 DES 的软件和硬件产品,以及以 DES 为基础的各种密码系统,但是 DES 的保密性究竟如何呢? 对 DES 的批评主要有以下四点:

(1) DES 的密钥长度 56 位可能太小。

(2) DES 的迭代次数可能太少。

(3) S 盒(代替函数 S_j)中可能有不安全因素。

（4）DES 的一些关键部分不应当保密（如 S 盒设计）。

3. 非对称密钥密码体制

无论是序列密码还是分组密码，其加密和解密密钥均是相同的，因此必须严格保密，且要经安全渠道配发，这在跨越很大的地理位置上应用是一个难以解决的问题。1976 年 W. Diffie 和 N. E. Hellman 在其里程碑著作"密码学的新方向"一文中提出了非对称密码体制（公开密钥密码体制），其原理是加密密钥和解密密钥分离。这样，一个具体用户就可以将自己设计的加密密钥和算法公诸于众，而只保密解密密钥。任何人利用这个加密密钥和算法向该用户发送的加密信息，该用户均可以将之还原。通常人们也将这种密码体制称为双密钥密码体制或非对称密码体制；与此相对应，将序列密码和分组密码等称为单密钥密码体制或对称密钥密码体制。表 9-6 总结了单钥加密和公开密钥加密的重要特征。

表 9-6 对称密钥加密和非对称密钥加密

	对称密钥加密	非对称密钥加密
运行条件	① 加密和解密使用同一密钥和同一算法 ② 发送方和接收方必须共享密钥和算法	① 用同一算法进行加密和解密，而密钥有一对，其中一个用于加密，而另一个用于解密 ② 发送方和接收方每个拥有一对相互匹配的密钥中的一个（不是另一个）
安全条件	① 密钥必须保密 ② 如果不掌握其他信息，要想解密报文是不可能或者至少是不现实的 ③ 知道所用的算法加上密文的样本必须不足以确定密钥	① 两个密钥中的一个必须保密 ② 如果不掌握其他信息，要想解密报文是不可能或者至少是不现实的 ③ 知道所用的算法加上一个密钥和密文的样本必须不足以确定密钥

为了区分开这两个体制，一般将单钥加密中使用的密钥称为秘密密钥（Secret Key），公开密钥加密中使用的两个密钥则称为公开密钥（Public Key）和私有密钥（Private Key）。在任何时候私有密钥都是保密的，但把它称为私有密钥而不是秘密密钥，以免同常规加密中的秘密密钥混淆。

单钥密码安全的核心是通信双方秘密密钥的建立，当用户数增加时，其密钥分发就越来越困难，同时单钥密码不能满足日益膨胀的数字签名的需要。

公开密钥密码编码学是在试图解决单钥加密面临的这两个最突出的难题的过程中发展起来的。公共密钥密码的优点是不需要经安全渠道传递密钥，大大简化了密钥管理。它的算法有时也称为公开密钥算法或简称为公钥算法。公开密钥的应用主要有以下三方面：

（1）加密和解密。发送方用接收方的公开密钥加密报文。

（2）数字签名。发送方用它自己的私有密钥"签署"报文。签署功能是通过报文，或者作为报文的一个函数的一小块数据应用密码算法完成的。

（3）密钥交换。两方合作以便交换会话密钥。

1）公开密钥密码系统原理

公开密钥算法用一个密钥进行加密，而用另一个不同但是有关的密钥进行解密。这

260

些算法有以下重要特性:仅仅知道密码算法和加密密钥而要确定解密密钥,在计算上是不可能的;两个相关密钥中任何一个都可以用作加密而让另外一个用作解密。

图9-7给出了公开密钥加密和解密过程。其中重要步骤如下:

(1)网络中的每个端系统都产生一对用于它将接收的报文进行加密和解密的密钥。

(2)每个系统都通过把自己的加密密钥放进一个登记本或者文件来公布它,这就是公开密钥。另一个密钥则是私有的。

(3)如果A想给B发送一个报文,他就用B的公开密钥加密这个报文。

(4)B收到这个报文后就用他的保密密钥解密报文。其他所有收到这个报文的人都无法解密它,因为只有B才有B的私有密钥。

使用这种方法,所有参与方都可以获得各个公开密钥,而各参与方的私有密钥由各参与方自己在本地产生,因此不需要被分配得到。只要一个系统控制住它的私有密钥,它收到的通信内容就是安全的。在任何时候,一个系统都可以更改它的私有密钥并公开相应的公开密钥来替代它原来的公开密钥。

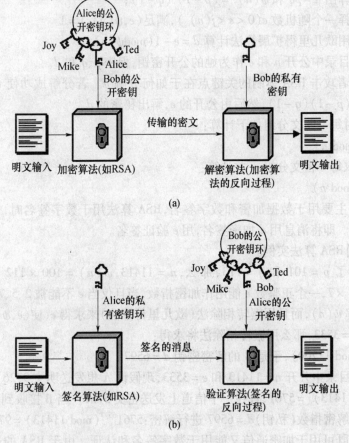

图9-7 公开密钥加密过程

(a)加密;(b)鉴别。

自从1976年公钥密码的思想提出以来,国际上已经提出了许多种公钥密码体制,但比较流行的主要有两类:一类是基于大整数因子分解问题的,其中最典型的代表是RSA;

261

另一类是基于离散对数问题的,如 ElGamal 公钥密码和影响比较大的椭圆曲线公钥密码。

RSA 是第一个比较完善的公开密钥算法,它既能用于加密也能用于数字签名。在已公开的公钥算法中,RSA 是最容易理解和实现的。下面对之进行阐述。

2) RSA 加密系统

RSA 因其创始人 Ronald L. Rivest、Adi Shamir 和 Leonard M. Adleman 而得名。RSA 的难度是基于因式分解,RSA 的安全性建立在几乎是由所有重要数学家构造的假设的基础之上,但它至今仍是一条数学家相信存在但缺乏正式证明的未证定理。

RSA 算法研制的最初理念与目标是努力使互联网安全可靠,旨在解决 DES 算法秘密密钥的利用公开信道传输分发的难题。而实际结果不但很好地解决了这个难题;还可利用 RSA 来完成对电文的数字签名以对抗电文的否认与抵赖;同时还可以利用数字签名较容易地发现攻击者对电文的非法篡改,以保护数据信息的完整性。

RSA 算法的实现步骤如下(B 为实现者):

(1) B 寻找出两个大素数 p 和 q;

(2) B 计算出 $n=pq$ 和 $\psi(n)=(p-1)(q-1)$;

(3) B 选择一个随机数 $e(0<e<j(n))$,满足 $(e,\psi(n))=1$

(4) B 使用欧几里得扩展算法计算 $d=e-1(\mathrm{mod}\psi(n))$

(5) B 在目录中公开 n 和 e 作为她的公开密钥,保密 p、q 和 d。

密码分析者攻击 RSA 体制的关键点在于如何分解 n。若分解成功使 $n=pq$,则可以算出 $\psi(n)=(p-1)(q-1)$,然后由公开的 e,解出秘密的 d。

加密时,对每一明文分组如下计算:

$$c_i=m_ie(\mathrm{mod}\ n)$$

解密时,取每一密文分组 c_i 并计算:

$$m_i=c_id(\mathrm{mod}\ n)$$

RSA 算法主要用于数据加密和数字签名,RSA 算法用于数字签名时,公钥和私钥的角色变换即可。即将消息用 d 加密签名,用 e 验证签名。

【例 9-2】RSA 算法实例。

若 B 选择了 $p=101$ 和 $q=113$,那么,$n=11413$,$\psi(n)=100\times112=11200$;然而 $11200=2^6\times5^2\times7$,一个正整数 e 能用作加密指数,当且仅当 e 不能被 2、5、7 所整除,事实上,B 不会分解 $\psi(n)$,而且用辗转相除法(欧几里得算法)来求得 e,使 $(e,\psi(n)=1)$。假设 B 选择了 $e=3533$,那么用辗转相除法将求得:

$d=e^{-1}(\mathrm{mod}\ 11200)$,于是 B 的解密密钥 $d=6597$。

B 在一个目录中公开 $n=11413$ 和 $e=3533$,现假设 A 想发送明文 9726 给 B,她计算:$9726^{3533}(\mathrm{mod}\ 11413)=5761$,且在一个信道上发送密文 5761。当 B 接收到密文 5761 时,他用他的秘密解密指数(私钥)$d=6597$ 进行解密:$5761^{6597}(\mathrm{mod}\ 11413)=9726$。

RSA 技术既可用于加密通信又能用于数字签名和认证。由于 RSA 的速度大大逊于 DES 等分组算法,所以 RSA 多用于加密会话密钥、数字签名和认证中。RSA 以其算法的简单性和高度的抗攻击性在实际通信中得到了广泛的应用。在许多操作平台如 Windows、Sun、Novell 等,都应用了 RSA 算法。另外,几乎所有的网络安全通信协议如 SSL、IPsec 等也都应用了 RSA 算法。ISO 几乎已指定 RSA 用做数字签名标准。在 ISO 9796

中,RSA 已成为其信息附件。法国银行界和澳大利亚银行界已使 RSA 标准化,ANSI 银行标准的草案也利用了 RSA。许多公司都采用了 RSA 安全公司的 PKCS。RSA 在目前和可预见的未来若干年内,在信息安全领域的地位是不可替代的,在没有良好的分解大数因子的方法以及不能证明 RSA 的不安全性的时候,RSA 的应用领域会越来越广泛的。但是一旦分解大数因子不再困难,那么,RSA 的时代也会成为历史。

9.3 防火墙技术

防火墙是保护本地系统或网络抵制网络攻击最重要的网络安全技术,作为访问控制技术的代表,防火墙产品是目前世界上用得最多的网络安全产品之一。

9.3.1 防火墙的基本知识

1. 防火墙的概念

防火墙(Firewall)是指设置在不同网络(如可信任的企业内部网和不可信的公共网)或网络安全域之间的一系列部件的组合,如图 9-8 所示。它是不同网络或网络安全域之间信息的唯一出入口,能根据企业的安全策略控制(允许、拒绝、监测)出入网络的信息流,且本身具有较强的抗攻击能力。它是提供信息安全服务,实现网络和信息安全的基础设施。

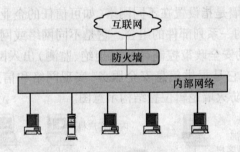

图 9-8 防火墙逻辑位置示意图

在逻辑上,防火墙是一个分离器,一个限制器,也是一个分析器,有效地监控了内部网和互联网之间的任何活动,保证了内部网络的安全。

2. 防火墙的作用

1)防火墙是网络安全的屏障

一个防火墙(作为阻塞点、控制点)能极大地提高一个内部网络的安全性,并通过过滤不安全的服务而降低风险。由于只有经过精心选择的应用协议才能通过防火墙,所以网络环境变得更安全。防火墙同时可以保护网络免受基于路由的攻击,如 IP 选项中的源路由攻击和 ICMP 重定向中的重定向路径。防火墙应该可以拒绝所有以上类型攻击的报文并通知防火墙管理员。

2)防火墙可以强化网络安全策略

通过以防火墙为中心的安全方案配置,能将所有的安全软件(如口令、加密、身份认证、审计等)配置在防火墙上。与将网络安全问题分散到各个主机上相比,防火墙的集中安全管理更经济。例如,在网络访问时,口令系统和其他的身份认证系统完全可以不必分散在各个主机上,而全部由防火墙来完成。

3)对网络存取和访问进行监控审计

如果所有的访问都经过防火墙,那么,防火墙就能记录下这些访问并作出日志记录,同时也能提供网络使用情况的统计数据。当发生可疑动作时,防火墙能进行适当的报警,并提供网络是否受到监测和攻击的详细信息。

4)防止内部信息的外泄

通过利用防火墙对内部网络的划分,可实现内部网重点网段的隔离,从而限制了局部重点或敏感网络安全问题对全局网络造成的影响。再者,隐私是内部网络非常关心的问题,一个内部网络中不引人注意的细节可能包含了有关安全的线索而引起外部攻击者的兴趣,甚至因此而暴漏了内部网络的某些安全漏洞。使用防火墙就可以隐蔽那些透露内部细节的各种服务,如 Finger、DNS 等服务。Finger 显示了主机的所有用户的注册名、真名、最后登录时间和使用 shell 类型等。但是 Finger 显示的信息非常容易被攻击者所获悉。攻击者可以知道一个系统使用的频繁程度,这个系统是否有用户正在连线上网,等等。

9.3.2 防火墙的配置结构

防火墙是设置在被保护网络和外部网络之间的一道屏障,以防止发生不可预测的、潜在破坏性的侵入。防火墙是指设置在不同网络(如可信任的企业内部网和不可信的公共网)或网络安全域之间的一系列部件的组合。它是不同网络或网络安全域之间信息的唯一出入口,能根据企业的安全政策控制(允许、拒绝、监测)出入网络的信息流,且本身具有较强的抗攻击能力。它是提供信息安全服务,实现网络和信息安全的基础设施。图9-9所示为一个典型的防火墙逻辑位置结构示意图。

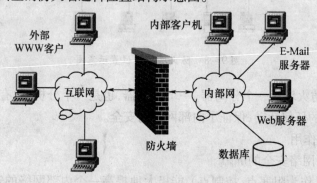

图9-9 防火墙逻辑位置结构示意图

防火墙可通过监测、限制、更改跨越防火墙的数据流,尽可能地对外部屏蔽网络内部的信息、结构和运行状况,以此来实现网络的安全保护。

9.3.3 防火墙的基本类型

防火墙技术可根据防范的方式和侧重点的不同而分为很多种类型,但总体来讲可分为分组过滤、应用级网关和代理服务器等几大类型,如图9-10所示。

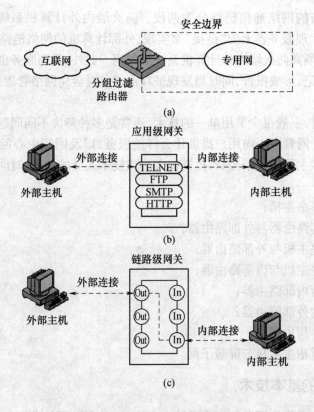

图 9 – 10   防火墙的基本类型

(a) 分组过滤路由器；(b) 应用级网关；(c) 代理服务型防火墙。

1. 数据分组过滤型防火墙

数据分组过滤（Packet Filtering）技术是在网络层对数据分组进行选择，选择的依据是系统内设置的过滤逻辑，称为访问控制表（Access Control Table）。通过检查数据流中每个数据分组的源地址、目的地址、所用的端口号、协议状态等因素，或它们的组合来确定是否允许该数据分组通过。

2. 应用级网关型防火墙

应用级网关（Application Level Gateways）是在网络应用层上建立协议过滤和转发功能。它针对特定的网络应用服务协议使用指定的数据过滤逻辑，并在过滤的同时，对数据包进行必要的分析、登记和统计，形成报告。实际中的应用网关通常安装在专用工作站系统上。

数据分组过滤和应用网关防火墙有个共同的特点，都是依靠特定的逻辑判定是否允许数据包通过。一旦满足逻辑，则防火墙内外的计算机系统建立直接联系，防火墙外部的用户便有可能直接了解防火墙内部的网络结构和运行状态，这不利于抗击非法访问和攻击。

3. 代理服务型防火墙

代理服务（Proxy Service）也称链路级网关或 TCP 通道，也有人将它归于应用级网关一类。它是针对数据包过滤和应用网关技术存在的缺点而引入的防火墙技术，其特点是将所有跨越防火墙的网络通信链路分为两段。防火墙内外计算机系统间应用层的"链接",由两个终止代理服务器上的"链接"来实现,外部计算机的网络链路只能到达代理服务器,从而起到了隔离防火墙内外计算机系统的作用。此外,代理服务也对过往的数据包进行分析、注册登记,形成报告,同时当发现被攻击迹象时会向网络管理员发出警报,并保留攻击痕迹。

建造防火墙时,一般很少采用单一的技术,通常是多种解决不同问题技术的组合。这种组合主要取决于网管中心向用户提供什么样的服务,以及网管中心能接受什么等级风险。采用哪种技术主要取决于经费、投资的大小或技术人员的技术、时间等因素。一般有以下几种形式:

（1）使用多堡垒主机;

（2）合并内部路由器与外部路由器;

（3）合并堡垒主机与外部路由器;

（4）合并堡垒主机与内部路由器;

（5）使用多台内部路由器;

（6）使用多台外部路由器;

（7）使用多个周边网络;

（8）使用双重宿主主机与屏蔽子网。

9.3.4 防火墙的基本技术

先进的防火墙产品将网关与安全系统合二为一,具有以下技术:

（1）双端口或三端口结构。新一代防火墙产品具有两个或三个独立的网卡,内外两个网卡可不作 IP 转化而串接于内部网与外部网之间,另一个网卡专用于对服务器的安全保护。

（2）透明访问方式。以前的防火墙在访问方式上要么要求用户作系统登录,要么需要通过 SOCKS 等库路径修改用户机的应用。新一代防火墙利用了透明的代理系统技术,从而降低了系统登录固有的安全风险和出错概率。

（3）代理系统技术。代理系统是一种将信息从防火墙的一侧传送到另一侧的软件模块。新一代防火墙采用了两种代理机制,一种用于代理从内部网络到外部网络的连接,另一种用于代理从外部网络到内部网络的连接。前者采用网络地址转换（NAT）技术来解决,后者采用非保密的用户定制代理或保密的代理系统技术来解决。

（4）多级过滤技术。为保证系统的安全性和防护水平,新一代防火墙采用了三级过滤措施,并辅以鉴别手段。在分组过滤一级,能过滤掉所有的源路由分组和假冒的 IP 源地址;在应用级网关一级,能利用 FTP、SMTP 等各种网关,控制和监测互联网提供的通用服务;在电路网关一级,实现内部主机与外部站点的透明连接,并对服务的通行实行严格控制。

（5）网络地址转换技术（NAT）。新一代防火墙利用 NAT 技术能透明地对所有内部地址作转换,使外部网络无法了解内部网络的内部结构,同时允许内部网络使用自己定制的 IP 地址和专用网络,防火墙能详尽记录每一个主机的通信,确保每个分组送往正确的地址。同时使用 NAT 的网络,与外部网络的连接只能由内部网络发起,极大地提高了内部网络的安全性。NAT 的另一个显而易见的用途是解决 IP 地址匮乏问题。

（6）互联网网关技术。由于是直接串连在网络之中,新一代防火墙必须支持用户在互联网互连的所有服务,同时还要防止与互联网服务有关的安全漏洞。故它要能以多种安全的应用服务器(包括 FTP、Finger、mail、Ident、News、WWW 等)来实现网关功能。

（7）安全服务器网络(SSN)技术。为适应越来越多的用户向互联网上提供服务时对服务器保护的需要,新一代防火墙采用分别保护的策略对用户上网的对外服务器实施保护,它利用一张网卡将对外服务器作为一个独立网络处理,对外服务器既是内部网的一部分,又与内部网关完全隔离。这就是安全服务器网络(SSN)技术,对 SSN 上的主机既可单独管理,也可设置成通过 FTP、Telnet 等方式从内部网上管理。

SSN 的方法提供的安全性要比传统的"隔离区"(DMZ)方法好得多,因为 SSN 与外部网之间有防火墙保护,SSN 与内部网之间也有防火墙的保护,而 DMZ 只是一种在内、外部网络网关之间存在的一种防火墙方式。换言之,一旦 SSN 受破坏,内部网络仍会处于防火墙的保护之下,而一旦 DMZ 受到破坏,内部网络便暴露于攻击之下。

（8）用户鉴别与加密技术。为了降低防火墙产品在 Telnet、FTP 等服务和远程管理上的安全风险,鉴别功能必不可少,新一代防火墙采用一次性使用的口令字系统来作为用户的鉴别手段,并实现了对邮件的加密。

（9）用户定制技术。为满足特定用户的特定需求,新一代防火墙在提供众多服务的同时,还为用户定制提供支持,这类选项有:通用 TCP,出站 UDP、FTP、SMTP 等类。如果某一用户需要建立一个数据库的代理,便可利用这些支持,方便设置。

（10）审计和告警技术。新一代防火墙产品的审计和告警功能十分健全,日志文件包括一般信息、内核信息、核心信息、接收邮件、邮件路径、发送邮件、已收消息、已发消息、连接需求、已鉴别的访问、告警条件、管理日志、进站代理、FTP 代理、出站代理、邮件服务器、域名服务器等。告警功能会守住每一个 TCP 或 UDP 探寻,并能以发出邮件、声响等多种方式报警。

国际上防火墙技术的发展集中于提高速度,为了改善防火墙的性能,NAI 实验室推出了新的"自适应代理"技术,并用于 Gauntlet 防火墙中。因工作在应用层的应用代理比工作在网络层的检查模块(如包过滤)速度要慢许多。"自适应代理"技术则允许用户根据需要定义防火墙策略,例如,最初的连接安全检查仍在应用层进行,保证传统代理防火墙的最大安全。但一旦代理明确了会话的细节,其后的数据包就直接经过网络层,即动态"适应"传送中的分组流量。

此外新一代防火墙还在网络诊断、数据备份与保全等方面具有特色。

9.3.5 防火墙的安全策略

防火墙包含着一对矛盾(或称机制):一方面它限制数据流通,另一方面它又允许数据流通。由于网络的管理机制及安全策略(Security Policy) 不同,因此这对矛盾呈现出不同的表现形式。

防火墙的安全策略存在两种极端的情形:

（1）凡是没有被列为允许访问的服务都是被禁止的。

（2）凡是没有被列为禁止访问的服务都是被允许的。

第一种的特点是安全但不好用,第二种易用但不安全,多数防火墙都在两者之间采取折中。在确保防火墙安全或比较安全前提下提高访问效率是当前防火墙技术研究和实现的热点。

此外,防火墙应该建立在安全的操作系统之上,而安全的操作系统来自于对专用操作系统的安全加固和改造,从现有的诸多产品看,对安全操作系统内核的固化与改造主要从以下几方面进行:取消危险的系统调用;限制命令的执行权限;取消 IP 的转发功能;检查每个分组的接口;采用随机连接序号;驻留分组过滤模块;取消动态路由功能;采用多个安全内核;等等。

9.3.6　防火墙的局限性

防火墙设计时的安全策略一般有两种方式:一种是没有被允许的就是禁止;另一种是没有被禁止的就是允许。如果采用第一种安全策略来设计防火墙的过滤规则,其安全性比较高,但灵活性差,只有被明确允许的数据包才能跨越防火墙,所以其他数据包都将被丢弃。而第二种安全策略则允许所有没有被明确禁止的数据包通过防火墙,这样做当然灵活方便,但同时也存在着很大的安全隐患。在实际应用中一般需要综合考虑以上两种策略,尽可能做到既安全又灵活。防火墙是网络安全技术中非常重要的一个因素,但不等于装了防火墙就可以保证系统百分之百的安全,从此高枕无忧,防火墙仍存在许多的局限性。

(1) 防火墙防外不防内。防火墙一般只能对外屏蔽内部网络的拓扑结构,封锁外部网上的用户连接内部网上的重要站点或某些端口,对内也可屏蔽外部的一些危险站点,但是防火墙很难解决内部网络人员的安全问题,例如,内部网络管理人员蓄意破坏网络的物理设备,将内部网络的敏感数据复制到软盘等,防火墙对此将无能为力。据统计,网络上的安全攻击事件有 70% 以上来自网络内部人员的攻击。

(2) 防火墙难于管理和配置,容易造成安全漏洞。由于防火墙的管理和配置相当复杂,对防火墙管理人员的要求比较高,除非管理人员对系统的各个设备(如路由器、代理服务器、网关等) 都有相当深刻的了解,否则在管理上有所疏忽是在所难免的。

9.4　虚拟专用网(VPN)技术

VPN 是 Virtual Private Network(虚拟专用网)的缩写。Virtual Network 的含义有两个:① VPN 是建立在现有物理网络之上,与物理网络具体的网络结构无关,用户一般无需关心物理网络和设备;② VPN 用户使用 VPN 时看到的是一个可预先设定义的动态的网络。Private Network 的含义也有两个:① 表明 VPN 建立在所有用户能到达的公共网络上,特别是互联网,也包括 PSTN、帧中继、ATM 等,当在一个由专线组成的专网内构建 VPN 时,相对 VPN 这也是一个"公网";② VPN 将建立专用网络或者称为私有网络,确保提供安全的网络连接,它必须具备认证、访问控制、加密和数据完整几个关键功能。VPN 是一种快速建立广域连接的互连和访问工具,建立在用户的物理网络之上、融入在用户的网络应用系统之中,也是一种强化网络安全和管理的工具,如图 9-11 所示。

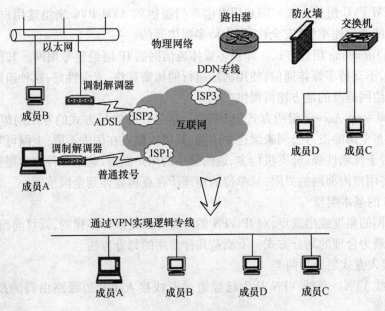

图 9 - 11 建立在物理网络上的 VPN

9.4.1 VPN 的概念

1. VPN 的功能

VPN 可以帮助远程用户、公司分支机构、商业伙伴及供应商同公司的内部网建立可信的安全连接,并保证数据的安全传输。同时,这将简化网络的设计和管理,加速连接新的用户和网站。另外,虚拟专用网还可以保护现有的网络投资。随着用户的商业服务不断发展,企业的虚拟专用网解决方案可以使用户将精力集中到自己的生意上,而不是网络上。虚拟专用网可用于不断增长的移动用户的全球互联网接入,以实现安全连接。虚拟专用网至少应能提供如下功能:

(1) 加密数据。以保证通过公网传输的信息即使被他人截获也不会泄露。

(2) 信息认证和身份认证。保证信息的完整性、合法性,并能鉴别用户的身份。

(3) 访问控制。不同的用户有不同的访问权限。

VPN 通过采用"隧道"技术(Tunneling),并在互联网或国际互联网工程工作组(IETF)制定的 IPSec 标准下,在公众网中形成安全、机密、顺畅的专用链路。VPN 具有以下优点:

(1) 低成本。企业不必租用长途专线建设专网,不必大量的网络维护人员和设备投资。

(2) 易扩展。网络路由设备配置简单,无需增加太多的设备,省时省钱。

(3) 完全控制主动权。VPN 上的设施和服务完全掌握在企业手中。比方说,企业可以把拨号访问交给 NSP 去做,由自己负责用户的查验、访问权、网络地址、安全性和网络变化管理等重要工作。

2. VPN 的配置结构

根据目前国内公众多媒体通信网的状况,VPN 可以有多种形式。在国内采用 VPN 组网结构一般分为三类:

（1）ATM PVC 组建方式。即利用电信部门提供的 ATM PVC 来组建用户的专用网。这种专用网的通信速率快,安全性高,支持多媒体通信。

（2）IP Tunneling 组建方式。即在多媒体通信网的 IP 层组建专用网。其传输速率不能完全保证,不支持多媒体通信;使用国际通行的加密算法,安全性好;这种组网方式的业务在公众通信网遍及的地方均可提供。

（3）Dial – up Access 组网方式(VDPN)。这是一种拨号方式的专用网组建方式,可以利用已遍布全国的拨号公网来组建专用网,其接入地点在国内不限,上网可节省长途拨号的费用,对于流动性强、分支机构多、通信量小的用户而言,这是一种非常理想的组网方式,它可以将用户内部网的界限,从单位的地理所在点再延伸到全国范围。

3. VPN 的基本类型

基于不同的角度或出发点,对 IP VPN 的分类方法是多种多样的,就目前而言,还没有一种公认的最为合理的划分方式。下面是几种常用的划分方法。

1）按接入方式划分为两类

（1）专线 VPN。专线 VPN 是为已经通过专线接入 ISP 边缘路由器的用户提供的 VPN 实现方案。

（2）拨号 VPN。拨号 VPN 又称 VPDN,指的是为利用拨号方式通过 PSTN(公用电话交换网)或 ISDN(综合业务数字网)接入 ISP 的用户提供的 VPN 业务。

2）按隧道协议所属的层次划分为三类

（1）工作在链路层的第二层隧道协议:如点到点隧道协议(PPTP)、第二层转发协议(L2F)、第二层隧道协议(LSTP)。

（2）工作在网络层的第三层隧道协议:如通用路由封装协议(GRE)、IP 安全协议(IPSec)。

（3）介于第二层和第三层之间的隧道协议:如 MPLS 隧道协议。

3）按 VPN 发起主体不同划分为两类

（1）基于用户的 VPN。由用户发起的 VPN。

（2）基于网络的 VPN。也称用户透明方式,由服务器发起的 VPN。

4）按 VPN 业务类型划分有为三类

（1）Intranet VPN。企业的总部与分支机构之间通过公网构筑的虚拟网。

（2）Access VPN。企业员工或企业的小分支机构通过公网远程拨号方式构筑的虚拟网。

（3）Extranet VPN。企业间发生收购、兼并或企业间建立战略联盟后,使不同企业间通过公网来构筑的虚拟网。

5）按 VPN 应用平台划分为三类

（1）软件 VPN。利用软件公司提供的完全基于软件的 VPN 产品来实现的 VPN。

（2）专用硬件 VPN。利用硬件厂商提供的专用硬件平台来实现的 VPN。

（3）辅助硬件 VPN。辅助硬件平台的 VPN 主要是指以现有网络设备为基础、再增添适当的 VPN 软件实现的 VPN。

6）按运营商所开展的业务类型划分有四类

（1）拨号 VPN 业务。它是第一种划分方式中的 VPDN。

270

（2）虚拟租用线（VLL）。它是对传统租用线业务的仿真，用 IP 网络对租用线进行模拟，而这样一条虚拟租用线在两端的用户看来，等价于过去的租用线。

（3）虚拟专用路由网（VPRN）业务。VPRN 是对多点专用广域路由网络的模拟，利用公共 IP 网络，在多个 VPN 成员之间建立起一个虚拟的隧道网络。

（4）虚拟专用局域网段（VPLS）。VPLS 利用互联网络设施仿真局域网段，转发表中包含介质访问控制层的可达信息。

9.4.2　VPN 的基本技术

VPN 实现的关键技术是隧道技术、加密技术和服务质量（QoS）技术。

隧道技术简单地说就是：原始报文在 A 地进行封装，到达 B 地后把封装去掉还原成原始报文，这样就形成了一条由 A 到 B 的通信隧道。目前实现隧道技术的有一般路由封装（Generic Routing Encapsulation，GRE）、L2TP 和 PPTP 三种方式。

数据加密的基本思想是通过变换信息的表示形式来伪装需要保护的敏感信息，使非受权者不能了解被保护信息的内容。加密算法有用于 Windows95 的 RC4、用于 IPSec 的 DES 和 3 - DES。RC4 虽然强度比较弱，但是保护免于非专业人士的攻击已经足够了；DES 和 3 - DES 强度比较高，可用于敏感的商业信息。

加密技术可以在协议栈的任意层进行；可以对数据或报文头进行加密。在网络层中的加密标准是 IPSec。网络层加密实现的最安全方法是在主机的端到端进行。另一个选择是“隧道模式”：加密只在路由器中进行，而终端与第一跳路由之间不加密。这种方法不太安全，因为数据从终端系统到第一条路由时可能被截取而危及数据安全。终端到终端的加密方案中，VPN 安全粒度达到个人终端系统的标准；而“隧道模式”方案，VPN 安全粒度只达到子网标准。在链路层中，目前还没有统一的加密标准，因此所有链路层加密方案基本上是生产厂家自己设计的，需要特别的加密硬件。

通过隧道技术和加密技术，已经能够建立起一个具有安全性、互操作性的 VPN。但是该 VPN 性能上不稳定，管理上不能满足企业的质量要求，这就要加入 QoS 技术。QoS 是用来解决网络延迟和阻塞等问题的一种技术。如果没有这一功能，某些应用系统，如音频和视频，就不能可靠地一直工作下去。实行 QoS 应该在主机网络中，即 VPN 所建立的隧道这一段，这样才能建立一条性能符合用户要求的隧道。

9.4.3　VPN 的安全策略

目前建造虚拟专网的国际安全标准有 IPSec（RFC 1825 - 1829）和 L2TP。

L2TP 是虚拟专用拨号网络协议，是 IETF 根据各厂家协议（包括微软公司的 PPTP、Cisco 的 L2F）进行起草的，目前尚处于草案阶段。

IPSec 是由 IETF 正式定制的开放性 IP 安全标准，是虚拟专网的基础，已经相当成熟可靠。L2TP 协议草案中规定它（L2TP 标准）必须以 IPSec 为安全基础。同时 IPSec 的厂家支持广泛，Microsoft 的 NT5、CiscoPIX 防火墙、AscentSecureAccessControl 防火墙都支持 IPSec 标准。因此我们在构造 VPN 基础设施时最好采用 IPSec 标准，至少也必须采取以 IPSec 为加密基础的 L2TP 协议。否则将发生难以预测的后果，如 Microsoft 的 PPTP 协议出现重大安全漏洞。

VPN 系统使分布在不同地方的专用网络在不可信任的公共网络上安全的通信。它采用复杂的算法来加密传输的信息,使得敏感的数据不会被窃听。其处理过程大体是这样:

(1) 要保护的主机发送明文信息到连接公共网络的 VPN 设备。

(2) VPN 设备根据网管设置的规则,确定是否需要对数据进行加密或让数据直接通过。对需要加密的数据,VPN 设备对整个数据包进行加密和附上数字签名。

(3) VPN 设备加上新的数据报头,其中包括目的地 VPN 设备需要的安全信息和一些初始化参数。VPN 设备对加密后的数据、鉴别包以及源 IP 地址、目标 VPN 设备 IP 地址进行重新封装,重新封装后的数据包通过虚拟通道在公网上传输。

(4) 当数据包到达目标 VPN 设备时,数据包被解封装,数字签名被核对无误后,数据包被解密。

IPSec 作为在 IPv4 及 IPv6 上的加密通信框架,已为大多数厂商所支持。

9.5　网络入侵检测

随着网络技术的发展,网络环境变得越来越复杂,对于网络安全来说,单纯的防火墙和 VPN 技术暴露出明显的不足和弱点,例如:无法解决安全后门问题;不能阻止网络内部攻击;不能提供实时入侵检测能力;对于病毒等束手无策等。因此很多组织致力于提出更多更强大的主动策略和方案来增强网络的安全性,其中一个有效的解决途径就是入侵检测。入侵检测系统(Intrusion Detection System,IDS)可以弥补防火墙的不足,为网络安全提供实时的入侵检测及采取相应的防护手段,如记录证据、跟踪入侵、恢复或断开网络连接等。

9.5.1　入侵检测系统的功能

入侵检测通过对计算机网络或计算机系统中的若干关键点收集信息并进行分析,从中发现网络或系统中是否有违反安全策略的行为和被攻击的迹象。进行入侵检测的软件与硬件的组合就是入侵检测系统。

入侵检测系统执行的主要任务和功能包括:

(1) 监视、分析用户及系统活动;

(2) 审计系统构造和弱点;

(3) 识别、反映已知进攻的活动模式,向相关人士报警;

(4) 统计分析异常行为模式;

(5) 评估重要系统和数据文件的完整性;

(6) 审计、跟踪管理操作系统,识别用户违反安全策略的行为。

入侵检测是防火墙的合理补充,帮助系统对付网络攻击,扩展了系统管理员的安全管理能力(包括安全审计、监视、进攻识别和响应),提高了信息安全基础结构的完整性。其最重要价值之一是它能提供事后统计分析,所有安全事件或审计事件的信息都将被记录在数据库中,可以从各个角度来对这些事件进行分析归类,以总结出被保护网络的安全状态的现状和趋势,及时发现网络或主机中存在的问题或漏洞,并可归纳出相应的解决方案。

9.5.2　入侵检测系统的类型

通常,入侵检测系统按其输入数据的来源分为三种:

(1) 基于主机的入侵检测系统。其输入数据来源于系统的审计日志,一般只能检测该主机上发生的入侵。

(2) 基于网络的入侵检测系统。其输入数据来源于网络的信息流,能够检测该网段上发生的网络入侵。

(3) 分布式入侵检测系统。能够同时分析来自主机系统审计日志和网络数据流的入侵检测系统,系统由多个部件组成,采用分布式结构。

另外,入侵检测系统还有其他一些分类方法,例如:根据布控物理位置可分为基于网络边界(防火墙、路由器)的监控系统、基于网络的流量监控系统以及基于主机的审计追踪监控系统;根据建模方法可分为基于异常检测的系统、基于行为检测的系统、基于分布式免疫的系统;根据时间分析可分为实时入侵检测系统、离线入侵检测系统。

9.5.3　入侵检测的主要技术

主要入侵检测技术有静态配置分析、异常性检测技术、基于行为的检测技术及几种技术的组合。

1. 静态配置分析

静态配置分析是一种通过检查系统的当前系统配置,诸如系统文件的内容或者系统表,来检查系统是否已经或者可能会遭到破坏。静态是指检查系统的静态特征(系统配置信息),而不是系统中的活动。采用静态分析方法主要有以下几方面的原因:入侵者对系统攻击时可能会留下痕迹,这可通过检查系统的状态检测出来;系统管理员以及用户在建立系统时难免会出现一些错误或遗漏一些系统的安全性措施;另外,系统在遭受攻击后,入侵者可能会在系统中安装一些安全性后门以方便对系统进行进一步的攻击。静态配置分析方法需要尽可能了解系统的缺陷,否则入侵者只需要简单地利用那些系统中未知的安全缺陷就可以避开检测系统。

2. 异常性检测技术

异常性检测技术是一种在不需要操作系统及其防范安全性缺陷专门知识的情况下,就可以检测入侵者的方法,同时它也是检测冒充合法用户的入侵者的有效方法。但是,在许多环境中,为用户建立正常行为模式的特征轮廓以及对用户活动的异常性进行报警的门限值的确定都是比较困难的事,所以仅使用异常性检测技术不可能检测出所有的入侵行为。

目前这类入侵检测系统多采用统计或者基于规则描述的方法建立系统主体的行为特征轮廓:

(1) 统计性特征轮廓由主体特征变量的频度、均值以及偏差等统计量来描述,如 SRI 的下一代实时入侵检测专家系统,该方案对特洛伊木马以及欺骗性的应用程序的检测非常有效。

(2) 基于规则描述的特征轮廓由一组用于描述主体每个特征的合法取值范围与其他特征的取值之间关系的规则组成(如 TIM)。该方案还可以采用从大型数据库中提取规则的数据挖掘技术。

（3）神经网络方法具有自学习、自适应能力，可以通过自学习提取正常的用户或系统活动的特征模式，避开选择统计特征这一难题。

3. 基于行为的检测方法

通过检测用户行为中与已知入侵行为模式类似的行为，与利用系统中缺陷或间接违背系统安全规则的行为，来判断系统中的入侵活动。

目前基于行为的入侵检测系统只是在表示入侵模式（签名）的方式以及在系统的审计中检查入侵签名的机制上有所区别，主要可以分为基于专家系统、基于状态迁移分析和基于模式匹配等几类。这些方法的主要局限在于，只是根据已知的入侵序列和系统缺陷模式来检测系统中的可疑行为，而不能检测新的入侵攻击行为以及未知的、潜在的系统缺陷。

从上面的几种检测方法可见，每种方法均有自身的特点，它们虽然能够在某些方面取得好的效果，但总体看来各有不足，因而越来越多的入侵检测系统都同时采用几种方法，以互补不足，共同完成检测任务。许多学者在研究新的检测方法，如采用自动代理的主动防御方法，将免疫学原理应用到入侵检测的方法等。其主要发展方向可以概括为：

（1）分布式入侵检测与 CIDF。传统的入侵检测系统一般局限于单一的主机或网络架构，对异构系统及大规模网络的检测明显不足，同时不同的入侵检测系统之间不能协同工作。为此，需要分布式入侵检测技术与 CIDF。

（2）应用层入侵检测。许多入侵的语义只有在应用层才能理解，而目前的入侵检测系统仅能检测 Web 之类的通用协议，不能处理如 Lotus Notes 数据库系统等其他的应用系统。许多基于用户/服务器结构、中间件技术及对象技术的大型应用，需要应用层的入侵检测保护。

（3）智能入侵检测。目前，入侵方法越来越多样化与综合化，尽管已经有智能体系、神经网络与遗传算法应用在入侵检测领域，但这些只是一些尝试性的研究工作，需要对智能化的入侵检测系统进一步研究，以解决其自学习与自适应能力。

（4）与网络安全技术相结合。结合防火墙、PKIX、安全电子交易（SET）等网络安全与电子商务技术，提供完整的网络安全保障。

（5）建立入侵检测系统评价体系。设计通用的入侵检测测试、评估方法和平台，实现对多种入侵检测系统的检测，已成为当前入侵检测系统的另一重要研究与发展领域。评价入侵检测系统可从检测范围、系统资源占用、自身的可靠性等方面进行，评价指标有能否保证自身的安全、运行与维护系统的开销、报警准确率、负载能力以及可支持的网络类型、支持的入侵特征数、是否支持 IP 碎片重组、是否支持 TCP 流重组等。

总之，入侵检测系统作为一种主动的安全防护技术，提供了对内部攻击、外部攻击和误操作的实时保护，在网络系统受到危害之前拦截和响应入侵。随着网络通信技术安全性的要求越来越高，为给电子商务等网络应用提供可靠服务，而由于入侵检测系统能够从网络安全的立体纵深、多层次防御的角度出发提供安全服务，必将进一步受到人们的高度重视。

9.5.4 入侵检测系统的实现原理

对一个成功的入侵检测系统来讲，它不但可使系统管理员时刻了解网络系统（包括程序、文件和硬件设备等）的任何变更，还能给网络安全策略的制定提供指南。更为重要的一点是,它应该管理、配置简单,从而使非专业人员非常容易地获得网络安全;同时,入侵检测的规模还应根据网络威胁、系统构造和安全需求的改变而改变。入侵检测系统在发现入侵后,还要及时做出响应,包括切断网络连接、记录事件和报警等。

入侵检测实现一般分为信息收集、数据分析和响应三个步骤。

1. 信息收集

信息收集的内容包括系统、网络、数据及用户活动的状态和行为。入侵检测利用的信息一般来自系统日志、目录以及文件中的异常改变、程序执行中的异常行为及物理形式的入侵信息四个方面。在信息收集中,要尽力排除以下两个问题:

(1) 误报。指被入侵检测系统测出但其实是正常及合法使用受保护网络和计算机的警报。假警报不但令人讨厌,并且降低入侵检测系统的效率。攻击者可以而且往往是利用包结构伪造无威胁"正常"假警报,以诱使用户把入侵检测系统关掉。

(2) 精巧及有组织的攻击。攻击可以来自四方八面,特别是一群人组织策划且攻击者技术高超的攻击,攻击者花费很长时间准备,并发动全球性攻击,要找出这样复杂的攻击是一件难事。

2. 数据分析

数据分析是入侵检测的核心。它首先构建分析器,把收集到的信息经过预处理,建立一个行为分析引擎或模型,然后向模型中植入时间数据,在知识库中保存植入数据的模型。数据分析一般通过模式匹配、统计分析和完整性分析三种手段进行。前两种方法用于实时入侵检测,而完整性分析则用于事后分析。可用五种统计模型进行数据分析:操作模型、方差、多元模型、马尔可夫过程模型、时间序列分析。统计分析的最大优点是可以学习用户的使用习惯。

3. 响应

入侵检测系统在发现入侵后会及时作出响应,包括切断网络连接、记录事件和报警等。响应一般分为主动响应(阻止攻击或影响进而改变攻击的进程)和被动响应(报告和记录所检测出的问题)两种类型。主动响应由用户驱动或系统本身自动执行,可对入侵者采取行动(如断开连接)、修正系统环境或收集有用信息;被动响应则包括告警和通知、简单网络管理协议(SNMP)陷阱和插件等。另外,还可以按策略配置响应,可分别采取立即、紧急、适时、本地的长期和全局的长期等行动。

9.6 一种混合入侵检测系统设计与研究

9.6.1 引言

基于数据挖掘技术的入侵检测方法适于处理海量数据,具备关联分析能力和一定的自动化能力。马尔可夫链模型的异常检测方法和模式匹配的误用检测相结合,可以很好地发挥各自的优势,弥补异常检测技术误报率高和误用检测技术漏报率高的缺点。因此本书提出将异常检测、误用检测和数据挖掘同时应用于 IDS 中,并把异常检测和误用检测集成在同一检测分析模块中。同时将分组交换机制融入检测分析模块,使系统的检测达到了更好的效果。通过三种技术以及分组互换机制的有机结合和良好协作,使 IDS 更加系统化和自动化,达到了使 IDS 检测速度提高、漏报率和误报率降低的目的。但是系统的复杂性是下一步有待解决的问题。

IDS 是一种安全产品,其作用是检测、识别网络和系统中存在的入侵和攻击,并对攻击作出有效的响应。IDS 主要使用误用检测(Misuse Detection)和异常检测(Anomaly Detection)两种技术来分析事件,检测入侵行为。

误用检测是对已知的攻击方式或系统的缺陷建立入侵模式库,将当前行为与预先定义好的入侵特征相匹配的行为确定为攻击,可以有效地检测到已知攻击,检测精确度高,误报比较少,但漏报率高,它的查全率(能够检测所有入侵的能力)跟入侵模式库的更新程度有密切关系,因此系统的灵活性和自适性比较差。异常检测是通过多种方法建立程序或用户的正常行为模型,把任何偏离此正常模型的行为都确定为入侵或攻击,可以检测到系统未知类型的入侵行为,对操作系统的依赖性较小,查全率高,却只能识别与正常情况有较大偏差的入侵行为,网络适应性差,误报率高。

数据挖掘可以自动从大量数据中提取人们感兴趣的知识,这些知识是隐含的、事先未知的和潜在的有用信息,如规则、规律和模式等形式,这给 IDS 处理海量数据带来了方便。针对异常检测、误用检测的缺陷和现代网络面对的海量数据这两大问题,本书提出了一种将三种技术融合在一个系统中的能够处理大量数据、更系统化自动化的 IDS,并将异常检测和误用检测集成在一个检测分析引擎中。已经有文献提出将异常检测和误用检测两种技术相结合的 IDS,但本书提出的 IDS 由于数据挖掘的引入不仅使系统具有自动化能力,而且分组交换检测机制使系统的检测速度得到提高。

9.6.2 系统的总体结构设计

本书提出的 IDS 的总体结构由五大部分组成:数据采集器,数据预处理器,数据挖掘引擎,检测分析模块,决策响应单元。系统总体结构如图 9 - 12 所示。

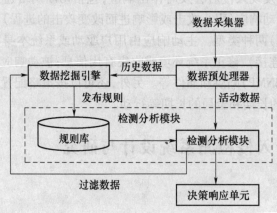

图 9 - 12 系统总体结构

1. 系统各功能模块

(1)数据采集器。负责收集来自主机的操作系统审计、系统日志文件、其他应用程序的日志文件的信息以及网络数据包,作为系统的数据源。将收集到的原始数据转换为事件,并向系统的其他部分提供此事件。

276

（2）数据预处理器。将数据采集器采集的数据进行预处理,经去除无用信息、分类、合并和格式转换之后,使得原始数据成为数据挖掘引擎可以挖掘和检测分析引擎可以识别、处理的二次数据。

（3）数据挖掘引擎。采用目前数据挖掘技术比较常用的分类算法、关联分析、序列模式分析对数据中的规则、模式进行挖掘。通过对历史数据的挖掘,创建用户的正常模型库和入侵模式库,这两个库均在检测分析模块的规则库中。然后挖掘经检测分析引擎过滤后的活动数据,将挖掘到的新的正常行为和未知入侵行为的规则、模式自动发布到规则库,对规则库中的相应规则进行调整,使得规则库及时得到更新,实现系统自动化。

（4）检测分析模块。由检测分析引擎和规则库构成,检测分析引擎又由异常检测单元和误用检测单元集成,用来检测活动数据,其中异常检测单元采用随机过程中马尔可夫链模型,误用检测单元采用模式匹配。当检测出明显入侵行为时,将其发布到决策响应单元,使系统及时作出决策响应,如直接报警、断开网络连接等。经检测分析引擎过滤后的数据发布到数据挖掘引擎进行挖掘,将挖掘到的新规则、模式自动发布到规则库。

（5）决策响应单元。接受来自检测分析引擎的检测结果,当系统检测到入侵行为时,对入侵行为的基本情况进行记录,及时发出警报,并采取相应的措施。

2. 数据挖掘技术在 IDS 中的应用

基于弥补模式匹配技术对未知攻击无能为力的缺点和使入侵检测模型的构建自动化这两点,本书将数据挖掘技术引用到 IDS 中,并将目前适用于入侵检测的分类算法、关联分析、序列模式分析等数据挖掘技术应用到本系统的数据挖掘引擎模块。其中关联分析是用关联规则来挖掘不同数据项之间的联系,审计数据中各系统特征的联系可以作为构造正常行为轮廓的基础,如 Apriori 算法;序列模式分析是挖掘数据之间的相关性,侧重点在于分析数据之间的前后序列关系,如挖掘出满足用户指定的最小支持度要求的频繁序列。分类算法把二次数据分类到可能的类别中,正常或某种特定的入侵,分类根据系统特征进行,关键是选择正确的系统特征,大多数时候还需要根据经验和实验效果确定合理的门限值。而从数据中挖掘出关联规则和序列模式可用于指导特征的选择和历史数据的收集。

3. 数据挖掘引擎中的学习代理和测试代理

数据挖掘对于时间和内存来说是个高消费的过程,而且是一个连续不断的任务,所以在数据挖掘引擎中设置学习代理和测试代理以降低系统实时检测的负荷,并使系统更加系统化。学习代理利用分类算法、关联分析、序列模式分析对历史数据和经检测分析引擎过滤后的活动数据进行挖掘。对历史数据挖掘以创建用户的正常模型库和入侵模式库,为达到高效的检测,这个挖掘过程需要进行不断地反复和评估,如通过对频繁模式反复地挖掘和比较,构造更有助于检测准确率的特征。过滤后的活动数据经挖掘后,将挖掘到的规则发布到测试代理和已有的规则进行匹配,如果匹配成功说明此规则已经存在并进行相应的记录;若不成功,说明该规则是新的正常行为或未知入侵行为,根据网络数据中数据的时间特性,即正常数据的连续性和自相似性以及异常数据的阵发性来判断规则的类别,并通过一段时间的统计来判断规则的可信度,一旦达到要求的可信度就将该规则自动发布到相应的规则库,使正常模型库和入侵模式库得到更新,实现系统的自动化。

9.6.3 系统的检测分析引擎

1. 相关问题

马尔可夫链是将计算机系统中每种类型的事件定义为系统状态,用状态转移矩阵来表示状态的变化,当一个事件发生时,如果状态转移矩阵中该转移的概率小于某一门限值,系统则认为该事件可能为异常事件。计算机系统中进程发出的系统调用过程可近似看做马尔可夫链的状态转移过程,利用一系列状态转移概率值来判断系统调用序列是否异常。马尔可夫链是统计分析方法的一种,入侵者可以通过逐步"训练"使入侵事件符合正常操作的统计规律,从而透过入侵系统进行破坏。此外,马尔可夫链中评判入侵行为的门限值不是根据特定的攻击,因此要选择有网络和系统特征意义的门限值。

模式匹配是应用在误用检测的一种重要方法。模式匹配是将收集到的数据与已知网络入侵及系统误用模式数据库进行比较、匹配,从而发现违背安全策略的行为。模式匹配作为最简单、最传统的入侵检测方法,具有算法简单、准确率和执行效率高的优点,在入侵检测方面已经相当成熟,但是还是无法避免只能检测已知攻击、模式库要不断更新等缺点。此外,对于高速大规模网络,由于要分析处理大量的数据包,因此这种方法的检测速度成为问题。

2. 马尔可夫链在 IDS 中的应用

Stephanie Forrest 等人提出了用当前系统中的特权进程中的系统调用进行实时监测和分析的方法来对入侵行为进行检测。因为进程的行为可以用它发出的系统调用的序列来描述,对应于正常行为和异常行为的系统调用序列的统计特征是不同的,所以如果某进程发出的系统调用序列的统计特征和正常行为的统计特征有差别,则可以确定该进程有安全问题。参考文献通过改进马尔可夫链或结合其他方法,对检测系统进行建模,利用新墨西哥大学计算机科学系提供的特权进程在正常情况下的系统调用序列和入侵情况下的系统调用序列,比如:Sendmail 特权程序,在 IDS 中取得了很好的检测效果。参考文献则是利用 shell 命令和系统调用在数据形式上具有的共性,通过收集 Unix 平台上 shell 命令的审计数据作为实验数据,对马尔可夫链进行改进,在 IDS 中得到了很高的检测准确率。

本书提出的 IDS 中,将计算机系统中的进程发出的系统调用过程作为马尔可夫链的状态转移过程,所有状态之间的转移用状态转移矩阵表示,利用状态初始概率分布和状态转移矩阵相结合来描述完整的马尔可夫链。马尔可夫链的初始概率分布和状态转移矩阵可以通过学习系统和网络的历史状态的观察统计来创建。用状态转移的次数来近似代替概率,假设给定被 IDS 监视的目标计算机系统中运行的正常用户发出的系统调用状态序列:$X_1, X_2, \cdots, X_n$(在时间 $t = 1, 2, \cdots, n$),N 表示系统调用状态总数,N_i 表示系统调用 $X_t = i$ 出现的次数,N_{ij} 表示系统调用从 $X_t = i$ 转移到系统调用 $X_{t+1} = j$ 相邻出现的次数,所以初始概率分布为

$$p_i = \frac{N_i}{N}, 1 \leq i \leq n$$

状态转移矩阵为

$$p_{ij} = \frac{N_{ij}}{N_i}$$

马尔可夫链具有无后效性,进程调用过程又看做是一系列状态转移的过程,但是在计算机系统调用过程中马尔可夫链的无后效性不是严格成立的,因为系统某一状态会受到前几个状态的影响,所以就需要多步转移矩阵来表示多个状态之间的转移,而多步转移矩阵可以通过马尔可夫链的性质由转移矩阵得到,这种方法存储量小并且精确。判定异常门限值的选择很多,如失配率,马尔可夫信源熵与条件熵等都可以作为判别当前进程是否异常的门限值参数。

9.6.4　系统检测分析引擎的分组交换检测机制及系统性能分析

本书提出分组的方法,可以解决海量数据对系统造成的检测速度慢的问题,分组交换检测的方法可以降低 IDS 的漏报率和误报率。具体过程:将数据分为两组,分别送入异常检测单元和误用检测单元,经第一次检测之后,将两组过滤数据交换,进行二次检测,如图 9-13 所示。

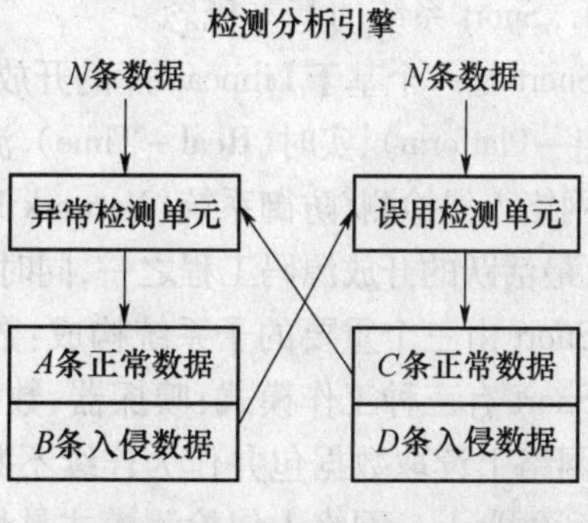

设经过数据预处理器处理的活动数据共有 $2N$ 条,分为两组,每组 N 条,分别送入异常检测单元和误用检测单元。检测分两阶段进行:

第一阶段,即初步检测阶段。第一组 N 条数据送入异常检测单元,经检测后系统认为有 A 条是正常数据和 B 条是入侵数据,第二组 N 条数据送入误用检测单元,经检测后系统认为有 C 条正常数据和 D 条入侵数据。

由于马尔可夫链属于统计分析方法,所以 A 中就可能含有因入侵者通过逐步训练使入侵事件符合正常行为统计规律的入侵数据,设有 a 条,属于漏报;门限值选取不合理会导致 B 中含有 b_1 条正常数据,属于误报,剩余 b_2 条为入侵数据。模式匹配有检测范围小的缺点,造成 C 中含有 c_1 条入侵数据,属于漏报,剩余 c_2 条为正常数据;规则库的不完备使 D 中有 d 条正常数据,属于误报。

第二阶段,即交换检测阶段。基于异常检测有误报率高和误用检测有漏报率高的缺点,将 B 条数据和 C 条数据进行交换检测,检测结果是:b_2 条数据经误用检测单元再次过滤,剩余 b_3 条未检出,属于漏报;c_2 条数据经异常检测单元再次过滤,剩余 c_3 条数据被认为是入侵数据,属于误报。

设本书 IDS 的漏报率为 P_L,误报率为 P_W,检测分析引擎中异常检测单元的检测量为 S_1,误用检测单元的检测量为 S_2;单一异常检测系统的漏报率为 P_{AL},误报率为 P_{AW},检测量为 S_A,单一误用检测系统的漏报率为 P_{ML},误报率为 P_{MW},检测量为 S_M,且有

$$P_{AL} = \frac{a}{N}, P_{AW} = \frac{b_1}{N}, P_{ML} = \frac{c_1}{N}, P_{MW} = \frac{d}{N}, P_L = \frac{a+b_3}{2N}, P_W = \frac{d+c_3}{2N}$$

由以上分析知:$S_M = 2N$,$S_A = 2N$。因为 $C < N$,$B < N$,所以 $S_1 = N + C < 2N$,$S_2 = N + B < 2N$。由此说明系统的检测量比单一的使用异常检测系统或误用检测系统的检测量小,因而系统的检测速度得到了提高。

由于在互换检测之前 A、B、C、D 是经过初步检测后的数据,数据量已经大大减少,所

右侧图:

检测分析引擎

N 条数据　　　　　N 条数据

异常检测单元　　　误用检测单元

A 条正常数据　　　C 条正常数据
B 条入侵数据　　　D 条入侵数据

图 9-13　分组交换检测图

以，$b_3 \ll a$，$c_3 \ll d$，得

$$P_L = \frac{a+b_3}{2N} < P_{AL} = \frac{a}{N}, P_L < P_{ML}, P_W = \frac{d+c_3}{2N} < P_{MW} = \frac{d}{N}, P_W < P_{AW}$$

由此得到结论：通过将两种检测技术的结合，降低了系统的漏报率和误报率，优于单一使用异常检测和误用检测。

以上在对检测分析模块的分组交换机制描述的同时，说明了该系统具有检测速度较高、误报率和漏报率低的优点，从而证明了此系统具有一定实用性和高效性。

9.6.5 基于分组交换检测机制的 Snort 系统的改进

1. Snort 系统的基本概念

Snort 是一个基于 Libpcap 库的开放源入侵检测系统，至今 Snort 已发展成为一个多平台（Multi – Platform）、实时（Real – Time）流量分析、网络 IP 数据包（Packet）记录等特性的强大的网络入侵检测/防御系统（Network Intrusion Detection/Prevention System），是目前安全领域中，最活跃的开放源码工程之一，同时还是昂贵的商业入侵检测系统最好的替代产品。

Snort 由三个重要的子系统构成：数据包解码器，检测引擎，日志与报警系统。

Snort 有三种工作模式：嗅探器、数据包记录器、网络入侵检测系统。嗅探器模式仅仅是从网络上读取数据包并作为连续不断的流显示在终端上。数据包记录器模式把数据包记录到硬盘上。网络入侵检测模式是最复杂的，而且是可配置的。可以让 Snort 分析网络数据流以匹配用户定义的一些规则，并根据检测结果采取一定的动作。

2. 基于 Snort 系统的网络入侵检测模型

在 Snort 系统工作流程的基础上，建立模型，如图 9 – 14 所示。

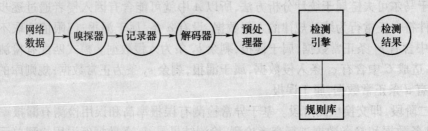

图 9 – 14　基于 Snort 系统的网络入侵检测模型

从图 9 – 14 看出，在该模型中，高效的检测引擎和规则库是提高网络入侵检测安全的关键，其余模块在此不再说明。

3. 基于分组交换检测机制的 Snort 系统的改进

通过前面对检测分析模块的分组交换机制和基于马尔可夫链的规则库的详细描述，可以建立起对 Snort 系统的改进模型，该模型具有检测速度较高、误报率和漏报率低的优点，在网络安全和自动化管理方面有重要意义。

9.7　网络安全防范

网络安全是指为了保护网络不受来自网络内外的各种危害而采取的防范措施的总

和。网络安全防范策略就是针对网络的实际情况(被保护信息价值、被攻击危险性、可投入的资金),在网络管理的整个过程,具体对各种网络安全措施进行取舍。下面首先介绍网络安全防范体系策略的制定原则。

9.7.1 安全防范策略制定原则

根据防范安全攻击的安全需求、需要达到的安全目标、对应安全机制所需的安全服务等因素,参照系统安全工程能力成熟模型(SSE-CMM)和 ISO 17799(信息安全管理标准)等国际标准,综合考虑可实施性、可管理性、可扩展性、综合完备性、系统均衡性等方面。网络安全防范体系在整体设计过程中应遵循以下九项原则:

1. 网络信息安全的木桶原则

网络信息安全的木桶原则是指对信息均衡、全面的进行保护。"木桶的最大容积取决于最短的一块木板"。网络信息系统是一个复杂的计算机系统,它本身在物理上、操作上和管理上的种种漏洞构成了系统的安全脆弱性,尤其是多用户网络系统自身的复杂性、资源共享性使单纯的技术保护防不胜防。攻击者使用的"最易渗透原则",必然在系统中最薄弱的地方进行攻击。因此,充分、全面、完整地对系统的安全漏洞和安全威胁进行分析,评估和检测(包括模拟攻击)是设计信息安全系统的必要前提条件。安全机制和安全服务设计的首要目的是防止最常用的攻击手段,根本目的是提高整个系统的"安全最低点"的安全性能。

2. 网络信息安全的整体性原则

要求在网络发生被攻击、破坏事件的情况下,必须尽可能地快速恢复网络信息中心的服务,减少损失。因此,信息安全系统应该包括安全防护机制、安全检测机制和安全恢复机制。安全防护机制是根据具体系统存在的各种安全威胁采取的相应的防护措施,避免非法攻击的进行。安全检测机制是检测系统的运行情况,及时发现和制止对系统进行的各种攻击。安全恢复机制是在安全防护机制失效的情况下,进行应急处理和尽量及时地恢复信息,减少攻击的破坏程度。

3. 安全性评价与平衡原则

对任何网络,绝对安全难以达到,也不一定是必要的,所以需要建立合理的实用安全性与用户需求评价与平衡体系。安全体系设计要正确处理需求、风险与代价的关系,做到安全性与可用性相容,做到组织上可执行。评价信息是否安全,没有绝对的评判标准和衡量指标,只能决定于系统的用户需求和具体的应用环境,具体取决于系统的规模和范围,系统的性质和信息的重要程度。

4. 标准化与一致性原则

系统是一个庞大的系统工程,其安全体系的设计必须遵循一系列的标准,这样才能确保各个分系统的一致性,使整个系统安全地互连互通、信息共享。

5. 技术与管理相结合原则

安全体系是一个复杂的系统工程,涉及人、技术、操作等要素,单靠技术或单靠管理都不可能实现。因此,必须将各种安全技术与运行管理机制、人员思想教育与技术培训、安全规章制度建设相结合。

6. 统筹规划,分步实施原则

由于政策规定、服务需求的不明朗,环境、条件、时间的变化,攻击手段的进步,安全防护不可能一步到位,可在一个比较全面的安全规划下,根据网络的实际需要,先建立基本的安全体系,保证基本的、必须的安全性。随着今后随着网络规模的扩大及应用的增加,网络应用和复杂程度的变化,网络脆弱性也会不断增加,调整或增强安全防护力度,保证整个网络最根本的安全需求。

7. 等级性原则

等级性原则是指安全层次和安全级别。良好的信息安全系统必然是分为不同等级的,包括对信息保密程度分级,对用户操作权限分级,对网络安全程度分级(安全子网和安全区域),对系统实现结构的分级(应用层、网络层、链路层等),从而针对不同级别的安全对象,提供全面、可选的安全算法和安全体制,以满足网络中不同层次的各种实际需求。

8. 动态发展原则

要根据网络安全的变化不断调整安全措施,适应新的网络环境,满足新的网络安全需求。

9. 易操作性原则

首先,安全措施需要人为去完成,如果措施过于复杂,对人的要求过高,本身就降低了安全性。其次,措施的采用不能影响系统的正常运行。

9.7.2 网络安全防范体系结构

为了能够有效了解用户的安全需求,选择各种安全产品和策略,有必要建立一些系统的方法来进行网络安全防范。网络安全防范体系的科学性、可行性是其可顺利实施的保障。图9-15给出了一个三维安全防范技术体系框架结构。第一维是安全服务,给出了八种安全属性(ITU – TREC – X. 800 – 199103 – I)。第二维是系统单元,给出了信息网络系统的组成。第三维是结构层次,采用了国际标准化组织(ISO)的开放系统互连(OSI)模型和TCP/IP混合的五层原理体系结构。

框架结构中的每一个系统单元都对应于某一个协议层次,需要采取若干种安全服务才能保证该系统单元的安全。网络平台需要有网络节点之间的认证、访问控制,应用平台需要有针对用户的认证、访问控制,需要保证数据传输的完整性、保密性,需要有抗抵赖和审计的功能,需要保证应用系统的可用性和可靠性。针对一个信息网络系统,如果在各个系统单元都有相应的安全措施来满足其安全需求,则认为该信息网络是安全的。

作为全方位的、整体的网络安全防范体系也是分层次的,不同层次反映了不同的安全问题,根据网络的应用现状情况和网络的结构,将安全防范体系的层次(图9-16)划分为物理层安全、系统层安全、网络层安全、应用层安全和管理安全层。

1. 物理环境的安全性(物理层安全)

该层次的安全包括通信线路的安全、物理设备的安全、机房的安全等。物理层的安全主要体现在通信线路的可靠性(线路备份、网管软件、传输介质),软硬件设备安全性(替换设备、拆卸设备、增加设备),设备的备份,防灾害能力、防干扰能力,设备的运行环境(温度、湿度、烟尘),不间断电源保障,等等。

2. 操作系统的安全性(系统层安全)

该层次的安全问题来自网络内使用的操作系统的安全,如WindowsNT、Windows2000等,主要表现在三方面:①操作系统本身的缺陷带来的不安全因素,主要包括身份认证、访

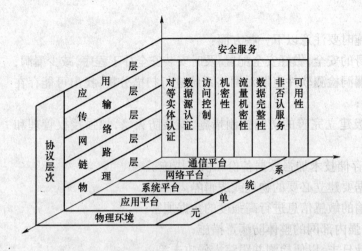

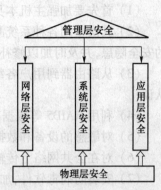

图9-15　三维安全防范技术体系结构　　　　图9-16　网络安全防范体系层次

问控制、系统漏洞等;②对操作系统的安全配置问题;③病毒对操作系统的威胁。

3. 网络的安全性(网络层安全)

该层次的安全问题主要体现在网络方面的安全性,包括网络层身份认证、网络资源的访问控制、数据传输的保密与完整性、远程接入的安全、域名系统的安全、路由系统的安全、入侵检测的手段、网络设施防病毒等。

4. 应用的安全性(应用层安全)

该层次的安全问题主要由提供服务所采用的应用软件和数据的安全性产生,包括Web服务、电子邮件系统、DNS等。此外,还包括病毒对系统的威胁。

5. 管理的安全性(管理层安全)

安全管理包括安全技术和设备的管理、安全管理制度、部门与人员的组织规则等。管理的制度化极大程度地影响着整个网络的安全,严格的安全管理制度、明确的部门安全职责划分、合理的人员角色配置都可以在很大程度上降低其他层次的安全漏洞。

管理是网络安全得到保证的重要组成部分,责权不明、管理混乱、安全管理制度不健全、缺乏可预防机制及操作性等都可能引起管理安全的风险。从应用的角度来说,安全管理包括用户端安全管理、Web服务安全管理、服务器安全管理三方面。

在互联网上用户机的安全,主要Web浏览器和电子邮件的安全。用户机的保护措施可以使用许多Web浏览器上用于限制和监视访问的机制,保护措施除了要防护Web浏览器本身的漏洞以外,还要防护与Web浏览器有关的其他软件的漏洞,以及对用户机进行安全设置。

Web安全服务通常包含如下一些内容:维护公布信息的真实完整、维持Web服务的安全可用、保护Web访问者的隐私、保证Web服务器不被入侵者作为"跳板"使用等。

这是Web服务器最基本的要求,Web服务器不能作为"跳板"来进一步侵入内部网络;保证Web服务器不被用作"跳板"来进一步危害其他网络。

Web服务器的安全策略包含很多内容,主要有认真选择Web服务器设备和相关软件、仔细配置Web服务器、认真组织管理Web服务器、跟踪最新安全指南、意外事件的处理等。

在实施网络安全防范措施时要注意以下一些方面：

（1）首先要加强主机本身的安全，做好安全配置，及时安装安全补丁程序，减少漏洞；

（2）其次要用各种系统漏洞检测软件定期对网络系统进行扫描分析，找出可能存在的安全隐患，并及时加以修补；

（3）从路由器到用户各级建立完善的访问控制措施，安装防火墙，加强授权管理和认证；

（4）利用 RAID5 等数据存储技术加强数据备份和恢复措施；

（5）对敏感的设备和数据要建立必要的物理或逻辑隔离措施；

（6）对在公共网络上传输的敏感信息进行高强度的数据加密；

（7）安装防病毒软件，加强内部网的整体防病毒措施；

（8）建立详细的安全审计日志，以便检测并跟踪入侵攻击等。

9.7.3 风险管理

万无一失并且十分有用的 IT 环境根本就不存在。在考察环境时，需要评估当前面临的风险，确定一个可接受的风险级别，然后将风险控制在这个级别范围内。随着环境安全性的提高所面临的风险将降低。

信息安全风险管理的概念是对信息的安全风险进行识别、衡量、分析，并在此基础上有效地处置风险，以最低的成本（或代价）实现最大可能信息安全保障的科学管理方法。

风险管理主要分为以下几个步骤：风险识别、定性/定量风险分析、风险应对计划编制及风险监控。

1. 风险识别

风险识别是指识别并记录可能对项目造成不利影响的因素。由于项目处于不断发展变化的过程中，因此风险识别也贯穿于整个项目实施的全过程。风险识别不是一次性的工作，而需要更多系统的横向思维。几乎所有关于项目的计划与信息都可能作为风险识别的依据，如项目进度及成本计划、工作分解结构、项目组织结构、项目范围、类似项目的历史信息等。

2. 定性/定量风险分析

通过风险识别过程所识别出的潜在风险数量很多，但这些潜在的风险对项目的影响是各不相同的。"风险分析"即通过分析、比较、评估等各种方式，对确定各风险的重要性，对风险排序并评估其对项目可能后果，从而使项目实施人员可以将主要精力集中于为数不多的主要风险上，从而使项目的整体风险得到有效的控制。

风险分析主要可采用的方法有风险概率/影响评估矩阵、敏感性分析、模拟等。在进行上述分析时，主要关注以下几个风险因素：

（1）风险概率。即风险事件发生可能性的百分比表示。这个数字是通过主观判断而获得的，如专家评估、访谈或根据以前类似项目的历史信息。

（2）风险影响。即风险发生可能对项目造成的影响大小。这种影响可能是时间上的，可能是成本上的，也可能是其他各方面的。

（3）风险值（预期值 EMV）。风险值 = 风险概率 × 风险影响，是对风险对项目造成的影响的最直接评估,它综合考虑了概率与影响两方面的因素。

3. 风险应对计划编制

风险应对计划的目的在于通过制定相应的措施,来应对风险对项目可能造成的威胁。最常采用的应对威胁的措施是规避、减轻、转移、接受。

(1) 规避。即通过消除风险的成因来消除该风险。

(2) 减轻。即通过采取措施降低"风险概率"或"风险影响",从而达到降低风险值的结果。

(3) 转移。即将风险转移到另一方,如购买保险、分包等。

(4) 接受。即对该风险不采取措施,接受其造成的结果,或在该风险发生后再采取应急计划进行处理。

具体采用何种方式来应对某一风险,取决于该风险的风险值(EMV)、拟采取应对措施的可能成本、项目管理人员对待风险的态度(效用函数)类型等各方面,不可一概而论。

风险应对计划是针对已识别的风险进行的;对于未知的风险,不可能预选制定相应的应对计划或应急计划,因此,可以利用管理储备来应对。

4. 风险监控

风险监控主要包括以下几方面的任务:

(1) 在项目进行过程中跟踪已识别风险、监控残余风险并识别新风险。随着项目的实施以及风险应对措施的执行,各种对项目的影响因素处于不断变化的过程中,因此,需要在整个项目过程中,时刻监督风险的发展与变化情况,确定伴随某些风险的消失而来的新的风险并制定相应的处理措施。

(2) 保证风险应对计划的执行并评估风险应对计划执行效果。评估的方法可以是项目周期(阶段)性回顾、绩效评估等。

(3) 对突发的风险或"接受"的风险采取适当的权变措施。

(4) 通过风险监控过程,项目人员持续更新项目风险列表,并通过重复上述各步骤保证项目风险始终处于受控状态。

9.7.4 灾难恢复

数据灾难恢复就是面对自然灾害、计算机系统遭受误操作、病毒侵袭、硬件故障、黑客攻击等事件后,将用户数据从各种"无法读取"的存储设备中拯救出来,从而将损失减到最小,使系统能够重新投入运行。因此,它又被人称为"数据安全的最后一道防线"。

我们在现实中涉及相当多的情况,如一个单位放有重要数据的磁盘阵列突然损坏或个人计算机系统瘫痪,这对单位和个人造成的影响也可能是灾难性的。因此"数据系统的灾难恢复"的目的很明确,即恢复所需的信息数据职能。

在考虑灾难恢复计划时需根据自己的环境和业务需要。例如,假定发生火灾,毁灭了24h的数据中心。有把握恢复吗? 需要多长时间恢复系统并使其可用? 用户能接受的数据丢失量是多少? 理想情况是,灾难恢复计划应规定恢复所需的时间以及用户可以期望的最终数据库状态。例如,可以确定获得指定的硬件后,应该在48h内完成恢复,而且保证最多能将数据恢复到上一个周末时的状态。

执行灾难恢复计划不是一件日常进行的工作,它必须包括与数据系统相关的服务器、数据和通信设施的日常物理保护。如果遇到一些突发的情况,技术人员的正确反应是很重要的,因此,灾难恢复部门技术人员及使用人员都应该得到经常的培训和实战演练,清楚地了解他们在灾难恢复中的职责和任务。除对计划中涉及的各种硬件设备要进行定期的测试外,对于各种应急程序、数据以及假设的紧急事件也要进行定期的更新维护,这一点也是很重要的。

异地容灾系统可在不同的地方将灾难化解,在实践中主要表现为两个方面:①保证企业数据的安全;②保证业务的连续性。由于工作站点和灾难恢复站点运行同样的系统,包括操作系统、基础数据库和应用软件,并通过数据复制管理器完成在线和实时的本地复制,或者通过光纤通道的远程数据复制。假如工作站点发生灾难,不能再继续工作,这时容灾中心会将业务数据及时恢复到备用服务器上,并自动将业务切换到备用服务器,然后实现业务的远程切换,恢复系统不间断的运行,在容灾中心实现应用的异地容灾,这个过程只需要几秒或者几分钟的时间。

由于异地容灾的核心就是在工作站点以外的地方将灾难化解,所以异地容灾解决方案的基本原理就是在工作站点一定距离之外设立灾难恢复站点,然后通过网络设备将生产站点和灾难恢复站点连接起来,以实现实时的数据同步。异地容灾解决方案是当前大型系统灾难恢复最常采用的一种方法。

9.8 客户/服务器系统的设计

客户/服务器(C/S)系统的演化是同在桌面计算、新的存储技术、改善的网络通信、以及增强的数据库技术等方面的进展紧密联系的。给出 C/S 系统的概述,重点强调当这样的 C/S 系统被分析、设计、测试和支持时,必须考虑的特殊的软件工程问题。

虽然 C/S 系统可以采用一个或多个软件过程模型以及很多在本书前面部分讨论的分析、设计和测试技术,但 C/S 特殊的体系结构特征需要对这些软件工程方法进行改进。通常,应用于 C/S 系统的软件过程模型在本质上是演化型的,并且技术方法经常倾向面向对象的方法。开发者必须描述对象,以得到用户交互/表示、数据库和应用构件的实现。为这些构件定义的对象必须被分配在用户端或服务器端,并且可以通过对象请求代理来连接。

对象请求代理体系结构支持 C/S 设计,其中用户端对象向服务器端对象发送消息。CORBA 标准使用接口定义语言,接口池管理对象的请求而不管它们在网络上的位置。对 C/S 系统的分析和设计使用数据流图和实体关系图、修改的结构图以及其他在传统应用开发中遇到的符号体系。

9.8.1 客户/服务器系统的结构及特点

分布的和协作的计算机体系结构是基于硬件、软件、数据库和网络通信技术的。一个分布的和协作的计算机体系结构,根系统典型的是大型机,作为公司数据的中心库,根系统被连接到服务器(典型的是强大的工作站或 PC),服务器具有双重角色。服务器更新和请求由根系统维护的公司数据,它们也维护局部的部门系统,并在通过局域网(LAN)互连用户层 PC 方面扮演了关键角色。

286

在 C/S 结构中,位于另一个计算机上层的计算机称为服务器,而在下层的计算机称为用户机。用户请求服务,而服务器提供服务。一系列不同的实现如下:

(1) 文件服务器。用户请求在某文件中的特定的记录,服务器通过网络传输这些记录到用户。

(2) 数据库服务器。用户发送结构化查询语言(SQL)请求到服务器,这些是作为消息在网络上传输。服务器处理 SQL 请求并找到请求的信息,仅将结果传送回用户。

(3) 事务服务器。用户发送在服务器端调用远程过程的请求,远程过程可以是一组 SQL 语句。当请求导致远程过程的执行并将结果传输回用户时,发生一个事务。

(4) 组件服务器。当服务器提供一组应用,它们使得通信能够在用户(以及使用它们的人员)间使用文本、图像、公告板、视频以及其他表示进行,则存在一个组件体系结构。

1. C/S 系统的软件构件

不同于将软件视为在一台机器上实现的单个应用,适合于 C/S 体系结构的软件有几种不同的构件,它们可以被分配到用户或服务器,或在两者间分布:

用户交互/表示构件。该构件实现通常和 GUI 关联的所有功能。

应用构件。该构件在应用运作的领域的范围内实现被应用定义的需求。例如,某业务应用可能基于数值输入、计算、数据库信息和其他考虑生成一系列报表。某组件应用可能提供使得公告板通信或电子邮件得以进行的设施。在上述两种情形中,应用软件可以被划分,以使得某些构件驻留在用户机上,而另一些构件驻留在服务器上。

数据库管理。该构件执行应用请求的数据操纵和管理。数据操纵和管理可以简单到记录的传递,或复杂到高级 SQL 事务的处理。

除了这些构件外,另一种软件建造块,经常称为中间件,存在于所有 C/S 系统中。中间件由同时存在于用户和服务器的软件元素构成,并且包括网络操作系统的元素和用以支持数据库特定的应用、对象请求代理标准、组件技术、通信管理以及其他方便 C/S 连接的特征等特殊应用软件的元素。Orfali 及其同事称中间件为"C/S 系统的神经系统"。

2. 软件构件的分布

一旦已经确定 C/S 应用的基本需求,软件工程师必须决定如何在用户和服务器间分布软件构件。当和三类构件的每一种关联的大多数功能被分配给服务器,则得到一个"胖"服务器设计;相反,当用户实现了用户交互/表示、应用和数据库构件的大多数功能,则产生"胖"用户设计。

当实现文件服务器和数据库服务器体系结构时,经常遇到胖用户设计。在这种情形下,服务器提供数据管理支持,但所有应用和 GUI 软件驻留在用户端。当实现事务和组件系统时,经常采用胖服务器设计,服务器提供对来自用户的事务和通信进行反应所需的应用支持,用户软件着重于 GUI 和通信管理。

胖用户和胖服务器可以用于举例说明一般的 C/S 软件构件的分配方法,然而,一种更细粒度的软件构件分配方法定义了 5 种不同的配置:

(1) 分布式表示。在这种初步的 C/S 方法中,数据库逻辑和应用逻辑保留在服务器端,典型地是主机(大型机)。服务器也包含准备屏幕信息的逻辑,使用如 CICS 之类的软件。使用特殊的基于 PC 的软件将来自服务器的基于字符的屏幕信息转换为 PC 上的

GUI 表示。

（2）远程表示。在分布式表示方法的这种扩展中，主要的数据库和应用逻辑保留在服务器端，用户端使用服务器传送的数据准备用户表示。

（3）分布式逻辑。用户端被赋予所有的用户表示任务及和数据输入（如域级的确认、服务器查询陈述、服务器更新信息和请求）相关联的处理。服务器端被赋予数据库管理任务，和对用户查询、服务器文件更新、用户端版本控制和企业范围应用的处理。

（4）远程数据管理。在服务器端的应用通过格式化从其他某处（如从某公司级来源）抽取到的数据创建新的数据源。分配给用户端的应用被用于开发利用由服务器格式化后的新数据。决策支持系统被包括在这种策略中。

（5）分布式数据库。构成数据库的数据被散布在多个服务器和用户上，因此，用户端必须支持数据管理软件构件和应用以及 GUI 构件。

3. 分布应用构件的指南

虽然没有绝对的规则来指导应用构件在用户端和服务器间的分布，下面指南是通常应该遵循的：

表示/交互构件通常放置在用户端。基于窗口的环境的可用性及对图形用户界面所必需的计算能力使得这样的分配是成本合算的。

如果数据库将被多个用 LAN 连接的用户所分享，则典型的数据库被放在服务器端。数据库管理系统和数据库访问能力也和物理数据库一起被放置在服务器端。

用于引用的静态数据应该分配到用户端。这样将数据放在和需要它们的用户相近的地方，从而减小不必要的网络通信及服务器的负荷。

对应用构件在用户端和服务器间分布的平衡是基于这样一个原则：该分布可以优化服务器和用户端的配置以及连接它们的网络。例如，相互排斥的关系的实现通常涉及查找数据库以确定是否存在一个可以匹配查找模式的参数的记录，如果没有找到匹配记录，则选用另一个查找模式。如果控制该查找模式的应用被完全地包含在服务器中，则网络交通被最小化。从用户端到服务器的第一次网络传输将同时包含主要的和次要的查找模式的参数，在服务器端的应用逻辑将确定该次要的查找模式是否是需要的。对用户端的回应消息将包含主要的或次要的查找所找到的记录。另一种可选的方法（用户端逻辑确定是否需要次要查找）将包括：第一次记录检索的消息，没有找到该记录的回应（通过网络），包含第二次查找参数的第二个消息，带有检索结果的最终回应。如果第二次查找在50% 的情况下是需要的，那么，将评价第一次查找并在必要时初始化第二次查找的逻辑放在服务器上，将大大减少网络交通。

关于构件分布的最终决策不仅仅应基于个体应用，还应该基于在系统上操作的应用的混合。例如，一个安装可能包含某一组需要广泛的 GUI 处理和很少的中心数据库处理的应用，这将导致在用户端使用强大的工作站和使用一个简单的服务器。基于这样的配置，其他应用亦将支持胖用户方式，从而不需要提升服务器的能力。

应该注意，随着 C/S 体系结构的使用趋于成熟，其趋势是将不稳定的应用逻辑放置在服务器端，这样当对应用逻辑进行修改时，可以简化对软件更新的部署。

4. 连接 C/S 软件构件

一系列不同的机制被用于连接 C/S 体系结构的各种构件。这些机制被结合进网络

及操作系统结构中,对用户端的终端用户是透明的。最常见的连接机制有:

(1) 管道(pipe)。广泛用于基于 UNIX 的系统中,管道允许在运行不同操作系统的不同机器间传递消息。

(2) 远程过程调用(RPC)。允许一个进程去激活另一个驻留于不同机器上的进程或模块的执行。

(3) C/S SQL 交互。用于从一个构件(典型的在用户端) 传送 SQL 请求和相关的数据到另一个构件(典型的是在服务器上的 DBMS),该机制仅限于 RDBMS 应用。

此外,C/S 软件构件的面向对象的实现导致"连接"使用对象请求代理,这将在下一节中讨论。

5. 中间件和对象请求代理体系结构

在前节中讨论的 C/S 软件构件被能够在单个机器内(或者是用户或者是服务器) 或跨越网络相互交互的对象所实现。对象请求代理(ORB) 是一个中间件构件,它使得一个驻留在用户端的对象可以发送消息到封装在驻留在服务器上的另一个对象中的方法。在本质上,ORB 截获消息并处理所有的通信和协调活动,这些活动是发现消息传送的目标对象、激活它的方法、传递合适的数据给该对象以及传送结果数据给发送消息的源对象所必需的。

一种广泛使用的对象请求代理标准称为 CORBA,由对象管理组织 OMG 开发。当于 C/S 系统中实现 CORBA 时,在用户和服务器两端的对象和对象类均用 IDL 来定义,这是一种允许软件工程师定义对象、属性、方法和消息的说明型语言。为了适应用户端对象对服务器端方法的请求,需创建用户和服务器的 IDL Stub,stubs 提供了一个通路,通过它们实现了对跨越用户和服务器系统的对象的请求。

因为对跨越网络的对象的请求随时发生,所以必须建立存储对象描述的机制,以使得关于对象及其位置的有关信息在需要时可以获得,接口池完成这项工作。

当某用户应用必须激活在系统中另一个地方的某对象所包含的方法时,CORBA 使用动态调用来:① 从接口池中获取关于希望的方法的有关信息;② 用将传递给接收对象的参数来创建数据结构;③创建对接收对象的请求;④激活该请求。然后请求被传送给 ORB 核心(Core) ——网络操作系统的管理请求的实现特定的部分——并完成请求。

请求被通过核心传送并被服务器处理。在服务器端,一个对象适配器(Object Adapter) 存储类和对象信息到服务器端接口池中,接收和管理来自用户端的输入请求,并完成一系列的其他对象管理功能。在服务器端,IDL Stubs(类似于那些定义在用户机上的) 被用作与驻留在服务器端的实际对象实现的接口。

对现代 C/S 系统的软件开发是面向对象的。使用在本节简要描述的 CORBA 体系结构,软件开发者可以创建一个环境,对象可以在此环境中在一个大型网络范围内被复用。关于 CORBA 的进一步信息及其对 C/S 系统软件工程的整体影响,有兴趣的读者可以参阅相关文献。

6. C/S 系统的的特点

在 C/S 体系中,将应用程序分为两部分:一部分是由多个用户共享的信息与功能,这部分称为服务器部分;另一部分是为每个用户所专有,称为用户部分。用户部分负责执行前合功能,如数据处理、报告请求等;而服务器部分执行后台服务,如管理共享外设、控制对共享数据库的操纵、接受并应答用户机的请求等。这种体系结构将一个应用系统分成两大部分,有多台计算机分别执行,使它们有机地结合在一起,协同完成整个系统的应用。

C/S 应用系统采取"请求/响应"的应答模式,每当用户需要访问服务器时就由用户机发出"请求",服务器接受"请求"并"响应",然后执行相应的服务,把执行结果送回给用户机,由它进一步处理后再提交给用户。

一个应用系统一般由三部分组成:用户界面(表现层)、业务逻辑部分(业务层)和数据维护和存储部分(数据层)。表现层的功能是通过用户界面实现与用户的交互,业务层则是主要的商务逻辑,数据层的功能是对数据的存储和维护,也就是数据库。两层结构的C/S 应用系统,用户界面和业务逻辑部分均被放在用户端,数据库放在服务器端,从而使用户端变得很"胖",成为胖用户机,相对服务器端的任务较轻,成为瘦服务器。两层结构的 C/S 体系如图 9 - 17 所示。

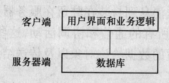

图 9 - 17 两层 C/S 体系结构图

这种传统的两层 C/S 体系结构在用户较少(少于100)、一个数据库以及安全快速网络的部门规模程序中使用时,可以工作得很好。但随着应用系统的大型化以及用户对系统性能要求的不断提高,两层 C/S 结构越来越满足不了用户更高需求,主要缺点体现在:

(1) 用户机负载过重,成本增加:应用系统的功能越来越复杂,用户端的应用程序也变得越来越庞大,用户机不堪重负,于是不断提高用户机的配置,这同时加重了投资的成本。

(2) 系统维护升级困难:一旦系统要进行修改和升级,则需要更新所有用户端的应用程序,中断用户的日常工作,给系统的维护升级造成很大的困难。

(3) 系统的安全难以保障:由于用户机直接同服务器相连,一旦用户有了数据库访问的权限,用户就可以对数据库进行操作,它们对系统的安全带来了极大的隐患。

(4) 数据访问效率限制:由于数据库连接的用户机数量有限,如果超过这个限制值,就只能简单地拒绝连接。

由于在两层 C/S 体系结构中无法从根本上解决以上所固有的弊端,所以开发人员迫切需要一种新的体系接门来解决这些缺点。多层 C/S 体系结构由此产生。

7. 多层 C/S 体系

多层 C/S 结构在两层 C/S 结构的基础上发展产生并得到应用,从实用的角度看,三层 C/S 最为流行。在三层结构中,业务逻辑被单独提取出来,形成独立的一层。在三层结构中,表现层只提供应用的用户界面,它根据用户的操作调用相应的业务逻辑,它永远不会直接访问后台数据库;业务逻辑层是应用系统的关键所在,它负责处理所有用户的请求,并且把处理结果返回给表现层;数据层仍然提供数据库支持。三层结构如图 9 - 18 所示。

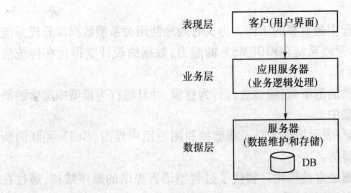

表现层 客户(用户界面)

业务层 应用服务器
(业务逻辑处理)

数据层 服务器
(数据维护和存储)
DB

图 9-18 三层 C/S 体系结构

三层 C/S 结构的系统的优点如下:从系统运行效率方面看,采用两层结构的应用程序连接数据库时,数据库为每一个用户分配一个连接,而如果采用三层结构的应用程序连接数据库时,许多用户可以通过应用服务器共享数据库的连接,从而提高了系统运行的效率。从安全保护方面看,三层结构比两层结构多了一层保护。从系统的升级维护看,三层结构的用户端只处理用户界面,代码量小,更新或修改业务逻辑,只需要更新应用服务器管理的对象即可。

8. Browser/Server 体系

B/S 结构的软件是相对传统的 C/S 结构而言的。C/S 结构应该具有这样的特征:用户端、服务器端都安装相应的软件,用户端、服务器端各完成相应的计算工作,服务器端保存数据库。B/S 结构应该具有如下特征:服务器端都安装相应的软件,用户端不安装任何软件(不需要维护)。用户端运行程序是靠浏览器软件(如 IE、Netscape 等)登陆服务器进行的。用户端在浏览器里完成一定的计算任务。

9.8.2 对客户/服务器系统的软件工程

对软件过程模型修改,可以使用基于事件的和/或面向对象的软件工程方法开发 C/S 系统软件。

C/S 系统被使用传统的软件工程活动——分析、设计、构造和测试——来开发,系统从一组一般的业务需求演化到一组确认过的、已经在用户和服务器机器上实现的软件构件。

1. 分析建模问题

运用传统的计算机体系结构的分析建模方法对 C/S 系统的需求活动进行建模。分析建模避免了实现细节的规约,所以它仅被作为过渡用于设计同在用户机和服务器间分配软件构件的问题。然而,因为演化的软件工程方法被应用到 C/S 系统,所以可能在早期的分析和设计迭代中确定关于整体 C/S 系统的实现决策(如胖用户或胖服务器)。

2. 对 C/S 系统的设计

当软件的实现是采用特定的计算机体系结构开发时,设计方法必须考虑特定的构造环境。在本质上,设计应该被定制以适应硬件体系结构。

当软件被设计用于采用 C/S 体系结构的实现时,设计方法必须被"定制"以适应下列

291

问题。

（1）数据设计是设计过程中最重要的工作。为了有效地使用关系型数据库管理系统（RDBMS）或面向对象数据库管理系统（OODBMS）的能力，数据的设计变得比在传统应用中更加重要。

（2）当选择使用事件驱动的范型时，应该进行行为建模，并且将行为模型中蕴含的面向控制的方面转化到设计模型中。

（3）C/S系统的用户交互/表示构件实现了典型的和图形用户界面（GUI）关联的所有功能，因此，界面设计是重要的。

（4）设计的面向对象视图经常被选用。替代了过程型语言提供的顺序结构，通过在事件（在GUI处启动）和事件处理函数（在基于用户的软件内）间的链接，提供对象结构。

虽然关于C/S系统的最好的分析和设计方法的争论仍在继续，面向对象方法和传统方法都可以采用，对分析和设计的传统符号包括数据流图（DFD）、实体关系图（ERD）和结构图。

3. 传统设计方法

在C/S系统中，DFD可用于建立系统的范围，标识高层的功能和主题数据区域（数据存储），并允许高层功能的分解。然而，和传统的DFD方法不同的是，分解停留在基本业务加工层次，而不是继续到原子加工层次。

在C/S语境内，基本业务加工（EBP）可以定义为可被用户端的一个用户不中断地完成的一组任务，这些任务或者被完整地完成，或者一点也不做。

ERD也承担了扩张的角色，它连续地被用于分解DFD中的主题数据区域（数据存储），从而建立高层的可用RDBMS实现的数据库视图。它的新作用是提供定义高层业务对象的结构。

不是作为功能分解的工具，结构图现在被用作组装图，以显示涉及某基本业务加工的解决方案中构件，这些构件，包括界面对象、应用对象和数据库对象，确立了数据的处理方式。

4. 数据库设计

数据库设计被用于定义、然后刻划在C/S系统中的业务对象的结构。标识业务对象所需的分析是使用信息工程方法来完成的，传统的分析建模符号如ERD，可用于定义业务对象，但是，应该建立一个数据中心库，以捕获那些不能用ERD这类的图形符号完全表述的附加信息。

在这个中心库中，业务对象被定义为对系统的购买者和用户可见的信息。每个在ERD中标识的对象（实体）在设计过程中被扩展为：一个数据结构（如一个文件及其相关域）；管理文件的所有定义；文件记录中的数据项间的关系；这些关系的确认规则；以及刻划针对数据的处理的外部视图的业务规则。

在数据库设计中必须开发大量的设计信息，这些信息用关系数据库实现，在设计中心库中保存，个体表被用于定义下面的C/S数据库的设计信息。

（1）实体——在新系统的ERD中被标识。

（2）文件——实现在ERD中标识的实体。

（3）文件与域关系——通过标识哪个域被包含在哪个文件中而建立文件的布局。

（4）域——定义在设计（数据字典）中的域。

（5）文件与文件关系——标识可以被连接以创建逻辑视图或查询的相关文件。

（6）关系确认——标识被用于确认的文件—文件或文件—域关系的类型。

（7）域类型——用于允许从域超类（如日期、正文、数字、值、价格）中继承域特征。

（8）数据类型——包含在域中的数据的特征。

（9）文件类型——用于标识文件的位置。

（10）域功能——键、外键、属性、虚域、导出域等。

（11）允许值——为 status 类型的域标识允许值。

（12）业务规则——编辑、计算导出域规则等。

当 C/S 体系结构变得更为普及时，分布数据管理的趋势也开始加速。在运用了该方法的 C/S 系统中，数据管理构件同时驻留在用户端和服务器端。在数据库设计的语境内，一个关键的问题是数据分布，即如何在用户和服务器间分布数据，及如何跨网络节点分散数据？

关系型数据库系统（RDBMS）通过结构化查询语言（SQL）使得可容易地访问分布数据。在 C/S 体系结构中 SQL 的优点是：它是"非导航的"。在 RDBMS 中，用 SQL 刻划数据的类型，但是，不需要任何导航性的信息。当然，这意味着 RDBMS 必须足够高级，以维护所有数据的位置并能够定义通往它的最好路径。在欠高级的数据库系统中，对数据的请求必须指出将访问什么以及它在什么地方。如果应用软件必须保持导航性信息，则对 C/S 系统来说，数据管理变得有过复杂。

应该注意，设计者可采用其他数据分布和管理技术。

（1）手工抽取。允许用户手工地从服务器复制适当的数据到用户端。当用户需要静态数据及抽取的控制权可以交给用户时可采用该方法。

（2）快照（Snapshot）。该技术通过刻划将按预定义的间隔从服务器向用户端传递的数据的"快照"自动完成手工抽取过程。这种方法可用于分布相对静态的、仅需要不频繁地更新的数据。

（3）复制（Replication）。当必须在不同位置（如不同的服务器或用户和服务器）维护数据的多个拷贝时可使用该技术。这里，复杂性的层次逐步上升，因为必须在多个位置协调数据一致性、更新、安全和处理等问题。

（4）分割（Fragmentation）。在这个方法中，系统数据库被在多个机器间分割。虽然在理论上是诱人的，但是，分割的实现是极其困难的，并不会经常遇到。

数据库设计，或者更特定的，C/S 系统的数据库设计已超出了本书范围，有兴趣的读者可参见文献，以获取进一步的讨论。

5. Poter 设计方法的概述

Poter 提出了一组设计基本业务加工的步骤，它组合了传统设计方法和面向对象设计方法中的某些元素。它假定定义业务对象的需求模型已经在基本业务加工的设计开始前被开发并精化。然后，运用下面步骤去导出设计。

（1）对每个基本业务加工，标识被创建、更新、引用或删除的文件。

（2）使用在第一步中标识的文件作为定义构件或对象的基础。

（3）对每个构件,检索业务规则和其他对有关文件已经建立的业务对象信息。

（4）确定哪些规则是和加工相关的,分解这些规则到方法层次。

（5）当需要时,定义任意对实现方法所需的附加的构件。

Porter 提出了一种专门的结构图符号体系来表示基本业务加工的构件结构,然而,使用了不同的象征符号,以使该图符合 C/S 软件的面向对象性质。有 5 种不同的符号。

（1）界面对象。这种类型的构件也称为用户交互/表示构件,典型地是建立在单个文件之上或单个文件及其相关文件(它们通过查询而被连接) 之上。它包括格式化 GUI 界面和与界面上的控制相关联的用户端应用逻辑的方法,它也包括内嵌的 SQL 语句,这些语句刻划了在主要文件(界面建立在之上) 上完成的数据库处理。如果在正常情况下和界面对象关联的应用逻辑被代之以在服务器端实现,典型地,通过中间件工具的使用,则在服务器上运行的应用逻辑将被标识为单独的应用对象。

（2）数据库对象。这种类型的构件被用于标识如基于某文件(该文件不是界面对象被建立在其之上的主要文件) 上的记录创建或选择之类的数据库处理。应该注意,如果主要文件(用户界面被建立在其上) 被以不同的方式处理,那么,第二组 SQL 语句可用于在另一个序列中检索某文件。这第二种文件处理技术应该被在结构图上作为单独的数据库对象而被单独地标识出来。

（3）应用对象。被界面对象或者数据库对象使用,该类构件被数据库触发器或者远程过程调用所激活。它也被用于标识为了运行已被移到服务器端的业务逻辑(在正常情况下是和界面处理相关联的)。

（4）数据耦合。当某对象激活另一个独立的对象时,一个消息在两个对象间传递,数据耦合符号被用于表示这种情形。

（5）控制耦合。当某对象激活另一个独立的对象,并且二者间没有数据传送时,则使用控制耦合符号。

6. 加工设计的迭代

用于表示业务对象的设计中心库也可以用于表示界面、应用和数据库对象,存在以下实体。

（1）方法——描述某业务规则将被如何实现。

（2）基本加工——定义在分析模型中标识的基本业务加工。

（3）加工/构件链——类似于制造业中的材料单,该表标识了构成基本业务加工的解决方案的构件。必须注意,这个链接技术允许某给定的构件被包括在多个基本业务加工的解决方案中。

（4）构件——描述显示在结构图上的构件。

（5）业务规则/构件链——标识对某给定的业务规则的实现有重要意义的构件。

9.8.3　Web 客户/服务器模型

在最高层,基于 Web 环境的通信会在两个实体中进行:① Web 软件:是一种请求软件、数据和服务的软件;② Web 服务器软件,用户它完成用户所发出的请求。在大多数场合,Web 用户软件通常是 Web 浏览器,如 Microsoft IE 和 Netscape Navigator。Web 服务器软件有 Microsoft IIS。

1. Web 数据库的访问方式

在 Internet 上服务器访问数据库的访问方式有多种,如公共网关接口 CGI、Web 服务器专用 API、Java 语言的数据库访问接口 JDBC。CGI 是一个用于定义 Web 服务器与外部程序之间通信方式的标准。CGI 的主要优点是能运行在各种平台上,可以用任何语言编程,主要缺点是当浏览器向 CGI 程序发出请求时,CGI 执行的是另一种独立于 Web 服务器的系统进程,占用了 CPU 的资源,当大量用户向服务器请求文件时,会严重消耗服务器的系统资源。Web 服务器专用 API 是各 Web 服务器生产厂家为扩展自己的 Web 服务器功能而设置的接口。由于它和 Web 服务器紧密结合,使得它的运行速度更快、效率更高,但它不具备跨平台性。本系统采用的是微软的 Web 服务器 IIS,它的专用 API 是 ISAPI,OJDBC 是 JAVA 语言的数据库访问接口,将 Java Applet 嵌入在网页中,当用户浏览器向 Web 服务器发出请求时,Applet 被下载到用户浏览器中运行,然后该 Applet 通过 JDBC 访问数据库。JDBC 的数据库访问方式提供了高度的可扩充性和可移植性,但复杂的电子商务应用会导致 Applet 下载过大,从而影响了下载速度。

2. ASP 技术

ASP 技术的主要用途是制作动态的、交互的、高性能的 Web 应用程序,以前 Web 应用程序都是由(CGI 公共网界面来实现的),但由于 CGI 本身的一些缺点和限制(如较耗用系统资源、执行效率差等),人们都在寻找各种各样的替换方案,在这种情况下,Microsoft 的 ASP 应运而生,再加上与 Microsoft 的 IIS(Web 服务器)和 MTS(组件事务管理服务器)的组合,ASP 已经成为 Web 应用程序开发的主要技术。Active Server Pages(动态服务器主页)简称 ASP 内含于 Internet Information Server(IIS)中,它提供一个服务器端的脚本环境,可产生和执行动态、交互式、高效率网站服务器的应用程序。ASP 既不是一种语言,也不是一种开发工具,而是一种技术框架,它能够把 HTML、脚本语言、ActiveX 组件等有机地组合在一起,形成一个能够在服务器上运行的应用程序,并把标准 HTML 页面送给用户端浏览器。ASP 内含六大内置对象,利用这些对象可以使 ASP 脚本功能更加强大,ASP 具有强大的可扩展性,不仅可以使用 ASP 动态链接库和脚本运行期库自身提供的 ActiveX 组件,还可以从 Internet 上免费或有偿获得一些厂商开发的 ActiveX 组件,编程人员也可以自己开发内含商务逻辑的 ActiveX 组件。以下介绍 ASP 的工作原理和 ASP 的对象模型。

1)ASP 的工作原理

(1)一个用户在浏览器的网址栏中输入 ASP 文件名称,然后回车触发这个 ASP 请求。

(2)浏览器将这个 ASP 请求发送给 IIS。

(3)IIS 接收这个请求,并由其 asp 后缀意识到这是一个 ASP 请求。

(4)IIS 从硬盘或内存中取出正确的 ASP 文件。

(5)IIS 将这个 ASP 文件发送到 asp. dll 中。

(6)服务器端脚本代码,会进行逐行解释,然后返回给 IIS;非服务器端脚本代码,直接返回给 IIS。

(7)IIS 将处理结果返回给浏览器。

2)ASP 对象模型

ASP 具有强大的面向对象功能和可扩展性。ASP 对象可分为以下三种类型。

（1）内置对象由 ASP 动态链接库提供的对象,有六个内置对象,是开发 Web 应用程序经常使用的对象。六个内置对象的主要功能如下：

Request 对象：在 HTTP 请求期间,可利用 Request 对象获得用户端浏览器传递给服务器的值(包括查询字符串的变量值、Form 表单中的元素值、Cookies 的值等)。

Response 对象：可以使用 Response 对象把变量值、函数返回值等输出到用户端浏览器；利用 Response 对象可将 Cookies 值写入用户端的计算机硬盘中等。

Application 对象：浏览器和 Web 服务器的连接是无状态连接,即服务器处理完浏览器的 HTTP 请求后,立刻断开与浏览器的连接,忘记浏览器刚才请求的情况；服务器不能识别浏览器是第一次请求还是第一千次请求。这种无状态的连接方式使得 Web 服务器处理浏览器的请求可以更快、更有效,也不需要维护浏览器的信息,但它产生了一个 Web 应用程序如何实现变量共享的问题。ASP 很好地解决了这一个问题,Application 对象可以用来保存应用程序的所有用户的共享信息,可以在不同的用户之间实现 Web 应用程序变量的共享。

Session 对象：Session 对象主要用来保存属于一个用户的一个应用程序的信息,可让同一个用户在多个网页之间共享信息。

Objectcontext 对象：主要用来处理与事务相关的问题,Objectcontext 对象的使用与 Microsoft Transaction Server(MTS) 有着密切的联系。

ASPError 对象：Web 应用程序开发者运用该对象可以掌握因 ASP 所发生的错误。

（2）脚本对象：由 ASP 使用的脚本语言提供的对象,由脚本运行期库(scrrun. dll)提供。

（3）服务器组件；通常在其自己的 DLL 或可执行文件中实现。服务器组件可从 Internet 上无偿或有偿获得,一旦在服务器安装和注册这个 DLL 文件,那么其对象就可以在 ASP 所支持的任何脚本中使用,服务器组件充分体现了 ASP 的可扩展性。

3. IIS 简介

Web 服务器是 Web 应用程序的心脏。IIS 是微软推出的 Windows NT Option Pack 的主要成员,作为 Win2000server 的扩展,自推出以来已经有了很大发展,其体系结构是当今市场上最受关注的 Web 服务器之一。新推出的 IIS4. 0 版本增强了系统安全性,具有服务器端脚本开发调试,内容管理和站点分析,崩溃防护,内置 JAVA 虚拟机及全面支持 ASP 等强大功能。

在过去,C/S 结构的设计与 Web 的相关技术几乎处于平行线上,两者相互独立并无法作出集成性的设计。现在利用 IIS + ASP 构成三层式 Web 结构的中间一层,将 C/S 结构与 Web 密切结合,完成前后端两者的集成输出功能,使得 Web 站点的开发更方便,实现的功能更强大。

利用 IIS + ASP 技术来集成 Web 前后端所带来的强大效益可归结为以下几个方面。

（1）减少构建和维护成本。

（2）加快联机过程。

（3）应用软件集中在服务器端开发管理。

（4）前端可使用任何浏览器(IE、TT 等..)。

（5）后端可存取任何数据库（SQL、Access 等..)。

（6）可使用任何脚本语言开发（VBScript、JavaScript 等..）。

9.9　客户/服务器系统的测试问题

C/S 系统的分布性质对软件测试者带来了一些独特的问题,测试策略必须被修改以适应对网络通信及对驻留在用户和服务器端的软件间的相互作用的测试。

Binder 提出了如下问题：

（1）用户端 GUI 的考虑。

（2）目标环境及平台多样性的考虑。

（3）分布数据库的考虑(包括复制的数据)。

（4）分布处理的考虑(包括复制的处理)。

（5）非鲁棒的目标环境。

（6）非线性的性能关系。

必须以允许强调上面的每个问题的方式设计和 C/S 测试关联的策略和战术。

1. 整体 C/S 测试策略

通常,C/S 软件的测试发生在三个不同的层次：①个体的用户端应用以“分离的”模式被测试——不考虑服务器和底层网络的运行；②用户端软件和关联的服务器端应用被一起测试,但网络运行不被明显的考虑；③完整的 C/S 体系结构,包括网络运行和性能,被测试。

虽然在上面的每个层次有很多不同类型的测试被进行,下面的测试方法是 C/S 应用中经常遇到的。

（1）应用功能测试。用本书中前面讨论的方法测试用户端应用的功能。在本质上,应用被独立的测试,以揭示在其运行中的错误。

（2）服务器测试。测试服务器的协调和数据管理功能,也考虑服务器性能(整体反应时间和数据吞吐量)。

（3）数据库测试。测试服务器存储的数据的精确性和完整性,检查用户端应用提交的事务,以保证数据被适当地存储、更新和检索。也测试归档功能。

（4）事务测试。创建一系列的测试以保证每类事务被按照需求处理。测试着重于处理的正确性,也关注性能问题(如事务处理时间和事务量测试)。

（5）网络通信测试。这些测试验证网络节点间的通信正确地发生,并且消息传递、事务和相关的网络交通无错地发生。网络安全性测试也可能作为此测试的一部分。

为了完成这些测试,Musa 提出了从 C/S 用户场景导出的运行轮廓的开发,运行轮廓指出了不同类型的用户如何和 C/S 系统交互操作,即轮廓提供一种“使用的模式（pattern of usage）”,它可被用于在测试的设计和执行中。例如,对某特定类型的用户,各类事务（查询、更新和命令）的百分比是多少？

为了开发运行轮廓,必须导出一组用户场景,每个场景强调谁、哪里、什么和为什么,即用户是谁、系统交互在哪里发生(在物理的 C/S 体系结构中)、事务是什么以及它为什么发生。场景可以在 FAST 会议中或通过和终端用户的非正式讨论而导出,然而,结果应该是一样的。每个场景应该指出：为特定用户提供服务所需的系统功能,这些功能被需要的顺序,所期望的定时和反应,以及每个功能被使用的频率。这些数据然后被组合(对所有用户),以创建运行轮廓。

对 C/S 体系结构的测试策略类似于对基于软件的系统的测试策略。测试从小型测试开始,即测试单个用户端应用,然后,用户端、服务器和网络的集成被逐步测试,最后,完整的系统被作为一个运行实体测试。

传统的测试将模块/子系统/系统集成和测试视为自顶向下、自底向上或二者的某种变体。在 C/S 开发中的模块集成可能具有某些自顶向下或自底向上的成分,但是,在 C/S 项目中的集成更趋向于的跨所有设计层次模块的并行开发和集成,这样,在 C/S 项目中的集成测试有时最好使用非增量式或"大爆炸"式的方法来完成。

系统不是被建造去使用预先指定的硬件和软件这一事实影响系统测试。C/S 系统的网络的跨平台性质需要我们的对配置测试和兼容性测试给以更多的关注。

配置测试强调在所有已知的、可能运行于其中的硬件和软件环境中进行系统测试。兼容性测试保证跨硬件和软件平台上功能一致的界面。例如,窗口类型的界面可能根据实现环境而呈现视觉上的不同,但是,同样的基本用户行为应产生同样的结果,而不管用户端界面是 IBM 的 OS/2 表示管理器、微软的 Windows、苹果公司的 Macintosh 或 OSF 的 Motif。GartnerGroup 建议了一种 C/S 测试计划,其大纲见表 9-7。

表 9-7 基于 GartnerGroup 的建议的修订的 C/S 测试计划

1.0	窗口(GUI)测试	4.3	度量
1.1	业务场景标识	4.4	代码质量
1.2	测试用例创建	4.5	测试工具
1.3	验证	5.0	功能测试
1.4	测试工具	5.1	定义
2.0	服务器	5.2	测试数据创建
2.1	测试数据创建	5.3	验证
2.2	大量	5.4	测试工具
2.3	验证	6.0	压力测试
2.4	测试工具	6.1	定义
3.0	连通性	6.2	可用性测试
3.1	性能	6.3	用户满意程度调查
3.2	大量	6.4	验证
3.3	验证	7.0	测试管理
3.4	测试工具	7.1	测试队伍
4.0	技术质量	7.2	测试进度
4.1	定义	7.3	所需资源
4.2	缺陷标识	7.4	测试分析、报告和跟踪管理

2. C/S 测试策略

即使 C/S 系统没有采用面向对象技术实现,面向对象测试技术还是比较适用,因为复制的数据和处理可以被组织到共享同一组性质的对象类中。一旦为某对象类(或它们在用传统方法开发的系统中的等价体)已经导出测试用例,那些测试用例应该可广泛地用于该类的所有实例。

298

当考虑现代 C/S 系统的图形用户界面时,OO 观点是特别有价值的。GUI 是面向对象的,并且不同于传统的界面,因为它必须运行于多个平台上。此外,测试必须探索大量的逻辑路径,因为 GUI 创建、操纵和修改大量的图形对象。因为对象可能存在或不存在,它们可能存在一个较长的时间段,以及它们可能出现在桌面的任何地方,这使得测试更加复杂。

这意味着测试传统的基于字符的界面的传统的捕获/回放技术必须被修改,以便于处理 GUI 环境的复杂性。捕获/回放范型的一种功能变体称为结构化捕获/回放,是针对 GUI 测试的演化。

传统的捕获/回放将输入记录为击键、输出记录为屏幕图像,它们被存放以和后续测试的输入和输出图像进行比较。结构化捕获/回放是基于对外部活动的内部(逻辑)视图,应用程序和 GUI 的交互被记录为内部事件,它们可以存放为用微软的 Visual Basic、某种 C 变体、或厂商自己的语言书写的“脚本”。一系列有用的工具已经被开发出来以支持这种测试方法。

测试 GUI 的工具没有强调传统的数据确认或路径测试需求,黑盒和白盒测试方法可用于很多情形,特殊的面向对象策略对用户端和服务器端都是适用的。

参 考 文 献

[1] David L P, John A, Kwan S P. Evaluation of safety – critical software[J]. Communication of ACM,1990.

[2] 格涅坚科 B B. 概率论教程[M]. 北京:人民教育出版社,1990.

[3] 黄锡滋. 软件可靠性、安全性与质量保证[M]. 北京:电子工业出版社,2002.

[4] 朱鸿,金凌紫. 软件质量保障与测试[M]. 北京:科学出版社,2007.

[5] 瑞得米尔. 德尔. 计算机应用系统的可信性实践[M]. 郑人杰,等译. 北京:清华大学出版社,2003.

[6] 徐中伟,吴芳美. 软件测试质量的度量[J]. 计算机工程与应用,2002.

[7] 叶仁召,郑玉墙,鲁汉榕. 面向对象软件测试及度量的研究[J]. 计算机工程与设计,2002

[8] 张克东,庄燕滨. 软件工程与软件测试自动化教程[M]. 北京:电子工业出版社,2002.

[9] 马海云,张少刚,刘春明. 计算机组装与维修[M]. 北京:国防工业出版社,2010.

[10] 马海云,张少刚. 一种优化的测试用例生成技术研究[J]. 中央民族大学学报,2010.

[11] 华庆一,等. 面向对象系统的测试[M]. 北京:人民邮电出版社,2001.

[12] Pressman R S. 软件工程——实践者的研究方法[M]. 北京:机械工业出版社,2008.

[13] 许淑艳. 蒙特卡罗方法在实验核物理中的应用[M]. 北京:原子能出版社,1996.

[14] 曾建潮. 软件工程[M]. 武汉:武汉理工大学出版社,2003.

[15] 斐鹿成,张孝泽. 蒙特卡罗方法及其在粒子输运问题中的应用[M]. 北京:科学出版社,1980.

[16] 徐钟济. 蒙特卡罗方法[M]. 上海:上海科学技术出版社,1985.

[17] 张少刚,马海云. 计算机应用技术基础[M]. 北京:冶金工业出版社,2009.

[18] 马海云,党建武,基于蒙特卡罗的软件测试技术研究与实现[J]. 郑州大学学报(工学版),2007.

[19] 马海云,张忠林. 马尔可夫链模型在软件可靠性测试中的应用研究[J]. 计量技术,2007.

[20] 贺平. 软件测试技术[M]. 北京:机械工业出版社,2004.

[21] 邓聚龙. 灰色预测与决策[M]. 武汉:华中理工大学出版社,1986.

[22] Han Jiawei,Kamner Mi. 数据挖掘概念与技术[M]. 范明,孟小峰,等译. 北京:机械工业出版,2007.

[23] 马海云,党建武. 一种加速软件可靠性测试的技术研究[J]. 工业仪表与自动化装置,2011.

300